JUTTA WEBER-BOCK

Das Mündel des Hofmedicus

JUTTA WEBER-BOCK

Das Mündel des Hofmedicus

Historischer Roman

GMEINER

Immer informiert

Spannung pur – mit unserem Newsletter informieren wir Sie regelmäßig über Wissenswertes aus unserer Bücherwelt.

Gefällt mir!

Facebook: @Gmeiner.Verlag
Instagram: @gmeinerverlag
Twitter: @GmeinerVerlag

MIX
Papier aus verantwortungsvollen Quellen
FSC® C014496

Besuchen Sie uns im Internet:
www.gmeiner-verlag.de

Im Ehnried 5, 88605 Meßkirch
Telefon 07575/2095-0
info@gmeiner-verlag.de

1. Auflage 2020

Lektorat: Claudia Senghaas, Kirchardt
Herstellung: Julia Franze
Umschlaggestaltung: U.O.R.G. Lutz Eberle, Stuttgart
unter Verwendung eines Bildes von: © Stadtarchiv Stuttgart 9050/00634a
Druck: GGP Media GmbH, Pößneck
Printed in Germany
ISBN 978-3-8392-2695-7

Die Arbeit an diesem Projekt wurde gefördert durch ein Stipendium des Förderkreises deutscher Schriftsteller in Baden-Württemberg. Die Autorin dankt dem Stipendiengeber sehr herzlich.

Für meinen Mann, den Lyriker und Fotografen Wolfgang Haenle, dem ich für seinen kritischen Blick und die Fotos von den Schauplätzen danke. Er hat mich stets in meinem Vorhaben bestärkt, ohne ihn würde es dieses Buch nicht geben.

ERSTER TEIL

Die Spielkarten

Prolog

Das Tal war von Weingebirgen und Wald eingeschlossen. Es öffnete sich gegen Morgen hin zum Neckar und ließ dort eine freiere Aussicht. An der tiefsten Stelle des Kessels lag die Innere Stadt mit dem Alten und Neuen Schloss, der Akademie und dem Komödienhaus. Zur reichen Vorstadt im Norden mit winkelrecht gehenden, breiten Fahrwegen und prächtig verzierten Häusern aus Stein wie dem Gebäude des Landtags mussten alle, ohne Standesunterschied, mehrere Fuß hinaufsteigen. In der Inneren Stadt krümmten sich die meisten Straßen und verdienten ihren Namen nicht. Enge und finstere Kehrwieder boten keinen Durchschlupf.

Über den Stuttgarter Marktplatz rund um das ehemalige Herrenhaus eilten an einem späten Nachmittag im August 1804 viele Menschen zwischen den Hühnern durch die verwinkelten Gassen. Der Kurfürst würde den Landtag neu ausschreiben, hieß es.

Im Haus Nummer 511 setzten bei der blutjungen Frau des Hofconditors die Wehen ein. Vier Wochen zu früh. Sie japste und krümmte sich zusammen. Die Wehmutter drückte ihr die Beine auseinander und langte mit beiden Händen in den Schoß. Geschickt packte sie den Kopf des Kindes, sodass der Leib mit Schwung herausglitt. Sie reichte das Neugeborene an die Nachbarin weiter, warf sich auf den gewölbten Bauch und drückte, bis die Nachgeburt herausrutschte. Ein Stöhnen entwich Frau Hofconditor. Mühsam stand sie auf, hockte sich über eine Schüssel mit heißem

Wasser und wusch sich zwischen den Beinen. Die Wehmutter hantierte auf der Wäschekommode mit dem Kind und einem Kissen, stolperte und schrie: »Rasch! Den Pfarrer!«

Statt des Seelsorgers brachte die Nachbarsfrau den Stadtmedicus. Er legte ein Bündel auf der Kommode ab, steckte ihr und der Hebamme jeder einen Beutel zu und schickte sie fort. »Die beiden werden keine Not haben zu reden. Ihr Kind nehme ich mit in die Tübinger Anatomie.«

»I wü's behoitn. Es g'hert mir, wocht glei wieder auf!«

»Es ist tot! Geben Sie Ruhe!«

»Na, es lebt. I wü's behoitn!« Sie schlug die Hände vors Gesicht. Ein Schluchzen entwich ihr zwischen den Fingern. »Gib mir mei Kind z'ruck!«

Der Stadtmedicus legte ihr das Bündel von der Kommode in die Arme und zog die Decke zurück. Dunkle feuchte Haare schmiegten sich an einen schmalen Kopf. Die Augen waren von einem klaren Blau. »Eine halbe Stunde ist es alt, ein Mädchen wie das Ihre. Eine Amme trägt ein Leben lang Verantwortung wie eine Mutter.« Der Stadtmedicus tastete die Brüste ab und schnupperte. »Sie essen kein Fleisch. Die Milch wird zuckersüß sein«, sagte er. Sein Blick war eigentümlich verloren, als könne er hinter die Dinge schauen. »Dieses Kind hier an Ihrem liebreizenden Busen, es lebt und es muss am Leben bleiben. Eine geheime Geburt im Gasthof ›König von England‹. Zur selben Stunde wurde es geboren wie das Ihre, es ist also Ihres. Ich kann das bezeugen. Es soll den Namen Christiane tragen, nennen Sie es Nanette, die Begnadete. Sie haben den Auftrag, es nach den neuesten Erkenntnissen zu erziehen. Alles Notwendige finden Sie in Pestalozzis Ratgeber ›Lienhard und Gertrud‹. Ich habe das Buch auf den Tisch gelegt. Und nehmen Sie das. Für's Erste müsste es reichen.«

1

»I WÜ'S BEHOITN, ES G'HERT MIR«, murmelte Gottliebin Rumetsch. Eine Schleife aus ihrer Wiener Kindheit zog sich hinter ihr her, derweil sie in ihrer Wohnstube herumging. Sie lauschte dem eiligen Klappern der Hufe auf dem Pflaster und ihren Worten nach. Für ein paar Minuten kehrte Ruhe ein.

In der Wiege prustete Nanette. Die Ärmchen zuckten a weng, aber sie wachte nicht auf. Erst seit einigen Wochen war sie ruhiger und schrie beim Schlafen nicht mehr auf, dass es einem durch Mark und Bein ging.

Gottliebin deckte ihr Nanele behutsam mit einer Wolldecke zu und öffnete das Fenster. Der Qualm vom Ofen entwich. Sie beugte sich weit hinaus. Zwei Dienstmägde in weißen Sonntagsschürzen redeten am neuen Brunnen neben dem Rathaus und schmeckten den Martinsgänsen nach, die ihre Herrschaften zum Mittagessen hatten. Wenig später mühten sie sich mit ihren Wassereimern zum Graben hinauf, der einzigen langen, geraden Straße an der Grenze zur Inneren Stadt. In den Gassen hing Rauch, vermischt mit dem Geruch von Dung, vergorenen Trauben und unreinem Wasser. I wü's behoitn, es g'hert mir, echote es in ihr. Beim Gasthof »König von England« standen zwei Polizeidiener in ihren schmucken blauen Uniformröcken, um die Bürger mit einer ersten Runde durch die Straßen daran zu erinnern, dass es bald dunkelte und sie nach Hause gehörten. Wie das Nanele. Es war ihres. Leben musste es. Sie wollte es behalten.

Ihr Hausbesitzer, Schneidermeister Welsch, trat aus dem Schatten des Erdgeschosses. Sie zuckte zurück. Wie gewohnt trug er die graue Perücke mit dem gepuderten Zopf, und französische Pantalons verdeckten sein Holzbein. Wenn er damit aufstampfte, hielt die Stadt den Atem an, einzig das Nanele wimmerte wie ein Kätzchen. Sie solle sich vor ihm hüten, hatte die Nachbarin gesagt.

Mit klopfendem Herzen schloss sie das Fenster. Erneut ratterten zwei Kutschen vorbei. »Mein Gott, gib der Stadt ihre Ruhe. Und lass mir den Schneidermeister nicht nachsteigen, wenn ihm seine Dienstmagd nicht zur Verfügung steht«, flüsterte sie. Sie holte Nanette aus der Wiege und summte, legte das Gesicht an ihre Wange und streichelte den Kopf, wie es Pestalozzi beschrieb.

Auf ihrem Lieblingsschemel in der Ecke neben dem Ofen, in dem ein paar Scheite glühten, lehnte sie sich mit dem Rücken an die Wand und legte das Nanele an die Brust. Es gluckste beim Trinken. Das rot-weiß geblümte Wolltuch rutschte ihr von der Schulter. In einer Schale auf dem winzigen Tisch standen die letzten Trauben. Süß schmeckten sie dieses Jahr. Aus ihrem hochgesteckten Zopf löste sich eine blonde Strähne, die sie sich um den Finger wickelte.

Nanettes schwarze Haare waren nach der Geburt nicht ausgefallen. Ihr Mann kitzelte sie gerne mit seinen langen weißblonden Locken. Wie sie tief aus dem Bauch heraus giggelte. Wer wusste schon, woher eine Haarfarbe stammte.

Nanette drehte den Kopf, prustete und streckte die Ärmchen aus. Gottliebin schluckte die Tränen hinunter. Kinder durften nichts vom Kummer der Eltern bemerken, schrieb Pestalozzi. Sie setzte das Nanele auf den Schoß und stützte es mit einer Hand. Den Kopf zur linken Seite gelegt, quietschte es vor Freude, als sie mit ihren Fingern über den Bauch krabbelte. Gott hatte ihr ein neues Kind geschickt, sie sollte glücklich sein, es fühlte sich an wie ihr eigenes und roch genauso. Es jauchzte, war aber sicher bald müde. Ein gemütliches Stündchen am Ofen mit Erich und früh schlafen gehen. Conditorle machen. Die Glocken läuteten den Tag aus.

Nach ihrer Hochzeit hatte sie vom Brauttörle aus die Fenster ihrer Wohnung im zweiten Stock bestaunt. Einzig das Festtagsläuten war in ihrem Sinn gewesen. An die Schläge der Viertelstunden dachte sie genauso wenig wie an das Exerzieren und Pauken auf dem nahen Schlossplatz morgens um fünf. Das Haus mit seinen vorkragenden Stockwerken war das letzte am Ausgang der Kirchgasse und lag direkt neben der Stiftskirche. Der Kurfürst hatte ihnen die Wohnung bei Schneidermeister Welsch vermittelt und gleich den Obolus für ein Jahr entrichtet. Wenn ihm sein Hofconditor nicht abhandenkam, blieb für den dicken Friedrich alles im Lot, mochte Napoleon auch um Länder und Herrscher würfeln. Das hatte Erich gesagt.

Die Schläge erschütterten die Stube und bannten sie auf ihren Schemel. Sie hielt Nanette die Ohren zu. Eine Öllampe brannte vor dem Fenster an einem Seil, das seit Kurzem zwischen dem »König von England« und der Stiftskirche gespannt war, und erhellte die Wohnstube aufs Allerbeste. Sie sparte das Licht, obwohl sie nicht hätte knausern müssen, und setzte sich wieder auf den Schemel. »Schlafe, Prinzesschen, schlaf ein«, summte sie und wiegte Nanette, die selig die Augen schloss.

Kühl strich plötzlich die Luft aus dem Stiegenhaus um ihre Waden. Auch sie musste eingeschlafen sein. Ein Schatten. Sie griff sich an den Busen und sprang auf. Schneidermeister Welsch! Er konnte es nicht lassen.

Nanette schnaufte kaum hörbar. Der Schemen bewegte sich. Eine hochgewachsene, breite Frau. Sie marschierte durch ihre Stube, hatte sich nicht mit der Glocke angekündigt. Ehe Gottliebin sich's versah, war sie mit zwei Schritten bei ihr und riss ihr Nanette aus den Armen. Die heulte auf und strampelte. Sie nahm das Nanele an sich und legte es in die Wiege. Seine Stimme überschlug sich. Wenn es nur nicht vergaß zu atmen.

»Mein Bruder schickt mich«, sagte die Frau, »der Stadtmedicus von Klein. Sie kennen ihn. Er operiert Blasensteine und konnte nicht selbst kommen. Ihre Aufgabe als Amme ist beendet.«

Geschwind zündete Gottliebin die große Argandlampe an. Energisch strich die Frau sich eine dunkle Haarsträhne zur Seite. Schwarz wie Nanettes Haare, was nicht sein konnte. Gegen die Gepflogenheiten trug sie keine Haube. Das Blaugrün ihres Kleides schmerzte in den Augen. Mit aller Kraft klammerte sich Gottliebin an die Wiege. I wü's behoitn. Es g'hert mir, schrie es in ihr, doch sie sagte ganz ruhig: »Da muss eine Verwechselung vorliegen. Bitte gehen Sie. Mein Mann kommt gleich aus dem Schloss nach Hause.«

»Geben Sie mir das Kind. Weigern Sie sich, wird man feststellen, dass Sie Ihr neugeborenes Mädchen umgebracht haben. Auch wenn Sie erst achtzehn Lenze zählen, wissen Sie, was auf Kindsmord steht. Der Käs. Kopf ab! Nicht nur in Stuttgart und Württemberg. Die Wehmutter und die Nachbarin können die Tat bezeugen.«

»Niemals tun sie das! Ich bin unschuldig am Tod meines Kindes!«

Nanette japste nach Luft und riss die Augen auf. Gottliebin griff sich an den Hals. Was war ihr da widerfahren! Ihr, einer Tochter des Wiener Hofconditors. Wieder begann das Nanele zu schreien und brüllte, als ob es um sein Leben ginge. Die Frau reichte ihr einen Brief. Gottliebin sank auf den Stuhl neben der Wiege, brach das Siegel und faltete den Bogen auseinander. Sie wollte weinen und konnte nicht. Sie müsse es fortbringen, stand dort. Der Stadtmedicus hatte die Zeilen unterschrieben. Zum wiederholten Male strich sie das Papier glatt.

»Das Kind hier wird zu seiner Mutter gebracht. Und Sie tragen Sorge dafür.« Die Frau trat an die Wiege.

Nanettes Stimme kippte und brach. Gottliebin sprang auf, aber die andere drängte sie mit einer Handbewegung, wie es die Adeligen tun, beiseite und schob dem Nanele, das wie wild strampelte, etwas unter das Leibchen. Mit einer Hand hielt sie es grob fest. Das war nicht zum Ansehen.

»G'nua jetzt!« Gottliebin gab ihr einen Schubs. »Nu schau net wia r a Hen untarn Schwaaf!«, schrie sie und kannte sich selbst nicht mehr.

Tiefschwarz waren die Augen dieser Frau und spießten sie auf.

»Was glauben Sie, wer Sie sind? Ich bin eine geborene von Klein und die Schwiegertochter des Stuttgarter Bürgermeisters! Das lasse ich mir nicht bieten.«

Sie schmierte ihr eine, so schnell konnte sie sich nicht ducken. Ihre Wange fing Feuer. Nanette brüllte noch lauter. Die Frau stemmte die Hände in die Hüften.

»Armes Hascherl!« Sie nahm ihr Nanele hoch, legte es auf dem Bauch zurück in die Wiege und tätschelte es.

»Sehr gut, wie das Kind sich abstützen und bereits den Kopf heben kann. Was es von nun an sieht, bestimme ich. Es wird lernen, mir mit den Augen zu folgen. Und ich werde immer ein Auge auf es haben. Vergessen Sie das nie!«

Die Frau wandte sich ihr zu. Gottliebin stellte sich vor die Wiege. Niemals gab sie das Nanele her. Sie war die Mutter, hatte von Klein gesagt. Das zählte.

»Wie ich sehe, sind Sie wieder vernünftig. Wenn Sie befolgen, was ich sage, wird Ihnen nichts geschehen. Fatschen Sie das Kind, umwickeln Sie es wie allgemein üblich fest mit dem Band hier, das ich mitgebracht habe. Dann ist es ruhig, und niemand, auch nicht der Schneidermeister, wird merken, dass Sie es aus dem Haus schaffen. Eine Stunde vor Mitternacht kommt eine Lohnkutsche und bringt Sie nach Degerloch auf die Höhe. Dort wartet eine Chaise mit einer Wärterin. Sie überlassen ihr das Kind mit Herzsieben unter dem Leibchen und bekommen dafür Ecksteinsieben als Beweis der Übergabe. Verwahren Sie die Spielkarte gut. Ich hole sie bei Gelegenheit ab. Die beiden Beutel hier geben Sie der Wärterin. Dieser ist für Sie.«

Bevor Gottliebin sich fassen konnte, schob die Frau sie beiseite und trat an die Wiege. Sie drehte Nanettes Kopf zu sich. »Wir aber sehen uns bald wieder!«

2

Mit langen Schritten eilte Elisabeth Hehl über den Kirchplatz. Eine geborene von Klein war sie und die Schwiegertochter des Stuttgarter Bürgermeisters. Die junge Rumetsch hatte den Zeilen geglaubt und die Unterschrift ihres Bruders für echt gehalten. Es war einfacher gewesen als gedacht.

Ein rechtes Kind war die Rumetsch, die ein Kind erziehen sollte. Was Ludwig da eingefallen war. Er hätte sich ihr vor drei Monaten anvertrauen können, statt zu sagen, er handele im Auftrag. Lächerlich. Er traute ihr die Erziehung nicht zu. Wenn sie nur im August in Stuttgart gewesen wäre. Ein Fehltritt ließ sich vertuschen. Am Anfang. Niemals hätte er das Kind in der Residenz lassen dürfen. Wo er in wenigen Monaten heiraten wollte. Er habe es in seiner Eigenschaft als Stadtmedicus auf die Welt geholt. Ja, Herr Bruder, in doppeltem Sinne hast du ihm auf die Welt verholfen.

Es war eine gute Idee gewesen, sich bei ihrem Vater heimlich diese beiden Spielkarten auszuleihen und den Kartentausch zu ersinnen. Mit einem Kind zu spielen, das würde auch dem Kurfürsten gefallen. Was hatte der Vater mit zwei einzelnen Karten gewollt? Er war Hofarzt. Gaigeln gehörte dem gemeinen Volk, was ihn nicht davon abhielt, sich manches Mal damit zu vergnügen. Besonders hübsch gezeichnet waren diese beiden Spielkarten. Vielleicht hatte er sie deshalb in seinem Besitz. Herzsieben, ein Idyll. Die Mutter mit den Kindern, unterstützt von der Amme, wie bei ihnen zu Hause. Bei Ecksteinsieben purzelten die nackten Kindlein vom Himmel. Sieben wirst du haben, sagte der Bruder immer und tätschelte ihr den Rücken. Grässlich. Die Mutter hatte elf, neun waren am Leben geblieben. Die Stadt hatte daher auch von ihr eine Mutterschaft erwartet. Dem genügte sie jetzt, sie hatte nun ein Kind. Es war das ihre. Ganz nach ihrem Ebenbild würde sie es erziehen. Bis es einen gewissen Verstand entwickelt hatte, blieb es bei einer Amme. Solange es sich beschmutzte, kam es ihr nicht ins Haus. Es von einer Pflegerin aufziehen zu lassen, war nicht ungewöhnlich. Wenn es reinlich war, würde sie es zu sich nehmen und ihrer Mutterschaft nachkommen.

Sie wandte sich beim Rappschen Garten nach links, schnaubte vor sich hin und steckte den blauen Schal, den sie über den Schultern trug, mit der Brosche fest. Der Kurfürst hatte einen neuen Landtag ausgeschrieben, obwohl der Kurprinz noch in Paris weilte. Erziehen wollte Friedrich seinen Sohn wie die Bürger. Darum ging es ihm. Allen zeigen, wer der Herrscher ist. Es war eine gewisse Ehre, für den heutigen Abend ein Billett ins Komödienhaus erhalten zu haben. Weshalb hatte der Kurfürst sie nicht geladen? Und warum hing er an den neuen Methoden nach Rousseau und Pestalozzi? Sogar die Lehrerausbildung wollte er danach ausrichten. Das konnte nur ins Verderben führen. Sie musste ihm die Gefahren einer Erziehung ohne den rechten Zwang am lebendigen Beispiel zeigen. Diese drei hochnäsigen Mädchen von Frau Stadtrat Schnabel hätte sie anführen können. Und erst Legationsrätin Harpprecht mit ihren Buben, die sich an nichts hielten und unentwegt schwätzten, obwohl niemand sie etwas gefragt hatte. Ein Affront gegen den Herrscher. Sie konnte jetzt ein Kind ihr eigen nennen. Gar bald wollte sie den Vater ins Schloss begleiten. Leider war ihr das zu selten möglich gewesen. Kaum war Friedrich Herzog geworden, hatte sie nach der Heirat Stuttgart verlassen und ihrem Mann folgen müssen. Wie es sich gehörte. In den Schwarzwald, bis Freudenstadt. Weiter gen Neuenstadt, bis sie in Möckmühl geblieben waren. Wie froh war sie gewesen, jener viel zu armen Oberamtsstadt zu entkommen und zurück in der Residenz zu sein. Man musste sich beim Herrscher beständig in Erinnerung rufen.

Von der Kaserne marschierten Soldaten der Gardelegion an ihr vorbei. Schritt, zack, Schritt, zack, gleich im Schritt und zack zack. Herr Bruder, du lässt mir die Finger von diesem Kind. Dieses Mal entspreche ich deinen Anweisungen nicht. Eine Erziehung, die einem Kind gerecht wird, hast du schon an mir probiert. Pestalozzi soll ich folgen, sobald sich Nachkommen einstellen, dass ich nicht lache. Ich bin schneller zu einem Kind gekommen als gedacht. Und dieses gehört mir, nicht wie unsere kleine Schwester damals. Wenn ich älter gewesen wäre, hätte ich sie wohl zu formen gewusst. So musste ich ihr das Kissen in die Wiege legen. Ganz fürsorglich. Damit das Näschen nicht kalt wird. Ich bin die Prinzessin geblieben. Als Ältester hast du große Gewalt über mich, Herr Bruder. Du weißt, wie mich das erschreckt und zugleich wütend macht. Und doch vergehe ich in zärtlicher Liebe für dich. Das wird sich ändern. Nicht du bestimmst fortan, sondern ich.

Von rechts donnerte eine Postkutsche aus der Gasse. Sie sprang beiseite und landete geradewegs in einem breitgewalzten Pferdeapfel. Seines Lebens konnte man nicht mehr sicher sein in dieser Stadt. Mit dem Handrücken strich sie sich flüchtig über die Stirn. Der Postkutscher gab den Pferden die Peitsche, und die Häuserwände warfen das Rollen der eisenbeschlagenen Räder zurück auf das Pflaster. Sie ertappte sich dabei, wie sie mit überkreuzten großen Zehen dastand und auf den Boden starrte, ziegenfüßig. Angeekelt hob sie ihren Rock und stieg über einen breiigen Kothaufen, der den Geruch nach verdorbenem Kohl verströmte. Die erste Aufgabe des Kurfürsten war es, für Reinlichkeit in der Stadt zu sorgen, aber Durchlaucht hatte einzig den eigenen Glanz im Sinn. Ein erblicher Adelstitel wäre ihrem Gatten angemessen, wo er nun die Verantwortung über die Blitzableiter in der Residenz trug.

Vor dem Eckhaus zur Weinstraße blieb sie stehen und sah zu Cafetier Silber hinüber. Ausschließlich die Männer hatten

Zutritt dort und konnten sich vergnügen. Sie schnaubte in sich hinein und stieg betont langsam im Haus von Seifensieder Krauß die Treppe hinauf. In der Beletage wohnten sie, zum Graben gewandt, leider zur Miete. Trotzdem wäre es recht und billig gewesen, wenn nicht allein ihr Mann an diesem Abend ins Komödienhaus geladen worden wäre, sondern wie Wilhelmine Cotta auch sie.

Der Duft von Bratäpfeln mit Zimt strömte ihr aus der Wohnung entgegen und versöhnte sie. Welch Wohltat, dieser aus allen Löchern stinkenden Stadt zu entkommen. Sie leckte sich über die Lippen. Amalie, ihre Köchin, die sie aus dem Waisenhaus geholt hatte, war kaum älter als die junge Rumetsch und wusste sich einzuschmeicheln. Sie wollte ihr das nachsehen. Die Äpfel waren gar zu gut, wenn sie nur den Backofen ordentlich wieder reinigte, der war ihr heilig. Ein eigenes Bratrohr, darauf bestand sie, solange sie nicht ins Backhaus gehen musste wie die gewöhnlichen Leute. Die Rumetsch ließ ihren Mann im Alten Schloss backen. Ausschließlich die luftigsten Katzenzungen und saftigsten Nussbögen mit Kirschfüllung durfte er dem Kurfürsten vorsetzen. Wie lächerlich, das Neue Schloss nicht mit einer Küche auszustatten. Die Speisen wurden allesamt über die Planie getragen, eine Prozession, die nicht nur den Verkehr, sondern vor allem die Sitten störte. Ein rechter Schwabenstreich. Wie ein großer Herrscher baute Friedrich sein Reich aus. Er holte sich einen Hofconditor aus Preußen. Seine Heirat mit einer Wienerin war ihm recht gewesen.

3

»I wü's behoitn. Es g'hert mir, ganz mir, behoitn wü' i 's, behoitn«, schluchzte Gottliebin. Sie ermahnte sich sogleich.

Der Kutscher trug einen runden Hut mit breiter Krempe. Er drehte das Licht der Stocklaterne neben dem Kutschbock nicht wie vorgeschrieben höher und wusste wohl, warum.

Mühsam hatte sie Erich gegenüber die Geschichte mit dem Nanele geradebiegen müssen. Ihm von den Goldmünzen erzählt. Erst wollte er nichts damit zu tun haben, später hatte er sie getröstet. Sie würde bald ein neues Kind haben und solle aufpassen, dass sie nicht ins Gerede komme. »In Stuttgart weiß der Nachbar, was du tust, bevor du selbst daran gedacht hast«, hatte er gesagt. Wie wahr.

Schneidermeister Welsch hatte sich die Hände gerieben, als sie heute so spät das Haus verlassen hatte. Nanette war nicht ruhig zu bekommen gewesen, was hätte sie tun sollen, außer zu singen. Nicht ums Verrecken wäre es ihr in den Sinn gekommen, den kleinen Leib mit diesem Band zu umwickeln, es zu fatschen. Sie sang also und das Kind schrie. Beides zusammen gab eine gute Komödie ab. Jetzt wusste nicht nur der Schneidermeister, sondern die ganze Stadt, dass sie es fortbrachte.

Beim Gasthof »Zum Wilden Mann« ließ der Kutscher die Pferde im Schritt gehen. Sie kniff die Nasenflügel zusammen und hielt sich ein Tuch vor den Mund. An der Großen Wette ging es über die Nesenbachbrücke. Vor der Leonhardskirche bogen sie rechts ab. Am Hauptstätter Tor mit den gemauerten Rundbögen und den beiden Wachtürmen warteten fünf Chaisen. Das würde dauern.

Sie schloss die Augen. Die Stimmen der Stadt verwirrten sich in ihrem Kopf, krochen bis in den Bauch, wo sie einen Sauerkrauttanz aufführten. Der Kutscher furzte und knallte mit der Peitsche. Sie waren an der Reihe. Wortreich zahlte er das Sperrgeld, aber der Wächter wollte unbedingt einen Blick in das Innere der Chaise werfen. Obwohl es dunkel war, bemerkte er Nanette und verlangte noch einen Obolus, denn für das Kind müsse auch gezahlt und es müsse registriert werden. Das Nanele wimmerte und schrie dann auf. Es brüllte, dass ihr die Knochen im Leib schlotterten. Hinter ihnen standen die Wagen in einer langen Reihe. Flugs gab sie dem Wächter die fehlenden vier Kreuzer und klopfte Nanette beruhigend auf den Rücken. Diese schluchzte ohne Unterlass und hörte nicht auf, an ihrem Leibchen zu zerren. Der Kutscher zerknüllte ein Papier, pfefferte es in den Kandel und fluchte, dass sie zusammenzuckte. Die Räder ruckten an. Nanette war still, doch sie atmete und das Herz schlug kräftig. Gottliebin schob den Vorhang zur Seite und erschauderte. Der Käs! Kopf ab! Madame Caput! Sie! Nein, das konnte, das durfte nicht sein. Sie wollte leben! Vom nahe gelegenen Kutterhaufen drang ein pestilenzialischer Gestank herüber. Sie bedeckte die Nase mit dem Schultertuch, vermochte aber den Blick nicht abzuwenden und wiegte Nanette, was nicht nötig gewesen wäre. Ab und zu huschte ein fahler Schein über den Himmel.

Die Pferde sprengten über die Chaussee Richtung Tübingen. Außerhalb der Stadttore galt keine Beschränkung der Geschwindigkeit. Wenig später zog der Kutscher die Zügel wieder an. Er schonte die Gäule und sparte sich den Vorspann. Der Wagen folgte der Weinstaig zwischen Wiesen und Weingärten hinauf. An der Gaststätte »Sieh dich für«

hielt er sich links. Sie war den Weg oft gegangen, um sich mit ihrer Freundin auf der Degerlocher Höhe zu treffen, heimlich, ohne das Wissen ihrer Gatten. Charlotte hatte vor ein paar Tagen ein Kind bekommen. Gottliebin schluchzte auf. Heiter, ermahnte sie sich, wie die Freundin immer sagte. Sei frohgemut, lass der Schwermut keinen Raum.

Die Pferde arbeiteten sich durch die Obere Heusteig. Gottliebin klammerte sich an längst vergangene Sommerbilder, an in der Sonne leuchtende Strohhüte und den Duft von frisch gemähtem Gras. Weintrauben hingen in Reih und Glied nach der Ordnung der Württemberger. Könnte sie doch fliegen wie ein Bussard. Sie würde bis zum Wienerwald gleiten, das Kind wohlbehütet unter dem Gefieder. Nahe der Hofburg landen und im Getümmel des gemeinen Volkes entkommen. Mit dem Nanele giggeln, bis ihnen der Atem wegblieb. Wie jetzt bei jedem Schlagloch. Die Chaise schwankte hin und her, Steine knirschten. Die Gemarkungsgrenze. Die Degerlocher waren zu arm, um die Chaussee zu erhalten. Pflastergeld durften sie nicht mehr erheben und sollten dennoch zahlen für die Herrschaften auf der Durchreise. Das hatte Charlotte erzählt. Die Chaise neigte sich bedrohlich nach links. Der Kutscher fluchte und knallte zugleich mit der Peitsche.

Sie drückte den kleinen Leib an sich. Da war Herzsieben unter dem Hemdchen. Hervorziehen sollte sie die Spielkarte, zerreißen und ein Ende machen, mit ihrer Tochter fliehen, die Extrapost nach Schaffhausen nehmen. In Frauenfeld wohnte eine Tante. Warum sie Geld bei sich hatte, wusste sie erst jetzt. Ein Windstoß trug drei Glockenschläge herein.

»Dreiviertel eins«, rief der Kutscher. »Wir halten am Gasthof ›Ritter‹, hier kann ich die Pferde tränken. Bleiben

Sie im Wagen. Der Wind ist schneekalt.« Die beiden Blecheimer, die er unter dem Bock hervorholte, schepperten.

Eine Frau stieg ein, setzte sich auf die gegenüberliegende Bank und zupfte ihr Kleid zurecht. Gottliebin drehte die Öllampe hoch und wollte nichts sehen. Die andere trug ein samtenes Halsband mit Glasperlen und eine Haube mit einer Schleife. Nanette wimmerte.

»Ich bin die neue Wärterin. Regina Breusch.« Sie gab ihr die Hand, die feucht und glitschig war, und griff in die Rocktasche. »Diese Spielkarte ist für Sie. Ecksteinsieben. Dafür kriege ich das Kind.«

Gottliebin nahm die Öllampe vom Haken und leuchtete. Sieben Putten mit roten Ecksteinen als Flügel. Sie meinte, den Pinselstrich zu kennen, doch das konnte nicht sein.

»Nun geben Sie schon her!«

Sie reichte Frau Breusch ihr Nanele. Es schrie und zappelte, dass es Gott hätte erbarmen müssen. Aber der schwieg. Die Decke rutschte herunter. Wie hatte der Stadtmedicus gesprochen? »Eine Amme trägt ein Leben lang Verantwortung.« Sie war keine, sie war Mutter. Das hatte er auch gesagt. Wie könnte sie das Kind fortgeben? Sie war nicht bloß eine Wärterin, streckte die Arme aus und zog sie wieder zurück. Sie wollte das Nanele behalten und traute sich nicht, es festzuhalten. Im Herzen würde es freilich immer ihr gehören.

Frau Breusch hielt Nanettes Beine fest, tastete ihre Brust ab und zog die Herzsieben hervor. Sie schaute diese kurz an, nickte und steckte sie in eine Tasche, die sie bei sich trug. Wie gerne hätte Gottliebin die Spielkarte abgebusselt, dem Nanele all ihre Liebe mitgegeben. Es brüllte und schlug mit den Armen um sich, war verzweifelt wie sie.

»Warum ist das Kind nicht gefatscht! Ich habe nichts dabei, um es ruhigzustellen.«

Zwei Wagen rasten dicht an ihnen vorbei, ihre Chaise schwankte. Gottliebin hielt sich an ihren gefalteten Händen fest. »Auf ausdrückliche Anweisung des Stadtmedicus habe ich Nanette niemals umwickelt. Sie muss ihre Glieder gebrauchen. Ihr richtiger Name ist Christiane. Ich nenne sie Nanele, das mag sie besonders. Heute war die Stadt so unruhig, und jetzt ist Nanette ganz narret. Richten Sie bitte der Mutter meine besten Grüße aus. Ich hoffe, ich habe alles recht gemacht.« Sie reichte Frau Breusch die beiden Beutel.

Diese nahm eine Münze heraus und biss hinein. Sie nickte, steckte das Geldstück ein und umwickelte Nanette, die aus Leibeskräften brüllte, fest mit ihrem Umhang. Unvermittelt war es still. Nanette regte sich nicht mehr.

»Lassen Sie ihr Luft. Sprechen Sie mit ihr, sie muss Ihre Stimme kennenlernen.« Gottliebin wollte das Tuch zur Seite ziehen. Frau Breusch wehrte ab, öffnete den Wagenverschlag und kletterte mit dem Bündel hinaus.

Mit leeren Händen saß Gottliebin da. Der Verschlag fiel zu, der Wagen ruckte an. Unfähig, sich zu rühren, rutschte sie wie eine Puppe von links nach rechts und zurück.

Nachdem sie die Gemarkungsgrenze passiert hatten, rollte die Chaise leichter dahin. Da schoss die Milch ein. Sie schrie auf und schluchzte: »Gib mir mei Kind z'ruck! Gottverdammt! Wie kannst du es mir wegnehmen?«

Mit den Fäusten trommelte sie auf ihrer Brust herum. Es sollte wehtun, sie zerreißen. Die ganze Zeit hatte sie die Contenance bewahrt. Sie lachte bitter auf.

»Du bist die Tochter des Hofconditors! Die gibt sich nicht ihren Gefühlen hin. – Oh doch, liebste Mutter!«

Sie riss sich das Schultertuch herunter und zerrte am Kleid, saß mit blankem Busen da und krümmte sich zusammen, presste die Milch aus sich heraus. So süß roch es, dass sie sich die Finger ableckte, an sich saugte. Sie schmeckte das Nanele und kostete von der Bitterkeit des Lebens.

Ein Kind gegen Spielkarten zu tauschen! Zum Beweis der Übergabe. Umso schlimmer. Und wieso Herzsieben und Ecksteinsieben? Was hatten die Karten für eine Bedeutung? Vornehm wie bei den Adeligen sollte das Leben sein. Sie wollte nicht und musste doch. Warum durfte sie nicht einfach Mutter sein?

»Wenn wir auch selbst nicht von Adel sind, adelt uns sehr wohl die Tortenkunst deines Vaters. – Ach, Mutter, hör auf.«

Verdammt war sie, das zu tun, was andere wollten. Und Erich sagte ständig, »bei Hofe, da …« Sie hätte das Nanele nicht hergeben dürfen. Wie hatte sie dem zustimmen können!

»Gottverdammt noch einmal! I will mei Kind z'ruck! Mein Gott, sag mir den Grund. Du hast mir das eigene genommen und mir ein fremdes an den Busen gelegt. Das kann nicht falsch gewesen sein, wenn Du es so bestimmst. Warum muss ich es wieder hergeben? I hab doch nur das eine, das eine … Mein Gott, was hast Du der Frau da eingegeben?«

4

Eine geborene von Klein war sie. Als Schwiegertochter des Stuttgarter Bürgermeisters musste sie sich jetzt mit dieser Wärterin Breusch herumschlagen. Die Pferde trabten durch den Spalerbach in Metzingen. Die Amme hatte nach ihr verlangt. Persönlich. Hoch spritzten Kot und Unrat auf. Wie in Stuttgart. Schnell zog sie den Kopf in die Kutsche zurück. Hinter der Ermsbrücke bog ihre Chaise in die Straße »Am Entenbach« ein. Schon hörte sie das Kind brüllen und bösartig kreischen, wie es ihr von einer Bekannten beschrieben worden war. Unerträglich! Unweit des Gasthauses »Zum Grünen Baum« ließ sie den Kutscher halten, stieg aus und betrat die Wohnstätte der Wärterin von der Gartenseite her.

»Schwätz mr nur koin Lohkäs, Frau«, sagte eine Männerstimme. »Ich weiß Bescheid. Es ist das letzte Kind, das du mir holst. Bring's in die Kammer neben der Küche. Sonst meint der Ackerknecht, wir müssen die Stube für drei Köpfe heizen, und fordert noch mehr Miete. Das Hochwasser damals hat uns nicht ruiniert, allerdings bist du auf dem besten Weg. Ich hab Hunger. Lass es halt schreien, es wird bald aufhören.«

Ein hagerer Mann stürmte an ihr vorbei. Sie durchmaß die dämmrige Stube. Die Wärterin war dabei, das Kind zu säubern, und fuhr erschrocken herum. Das war recht. Sie sollte sich nur nicht in Sicherheit wiegen. Es war nicht ihres. Wie dünn es war! Das musste sich ändern. Elisabeth Hehl nahm den nackten Leib hoch und schüttelte ihn. Da grillte das Kind, dass es ihr ins Ohr schnitt. Wie bei einem Tier war der Rachen zu sehen. Mit der flachen Hand verschloss sie den Mund. Das Balg zappelte und schrie unentwegt, fast wäre es ihr heruntergefallen. So weit kam es noch, dass sie sich schuldig machte. »Wir werden dir diese Allüren austreiben.« Sie gab ihm einen Klaps auf den Podex. »Ruhe!« Es war still. Ein wenig Strenge zur rechten Zeit wirkte Wunder. Doch was war das? Ihre Schuhe! Sie waren nass. Angeekelt legte sie das Kind ab, zum Glück war ihr

Rock unversehrt geblieben. Sie stieg über die Pfütze am Boden und stemmte die Hände in die Hüften. »Widerlich! Machen Sie das weg. Wie das stinkt! Gleich entleert es sich womöglich noch. Das Kind braucht eine Windel, beeilen Sie sich, bevor es ein neues Unglück gibt. Sanft soll ich sein mit ihm, nicht laut sprechen, auf seine Bedürfnisse hören, sagt mein Bruder. In den Abgrund treiben uns die modischen Neuheiten. Diese Kinder werden bereits im zartesten Alter zügellos und ruinieren uns, wie Sie sehen können. Warten Sie, das Fatschen, ich zeig's Ihnen, wie es richtig geht. Man beginnt an der Brust, in der Herzgegend, zur Abwehr des bösen Blicks. Zuerst wickelt man spiralförmig nach unten bis zu den Füßen und zwingt so die Knochen des Kindes zusammen, auf dass sie gerade wachsen.« Sie beschrieb der Wärterin, wie sie es zu tun habe. Die Beine lang gezogen, die Arme seitlich eng am Leib. Zum Schluss den Kopf fixieren und die Enden des breiten Bandes auf dem Rücken zusammenstecken.

»Recht viele Nadeln müssen es sein. Wie bei einem guten Strumpfwirkerstuhl für die Seide. Da kenne ich mich aus.« Die Wärterin ruckte beim Reden mit dem Kopf wie ein Huhn.

»Bis zu einem Jahr fatschen Sie das Kind und schnüren den Kopf mit ein. So. Sehen Sie, wie es wirkt? Kein Laut mehr. Es ist eingeschlafen. Ein kleiner Engel.« Sie räusperte sich. »Später nehmen Sie es ins Gängelband und stecken es dann ins Laufgeschirr. Ein Mensch ist es erst, wenn es gehen kann und gewisse Eigenschaften entwickelt hat, die allen Menschen gemein sind. Bis dahin bleibt es in Ihrer Obhut. Geben Sie mir jetzt Herzsieben zum Beweis der richtigen Übergabe.«

»Ihr Bruder hat sie mir abgenommen. Kaum hatte ich den Milchfluss wieder in Gang gebracht, nachdem mein Bub gestorben war, ist er aufgetaucht. Dabei hatte das Kind hier bloß ein bisschen Husten. Woher wusste er das? Das Fieber war nicht der Rede wert. Einen Auszug aus Huflattichblättern mit Pfennigkraut hat er verordnet. Frau Pfarrer hat mir in allem geholfen. Kommen Sie mit in den Garten zur Schießmauer. Das Haus hat gar zu viele Ohren. Sie wissen schon, der Obolus für den Ammendienst. Sie glauben gar nicht, welch einen Aufwand ein krankes Kind verursacht. Die teure Kost, die Ihr Bruder verordnet hat. Fleischbrühe und Milchreis mit gequirltem Ei.«

Hatte sie es sich gedacht, es ging um Geld. Nicht um das Kind. Keinen Heller extra gab es. Es war wohl das richtige, wenn die Wärterin es auch nicht mit Herzsieben beweisen konnte. Längst hätte sie mit der Erziehung zur Reinlichkeit beginnen müssen. Ihr Bruder hatte sich also die Spielkarte unter den Nagel gerissen.

»Sie sagen ja gar nichts. Ich hab auch Hunger, nicht nur das Kind. Die Zeiten sind nicht gut. Dem Kurprinzen geben die Landstände Geld aus ihrer Schatulle, für sein lustiges Leben in Paris. Das Volk hat kaum ein Auskommen. Für die hohen Herrschaften sollen wir hungern.«

Elisabeth Hehl hängte das Bündel an einen Nagel neben der Tür. Das Geschrei hatte sie konfus gemacht. Ruhe war. Kinder brauchten ein sicheres und geborgenes Gefühl wie im Mutterleib.

Ein Reiter sprengte durch die nahe Furt. Die Pferdehufe rissen klirrend die dünne Eisschicht los. Das Wasser gurgelte und zischte: Eine geborene von Klein.

5

Für den Blasensteinschnitt führte er in seinem Etui ein Skalpell, eine Sonde und eine Steinzange mit sich. Es wurde Mitte Januar, bis Ludwig von Klein erneut bei der Amme Breusch vorbeischauen konnte. Er klopfte. Niemand öffnete. Die Tür war nicht verschlossen, er trat ein. Umgehend nahm er das Bündel vom Haken. Hatte er gehört. Nicht mal mehr die Bauern auf der Alb behandelten derart ihren Nachwuchs. Frau Pfarrer hatte ihm berichtet, wie die Amme Breusch mit dem Zögling zu verfahren pflegte. Er entfernte die Nadeln. An die fünfzig Stück, immer drei nebeneinander. Behutsam wickelte er das Band ab. Wie konnte man ein Kind so fest schnüren? Und das nicht nur in der Nacht. Die Frauen waren hierzulande besonders gründlich darin. Es war bequem, wenn es sich nicht bewegte. In Frankreich und England wurde diese Methode längst nicht mehr angewandt. Wie Mumien sahen die Kinder aus, dabei befanden sie sich am Anfang des Lebens und mussten die Welt begreifen. Im ursprünglichen Wortsinn. Fatschen brach den Lebenswillen, ähnlich wie bei Mohnsamen oder Wein. Krünitz beschrieb die Wirkung in seiner Enzyklopädie.

Nanette war frei und lächelte zaghaft. Sie blieb still liegen. Ihr Herz schlug ganz langsam. »Du schläfst wohl viel. Kannst du auch schreien?« Er zwickte sie in den Arm. Sie drehte den Kopf weg. Selbst diesen hatte die Amme Breusch fixiert gehabt. Prüfend bewegte er seinen Zeigefinger. Das Kind griff nicht danach, wie es dem Alter entsprochen hätte. Zeit, es fortzubringen. Wie gerne kam er dem Auftrag nach. Er ließ sich mit Nanette aufs Bett nieder, streifte ihr ein Wollkleid über und zog ihr dicke Strümpfe an. Drei Dinge wollte er testen. Zuerst griff er ihr unter die Arme und zog sie zum Stehen hoch. Sie stemmte sich nicht mit den Füßen gegen die Unterlage und federte nach, sondern knickte schlaff ein. Das hatte seine Vorteile. Er setzte sie auf ein Knie, stützte sie mit einer Hand und tippte sich auf die Nase, dann ihr. Sie lachte und versuchte, es ihm nachzumachen, traf aber nicht. Hier war sie also ebenfalls in der Entwicklung zurückgeblieben. Die Linke hatte sie genommen, was nichts sagte. Zu guter Letzt fasste er ihr in den Mund und tastete den Kiefer ab. Zähne spürte er keine, das machte es einfach. Sie saugte am Finger und hielt inne, als sie die Tür hörte. Sofort begann sie zu schluchzen und verbarg ihr Gesicht an seiner Brust.

Die Amme Breusch stolperte herein und stammelte: »Herr Stadtmedicus! Ich war geschwind auf dem Markt. Da musste ich sichergehen. Ihre Schwester …«

»Ich nehme das Kind mit nach Stuttgart, da das Klima ihm hier nicht zuträglich ist. So sagen Sie es allen.« Er gab der Amme Breusch einen dicken Beutel, den sie nicht öffnete, sondern sich stattdessen schluchzend auf den einzigen Stuhl in der Kammer setzte.

»Mein kleines Mädchen. Sie können es mir nicht einfach wegnehmen.«

»Geben Sie mir Herzsieben. Die Spielkarte hat auf dem Sims gestanden bei der ersten Visitation. Den Rest vom Kostgeld dürfen Sie behalten. Hier ist etwas extra.«

Energisch schüttelte die Amme Breusch den Kopf. Ihr Gesicht mit der roten Nase war noch runder geworden. Wie die Spitzenhaube mit der Schleife kratzte, er fühlte es anstelle des Kindes. »Ihre Aufgabe ist beendet.«

»Aber Ihre Schwester war recht zufrieden mit mir. Das

Kostgeld bleibt also bei mir. Und der Beutel. Herzsieben. Ihnen mag ich sie geben. Ihre Schwester hat ebenfalls danach gefragt. Doch sie wollte mir nichts bieten. Sie verstehen.«

Die Amme Breusch zog die Karte unter einer Schüssel hervor. Links oben hatte Herzsieben ein Eselsohr, und auf dem Kleid der Mutter war ein Fleck. Am Rand wellte sich die Spielkarte. Schade. Mit dem Beutel verschwand die Amme Breusch in der Küche. Ein Milchkind brachte Geld. Darum ging es auch hier. Das Einkommen eines Strumpfwebers war recht kärglich, wie er gehört hatte.

Er setzte Nanette auf seine Hüfte und stützte sie. Hin und her drehte sie jetzt den Kopf und lutschte am Handrücken. Leise redete er mit ihr und verbarg sie unter dem weiten Umhang. Die Amme Breusch ließ sich nicht mehr blicken, sodass er sich französisch empfahl. Frau Pfarrer war in den frühen Morgenstunden niedergekommen, ein gesundes Mädchen, sehr kräftig. Nanette war ganz still unter dem Umhang. Er streichelte sie. Es würde gehen, sie wie gewünscht inkognito als zweites neugeborenes Kind der Pfarrersleute auszugeben. Bei ihnen war sie gut aufgehoben. Drei Jahre durfte sie bleiben, bis Lisbeth die Erziehung in die Hand nehmen sollte. So die Anweisung. Doch das letzte Wort war bisher nicht gesprochen.

Er umrundete die Martinskirche und bog nach rechts in die Helfergasse ab. Bei Nummer sieben ging er in den Garten und betrat das Pfarrhaus durch den Hintereingang. In einem Sack auf dem Rücken trug er zwei gleiche Taufkleider, schlicht gehalten. Passend dazu gerüschte Häubchen. In einer Woche war die Taufe. Die Pfarrerskinder schliefen noch. Nach dem Mittagessen durften sie die Zwillinge sehen.

ZWEITER TEIL

Das Zwillingskind

Prolog

Die Alb fiel überall jäh und prallig ab, nur bei der Ebene des Ermstals war sie sanfter gestimmt. Diese freundliche Lage zeichnete Metzingen aus. Auf seiner Markung trafen sich Äcker und Wiesen mit Obstzucht und Weinbau. Im milden Klima an den südlichen Abhängen gediehen Trauben und Textilhandwerk gleichermaßen, sodass sich ländliche und städtische Sitten aufs Trefflichste vermischten. Vom Lindenplatz, wo der Viehmarkt stattfand, zog sich die Langgasse, die geschottert und mit Kandeln versehen war, gen Rathaus. Sie beherbergte niedrige Bauernhäuser, Handwerkerstätten und Ladengeschäfte. An Markttagen stauten sich hier Leiterwagen, Räuberkarren und Gespanne aus den umliegenden Orten. Im Norden begrenzten Kelterplatz und Spalerbach das Pfarrdorf. Enge, krumme Straßen zogen sich in einem weiten Bogen gegen Mittag zu um die baumbestandenen Schlossgärten inmitten des Häusergewirrs bei der Martinskirche.

Zu Ostern erklang ihre große Glocke. Die vollen Schläge hallten in den Gassen nach. Beim neunten Mal öffneten sich die ersten Türen, und im schwarzen Sonntagsstaat traten mehr ehrbare Bürger als sonst auf die reinlich gefegten Straßen.

An der Kalebskelter hielt Unterbürgermeister Gfrörer den Zunftmeister der Strumpfweber auf und sagte: »Kromer, hast du gehört? Der Pfarrer soll eine Erscheinung gehabt haben. Im hinteren Pfarrgarten war's, gestern erst. Er hat die Hände zum Himmel gehoben. Meine Frau hat's gesehen, sie war bei der Nachbarin. Karsamstag fleht er immer Jesus an. Jedes Jahr wartet er, dass dieser zu ihm spricht. Die Weibsleute haben sich heimlich herangeschlichen, und da haben sie gehört, wie der Pfarrer gerufen hat: ›Mein Gott, mein Gott, warum hast Du mich verlassen?‹ Er hat sich der Länge nach auf die harte, kalte Erde geworfen. Da ist plötzlich ein Licht aufgeflackert hinter den kahlen Zweigen des Pflaumenbaums und eine Stimme hat gesagt: ›Du machsch des scho recht. Hasch a großes Herz. Des wird di ned em Stich lassa. Aber pass guot auf, dass da emmer auf deim Weg bleibschd.‹ Meine Frau schwört, dass es nicht der Pfarrer war, der da gesprochen hat. Am alten Pflaumenbaum sind die Knospen angeschwollen und aufgeplatzt. Zugucken hat man können. Reinweiß waren die Blüten, nicht zartrosa. Da hat sie drei Kreuze geschlagen wie die Katholischen.«

»Was die Frauen so reden, Gfrörer. Die Kirche wartet. Gehen wir. Der Pfarrer macht's recht, man muss sich Gottes vergewissern. Der hat ihn dafür mit Zwillingen gesegnet.«

»Meine Gattin hat gehört, es soll nicht mit rechten Dingen zugegangen sein bei der Geburt. Was könnten wir sagen? Wir sind Paten.«

»Lass gut sein, Gfrörer, und komm.« Zunftmeister Kromer blieb unter dem vorkragenden Fachwerk vom Schulhaus stehen und legte den Kopf in den Nacken. »*Mit Gottes Beistand*. Den kann der Pfarrer wahrlich gebrauchen.«

1

Keiner werfe den ersten Stein. Steinheil trat aus der Tür des Pfarrhauses in der Helfergasse. Immer wieder strich er über seine teuflische linke Braue. Er schritt kräftig aus und kam nicht von der Stelle. Worüber sollte er predigen, nach der Erscheinung gestern unter dem Pflaumenbaum? Die Kirche würde gut besucht sein. Die Leute redeten. Stets betete er im Frühjahr für die Reben. Im Herbst sammelten sie für die Armen unter den Weinbauern. Sie alle waren Weinstöcke im Weinberg Gottes. Ja, das ging.

»Du machsch des scho recht«, begann er. Die Gemeinde tuschelte. Jedes seiner Worte war ein Hilferuf an Jesus, ihnen den richtigen Weg zu weisen. Vor allem ihm selbst. Was hätte er tun sollen mit diesem Kind? Er hatte Nanette zusammen mit der eigenen Tochter getauft. Das konnte nicht schaden. Was machte es, ein Sakrament zweimal zu vergeben. Manchmal standen die Vorschriften gegen das Leben. Wie froh waren sie, dass sich Nanette von ihrer schweren Krankheit erholt hatte. Er betete das Vaterunser. Sie sangen, und die Glocken läuteten den Gottesdienst aus.

Möglichst oft an die frische Luft sollte Nanette. Das hatte von Klein verordnet. Steinheil schickte seinen Ältesten daher häufig mit ihr in den Garten. Friedrich war mit acht recht kräftig und trug die Schwester sicher herum. Auf keinen Fall solle er mit ihr den Pfarrgarten verlassen, das hatte er ihm eingeschärft.

Friedrich setzte das Nanele gerne in den Schubkarren, den er leuchtend rot angestrichen hatte. Zwischen den Hühnern und der Ziege kurvte er herum. Jonathan folgte ihm und pfiff durch seine Zahnlücke. Nanette jauchzte. So viel hing ab von einem roten Schubkarren. Darüber musste er einmal predigen.

Zur Kalten Sophie füllte sich das Haus mit dem Rauch von getrocknetem Bohnenkraut, das seine Frau im Ofen verbrannte. Zum Schluss gab sie einige Wacholderbeeren in die Glut, die Leib und Seele stärkten, und sah ihn lange an. Wie gerne schaute er ihr in die Augen, die in einem satten Braun leuchteten wie bei Louisle. Nanette hingegen hatte die blauen Aigle seines Ältesten. Gott hatte es bestimmt. Louisle und Nanette waren Zwillinge, wenn auch nicht von einer Art. Wie verschieden Kinder sein konnten. Pausbäckig und gesund war Rosine als erste Tochter von Geburt an, mit festen dunkelblonden Haaren und stämmigen Beinen. Ganz die Mutter. Maria, das zweite Mädchen, war von Anfang an ein trotziges Kind. Wilhelm war fünfzehn Monate später auf die Welt gekommen und gleich nach der Geburt gestorben. Maria war die Prinzessin, bis sie Anfang des Jahres die doppelte Aufmerksamkeit an die Zwillinge verloren hatte.

Dem Nanele hatte es gutgetan, wie neugeboren sein zu dürfen. Doch die natürliche Entwicklung ließ sich nicht aufhalten. Sie mussten aufpassen, dass niemand Verdacht schöpfte. So wurde es gewünscht. Er bat Gott um Verzeihung, aber dieser antwortete ihm nicht. Also ging er ins Amtszimmer und las in der Bibel wie jeden Morgen. Nach einer Weile befiel ihn eine plötzliche Unruhe. Er stand auf und sah aus dem Fenster, wie die Buben mit dem Nanele im Schubkarren über die Straße witschten. Dieses eine Mal wollte er es dulden. Es sah nach Regen aus, weit würden sie nicht kommen.

Statt der Buben stand wenig später Strumpfweber Kromer vor der Tür. Nanette sei beim Marktbrunnen aus dem

Schubkarren gefallen und Frau Breusch habe sich Friedrich in den Weg gestellt, sagte er und strich sich über den Schnauzer. Sein Gesicht war voller scharf gezeichneter Furchen. Er war nicht alt, aber als Zunftmeister hatte man immer eine Sorge. Auch darüber ließ sich trefflich predigen, was da einer für die anderen tat.

Er nahm die Buben mit dem schluchzenden Nanele selbst in Empfang. »Ihr bleibt mit ihr im Garten. Ich hoffe, wir haben uns verstanden.« Friedrich nickte und senkte den Kopf.

»Wer ist die Frau?«, fragte Jonathan und wartete nicht auf eine Antwort. Er rannte zum Pflaumenbaum am Ende der Wiese, weit weg vom Haus. Sein Ältester folgte ihm und hockte sich daneben, stützte den Kopf in die Hände. Er schlich zu den beiden und verbarg sich hinter den Brombeerranken.

»Weshalb hat die Frau gesagt: ›Das wäre bei mir nicht passiert! Wäre sie bloß bei mir geblieben.‹? Sie scheint das Nanele zu kennen. Warum hat es derart geschrien?« Jonathan wollte aufspringen, aber Friedrich legte seinen Arm um ihn. »Bleib sitzen und hör mich an: Wenn diese Frau Breusch so redet, machen wir ihre Worte nicht besser, indem wir ihnen durch unsere Fragen eine Krone aufsetzen. Was wissen wir schon von ihr. ›Du sollst nicht falsch Zeugnis reden wider deinen Nächsten,‹ so steht es geschrieben.«

Steinheil faltete die Hände. Jonathan schüttelte Friedrich ab und sprang auf. »Du taugst zu nichts anderem als zum Pfarrer. Sie decken alles zu mit den Worten der Kirche.«

»Mit dem Wort Gottes, mein Sohn«, sagte er und trat zu den beiden. »*Und wer da stehet, der sehe wohl zu, dass er nicht falle. Alle vorschnellen Zungen sollen schweigen.* So steht es geschrieben im ersten Brief des Paulus an die

Korinther. Jonathan, merke es dir und lasse es gut sein. Die Frau hat großen Kummer erlitten. Kommt euren Pflichten nach.«

In den folgenden Wochen bemerkte er, wie sein Ältester das Nanele beobachtete. Bei Tisch konnte sie alleine auf einem Stuhl sitzen, mit einem Kissen unterm Podex. Am Klang seiner Stimme erkannte sie, was er von ihr wollte. Bald faltete sie ihre Finger von selbst ineinander, wenn er das Dankgebet sprach. All das ging weit über Louisles Fähigkeiten hinaus. »Für unsere Buben habe ich in der Bibel eine Erklärung gefunden«, schrieb er an von Klein, »aber Frau Breusch entzieht sich meinem Einfluss.«

2

Für den Blasensteinschnitt führte er in seinem Etui ein Skalpell, eine Sonde und eine Steinzange mit sich. Auch bei Kindern erzielte er damit beste Heilergebnisse, was von Klein für den Moment nicht in Betracht ziehen wollte.

Er band den Mecklenburger an einen Baum und ging über die Wiese. Eine kurze Rast für ihn und das Pferd. Auf dem Rückweg von Tübingen war er, wo er an der Universität zur Geburtshilfe referiert hatte. Eine Stunde hatte er Zeit, das fiel weiter nicht auf.

»Jetzt lernt Mademoiselle also laufen!«, entfuhr es ihm, als Nanette auf ihn zustürmte und jauchzte. Er hielt ihr einen Finger hin, und sie griff danach, er zog ihn zurück. Sie lachte.

Er schnappte nach ihr, sie zog die Hand weg. »Du erinnerst dich, wie ich sehe. Mit dem Laufen bist du der Zeit voraus und wieder nicht.« Er kitzelte sie mit einem ihrer winzigen Zöpfe, die unter dem Häubchen hervorschauten. Sie lallte. »Die Erziehung hier tut dir gut. Auch wenn du das Krabbeln ausgelassen hast.«

Frau Pfarrer trat zu ihnen. »Alles kommt zur rechten Zeit. Wie es in den Briefen zur Erziehung steht. Ich heiße Sie herzlich willkommen hier bei uns im Baumgarten an der Erms. Nanele, gib Onkel Ludwig die Hand.«

Nanette schüttelte den Kopf und gluckste. Sie beugte den linken Arm, in dem sie eine Puppe mit gelben Haaren hielt, zeigte auf Rosine und machte eine Faust. Unentwegt zupfte sie an ihm herum. Er nahm sie auf den Arm, wo sie kaum zu halten war, so wendig bewegte sie sich. Also setzte er sie ins Gras, wo sie sich an seinen Pantalons hochzog. Eine dunkle Haarsträhne fiel ihr in die Augen. Steinheil legte die Leiter ab, kam zu ihnen und nahm sie auf den Arm.

Sie gingen zur Erms hinunter. Hinter einer alten Weide mit einem verwachsenen Stamm gluckste und rauschte ein Wasserstrudel und deckte seine Worte zu. Die Buben spielten Verstecken in der Nähe. Besser, sie schnappten nichts auf.

»Ihr Schwager hat es eingefädelt, dass Sie nach Kirchberg an der Murr versetzt werden. Doch erst in zwei Jahren. Dann können die Mädchen leicht für alle Fremden als Zwillinge gelten. Bis dahin müssen Sie hier in Metzingen ausharren. Frau Breusch und ihr Mann wandern nach Amerika aus. Die beiden werden die Prämie nicht ausschlagen. Für Sie gibt es in Kirchberg einen Neuanfang. Bis dahin richten Sie es sich in Metzingen ein. Nanette darf den Pfarrgarten, der groß genug und gut abgeschirmt ist, einzig in Begleitung der

Eltern verlassen, wie es auch in den Erziehungsanweisungen steht, immer mit einem Häubchen versehen, auf dem Arm gehalten oder mit Louisle in einem Wagen, wie Sie ihn benutzen, wenn Sie hierher in den Baumgarten gehen. Ich denke, wir verstehen uns.«

Steinheil strich sich über seine teuflische Braue. »Verzeihen Sie, was passiert ist. Es wird nicht erneut vorkommen. Schwager Ferdinand hat uns von der Pfarrstelle erzählt. Wenn wir nur das Nanele mitnehmen dürfen.«

Verhalten nickte von Klein. »Meine Schwester hat vor einem Jahr gedacht, ich sei Nanettes Vater und sie müsse mich vor übler Nachrede schützen.« Er schaute sich um. Sie waren alleine mit dem Rauschen der Erms. »Ich vertraue Ihnen. Sie sollten jedoch meiner Schwester nicht trauen. Freundlich ist sie und garstig zugleich. Sie wird sich wieder einmischen. Ich beginne von nun an die Anweisungen zur Erziehung stets mit einem Satz zum Blasensteinschnitt. Verzeihen Sie, ich muss eilen. Ich soll Napoleon im Gefolge des Kurprinzen zur Landesgrenze begleiten. Damit der Kaiser nicht zu Schaden kommt. Wilhelm ist endlich zurück aus Paris. Ihn hätte Napoleon gerne als neuen König gesehen. Stürzen wollte er Friedrich, aber auf diese Weise gegen seinen Vater hat sich Wilhelm nicht gestellt. Hier, das Kostgeld fürs nächste Jahr. Für das Kind lasse ich Ihnen ein Documentum zukommen.«

»Wie gesagt, würden wir Nanette gerne an Kindes statt annehmen. Sie hat so viel Freude zu uns gebracht. Von Natur aus ist sie mit einem sonnigen Gemüt gesegnet.«

Bei den letzten Worten wachte sie auf und prustete Steinheil ins Ohr. Von Klein lachte und strich ihr über den Kopf. Sie war gut aufgehoben in Metzingen. Und Frau Pfarrer machte es ganz recht mit der Erziehung nach Pestalozzi.

3

Ganz nach der Anschauung lernten die Kinder lange vor der Zeit das Rechnen an zerteilten Äpfeln, ohne einen Begriff davon zu haben. Immerzu ermunterte Johanna Steinheil selbst die Kleinsten, bei allem tatkräftig mitzumachen, was das Leben erforderte.

Es war kein rechter Schlaf gewesen in der letzten Nacht in Metzingen. Sie strich über ihren dicken Bauch. Ferdinand war am Abend gekommen und packte kräftig mit an. Er verbot ihr, etwas anderes zu tun, als ein Auge auf alles zu haben.

Schwer wie ein Ackergaul bewegte sie sich seit ein paar Wochen und nahm nun neben Ferdinand auf dem Kutschbock Platz, mit einem Kissen unterm Gesäß. Er war jetzt nicht nur Finanzminister, sondern auch Geheimer Oberfinanzrat.

Für die Umzugsreise hatte sie einen Kräutersud in einem irdenen Krug bereitgestellt. Hopfen, Johanniskraut, Majoran, Melisse und Thymian zu gleichen Teilen, getrocknet auf dem Dachboden der Martinskirche, die ihr fehlen würde. Sie nahm aus einer Kelle ein paar Schluck, und langsam wurde sie ruhiger. Es schmerzte, den Kräutergarten zu verlieren. Einige Pflanzen hatte sie vorsichtig ausgegraben und in tönerne Töpfe gesetzt. Sie würden sich schwertun, in fremder Erde anzuwachsen, es war zu heiß. Noch einmal ein Bub wäre schön. Friedrich war eine rechte Freude und mit Jonathan wurde es langsam besser. Warum hatte Wilhelm gleich nach der Geburt sterben müssen? Damit Platz fürs Nanele war, sonst hätten sie es nicht nehmen können. Gott hatte es bestimmt.

Ihr Mann ritt vor ihnen und zog mit seinem Pferd den Wagen mit den Hühnern und der Ziege. Den Talar wollte er nicht hergeben und band ihn, zu einer Rolle geschnürt, hinter dem Sattel fest.

Umsichtig lenkte Ferdinand den gedeckten Wagen mit den beiden Pferden um alle Schlaglöcher. Er summte leise wie früher als Bub. Sie legte ihren Kopf an seine Schulter und ließ sich von ihm durch die Stunden schaukeln. Tief zog sie die Haube in die Stirn. Die Sonne war gar zu heiß heute. In jedem Pfarrdorf standen frische Pferde bereit, Ferdinand hatte gut vorgesorgt. Die Hunde sprangen meistens frei neben ihnen, ab und zu pfiff einer der Buben sie zurück. Eifrig räumten die beiden die größten Steinbrocken aus dem Weg und hopsten zurück auf den Pritschenwagen. Die Mädchen waren bei ihr und suchten Schutz unter der Plane. Obwohl sie im Schritttempo fuhren, kamen sie kräftig voran und erreichten die Residenz kurz vor Einbruch der Dunkelheit. Der Bruder hatte sie in Waldenbuch verlassen und war auf Umwegen in die Stadt geritten, die letzten Meter kutschierte Friedrich und war ganz anstellig.

Stiftsdiakonus Dapp, ein kleines zähes Männlein, bot ihnen eine Herberge. Daher konnten sie die beiden Wagen, von den Hunden bewacht, oberhalb der Kirche im Hof des Helferhauses abstellen. Alle Tage waren dort Pfarrer mit ihren Familien zu Gast, sodass sie nicht weiter auffielen.

Von Klein kam zwei Stunden vor Mitternacht und untersuchte Johanna. »Ein wenig Schlaf wird Ihnen und dem Kind wohltun.«

In der Wohnstube legte sie sich auf die Chaiselongue, schloss die Augen und öffnete die Ohren. Die Männer redeten leise miteinander. Zum Glück war Frau Hehl nicht in der Stadt. Von Klein hatte sie für die Sommermonate nach Freudenstadt zur Kur geschickt.

»Dieses Dokument hier. Ich habe es in Metzingen angekündigt. Brechen Sie das Siegel nur im Notfall.« Von Klein verabschiedete sich, als wolle er nicht hören, was noch gesagt wurde. Sie blinzelte. Dapp warf ihr einen Blick zu.

»Sie wissen, werter Kollege«, wandte sich dieser an ihren Mann, »wie das ist, wenn ein Kind getauft werden soll. Man muss etwas hineinschreiben. Das habe ich gemacht.« Er wies auf das Schriftstück. »Für Stuttgart gibt es ein Nebentaufbuch, es liegt in meiner Verantwortung. Niemand wirft freiwillig einen Blick auf die Schande.«

Ihr Mann steckte das Dokument in ein Buch. Ob es in Metzingen auch zwei Taufbücher gab? Oder gar in Kirchberg? Nie hatte sie den Eintrag zur Taufe der Zwillinge angeschaut. Was wusste sie schon. Nur, dass sie für Nanette fast mehr Liebe empfand als für die eigenen Kinder, da sie einer Stärkung von innen bedurfte. Lange lag sie wach und lauschte auf das Schnarchen ihres Mannes, die Stundenschläge der Stiftskirche und auf das Stampfen der Pferde im Hof. Man muss etwas hineinschreiben.

Friedrich und Jonathan stürmten am nächsten Morgen in die Stube. Die beiden rissen sie aus tiefem Schlaf. Das war ihr lange nicht passiert. »Unter den Kastanien auf der Planie, lauter tote Vögel! Amseln und Spatzen, ein junges Rotkehlchen!« Abrupt setzte sie sich auf. Nanele und Louisle stolperten herein, ließen sich auf den Boden fallen und blieben bewegungslos liegen. Rosine hockte sich zu ihnen und legte die Arme um sie. Maria stampfte mit dem Fuß auf. Johanna gab den Kindern Schnupftücher. »Haltet sie euch vor die Nase, wenn ihr hinausgeht.« Rosine nahm die Zwillinge an die Hand. Maria heulte hinter ihnen her. Über der Stadt hing ein Gestank nach Kloake und Fäulnis.

»Unser Nesenbach«, sagte Dapp. »Es hat lange nicht geregnet. Heute sind die Ausdünstungen besonders schlimm, die Vögel sind von den Bäumen gefallen.« Er half ihr auf den Wagen. »Seit er König ist, klagt Friedrich ständig, dass der untere Stock des Neuen Schlosses nicht bewohnbar sei.« Er legte einen Finger auf den Mund. »Da die Herzöge ihre Residenz unbedingt im Stutengarten bauen wollten, hat Gott nichts dagegen gesagt. Der Herr behüte euch. Gesegnete Reise.«

Mühsam brachte ihr Ältester den Wagen durch eine Engstelle auf der neuen Königstraße. Sie drehte sich um. Ihr Mann fuhr hinterher und hatte ein Auge auf alles. Jonathan saß ungewohnt still neben ihm. Sie ließ das Taschentuch sinken. Über den Kastanien leuchtete die Königskrone, von der sie gehört hatte.

Sie wandte sich zu den Kindern um. Rosine wiegte Louisle, und Maria verschränkte die Arme vor der Brust. Nanette kniete aufrecht hinter ihr und schnupperte mit hoch erhobenen Händen. Wie gut ihr die Zeit im Metzinger Pfarrhaus getan hatte, wenn es auch Momente gab, in denen sie ohne ersichtlichen Grund ängstlich war. Wie bei der Abreise gestern Morgen.

Erst hatten sie und Louisle eifrig die gelben Rüben einzeln zum Wagen getragen. Lernten die Kleinen dabei doch, dass alles mit musste. Nichts zurückbleiben konnte. Das Haus war still gewesen und Nanette alleine durch die ausgeräumten Zimmer gelaufen. Sie war ihr heimlich gefolgt. Ganz verwirrt schien ihr das Nanele. In der Küche stand der Herd mit der leeren Holzkiste, hinter der es sich versteckte und gleich wieder herauskam, weil niemand nach ihm suchte. Es war die Treppe hinunter durch den Öhrn in den Hof gerannt. Johanna roch die Angst, vergessen zu werden. Nanette war nicht wie Louisle. Es war, als ob sie sich an etwas erinnern und es nicht wissen konnte. Wenn Friedrich sie kitzelte, kam sie zu sich.

Der Wagen ratterte über das Pflaster. Am neuen Königstor ließen sie die Wachen ohne Kontrolle passieren. Wie gestern Abend. Gott hatte sie erhört, und ihr Bruder hatte wohl auch seine Hand im Spiel. Niemand wollte wissen, wer sie waren. Trotzdem war sie erleichtert, als Ferdinand in Zuffenhausen die Zügel übernahm.

Zum Abendläuten erreichten sie die ersten Häuser, die zu Kirchberg zählten, fuhren aber bald noch eine Viertelstunde auf einer reinlich gehaltenen Dorfstraße an Obstwiesen und Gemüsegärten vorbei. In der langsam nachlassenden Hitze übertönte der schwere Duft von Lavendel die Würze des Josefskräutleins. Sie würde es recht bald brauchen. Viel reine Muttermilch gab es davon, und die Kinder liebten den herzhaften Geruch des Basilienkrauts. Die Häuser drängten sich dichter aneinander.

In der Magengasse neben der Lukaskirche warteten ihre Eltern. Aus Oberesslingen waren die Schwiegerleute herübergekommen. Mutter Steinheil versteckte sich unter ihrer Haube und murmelte: »Ach Gott, ach Gottle.«

Die Pferde zogen den gedeckten Wagen durch die Einfahrt in den Pfarrhof.

»Die musstet ihr also auch mitbringen!« Ihre Mutter rieb sich über das linke Ohrläppchen mit dem Haarbüschel. »Es hat noch nie Zwillinge gegeben in der Familie. Ich wollte bei der Taufe nichts sagen und euch das Fest verderben. Gleich habe ich es gesehen, dass etwas nicht stimmt. Frau Unterbürgermeister Gfrörer ging es genauso, und das Wetter war eine Strafe Gottes. Ihr wollt davon nichts wissen. Als ob eure Kinder nicht reichen. Und nun kommt wieder eines. Woher hattet ihr zwei gleiche Taufkleider? Nicht von unserer Familie und nicht von den Gegenschwiegern.«

»Liebste Mutter, alles hat seine Ordnung«, sagte Johanna leise. »Und bedenken Sie die Ohren der Kinder.«

Ihr Vater klemmte sich die Bibel unter den Arm und schob Nanette durch die Toreinfahrt zur Magengasse. Mit dem ausgestreckten Zeigefinger wies er nach oben. »Der Drache wird dich fressen. Vergiss das nicht.«

Das Nanele schlug die Hände vors Gesicht und zog die Schultern hoch. Sie strich ihm übers Haar.

»Du bist groß, hilf beim Abladen«, sagte Rosine und zog Nanette mit sich.

Sie atmete auf und bat Eltern und Schwiegereltern sowie die zahlreichen Helfer aus dem Dorf und das Gesinde, eines nach dem anderen und wegen der Hitze ohne jede Eile heraufzubringen. So konnte sie alles an die richtige Stelle dirigieren, davon lernte schon das Kind in ihrem Leib, eines kam nach dem anderen. Ferdinand half ihr, die Möbel zurechtzurücken. Wie wohl ihr der Bruder tat, wenn er sich auch unermüdlich um die Belange des neuen Königreichs kümmern musste.

4

»Hochwasserschutz nicht vorrangig vonnöten«, notierte Ferdinand von Weckherlin für die Oberamtsbeschreibung. Vor dem Nachtessen hatte er die Murr begutachtet. Zum Glück war sie nicht derart wild wie die Erms in Metzingen. Auen gaben natürlichen Rückhalt und dichte Wälder hielten raue Winde und Fröste ab. In Kirchberg konnte er leichter die Hand über die Schwester und ihre Familie halten, die auch die seine war.

Im Esszimmer in der Mitte des großen Eichentisches, der zum Inventar des Pfarrhauses gehörte und ordentlich registriert war, lagen geräuchter Schinken, Schwarzwurst und ein Viertellaib Käse. Ein Korb mit frischem Brot stand bereit. Alles war in bester Ordnung, wie er es liebte. Gebuttert hatten die beiden Mägde erst morgens, wie sie sagten. Zum Nachtessen bekamen die Kinder Pfefferminztee von Blättern aus dem Garten, zwei große Krüge fein vergorener Most aus der Dorfpresse standen für die Erwachsenen bereit. Welch Glück für seine Schwester, in einen weitsichtig geführten Haushalt zu kommen.

Der Schwager hieß die Mägde und den Knecht, bei ihnen Platz zu nehmen. Bedächtig brach er das Brot. »Segne, was du uns bescheret hast.«

Er reichte zuerst Louisle ein Stück, dann allen anderen. Zum Schluss sagte Nanette mit fester Stimme: »Amen!« Das hatte sie gut gemacht. Jetzt konnte das neue Leben in Kirchberg beginnen.

Gerade wollte er herzhaft zulangen, da bemerkte er, wie seine Eltern mit den Füßen scharrten und Johannas

Schwiegerleute auf ihre Teller starrten. Er zog die Augenbrauen hoch und stand auf. »Ich denke, es gibt da etwas klarzustellen. Rosine und Friedrich, passt auf die Kleinen auf.«

Sorgfältig schloss er die Tür zum Besprechungszimmer. Alle nahmen Platz auf den Polstermöbeln und blieben auf dem Sprung, das entging ihm nicht. »Was für ein Hunger treibt euch um?«

»Das Amen hätte jemand von der Familie sprechen müssen.« Mutter Steinheil rutschte auf der Chaiselongue hin und her. »Bub, verstehst du denn nicht?«, wandte sie sich an ihren Sohn.

Bevor der Schwager antworten konnte, ergriff Weckherlin das Wort. »Der Leerstand von Pfarrhäusern wirkt sich negativ auf die Haushaltsbilanz unseres Königreichs aus. Die überaus prächtige Pfarrei in Kirchberg bietet Platz für eine große Familie.« Er schaute in die Runde. »In Metzingen wohnt nunmehr der Helfer im Pfarrhaus. Er wird die Gemeinde trefflich mit Gottes Wort versorgen. Zwei Stellen für einen so kleinen Marktflecken sind nicht vonnöten. Das Helferhaus lässt sich vermieten. Eine dreifache Einsparung, die König Friedrich letztlich überzeugt hat. Er wendet fast zehn Prozent des Etats für kirchliche Belange auf und muss sehen, wo er sparen kann. Es hat also alles seine Richtigkeit.«

Vater Steinheil schlug die Bibel auf und las: »*Keiner werfe den ersten Stein.* Ich werde niemandem nichts sagen.«

»Dafür wäre die Bibel nicht vonnöten gewesen.« Der Schwager schüttelte den Kopf. »Den eigenen Verstand kann die Heilige Schrift nur fördern, nicht ersetzen.«

»Ein Zwilling ist zu viel!« Seine Mutter sprang auf. »Eines Tages kommt alles ans Licht und bringt Unheil über die ganze Familie. Johanna, hab ein Einsehen!«

Jetzt war es heraus. Zum Glück schwieg seine Schwester. Sie hielt sich den Bauch.

»Ferdinand! Das kannst du nicht zulassen! Bring das Kind ins Waisenhaus nach Stuttgart. Noch ist Zeit. In dem Alter wird es sich später an nichts erinnern.«

»Mutter, es ist genug.« Er ging zum Fenster. Die Glocken der Lukaskirche schlugen zur neunten Stunde. »Gehen wir zum Nachtessen. Die Kinder haben ein Anrecht, am ersten Abend nicht alleine gelassen zu werden.«

Er ließ das Nanele bei sich auf dem Schoß sitzen, sodass es den Tisch überblicken konnte. Neugierig wandte es den Kopf hin und her. Wie sie alle dasaßen und sie beide anstarrten.

»Du sollst sie nicht bevorzugen.« Johanna wollte Nanette auf ihren Platz setzen.

Er hielt sie davon ab. »Louisle, komm aufs andere Bein.« Diese nickte eifrig.

»Eine gesegnete Mahlzeit wünsche ich von Herzen. Lasst es euch munden.« Der Schwager brach erneut das Brot und reichte es über den Tisch.

»Amen«, sagte Nanette mit ernster Stimme. Ganz still saßen alle. Da patschte Louisle mit den Händen auf den Teller vor sich und krähte: »Amen!«

So war es also gesagt worden. Von einer Steinheil dem Geiste nach und von Geburt her. Rosine nahm Louisle zu sich. Nanette faltete ihre Hände. Er beugte sich zu ihr.

»Ich mag sie so verflochten. Da bin ich bei mir.«

Er strich ihr übers Haar. »Kannst jederzeit zu mir kommen«, wisperte er, »wenn es was zum Fragen gibt. Magst du ein Brot mit Käse?« Sie nickte. Wie recht sie hatte. Man musste bei sich bleiben. Er sollte sich das jeden Tag ins Gedächtnis rufen.

Friedrich räusperte sich und stand auf. Ganz wie ein Prediger blickte er in die Runde. Als Ältester durfte er vom Most trinken und hob sein Glas. »Lieber Jonathan, verehrte Schwestern. Auf uns lastet große Verantwortung. Wir sind die Kinder des Pfarrers. Alle Augen des Dorfes ruhen auf uns. Immer und zu jeder Zeit. Ihr wisst, was das bedeutet.«

Eltern und Schwiegereltern wirkten versöhnt. Nanette lehnte ihren Kopf an seine Schulter. Wenig später war sie eingeschlafen, und er brachte sie zu Bett. Sie war sein Patenkind, er musste auf sie achtgeben. Vater und Mutter beschützten und liebten sie inniglich, aber das mochte nicht in allen Fällen genügen, wenn er an Bergrätin Hehl dachte.

5

Eine geborene von Klein war sie. Ihr gebührte Respekt. Niemand stand zur Begrüßung bereit. Auf diese Weise ging man nicht um mit der Schwiegertochter des Stuttgarter Bürgermeisters. Aus der Pfarrscheuer drang lautes Singen. »Das unbefangene Mädchen« von Friedrich Wilhelm Gotter. Ein vierstimmiger Kanon. Besser wäre eine sinnvolle Handarbeit.

»Wird hier heute nicht geschafft?« Ihre Stimme hatte einen schrillen Unterton. Wie sie sich hasste dafür. »Will denn hier niemand Grüß Gott sagen? Mein Bruder schickt mich. Der Stadtmedicus von Klein.«

»Frau Bergrat Hehl! Wie schön, Sie endlich persönlich

kennenzulernen. Haben Sie gehört, wie die Mädchen singen? Da geht einem das Herz auf.«

Eine Frau mit hochgesteckten dunkelblonden Zöpfen und einem riesigen Busen reichte ihr die Hand und eilte sogleich zu einem Wiegenkasten. Das war also Johanna Steinheil. Beim Heuwagen standen vier Mädchen. Keines begrüßte sie. Dunkle Haare, blaue Augen. Sie erkannte Christiane sogleich. Grashalme hingen ihr in den Zöpfen, die Hände versteckte sie hinter dem Rücken. Frau Pfarrer kam zurück. In den Armen hielt sie ein Bündel. Das Neugeborene. Es gehörte ins Haus. Eine Unsitte war es, die Kinder von Anfang an überall hin mitzunehmen, statt sie gefatscht in der Stube zu lassen. Mit drei Schritten war sie auf der anderen Seite des Heuwagens und packte Christiane am Arm.

»Sagst du wohl ordentlich Grüß Gott? Du wirst lernen, dich zu benehmen! Dafür werde ich Sorge tragen.«

»Nanele, rasch, sag in der Küche Bescheid! Es ist Besuch gekommen!«

Das Kind hörte seinen Kosenamen und schlug nach ihr. Es befreite sich aus ihrem Griff und rannte los. Das Kleid flog ihm um die nackten Knie. Auch die drei anderen flohen mit großen Sprüngen.

»Kommen Sie bitte mit ins Haus. Und seien Sie so gut und schließen Sie hinter uns das Tor. Zu viel Licht schadet den Kräutern.«

Frau Pfarrer eilte mit dem Bündel zum Hintereingang des Hauses, der dem vorderen in nichts nachstand. Elisabeth Hehl hob den Kopf. Drei herrschaftliche Stockwerke und ein doppeltes Dachgeschoss. Das Pfarrhaus machte die Figur von mehr als einer Prälatenwohnung. Sie deutete auf das Bündel. »Das ist hoffentlich das letzte.«

»Wenn Gott will. Bitte, treten Sie ein.« Frau Pfarrer ging eine breite Treppe mit gedrechseltem Geländer hinauf in den ersten Stock. In einem überaus geräumigen Zimmer mit Eichenparkett wies sie auf einige Stühle an einem großen Esstisch und rief: »Nanele, bring dein Kreuzstichdeckchen. Entschuldigen Sie mich bitte, Frau Bergrat Hehl, ich muss in der Küche nach dem Rechten schauen.«

Sie setzte sich an die Stirnseite des Tisches, wo sie den Raum gut überblicken konnte. Das war sicher der Platz des Pfarrers. Ärmlich schien es in diesem Hause nicht zu sein. Da kam das Kind und hielt ihr einen Fetzen Stoff hin.

»Wirst du mich wohl anschauen? Was ist denn das für ein Benehmen? Bist du stumm? Du darfst Tante Hehl zu mir sagen.« Sie nahm das Deckchen an sich und begutachtete es. »Das taugt nur zu einem Putzlumpen!«, entfuhr es ihr. »Aua!« Sie langte sich ans Schienbein. Impertinent! Das Kind hatte sie getreten und rannte mit wehendem Rock davon. Schon wieder.

Frau Pfarrer kam mit einer Kaffeekanne und einem Kuchenteller. »Es ist nur ein Rest Pflaumenkuchen, vom Tag des Herrn. Gestern war mein Bruder aus Stuttgart da. Ferdinand hat auch den Kaffee mitgebracht.« Sie goss ihr vom Kaffee ein und reichte ihr Zucker und Sahne. »Wir haben die Taufe von Magdalena, unserer Jüngsten, ein wenig gefeiert. Beim nächsten Kind gibt es wieder ein Familienfest. Sie sind herzlich eingeladen.«

»Erziehen Sie erst einmal das Ihrer Obhut anvertraute anständig! Das Kreuzstichdeckchen, so geht das nicht. Das Kind muss sich bessern.« Elisabeth Hehl reckte das Kinn in die Höhe.

»Ich hab Nanette den Faden eingefädelt. Sie hat die Älteren nachgeahmt. Louisle, ihre Schwester, übt auch fleißig. Möchten Sie noch von der Sahne, werte Frau Bergrat?«

»Es geht Ihnen nicht schlecht, wie ich sehe. Und das Porzellan kann sich sehen lassen. Weswegen ich aber gekommen bin: zur Geburt die besten Glückwünsche!« Ein kleines Kästchen aus blank poliertem, fein gemasertem Kirschholz verehrte sie Frau Pfarrer, das diese auf die Vitrine stellte und nicht öffnete, als könne ihm ein böser Geist entspringen. »Noch ein Mädchen, das wird nicht leicht mit der Erziehung.«

»Es geht alles von selbst. Seit alters her ahmen die Kleinen die Großen nach, und je jünger sie sind, desto eifriger lernen sie auf diese Weise.«

Da trat Pfarrer Steinheil ins Zimmer und schien nicht erstaunt. Er musste gelauscht haben. Und der ganze Kuchen half nicht, die verkehrten Ansichten zur Erziehung auszuhalten. Sie erhob sich und strich ihren Rock glatt. »Ich wollte mit Ihnen über Christiane sprechen. Unter vier Augen, versteht sich.«

Der Pfarrer zögerte, das sah sie wohl, nickte dann aber. Er führte sie in sein Amtszimmer, das sehr klein war, und wies auf einen schmalen Holzstuhl vor seinem Schreibtisch. Er setzte sich in den breiten Sessel mit den Armlehnen. Durch die halb geöffnete Zwischentür sah sie in ein geräumiges Zimmer mit Polstermöbeln. So wurde sie also hier geschätzt.

»Sie haben von meinem Bruder ein Dokument für das Kind erhalten. Ich soll es für ihn holen.«

»Haben Sie von ihm ein Schreiben dabei, dass Sie in seinem Auftrag unterwegs sind?«

»Sie erdreisten sich, mir zu misstrauen? Das ist ja noch schöner. Dass mein Bruder mir etwas unterstellt, ist nichts Neues. Geben Sie mir das Dokument! Sie haben hoffentlich das Siegel nicht gebrochen?«

Der Pfarrer stand auf und wandte sich zum Kirchturm. »Eine ganze Kiste Bücher, stellen Sie sich das vor, beim

Umzug verloren gegangen. Nicht auffindbar, mein Rousseau, verschwunden.«

»Mein Bruder wird Ihnen eine neue Ausgabe besorgen. Geben Sie mir dieses Dokument. Ich fürchte, Ludwig könnte damit kompromittiert werden.« Sie starrte auf den schwarzen Rücken am Fenster. Wie eine Krähe ihre Flügel bewegte der Pfarrer die Arme auf und ab. Warum drehte er sich nicht um? Sie stampfte verhalten mit dem Fuß auf.

»In meinem Rousseau war gut verwahrt, was mir für das Kind ausgehändigt wurde. Ich stehe mit leeren Händen da.«

»Ich lege das Kostgeld in Ihre Hände. Wie es vereinbart ist.« Sie schob ihm das Säckchen über den Tisch. »Was ist mit dem Dokument? Ich bin besorgt um das Kind und meinen Bruder.«

Es klopfte. Sogleich wandte sich der Pfarrer um und beachtete sie nicht weiter. Zwei Buben, das mussten die Söhne sein, standen an der Schwelle. Der kleinere trug einen Korb mit Eiern, der ältere hielt einen Krug in der Hand.

»Ziegenmilch, ich rieche es. Ich lasse sie für euch Kinder, ihr seid derer gar so viele. Die Eier nehme ich gerne mit, polstert mir den Korb ein wenig mit Gras aus der Scheuer.«

Ohne bei Steinheil etwas erreicht zu haben, stapfte sie kurze Zeit später die Treppe hinunter.

Im Öhrn hörte sie ein leises Schluchzen. Mit einem Ruck öffnete sie die Tür zu einer Wirtschaftskammer. »Dachte ich es mir doch. Ein gutes Mädchen muss sich nicht verstecken. Es wird ein schlimmes Ende nehmen mit dir! Zu Recht verschlägt es dir die Sprache! Du kommst jetzt mit. Aua!«

Es hatte sie in den Bauch geschlagen. Das würde es büßen. Unter dem ausgestreckten Arm war es ihr entwischt und verschwand in der dunklen Hofeinfahrt.

Sie stapfte die Treppe hinauf zu Frau Pfarrer in die Küche. »Dieses Kind, das um sich schlägt und tritt, immerzu fortläuft, keinen Ton sagt und einem nicht gerade in die Augen schauen kann, ist vollkommen ungeraten!«

»Das Nanele kennt Sie nicht. Es hat Angst und ist ein wenig unbedacht.«

Frau Pfarrer schlug den Spätzleteig, dass er Blasen warf. Sie blieben am Rand der Schüssel hängen. Vollkommen verkehrt.

»Aber Frau Pfarrer, Sie sehen doch, wohin diese Art der Erziehung führt.«

»Ein Kind beginnt bereits zu schenken, wenn es nichts weiter zu geben hat als seine Zuneigung. Es wird schon werden mit Nanette. Sie ist ganz umgänglich. Es braucht Zeit. Vertrauen Sie uns bitte.«

Sie drehte den Kopf weg und verließ das Haus. Vom Rathausturm schlug es hell die volle Stunde, kurz darauf fiel die Kirchturmglocke ein, tief und fest, fünfmal. Man jagte sie fort, und sie würde wiederkommen. Wie der Komet, der Stuttgart in Aufruhr versetzt hatte.

Die Stadt hatte das Vesper vergessen. Alt und Jung, Groß und Klein, alle liefen sie auf die Straßen. Blitze regneten hernieder, die wenigen Katholischen bekreuzigten sich. Die Residenz hielt den Atem an. Der Horizont verfärbte sich bläulich. Es war das Zeichen gewesen, Ludwig endete im Unglück. Sie würde sein Schicksal wenden. Er hatte ihr das Kind entzogen und steckte mit den Pfarrersleuten unter einer Decke, aber er blieb ihr Bruder. Gar fein hatte er sich das alles ausgedacht und geleugnet, Herzsieben zu besitzen. Zeit und Mühe hatte es sie gekostet, den Aufenthaltsort herauszufinden. Was hatte es mit diesem Dokument auf sich? Stiftsdiakonus Dapp erzählte ihr erst davon, nachdem er eine erkleckliche Summe eingestrichen hatte. Sagen, was darinnen stand, wollte er aber um keinen Preis. Dabei hatte er es verfasst. Würde sich seiner Worte gewiss erinnern. Wäre sie der Wärterin Breusch gegenüber nicht so knauserig gewesen, längst könnte sie Herzsieben ihr eigen nennen. Doch erst musste sie das Dokument erlangen. Dann war Herzsieben dran. Wenn ihr Bruder sie nicht besaß, blieb nur das Pfarrhaus. Sie würde wiederkommen. Wer aber hatte Ecksteinsieben? Die junge Rumetsch beteuerte, sie habe diese vor geraumer Zeit dem Stadtmedicus gegeben, wovon der Bruder nichts wissen wollte.

Der Vater hatte bereits mehrmals nach den Spielkarten gefragt. Sie habe sie sich ausgeliehen, hatte sie ihn beruhigt. Umgehend wollte er die Karten zurück, und zwar beide zusammen. Er verriet nicht, warum. Solch einen Zorn kannte sie von ihm nicht.

Alle führten sie an der Nase herum, doch sie ließ sich nicht mehr täuschen. Die Spielkarten gehörten ihr genau wie dieses Kind, es war das ihre, sie würde es sich holen.

6

LOUISLE, SCHAU, DER ERSTE SCHNEE. Friedrich soll lesen. Aus dem Fabelbüchlein. Er ist der Älteste. Er muss vorlesen. Bei den ersten Schneeflocken. So war es immer, sagen die Großen, so ist es, seit ich denken kann. Friedrich liest. Nicht die Mutter. Sie muss backen.

»Morgen ist Weihnachten«, sage ich. Rosine lacht und zieht mich auf den Schoß. Wie warm die Schwester ist.

Louisle klettert zu mir. Wir kitzeln uns. Kichern und giggeln.

»Still«, sagt Rosine. »Hört, was Pestalozzi sagt.«

»Friedrich«, sage ich.

Die anderen klatschen in die Hände.

»Friedrich! Friedrich!«

Rosine zuckt mit den Schultern. Der Bruder räuspert sich. »Napoleon ist jetzt auch in Portugal«, sagt er, geht zum Ofen und öffnet die Klappe. Legt Holz nach.

Heiß, so heiß wie die Angst im Bauch. Eine Hand vor den Augen. Napoleon. Das Wort kenne ich und weiß nicht, was es heißt. Die Kerze zischt. Es riecht nach Honig. Hand weg. Die Mutter muss backen. Portugal. Was ist das? Jonathan macht eine lange Nase. Friedrich zieht ihn am Ohr. Maria stampft mit dem Fuß auf. Magdalena weint. Rosine schiebt mich weg. Louisle rutscht mir hinterher. Wir sitzen auf dem Boden. Lehnen uns mit den Rücken aneinander. Rosine holt Magdalena und wiegt sie. Die Mutter muss backen. Friedrich schaut in die Runde. Die Kerze flackert. Friedrich soll lesen. Etwas Schönes. Weich wie Schnee. Die Geschichte vom kranken Bäumchen. Nein! Wind peitscht weiße Flocken ums Haus. Friedrich zeigt nach draußen. Dort steht der Pflaumenbaum. Die Blätter aber sind vertrocknet. Wie in der Fabel von Pestalozzi. Es ist Winter, sagt Friedrich. Louisle schluchzt. Die Mutter muss backen. Es riecht nicht nach Zimt. In meinem Bauch knurrt das Tier. Es hat Hunger. Die Mäuse nagen an mir. Wie an den Wurzeln vom Bäumchen. Da ist ein Mäusenest. Wie in meinem Bauch. Ich presse die Hände auf den Leib. Halte mich fest. Louisle weint. Rosine nimmt sie auf den Schoß, wiegt Magdalena im Arm.

Friedrich liest von vorne. »*… das Kind liebte das Bäumchen wie eine Schwester.*«

Wie ich Louisle. Und sie mich. Und Rosine mich. Maria lieben wir alle nicht.

»Ein Engel muss das Mäusenest ausgraben«, sagt Maria. Sie schaut mich an.

Ich drehe mich weg. Ich bin kein Engel. Ungehörig, hat Tante Hehl gesagt. Lieber Gott, meine Blätter welken. Nimm das Mäusenest von mir. Jonathan stupft mir den Bauch. Boxt mich. Friedrich räuspert sich. Wie der Vater.

»Schon ganz ein Pfarrer«, sagt Rosine. »Und du bist wie a Bua, Nanette.« Sie wischt mir ein paar Staubflocken aus dem Haarnest. Friedrich legt das Fabelbüchlein beiseite und wartet, bis wir wieder in eine Ordnung kommen. Zimtgeruch zieht durch die Stube. Endlich. Friedrich liest weiter, klingt wie der Vater in der Kirche. »*Zwei Füllen, die sich in Wuchs und Bildung wie ein Ei dem andern glichen …*«

Louisle klatscht in die Hände. »Ja! Ja! Ja!«, ruft sie.

Wie ein Ei dem andern. Wie ich und Louisle. Nur unsere Augen sind verschieden. Meine blau, die von Louisle sattbraun. Stirn an Stirn. Schauen wir uns in die Augen. Versinken darin. Sind gleich. Wie die Füllen. Wir bleiben beieinander. Kommen nicht in ungleiche Hände. Werden niemals verschieden. Tante Hehl will das. Wenn sie kommt. Weglaufen. Ich soll das nicht. Das Tier knurrt wieder. Laut bete ich. »Lieber Gott, beschütze mich. Ich will auch immer brav sein. Die Tante soll mich nicht holen.«

Friedrich streicht mir übers Haar. Er hört das Tier. »Ist schon gut, Nanele. Ich zeige dir, wo du dich verstecken kannst. Du bist stark. Hab keine Angst.«

Auf den Speicher. Heute. Jetzt. Friedrich bestimmt. Hat gestern gelesen. Das Haus zittert. Auf dem Speicher wohnt der Drache. »Ich sehe dunkel«, sage ich.

Friedrich schüttelt den Kopf. »Nimm die Hände weg. Da ist kein Drache. Nur ein Wasserspeier. Bald bist du drei. Dann verstehst du es.«

Der Drache frisst Kinder. Kleine Mädchen mag er am liebsten. Morgen. Einmal schlafen. Ein zerbrochenes Wagenrad mit Spinnweben. Auf dem Speicher. Ein Rechen mit zwei Zinken. Unser alter Puppenwagen. Ohne Puppen. Der Drache hat sie gefressen. Gestern. Das war einmal. Das Haus bebt. So nah die Kirche. Aus dem Bild beim Altar steigt der Engel mit dem Schwert. Der Drache ist tot. Nebel im Schnee. Blut.

»Es ist Krieg«, sagt Friedrich. »Sei froh, dass du ein Mädchen bist. Und dass du klein bist.«

Nein. Was ist das, Krieg? Tante Hehl? Das Haus schüttelt sich. Irrwische tanzen. Die Luft zerreißt. Der Drache fällt vom Dach. Mäusedreck. Ein Spiel. Ich verstecke mich. Beim Drachen. Er lebt. Ich lebe. Das Haus lacht. Ich tanze. Auf dem Speicher. Tante Hehl muss aus dem Bauch.

Eine neue Schwester. Aus dem Bauch der Mutter. Katharina. Sieben Geschwister jetzt. Ich bin Nummer fünf. Und bald bin ich fünf. Wie Louisle. Wir pflücken Blumen. Geschwind. Wie der Wind. Die letzten. Alle weg. Die Schwester ist da. Immer. Wir feiern Taufe.

Die Blumen legen wir auf eine alte Zeitung. »Morgenblatt«, lese ich, »für …« Ich stocke. Friedrich hat mir Lesen beigebracht. In die Schule darf ich erst nächstes Jahr. Mein Kleid ist zu kurz. Ich bin groß geworden. Louisle ist kleiner.

»›Morgenblatt für gebildete Stände‹«, sagt Rosine. »So

heißt die Zeitung.« Sie fährt mit dem Finger die Buchstaben entlang. »Vorsicht mit dem Ehrenpreis. Und die kleinen Sonnenblumen kommen hier her.« Wir flechten Kränze. Rosine zeigt es uns, mir und Louisle. »Greiskraut mit Malven! Wie hübsch.«

Maria will nicht mitmachen. Kornblumen piksen. Sie wächst nicht. Sie braucht kein Kleid. An meinem ist jetzt eine Borte. Die macht es länger. Kornblumen kenne ich genau.

»Nehmt Taubnessel mit Natternkopf, für Tante Hehl«, sagt Rosine. »Der Ehrenpreis ist für Katharina.«

Ich nehme den Finger. Lese. Das kann ich. Tante Hehl kommt. Sie soll zufrieden sein. Mit mir. Sie bringt Geld. Für mich. Für den ersten Zwilling. Für Winterstiefel. Maria wächst nicht. Sie braucht Kleid und Stiefel selbst. Geld, für mich allein.

»Der«, lese ich. »Dinge«, sagt mein Finger.

»Gebrauch«, sagt Rosine. »Von gebrauchen. *Der Dinge Gebrauch.* So steht es im ›Morgenblatt für gebildete Stände‹.«

»Wozu gebrauchen wir Tante Hehl?«, frage ich.

Da nimmt Louisle meine Hand und zieht mich mit sich. Wir rennen durch die Toreinfahrt auf die Magengasse. Friedrich und Jonathan peitschen einen eisernen Reifen von einem zerbrochenen Rad vor sich her. Bei der Nonnenkelter um die große Pfütze herum, der Reifen darf nicht nass werden, das ist die Regel. An der Hauswand streicht die gefleckte Katze entlang. Ihr fehlt ein Ohr. Manchmal fährt sie mit der Pfote darüber. Hühner scharren im Staub.

Großcousin August, der zu Besuch ist, schaut zu. »Napoleon ist in Stuttgart«, sagt er und streckt die Brust raus.

Napoleon. Schon wieder. Ich will ihn sehen. Da! Onkel Ludwig! Mein Nennonkel. Ein Geschenk. Nur für mich.

Weil ich keine Angst mehr habe. Vor dem Drachen und vor Tante Hehl. Ich bin stark und schlage mir mit der Faust in den Bauch. So und so!

Onkel Ludwig lacht. »Hier, nimm das. Es hilft gegen die Angst im Bauch. Herzsieben, für sieben Geschwister.«

Helfen? Ich bin stark. Schüttele den Kopf und stecke Herzsieben sogleich in die innere Schürzentasche, die die Mutter für mich eingenäht hat. Eine Spielkarte. Für mich allein. Sie kommt zu den Pflaumenkernen und den Kügelchen von Wachsresten. Ins ganz geheime Versteck. Zu den Murmeln wie Augen und den vier leeren Garnrollen. Einen Wagen will ich bauen mit Jonathan. Gleich morgen. Heute feiern wir. Morgen spielen wir. Dann zeige ich Herzsieben den anderen.

»Niemand darf Herzsieben sehen«, sagt Onkel Ludwig. »Ein Geheimnis. Ein Schatz. Du musst sie gut hüten. Sie ist von nun an dein Talisman und wird dich immer beschützen. Wohin du auch gehst, trage sie mit dir. Zeig sie nicht her.«

Ich nicke. Den Drachen muss ich bitten, gut auf Herzsieben aufzupassen, wenn die Mutter die Schürze wäscht. Herzsieben beschützt mich. Der Drache beschützt mich auch. Ich habe ein Herz für ihn gefunden.

Pflaumenkuchen. Für die Großen. Hefezopf mit Mohn für uns Kinder. Onkel Ludwig gibt mir vom Pflaumenkuchen. Nur mir. Ich lecke den Saft von den Lippen.

»Kuchen ist schlecht für die Verdauung der Kinder! Er verdirbt sie vollends«, sagt es plötzlich hinter mir. Tante Hehl! Onkel Ludwig hält mich fest. Das muss er nicht. Ich habe keine Angst. Wie gut er wieder nach Veilchenwasser riecht. Tante Hehl streicht den Stoff ihres Kleides glatt. Es knistert. Eine Taube gurrt vom Dach, eine zweite antwortet. Tante Hehl soll gehen, das Geld bleibt da. Sie dauert mich, aber nur kurz. Ich nehme eine Gabel vom Pflaumenkuchen. Großvater Steinheil stellt seine Kaffeetasse ab und schiebt den Teller zurück. Auf einmal reden alle durcheinander.

»Dann begutachte ich mal den Täufling.« Mit langen Schritten geht Tante Hehl die Tafel entlang und mustert jeden Einzelnen. Am Kopfende überreicht sie der Mutter, die in einem Lehnstuhl sitzt, ein Holzkästchen. Auf der Anrichte im Esszimmer steht schon so eines. Das ist für Magdalena. Nie schaut jemand hinein, selbst Maria macht einen Bogen darum. Ich traue mich. Morgen.

Onkel Ludwig heißt mich, alleine auf dem Stuhl sitzen zu bleiben. Tante Hehl ist seine Schwester, hat Rosine gesagt.

»Sie müssen das Kind fatschen!«, sagt Tante Hehl.

Fatschen, sage ich im Kopf. Fatschen. Es schmeckt bitter und hart. Ich kaue darauf herum. Spucke es aus. Es ist fremd, doch ich kenne es. In meinem Bauch rumort es. Der Pflaumenkuchen. Ich schlage ihn mit der Faust. So und so. Rosine hält mich fest.

»Gefatschte Kinder schreien nicht. Sie sind fügsam und vergessen mit den Jahren. Diese frühe Kindheit hat den Vorteil, dass man Gewalt und Zwang anwenden kann. Treibt man ihnen da den Willen aus, erinnern sie sich später nicht, dass sie einen gehabt haben.«

So ist das also. Sie soll weggehen. Das Geld bleibt. Nicht dass ich Angst hätte. Nicht vor ihr. Die Mutter und der Vater passen auf. Und Friedrich. Rosine. Ich kann mich nicht von der Stelle rühren. Tante Hehl lähmt mich. Alle anderen schieben ihre Stühle zurück und rennen durcheinander. Onkel Ferdinand! Er ist gekommen, ich will nach ihm rufen. Er geht mit Onkel Ludwig zur Pfarrscheuer. Sie haben Tante Hehl in ihre Mitte genommen. Gar heftig reden sie auf sie ein. Sie schüttelt unentwegt den Kopf. Sie ziehen sie zur Murr hinunter. Der Vater folgt ihnen.

Erst gestern war ich mit ihm dort. Kleine Aale schlängeln sich zwischen dem Laichkraut durch. Das Wasser schießt über Kiesel, Wellen schwappen über das Ufer. Der Vater hat aus der Bibel erzählt. Paulus und die Philipper.

»Der Friede Gottes ist höher als alle Vernunft. Halte Frieden mit Tante Hehl, wenn es auch nicht in jedem Fall vernünftig ist«, sagt der Vater. Frieden. Tante Hehl ist Krieg. Mein Frieden ist hier, im Pfarrhaus. Sie soll weg.

Die Großeltern aus Oberesslingen winken zum Abschied. Sie sind mir fern und viel näher als Tante Hehl. Großmutter Weckherlin nimmt mich hoch und küsst mich. Das hat sie noch nie getan. Frieden halten. Ihre Ohrhaare kitzeln und bitzeln mir in der Nase. Ich niese. Da setzt sie mich ab. »Der Drache wird dich fressen.« Großvater Weckherlin. Er beißt, aber nur Tante Hehl. Dafür kann ich nichts. Ich halte Frieden. Alle Tage. Da kann Napoleon sein, wo er will.

Der Luithardt Bauer bringt alle Großeltern mit dem Pritschenwagen nach Marbach zur Poststation. Ich streiche über Herzsieben. Ein Geheimnis, hat Onkel Ludwig gesagt. Was meint er? Talisman, das verstehe ich. Wir alle haben einen kleinen lilafarbenen Stein von Onkel Ferdinand bekommen, der klare Gedanken machen soll. Talisman, hat Onkel Ferdinand gesagt. Kinder brauchen etwas, das sie beschützt. Die Eltern können nicht immer da sein. Und die Geschwister auch nicht. Ein Geheimnis? Was Onkel Ludwig heute hat mit Tante Hehl. Unentwegt redet er auf sie ein. Sie sind zurückgekommen. Mir ist ganz wirr. Welch ein Durcheinander.

Onkel Ludwig und Onkel Ferdinand reiten zurück nach Stuttgart. Jetzt kann ich nicht mehr fragen. Der Vater hat

Tante Hehl zur Murr mitgenommen. Der Friede Gottes ist höher als alle Vernunft.

Friedrich und August rennen um die Wette, auf die Magengasse hinaus. Der Großcousin spielt mit, wie ich durchs Tor sehe. Rosine bringt die beiden Kleinen nach oben. Maulend folgt Maria ihnen.

Die Mutter schiebt mich und Louisle vor sich her. Etwas ist in unserem Rücken. Ich drehe mich um. Tante Hehl folgt uns, als ob sie zur Familie gehöre. Ich gehe gemessenen Schrittes die Treppe hinauf. Sie soll keinen Tadel finden an mir. Ich kann lesen. Fatschen soll die Mutter die kleine Katharina. Fatschen, ich rolle das Wort auf der Zunge hin und her. Es zischt und pikst, wie Tante Hehl.

7

Sie war eine geborene von Klein und die Schwiegertochter des Stuttgarter Bürgermeisters. Hier in Kirchberg hatte sich wieder niemand darum geschert. Das musste anders werden. Extra aus der Residenz war Elisabeth Hehl angereist, und von der Taufgesellschaft hatte sich keiner zu ihrer Begrüßung erhoben. Natürlich hatte ihr Bruder recht, dass sie ihre Worte sorgfältiger hätte wählen müssen, nicht immer gleich mit der Tür ins Haus fallen, aber so war sie nun mal. Höflichkeitsfloskeln hasste sie. Die Dinge wurden dadurch nicht klarer.

Von diesem Weckherlin ließ sie sich nicht maßregeln, sei er auch Finanzminister. Bei seiner Schwester entschuldigen sollte sie sich, dahin kam es noch.

Nachdem Ludwig und Weckherlin endlich von ihr abließen und sich auf den Weg zurück nach Stuttgart machten, hielt der Pfarrer sie an seiner Seite und schwätzte vom Frieden Gottes. Von diesem Dokument und Herzsieben wollte er genauso wenig etwas wissen wie ihr Bruder.

Ihr Vater tobte und drohte alle Tage, sie zu enterben, wenn sie die beiden Spielkarten nicht beibringe. Ein Geschenk des Kurfürsten und nunmehrigen Königs, brachte sie endlich aus ihm heraus. Jede Stunde solle sie beten, dass es den Herrscher nicht plötzlich nach ihnen gelüste.

Der Bruder zuckte mit der Achsel. Sie habe es selbst zu verantworten, dass die beiden Karten verloren seien. Sie habe diese entwendet und veranlasst, das Kind bei Nacht und Nebel aus Stuttgart fortzubringen. Ohne einen Grund.

Er ahnte also nichts. Einen Auftrag hatte sie gehabt und war dem getreu nachgekommen. Man habe mit den Pfarrersleuten eine gute Betreuung gefunden, sie solle damit zufrieden sein und es schätzen, so der Bruder. Wenn es doch aber die falsche Art der Erziehung war, die an dem Kind verübt wurde? Wie hätte sie das hinnehmen können, wo der Auftrag ein anderer war?

Ludwig hatte Christiane vorhin etwas geschenkt, das hatte sie genau gesehen, als sie gekommen war. Der Bruder sagte dazu nur, sie müsse nicht alles wissen. Impertinent! Dem Kind schien das Geschenk zu behagen, es nahm die Hände gar nicht mehr aus der Schürzentasche und schaute ganz verzückt. Dem musste sie nachgehen. Sie entschuldigte sich hastig bei Steinheil, sie wolle seiner Frau die besten Wünsche aussprechen, von Frau zu Frau, er verstehe.

Als sie in die Küche trat, wies diese Christiane und Luise an, die Sonntagskleider abzulegen und Tassen und Teller aus dem Pfarrhof zu holen. Das schien vernünftig, und sie wollte es gelten lassen.

Frau Pfarrer trocknete sich die Hände ab und machte sich am Herd zu schaffen. »Nehmen Sie Platz.« Sie wies auf die Ofenbank. Da würde sie sich nicht hineinquetschen.

Sie ging ins Esszimmer, wo die beiden ältesten Mädchen mit den Kleinen Fingerspiele machten und dazu sangen. Auch von der Treppe her drang ein Lied. »Hopp, hopp, hopp! Pferdchen lauf Galopp!« Seitwärts im Trab kamen Christiane und Luise die Stufen hoch, beide mit Tassen, wie sie durch die offene Tür sah. Das konnte nicht gutgehen.

»Über Stock und über Steine«, trällerten sie und drehten sich hin und her. »Aber brich dir nicht die Beine«, erklang es zweistimmig.

Es war nichts dagegen einzuwenden, dass Frau Pfarrer die Mädchen zum Helfen anhielt, allein wie es vonstattenging, war vollkommen unmöglich, aus allem wurde hier im Pfarrhaus ein Spiel. Dabei konnten Kinder den Ernst des Lebens nicht früh genug lernen.

Frau Pfarrer rief: »Brr, brr, he! Steh, Pferdchen, steh!«

Es stünde einer Mutter gut an, die Mädchen zu ermahnen bei solch einem Unsinn. Elisabeth Hehl stellte sich in der Küche mit dem Rücken zum Fenster. So hatte sie alles im Blick. Christiane und Luise sprangen davon und kamen kurz darauf zurück mit den Versen: »Ja, ja, ja! Sind wir wieder da. Schwester, Vater, liebe Mutter.« Sie hielten Tellerstapel in den Händen.

Nur einen Schritt trat sie vor, um dem Unsinn ein Ende zu machen, da klirrte und schepperte es. »Könnt ihr nicht aufpassen!«, zischte sie.

»Geht in den Garten, sammelt das Fallobst auf, vor allem die Pflaumen. Wenn die Ziegen davon fressen, werden sie dumm.« Frau Pfarrer strich ihnen übers Haar, statt sie zu schelten. Die Mädchen liefen die Treppe hinunter, und Frau Pfarrer kehrte die Scherben auf den Steinfliesen zusammen, dabei war das die Aufgabe der Magd.

»Könnte ich Sie wohl ein paar Minuten alleine sprechen? Das wäre gar freundlich.«

»Kommen Sie bitte mit ins Amtszimmer. Mein Mann scheint unten an der Murr zu sein, soll ich eines der Mädchen nach ihm schicken?«

»Nein, nein, das ist nicht nötig. Sie sind als gute Hausfrau ohnehin mit allen Geschäften betraut. Ich wollte Ihnen das Kostgeld fürs kommende Jahr geben.« Sie reichte Frau Pfarrer den Beutel. »Es ist etwas mehr, das Kind wächst recht schnell, wie ich gesehen habe.«

»Über das Kostgeld weiß nur mein Mann Bescheid. Setzen Sie sich doch.«

»Was mein Bruder mir aufgetragen hat: Ihr Mann hat bei Ihrem Umzug nach Kirchberg von Stiftsdiakonus Dapp für Christiane ein Dokument erhalten. Dabei wurde leider etwas verwechselt. Nehmen Sie dieses hier. Tauschen Sie es einfach aus und geben Sie mir das andere.«

»Da kann ich Ihnen nicht weiterhelfen.« Frau Pfarrer öffnete die Tür zum Öhrn. »Nanette! Komm ins Amtszimmer.«

Mühsam bezähmte sie sich, solange die Tür offen war.

Christiane trat ein, knickste und sagte: »Werte Mutter, womit kann ich Ihnen weiterhelfen?«

»Hol bitte den Vater. Er wird an der Murr sein. Du weißt am besten, wo du ihn findest.«

»Warte, mein Kind! Was ich dich fragen wollte, du hast

da etwas in deiner Schürzentasche. Mein Bruder hat es dir geschenkt, wie ich gesehen habe. Zeig mal!«

Christiane nickte, das war brav. »Es ist ein Püppchen, so klein wie die neue Schwester. Ich soll der Puppe all meine Sorgen erzählen, auch wenn ich Angst habe, hat Onkel Ludwig gesagt. Nachts soll ich sie unter das Kopfkissen legen. Am nächsten Morgen sei alles Düstere verschwunden.«

Das Kind schaute sie ernst an und reichte ihr ein kaum fingerlanges Etwas mit einem winzigen Kopf und dürren Armen und Beinen. Ziemlich abgenutzt. Mit spitzen Fingern gab sie es zurück. »Du hast also Sorgen hier im Pfarrhaus? Das geht nicht! Und wovor hast du denn Angst?«

»Verzeihen Sie, ich habe es nicht richtig gesagt. Wir alle haben solche Püppchen von ihm bekommen.«

Das Kind wandte sich grußlos um und rannte die Treppe hinunter, dass es polterte. Kein Benehmen war das. Und ob das Püppchen von Ludwig stammte, bezweifelte sie. Gelogen hatte das Kind!

Frau Pfarrer ging in die Küche und ließ das Kostgeld auf dem Tisch im Amtszimmer zurück.

Elisabeth Hehl folgte ihr. Das Dokument hatte sie an ihrem Busen verwahrt. »Liebe Frau Pfarrer, wenn ich das so sagen darf. Wie die Mädchen sich heute mit den Blumenkränzen in den Mittelpunkt gedrängt haben, war nicht recht. Kinder haben zu folgen, eigene Ideen sind schädlich und führen früh ins Verderben.«

»Die Kinder sollen das zu lernen suchen, was sie brauchen können. Beim Sammeln der Blumen lernen sie zählen. Das Flechten der Kränze stärkt ihre Fingerfertigkeit. Die kommt ihnen später zugute bei allen weiblichen Arbeiten. Frau Bergrat Hehl, bitte führen Sie sich vor Augen, bei der Geburt ist das Kind ein leeres Blatt, durch die Erziehung erst wird es beschrieben. Mit Liebe. Auf diese Weise lernt es Vertrauen. Nur daraus entsteht wahre Gottesverehrung. Das hat auch König Friedrich kürzlich verlauten lassen und die Lehrerausbildung ganz nach Pestalozzi ausgerichtet.«

»Kinder sind von Geburt an verdorben. Sie müssen Gott fürchten lernen! Der Geist der Kinder muss gezügelt werden. Eine Verfehlung gehört umgehend bestraft. Der König wird ebenfalls wieder dahin kommen. Die neue Lehrerausbildung führt das Königreich ins Verderben. Zucht und Ordnung sind unerlässlich für den Verstand.«

»Der kann doch nicht in die Kinder hineingeprügelt werden! Den müssen sie sich ganz nach unserem Vorbild erwerben!«

Die Magd schnitt einige Stücke vom Hefezopf ab und schlug sie in ein baumwollenes Tuch ein. Frau Pfarrer reichte ihr das Päckchen. »Bedenken Sie, wenn Sie von Gewalt und Zwang reden im Beisein der Kinder, wie vorhin im Garten, kann sie das sehr erschrecken. Was in ihre Köpfe hineinsoll, muss heiter und klar sein wie der stille Mond. Deshalb sollten wir vor allem für das Herz sorgen. Und was könnte unser Herz besser öffnen, als Blumen von der Wiese, letzte Kornblumen oder gar Ehrenpreis? Die Kinder haben ganz recht gehandelt heute und uns allen das Herz geöffnet.«

»Das Herz ist wichtig, ich bin kein Unmensch. Aber beweisen Sie einem Kind nicht mehr Liebe, als seine Artigkeit und gute Aufführung unbedingt erfordert. Im Alter von vier bis sechs muss der Eigensinn völlig gebrochen sein. Bis sie in die Schule kommen. Es ist auch bei Christiane vonnöten, dass sie sich einfügen lernt.«

8

Louisle, was hat Staudenmayer gesagt? Warum nennt uns der Lehrer *sogenannte Zwillinge*? Dir ist es nicht aufgefallen, das sehe ich. Du ziehst deine Puppe neu an. Vokabeln sollst du lernen. Der Vater fragt uns heute ab. Gleich haben wir Unterricht. Mit den Großen. Latein. Es erzieht zur Ehrfurcht vor Gott. Ich muss den Vater fragen, was der Lehrer gemeint hat. *Sogenannte Zwillinge*. Und warum dürfen wir nichts mehr hören aus dem Fabelbüchlein von Pestalozzi?

»Nanette, heute liest du aus den Commentarii de Bello Gallico, und Friedrich übersetzt«, sagt der Vater.

Der Bruder schiebt mir das Buch hin und zeigt auf den Anfang. Als ob ich das nicht wüsste. Lesen ist leicht. Trotzdem ist mir heiß. Ich habe das Buch nie vor mir gehabt. Immer haben wir nur Worte nachgesprochen. »*Gallia est omnis divisa in partes tres.*« Ich fahre die Buchstaben mit dem linken Finger nach und übersetze selbst: »*Gallien ist in drei Teile geteilt.* So einfach ist das.«

»Nicht ganz, wie du denkst. Du bist zu schnell mit deinem Mund. Bevor dir die Worte über die Lippen kommen, solltest du sie sorgfältig pflegen. Wir sehen uns heute Abend im Amtszimmer. Wegen Staudenmayer. Friedrich, was fehlt bei der Übersetzung?«

»Es muss heißen: Ganz Gallien – est omnis, eigentlich: Gallien ist ganz geteilt in drei Teile.«

Ich lese weiter, das Amtszimmer. Der Vater ist gütig, er wird mich ermahnen, mir Psalmen aufgeben, die mag ich. Er schlägt niemals, auch nicht die Buben. Ich stocke, nicht abschweifen.

»Die Helvetier übertreffen die übrigen Gallier an Tapferkeit«, übersetzt Friedrich.

»Und die Württemberger übertreffen alle an Tapferkeit in der Grande Armée!« Großcousin August schwenkt seinen Hut. »Napoleons Adler weht über Moskau. Wenn ich doch dabei sein könnte. Pulver riechen und im Feuer stehen.«

»Du darfst dich zu Friedrich setzen und weiterlesen. Zum Beginn deiner Studien am Gymnasium prüfe ich dich. Dafür bist du hier. In der Tat haben sich die Württemberger tapfer geschlagen, allerdings hohe Verluste erlitten. Der Krieg bringt das mit sich. Moskau brennt.«

»Der König hat verboten, dass schlechte Nachrichten in der Heimat verbreitet werden.«

August setzt sich zwischen Friedrich und mich. Unwillig schiebe ich ihm das Buch hin und rücke ein wenig von ihm ab. Vor drei Jahren bei der Taufe habe ich ihn zum ersten Mal gesehen. Er hat auf seinen Schenkel geklopft und wollte mich auf den Schoß ziehen. Da bin ich weggelaufen. Was auch nicht recht war. Nun ist er kein Bub mehr. August ist der Sohn vom Bruder des Großvaters, hat Friedrich erklärt, also von einem Onkel der Mutter. Ich habe mir nichts darunter vorstellen können. Ein großer Vetter halt. Seine linke Augenbraue steht höher als die rechte. Er trägt ein Ziegenbärtchen wie der junge Goppel.

»Stimmt es, Herr Pfarreronkel«, August streicht sich das Haar aus der Stirn, »dass Sie den goldenen Abendmahlkelch vor den Franzosen versteckt haben?«

»Beten wir gemeinsam zum Herrn: In Gedanken und mit dem Herzen sind wir bei unseren Soldaten. Wir erbitten Gottes Gnade und legen ihr Schicksal in seine Hände, möge er für eine gesunde Heimkehr sorgen. Amen.«

Der Vater heißt August, im Caesar weiterzulesen.

Friedrich übersetzt, dann wechseln sie und steigern das Tempo. Mir wird schwindelig. Der Vater unterbricht sie und fragt nach einer Vokabel, die wir bereits durchgenommen haben. Nur ich kann von den Kleineren die richtige Antwort geben. Herzsieben hat sie mir eingegeben. Ich habe sie in meiner Schürzentasche und sitze ganz aufrecht.

Louisle und Jonathan haben ihre Lektionen nicht gelernt und müssen nachsitzen. Ich will bei der Schwester bleiben. Der Vater scheucht mich und Maria hinaus. Wir sollen mit dem Großcousin spielen.

Rosine geht ins Haus zur Mutter. Diese macht Fingerspiele mit den Kleinen und singt dazu mit ihrer klaren Sopranstimme, dass es bis in den Pfarrgarten hell erklingt.

Unschlüssig stehe ich zwischen Pflaumenbaum und Haselstrauch. Maria zerrt an meinem Schürzenbändel. August lehnt sich an den Stamm. Neben ihm hockt Friedrich und beobachtet eine Ringelnatter, die durch das hohe Gras gleitet. Die Schwester kraust die Nase, gleich wird sie kreischend davonlaufen. Dann habe ich Ruhe vor ihr.

Ich zupfe an mir herum. Sitzt das Gartenkleid? Den sonnengelben Schal der Mutter lege ich mir um die Schultern und stolziere gemessenen Schrittes auf und ab.

August applaudiert. »Wie bei Hofe! Königlich, das Kleid mit den Sonnenblumen. Dein Gang, edel, als ob du ihn nicht hast einstudieren müssen. Weißt du noch? Bei der Taufe? Vor drei Jahren? Du hast mir eine kleine Sonnenblume gegeben und gesagt: Gott ist Liebe, und wer in der Liebe bleibt, der bleibt in Gott und Gott in ihm. Du bist groß geworden. Das gefällt mir.«

Ich löse die Haare und flechte mir einen französischen Zopf, in den ich eine kleine rote Rose schiebe. Sie pikst.

Ich lutsche am Finger. Stecke ihn in die Schürzentasche. Herzsieben. Ich streichele sie. Hoffentlich habe ich sie nicht befleckt. Wir sollen spielen. Den Besuch würdigen. Friedrich passt auf. Warum nur?

Maria zerrt an mir. »Gib mir den Schal. Ich will die Königin sein.«

»Nein, den brauche ich selbst. Und dir steht Blau zu deinen blonden Haaren viel besser, warte, hier habe ich Rittersporn. Allerliebst.« Ich lasse ihren Zopf herunterhängen. »Zeig ihn der Mutter.«

Maria betastet ihren Kopf. Sie merkt, dass die Blumen halten, und rennt los. »Mama, Mama, guck mal, was das Nanele wieder gemacht hat!« Sie hüpft im Gemüsegarten herum.

»Nanele, welch hübscher Kosename. Mhhm.« August leckt sich die Lippen. »›Nanele‹ zergeht auf der Zunge.«

Ich schlage die Augen nieder. Sogleich besinne ich mich und lege den Kopf keck zur linken Seite. »Soll ich für dich einen Blumenkranz flechten? Wie bei der Taufe? Heute traue ich mich und setz ihn dir auf.«

»Das sind Kinderspiele. Du bist jetzt groß. Probier mal! Die Pflaumen sollen dieses Jahr noch süßer sein als sonst! Wie der Honig vom Holderle. Der macht doch den Honig hier bei euch im Dorf. Nimm dir von den Pflaumen.«

»Die dürfen wir nicht mehr essen!« Friedrich springt auf. »Die Mutter hat's verboten. Sie machen einen dummen Kopf. Die Ziegen torkeln davon.«

»Komm, Nanele, das Pfläumchen wird dir schmecken.«

Ich schaue abwechselnd ihn und Friedrich an, der den Kopf schüttelt, und nehme sie. Ich hätte besser die Augen niederschlagen sollen. Als meine Finger die von August berühren, zucke ich zusammen. Schnell stecke ich die Pflaume in den Mund und lutsche darauf herum. Friedrich hat recht, sie bitzelt, ist nicht gut. Etwas aber bleibt auf der Zunge hängen, das mich nicht loslässt.

»Ich hab sie vorhin aufgesammelt, da habt ihr brav Latein gelernt.« Er steckt mir eine in den Mund und nimmt sich selbst auch eine. »Du musst sie lutschen, bis nur der Kern übrig ist. Sie sind süß wie du.«

»August, lass das, sie ist zu jung, keine acht.«

Der große Vetter zieht eine Flasche unter seiner Jacke hervor. So eine hat der Vater im Amtszimmer stehen und schenkt daraus ein, wenn ein Pfarrer aus Stuttgart kommt. Zu jung sein, das will ich nicht.

August nimmt einen Schluck und gibt die Flasche an Friedrich. »Sei kein Frosch.« Er nickt ihm zu. Der Bruder tut es ihm gleich und leckt sich die Lippen. Er hört damit auf, als er sieht, wie ich ihn beobachte.

August schüttet etwas aus der Flasche auf seinen Finger und hält ihn mir hin. Mit der Zunge schleck ich, wie ein Kätzchen. Ungehörig, würde Staudenmayer es nennen.

»Nanele! Lass das!« Friedrich will mich wegziehen.

August lacht und setzt mir die Flasche an den Mund. Dabei legt er seine Hand in meinen Nacken. Langsam wandert sie über den Rücken zur Taille. Ich schüttele mich und huste.

»Lass sie, August! Komm lieber mit zum Luithardt Bauern. Der hat Rindviecher, sag ich dir. Eingekreuzt hat er seinen Neckarschlag mit Simmentalern und Holländern. Die musst du sehen. Mach zu! August! Komm!«

»Lauf du lieber zum Brunnen oben an der Marbacher Straße und hol Wasser, es scheint mir reinlich zu sein. Damit wir nachher keine klebrigen Finger haben. Geh schon! Oder traust du mir nicht?«

Friedrich stapft davon, ich habe ein komisches Gefühl im Bauch. August hält mir wieder seinen Finger hin, ich soll daran lutschen, aber es ist gar nichts dran. Er gibt mir eine Pflaume. Als ich sie in den Mund schiebe, lupft er meinen Rock. »Oh! Kein Höschen! Ein Pfläumchen, ganz nackt!«

Ich schlage seine Hand weg und renne zur Murr. »August! Bleib stehen!«, ruft Friedrich. Ich laufe meinen Beinen hinterher, zerre die Rose aus dem Zopf und werfe sie fort. Es ist warm, was hat August gemeint? Wo ist da ein Pfläumchen unter meinem Rock? Ich muss die wollenen Strümpfe und die gestrickten Unterhosen nicht tragen, die Mutter hat's erlaubt, obwohl Oktober ist. Rosine könnte ich fragen. Vielleicht sollte ich besser nicht darüber sprechen. Die Irrwische schütteln die Köpfe aus. Ich werfe Kiesel ins Wasser, dass es hoch aufspritzt. Mein Herz rast. Was hat August gemacht? Am anderen Ufer steckt ein Hase die Ohren aus dem Schilf. Langsam gehe ich zurück nach Hause. Friedrich passt auf. Der große Vetter kann mir nichts tun. Ich halte Herzsieben fest, als ich die Treppe hochspringe.

Bei der Mutter in der Küche steht Maria, die mit den Händen spricht. Am Fenster lehnt Tante Hehl, die wohlgefällig vor sich hin nickt und die Schwester zu sich winkt. Diese verschränkt ihre Arme und wirft den Kopf mit dem Ritterspornzopf in den Nacken. Die Mägde verarbeiten die letzten guten Pflaumen und bereiten sie zum Dörren vor. Im großen Salon singt Rosine mit den Kleinen. Wie schön wäre es, zu ihnen zu gehören und nicht in der Küche mit gesenktem Kopf zu stehen. Wieder muss ich mich für etwas schämen, für das ich nichts kann.

»Ich wollte mich persönlich vergewissern, wie Christiane sich entwickelt hat. Gar nicht, wie ich sehe. Wie ein wildes Tier läuft sie herum, mit zerzaustem Haar und schmutzigen Füßen.« Tante Hehl zeigt Maria eine goldglänzende Münze. »Für dich. Was hast du gesehen? Der Gemüsegarten ist nicht weit vom Pflaumenbaum. Sprich ganz laut. Nanele, wie ihr sagt, soll es hören.«

Die Schwester schüttelt den Kopf. »Ich hab's Mama gesagt.«

Tante Hehl stemmt die Hände in die Hüften. »Alles bleibt an mir hängen. Als ich gekommen bin, habe ich es genau gehört: ›Nanele hat den Finger von August abgeleckt, da war was dran. Und sie hat den Rock hochgehoben.‹ So hat sie es doch gesagt?«, wendet sie sich an die Mägde. Die zucken die Achseln und verlassen die Küche.

Ich stehe wie versteinert, dann laufe ich zu Rosine in den Salon und verkrieche mich hinter dem Ofen. Tante Hehl folgt mir mit schweren Schritten und zerrt mich hervor. Ich atme tief ein und reiße mich los, aber ich renne nicht weg.

9

Sie war eine geborene von Klein und die Schwiegertochter des Stuttgarter Bürgermeisters, mit ihr musste man rechnen. Das galt auch für dieses Kind. »Was hast du dir dabei gedacht?« Nur mühsam konnte Elisabeth Hehl sich beherrschen. Ungeheuerlich, was sich im Pfarrhaus zutrug. Sie würde dem ein Ende setzen.

»Wir haben Königshof gespielt. August hat davon erzählt. Er hat mich als König zur Gemahlin erwählt, Friedrich war Trauzeuge. Maria war mir böse, *sie* wollte Königin sein.«

Reden konnte das Kind inzwischen. Was hatte es da in seiner Schürzentasche? Das war wie vor drei Jahren, welch ein Gefummel!

Frau Pfarrer rang die Hände, das sollte sie wohl beeindrucken. »Es sind Kinderspiele. Sie lernen dabei.«

»Das sehe ich! Und auch Ihren Bauch. Das hätte nicht sein müssen. Alle Anweisungen haben nichts genützt. Sie werden froh sein, wenn es ein Maul weniger gibt.«

»Nanette! Lauf! Bring den Vater herbei!«

Das Kind rannte sofort los. Keine Manieren. Verführerisch kurz war das Kleid.

»Madame Hehl, Frau Bergrat, beruhigen Sie sich.« Pfarrer Steinheil betrat die Küche. »Wir sollten die beiden Buben in Ruhe anhören. Strafen können wir später noch. August ist der Sohn meines Schwiegeronkels und anständig. Und Friedrich nimmt es genau mit der Wahrheit. Er will Pfarrer werden.«

»Ich weiß genug. So sieht es aus, das einfache Leben. Die Kinder tun nur, was sie nicht sollen.«

»Kommen Sie bitte mit ins Besprechungszimmer, Madame Hehl. Es freut uns immer, wenn Sie uns beehren.«

Sie folgte ihm, nicht, ohne nach dem Kind Ausschau zu halten. Sicher versteckte es sich wieder.

»Nehmen Sie Platz.« Der Pfarrer wies auf die Chaiselongue, blieb jedoch selbst am Fenster stehen und schaute hinaus.

Heute waren die Polstermöbel recht für sie, aber von Angesicht zu Angesicht mit ihr zu sprechen, wäre höflich gewesen. Sie war kein Untier. Mit spitzen Fingern legte sie einen Brief auf den Tisch und daneben einen Beutel. Sie setzte sich nicht. »Lesen Sie, was mein Bruder schreibt. Es hat alles seine Ordnung. Ich werde das Kind zu mir nehmen und gelte von nun an als Mutter.«

Der Pfarrer drehte sich um und faltete das Papier auseinander. Er setzte sich und las. Unentwegt schüttelte er dabei den Kopf. Das geschah ihm recht. Umständlich knickte er das Blatt zusammen, um es sogleich glatt zu streichen und erneut zu lesen. Schließlich erhob er sich, ging zum Fenster und schaute zum Kirchturm. Vermutlich betete er. Sie wollte ihn lassen. Die Schrift des Bruders war ihr gut gelungen. Und natürlich konnte sie sich denken, mit welchen Worten er seine Briefe begann.

»Meine Frau und ich haben uns oft darüber unterhalten, dass wir Nanette gerne an Kindes statt annehmen würden. Ihr Herr Bruder scheint dem nicht abgeneigt zu sein.« Er schob ihr den Beutel über den Tisch. »Wir verzichten darauf, auch auf das Kostgeld der letzten Jahre, wir haben es aufbewahrt.« Er ging zu einem Schrank.

Kurz war sie vor einem Sinneswandel, doch sie straffte sich. Die Ehre war nicht mit Geld abzugleichen. »Ich dachte es mir, dass Sie das Kostgeld nicht brauchen. Die Beutel nehme ich mit, alle. Und geben Sie mir das Dokument. Sie haben gelesen, was mein Bruder schreibt.«

Der Pfarrer schüttelte den Kopf und verschränkte die Arme vor der Brust. Keine Frage, woher das Kind diese Widerborstigkeit hatte. Plötzlich stand es vor ihr, mit gesenktem Haupt. Das war recht und änderte nichts.

»Bitte entschuldigen Sie, werteste Tante Hehl. Der Übermut war es wohl wieder. Ich bessere mich.«

»Ich werde dich mitnehmen nach Stuttgart. Ich bin deine Mutter. Du darfst mir einen Kuss geben.«

Das Kind riss die Augen auf. Der Pfarrer schob es aus dem Zimmer. »Wasch dich recht ordentlich und bind die

Sonntagsschürze um. Lauf schon!« Er wandte sich ihr zu. »Sie wird Buße tun. Dabei lassen wir es bewenden. Ihr Bruder hat Anweisung gegeben, dass das Kind unter allen Umständen in Kirchberg aufwächst. Er würde persönlich vorbeikommen, falls sich daran etwas ändert.«

»Wo denken Sie hin! Wie soll er dafür die Zeit entbehren. Ich werde warten und wenn ich hier verschimmeln muss. Und holen Sie endlich dieses Dokument.« Sie verstaute die Beutel in ihrer Tasche, durfte jetzt nicht nachgiebig sein. Der Pfarrer ging nicht auf ihre Worte ein und präsentierte ihr die letzten Arbeiten der Konfirmanden, Flechtwerk von Stroh und gestickte Deckchen. Er hoffte wohl, sie damit abzulenken. Sie sah aus dem Fenster. Die Kirchturmuhr zeigte kurz vor drei. Das Dokument konnte sie später holen. Das Kind wollte sie jetzt.

»Bedenken Sie, Nanette hat eine Schwäche an der Lunge. Die Kirchberger Luft tut ihr gut. Wir behalten sie bei uns, bis Ihr Bruder sich persönlich geäußert hat.«

»Wie Sie meinen. Ludwig ist in Russland, um dort den Verwundeten zu helfen. Ein jeder muss seinen Anteil leisten. Nein, nein! Den Brief nehme ich wieder mit. Sonst verschwindet er wie das Dokument. Man kann Ihnen nicht trauen. Wer weiß, welche Geschichte Sie bei meinem Bruder zum Besten geben. Ihr Ungehorsam wird Sie auf den Hohenasperg bringen.«

Der Pfarrer rief nach seinem Ältesten. »Hol Nanette her, wo immer sie sich versteckt.«

»In diesem Falle, lieber Vater, halte ich es für angemessen, Ihnen zu widersprechen. Ich werde Nanette nicht holen. Sie hat nicht gewusst, was sie da tut. Ich bin schuld und hätte es verhindern müssen. Bitte strafen Sie *mich*.«

Eine feine Familie. Pfarrersleute, die nichts als Widerworte übrig hatten. Gott würde ihnen beibringen, was recht war.

Hinter dem Ältesten tauchte jetzt dieser August auf, der die Wahrheit ans Licht gebracht hatte. »Ich weiß, wo sie ist!«

10

LOUISLE, HILF MIR. Du bist nicht da. Besser so. Ich nehme Aufstellung. Niemals ist sie meine Mutter. Sie krallt mir ihre Finger in die Schulter und schiebt mich aus dem Haus.

Barfuß und im Gartenkleid, aber mit der guten Schürze, steige ich in die Kutsche. Wenn nur der Vater nicht in die Festung kommt, gefangen wird auf dem Tränenberg, weil ich ungehorsam war. Er ist in Kirchberg vonnöten, ich werde für nichts gebraucht. Ganz eng wickele ich mir den sonnengelben Schal der Mutter um die Schultern.

Gegen die Fahrtrichtung sitze ich neben Tante Hehl auf der Bank. Madame Hehl, hat der Vater gesagt. Madame geht, Mutter nicht. Ich muss zurückschauen, will nicht weg. Mir gegenüber feixt August, den der Vater nach Stuttgart bringt.

Louisle, rufe ich stumm. Hilf mir, sag, was ich tun soll. Kein Abschied von dir, ein gutes Zeichen. Mama, sing ein Lied für mich. Friedrich, warum habe ich nicht auf dich gehört? Du weißt manches, was wir Mädchen nicht verstehen. Maria, verzeih, ich hätte dich nicht wegschicken sollen. Ich umarme dich. Jonathan, warum habe ich die Vokabeln nicht mit dir gelernt? Lieber war ich bei meinem Blumenbeet und habe der Herbstsonne Gesellschaft geleistet. Ach, Rosine, pass mir auf die Kleinen auf.

»Setz dich gerade hin und zieh den Rock über die Knie. Falte deine Hände im Schoß und danke Gott, dass es mich gibt, er dir eine richtige Mutter zugedacht hat.«

Der Vater, der mir schräg gegenübersitzt, nickt unmerklich. Ich bete: »Ich bin klein, mein Herz ist rein.«

»Sie lügt!«, platzt August heraus.

»Stimmt nicht! *Du* hast …!«

»Sie ist verdorben, war es von Anfang an. Ihr Pfarrersleute habt sie nicht gebessert!«, zischt Madame Hehl.

»Meine Kinder lügen nicht!«

»Christiane ist nicht Ihr Kind. Wir biegen das schon hin mit der Erziehung.« Madame Hehl haucht mir einen Kuss aufs Haar. Ich rücke von ihr weg.

Nebel hängt zwischen den Büschen. Bald kommt Marbach. Da! Die Irrwische. Wie sie tanzen, sich vor mir verbeugen und wirbeln. Sie umfangen mich. Eiskalt! Heiß! Sie ziehen, zerren, schütteln mich. Ich tanze mit ihnen, drehe mich, sehe Sterne, reibe mir die Augen und zerbreche.

Nanette stürzte zurück nach Kirchberg und fuhr doch weiter. Zwei Hälften. In ungleiche Hände. Zwillinge. Verschieden zueinander. Vous-êtes libre, frei so frei, hallte es. »Gib deiner Mutter einen Kuss.«

Da zerriss der Nebelschleier. Die Kutsche bremste abrupt. Im Arm des Vaters fand sie sich wieder und klammerte sich an den Schal der Mutter, sonnengelb. Abends ist es kühl, ihre Abschiedsworte. Und nun sollte die Mutter nie mehr Mama sein. Der Vater hielt sie fest, und sie presste ihr Gesicht in den weichen Wollstoff, der nach Kirchberg roch. Eine Hälfte von ihr war zurückgekehrt, würde für immer dortbleiben.

August nestelte an seinem Halstuch. »Herr Pfarreronkel, es war Nanette, sie wollte es, vom Pflaumenlikör kosten.«

Madame Hehl zerrte sie neben sich auf den Sitz, die Kutsche ruckte an. »Benimm dich, sonst bekommst du es zu spüren!« Unaufhaltsam fuhren sie weiter, die Räder drehten sich ewiglich.

»Gott wird es richten und dir einen Weg weisen, dir beistehen«, sagte der Vater und faltete die Hände. Sie tat es ihm nach. Still beteten sie. August rutschte auf seinem Sitz hin und her.

Die Pferdehufe donnerten eine breite, gut ausgebaute Allee entlang. Ludwigsburg lag hinter ihnen, jetzt kam die Residenz. Unentwegt plapperte August aus, was er wusste, um nichts wissen zu müssen.

Am Rondell vor einem steinernen Tor hielt der Kutscher und öffnete die Tür. Die Stadt drängte sich herein, mit ihrem herbstfeuchten Qualm, dem Klappern von Pferdehufen und dem Rollen der eisenbeschlagenen Räder.

August setzte seinen Hut auf, wie anders der Großcousin damit wirkte, und küsste Madame Hehl so geschwind die Hand, dass sie ihm diese nicht entziehen konnte. Fast hätte Nanette gelacht. Wie Napoleon verbeugte er sich. Eine Hand hinter dem Rücken, eine ins Revers gesteckt. Friedrich hatte es ihr gezeigt, wie der Kaiser jemanden begrüßte. Mit einem eleganten Satz sprang August auf das Pflaster. Draußen probte er das Salutieren und marschierte am Schlagbaum vor dem Torbogen auf und ab. Ein Vollmond, groß und schwer, wie sie ihn nie gesehen hatte, kletterte über einen Hügel.

»Der Hohe Bopser«, sagte der Vater. Er nahm ihre Hände. »Nanette, wir sind deine Familie und immer für dich da.«

»Steigen Sie aus! Es ist spät, das Kind müsste längst zu Bett sein.« Madame Hehl legte den Arm um ihre Schultern.

Der Vater schüttelte den Kopf. »Nanette, du bist unser Kind, bist es stets gewesen. Vergiss das nicht.«

Er zog sie in seine Arme. Madame Hehl trommelte mit den Fingern auf die Sitzbank.

»Vater, mein Vater«, flüsterte sie ihm ins Ohr und drückte ihre Wange an die seine. Nichts kratzte, die Haut war warm und weich wie der Schal der Mutter.

»Mach uns keine Schande«, sagte er.

Sie nickte, war brav, auch wenn es ihr schwerfiel, wer war schon ohne Fehl und Tadel. Der Vater stieg aus und warf den Schlag zu, wandte sich nicht um. Nur mit Gottes Hilfe war das auszuhalten.

DRITTER TEIL

Die neue Mutter

Prolog

Die beiden in Grau uniformierten Wächter am Königstor ließen die Chaise ohne Kontrolle passieren. Eine außerordentliche Fracht hatte dieser Kutscher aus der Stadt geschafft, soeben brachte er sie wieder hinein. Nach wie vor trug er seinen runden, schwarzen Hut und sah nicht davon ab, die »Allgemeine Zeitung« zu lesen. Er musste unter einem besonderen Schutz stehen. Da wollten sie sich nicht das Maul verbrennen. Ihr Kollege war damals nach Martini auf dem Hohenasperg gelandet. Zu viel zu wissen, war schädlich fürs Gemüt und die Gesundheit, wenn Kopf und Ranzen beieinanderbleiben sollten. Ein scharfes Schwert fand der König allemal. Von den Verlusten in Russland sprach man auch besser nicht. Majestät kümmerte sich derzeit um die Repräsentanz seiner Königstraße. Das Tor war lediglich dem Anschein nach neu. Die Trophäen stammten vom alten Esslinger Tor. Und der Marstall war vor zwei Jahren von der Solitude versetzt worden. Wenn nur die bronzenen Pferde nicht von der Kuppel herabstürzten. Unentwegt wieherte es. Ein vielstimmiger Chor aus Prusten und Schnauben. Der scharfe Gestank von Pferdemist waberte durch die Luft. Wenn sie auf Posten standen, waren sie darin eingehüllt, es gab kein Entkommen, und doch hatten sie ihr Auskommen.

Hell wie das Mondlicht klapperten die Hufe der beiden Braunen. Die Königstraße hinauf, vormals der Graben. Hinter einem Staketenzaun an der katholischen Kirche stützten schlanke Säulen den Giebelaufsatz. Beim Ministerium für Auswärtige Angelegenheiten wies der Kutscher zum Zwerchgiebel. Das Jägerhaus, wo die Grävenitz residiert hatte. Eine Mätresse, die Politik machte. Die ehemalige Kaserne für das Leibcorps beherrschte den Platz. Sie war erst vor zehn Jahren eingerichtet worden und nun Sitz des Kriegsministeriums. Die goldene Königskrone auf dem Dach des Neuen Schlosses glänzte im Licht des vollen Mondes. Dreihundertfünfundsechzig Zimmer für einen König. Ein weißer Saal im Stadtflügel, der Gartenflügel für Napoleon eingerichtet. Schatten huschten zwischen den Kastanien über die Planie. Von der Solitude hatte man die Bäume verpflanzt, dreißig Jahre her. Die Stiftskirche, auch die Mutterkirche Stuttgarts genannt, erhob sich auf der linken Seite. Der eine Turm spitz und der andere dick und rund. Die Hauptwache war ein von Fackeln erleuchtetes einstöckiges Gebäude mit einem vorgelagerten Säulengang. Zwei Kanonen standen davor, eine jede behütet von einem Dächle.

Nanette verschränkte die Arme und presste die Lippen aufeinander. Sie hielt sich an ihren gefalteten Händen fest. Die Residenz stank erbärmlicher als der Ziegenstall in Kirchberg. Vor einem schmalen Haus stoppte die Kutsche. Königstraße Nummer zweiundsechzig. Seifensieder Krauß, las sie.

1

Für Königsmus eine Kasserolle fingerbreit mit Rosenwasser füllen. Darein die fein angestochenen ganzen Äpfel setzen. Sorgfältig gewaschen, Stil und Blütenansatz entfernt, dieserart entfalten sie ihr volles Aroma. Bei gelinder Hitze zehn Stunden Wasser ziehen lassen, bis sie zu Mus zerfallen. Das geht nebenbei. Nicht verkochen darf der Sud, und der Deckel nicht einen Spaltbreit gelupft werden. Amalie hielt inne im Memorieren des Rezepts. Es war jemand in ihrer Küche. Da waren Augen in ihrem Rücken, aber sie stachen nicht, nicht wie bei Frau Bergrat. Langsam drehte sie sich um. Beim Kuttereimer stand ein Mädchen. Wo kam das Kind her? Es mochte acht sein. Etwas jünger. Sehr hübsch die kleinen Sonnenblumen auf dem hellblauen Kleid. Welch schöner Kontrast zu den dunklen Haaren, die sauber zu einem französischen Zopf geflochten waren.

Sie legte den Topflappen beiseite. Leuchtend blau die Augen des Mädchens, dass es einen erschrecken konnte! Schnell machte sie zwei Schritte vor und streckte ihm mit beiden Händen einen Apfel hin.

»Für dich. Bist du zu Besuch? So spät am Abend? Sicher hast du Hunger! Nimm ruhig!«

Unversehens griff das Kind zu und wandte den Blick nicht ab. Das Grübchen am Kinn zitterte.

»Ich komme aus Kirchberg, das liegt an der Murr. Soeben mit Madame Hehl angereist. Christiane soll ich in Stuttgart heißen. Bitte nennen Sie mich Nanette.«

Das Kind klammerte sich an den Apfel. Es könnte ihre Tochter sein …, doch daran wollte sie jetzt nicht denken.

»Welch hübscher Kosename, Nanette. Zergeht auf der Zunge wie eine Meringe. Beiß ruhig rein in den Apfel. Es gibt genug, wenn auch die Ernte schlecht ausgefallen ist. Mit Madame Hehl, wie du sagst, Frau Bergrat also, bist du gekommen. Nimm dir von den Nüssen.«

Das Mädchen schüttelte den Kopf und biss krachend in den Apfel. Es leckte sich den Saft von den Lippen.

Amalie schob sich ein paar von den frisch gerösteten Haselnusskernen in den Mund. Ein Luftstrom fegte durch die Küche. Sie schluckte die Nüsse hinunter. Frau Bergrat riss Nanette den angebissenen Apfel aus der Hand.

»Wie kannst du dich einfach bedienen? In diesem Hause wird vorher gefragt! Das wirst du lernen!«

»Verzeihen Sie, Frau Bergrat. Ich bin schuld, ich habe Nanette den Apfel gegeben. Er hatte einen Fleck, war nichts für das Königsmus.«

»Das entscheide ich! *Ich* bin und bleibe die Hausherrin. Das Kind heißt Christiane. Merken Sie sich das.«

»Sehr wohl, Frau Bergrat. Ich wollte höflich sein und unseren Gast mit dem Apfel willkommen heißen.«

»Das ist die Tochter. Sie war in Kirchberg bei Pflegeeltern. Pfarrersleuten. Der Haushalt umfasst nunmehr drei Personen, die Sie fürs gleiche Salär zu versorgen haben.«

Frau Bergrat hob den Deckel von der Kasserolle. Das feine Aroma verströmte sich vorzeiten. Dieses Mus mit dem Geschmack des ganzen Apfels würde nicht königlich schmecken. Es war nicht mehr leuchtend gelb, wie es sein sollte, sondern braun.

»Holen Sie meinen Mann. Er ist im Naturalienkabinett. Was stehen Sie da? Machen Sie schon!«

Unversehens hielt sie ein Bündel Ruten in der Hand und zerrte Nanette aus der Küche in die Wohnstube. Unschlüssig verharrte Amalie im inneren Öhrn. Die Tür stand einen Spalt offen.

»Über den Stuhl! Ich werde dich lehren zu gehorchen!«

Sie schlug die Hand vor den Mund. Sie konnte jetzt nicht weggehen! Was sollte sie tun? Um Hilfe schreien? Sie würde sofort entlassen, wenn sie sich gegen die Herrschaft stellte. Niemand nahm sie, sie war ein Waisenkind. Sie wandte sich zur Wohnungstür und verharrte.

»Nackte Arschbacken. Die also hast du August gezeigt!«

Was hatte das Kind angestellt? Wer war dieser August? Die Ruten klatschten.

»Du bist mir ein feines Mädchen! Vollkommen verdorben. Ich wusste es gleich!«

Tränen liefen ihr übers Gesicht. Sie schob sich aus der Tür. Klatsch! Klatsch! Wie im Waisenhaus.

Unberechenbar war Frau Bergrat. Warum hatte sie das vergessen? Oft hatte sie sich vorgenommen, um ein Zeugnis zu bitten und in einer fremden Stadt eine andere Stellung zu suchen. Wie hätte sie kündigen können. Ihr Bruder und seine Familie lebten in Stuttgart. Ihre Schwägerin war herzlos und keine liebevolle Mutter. Die Nichten und Neffen bedurften ihrer umso mehr. Auch dieses Kind hier brauchte sie. Sie biss sich auf die Lippen.

Nanette schrie und heulte nicht. Nie und nimmer war Frau Bergrat die Mutter, undenkbar war das. Da gewesen war kein Kind, als sie in den Dienst trat, und es war niemals von einem gesprochen worden. Der Stadtmedicus! Warum war er ihr nicht gleich eingefallen?

Mit wehendem Rock eilte sie hinaus. Er wohnte schräg gegenüber und war der Einzige, der seine Schwester zur Vernunft bringen konnte. Ihr Gatte kam nicht gegen sie an.

Außer Atem war sie wenig später mit von Klein zurück, der einen Boten ins Naturalienkabinett zum Bergrat geschickt hatte.

»Lisbeth! Hör sofort auf!« Der Stadtmedicus riss Frau Bergrat die Ruten aus der Hand und drängte sie beiseite. »Auch die alte Art der Erziehung setzt Schläge nur bei schweren Verfehlungen ein. Was hat Nanette verbrochen? Was führst du wieder im Schilde?«

»Ich trage augenblicklich die alleinige Verantwortung. Du hast nichts vorzuweisen. Dieses Kind heißt Christiane und gehört von nun an mir.«

Der Stadtmedicus drückte seine Schwester in den tiefen Sessel. Er schleuderte das Rutenbündel zum Fenster, wo es zwischen Gardine und Kanapee zu Boden fiel. Nanette schlug sich mit den Fingern abwechselnd auf die Hände. Der Stadtmedicus wollte ihr aufhelfen.

»Das Kind bleibt mir liegen! Schwere Verfehlungen, allerdings, und allein durch strengste Strafen lassen sie sich noch korrigieren!« Frau Bergrat sprang auf wie ein Schachtelteufel und stemmte die Hände in die Hüften. »Nie bist du da, wenn man dich braucht. Von wegen Bruder. Nur Patienten im Kopf. Und ich kann gucken, wie ich zurechtkomme. Gesetzt den Fall, ich hätte Blasensteine, da wäre ich deiner Aufmerksamkeit gewiss. Oder als Leiche. Ist es wahr, dass du im Lazaretthof seziert hast? Schade um die zwanzig Taler Strafe. Natürlich stimmt es, was amtlich festgestellt wurde, wie am Verhalten des Kindes in Kirchberg nicht zu zweifeln ist. Der arme August! Wie gut, dass ich rechtzeitig dort war. Sodom und Gomorra. Lass dir von deinem feinen Pfarrer Steinheil berichten, mit welcher Wollust dieses Kind den Buben verführt hat!«

»Dem kann ich gerne nachkommen.« Ein Mann, ganz in Schwarz gekleidet, trat in die Stube und verneigte sich. Das musste der Pfarrer sein.

Der Stadtmedicus ließ sich in den tiefen Sessel fallen.

Welch Turbulenzen bei ihnen so spät am Abend! Amalie knetete die Hände in der Schürzentasche. Wenn nur niemand sie in der Nische hinter der Tür bemerkte.

»Von Klein! Ich wähnte Sie in Russland. August ist jetzt bei seinem Großonkel. Der Bub behauptet, Nanette habe ihn gedrängt, sie von dem Pflaumenlikör kosten zu lassen. Der Alkohol sei ihr zu Kopf gestiegen, und sie habe den Rock gehoben.«

Undenkbar! Sie kannte das Kind nicht, ungeachtet dessen erzählten die blauen Augen eine andere Geschichte.

»August hat mir die Flasche an den Mund gesetzt, Friedrich kann das bezeugen!«, rief Nanette. »Er hat den Bruder weggeschickt und meinen Rock gelupft! Niemals würde ich das von mir aus tun! Ich schwöre bei Gott, niemals nicht!«

»Gott vergisst seine Schafe nicht, denk daran, Nanele. Aber pass gut auf, dass du immer auf deinem Weg bleibschd.« Der Pfarrer rang mit den Händen.

Da drängte sich der Bergrat mit seiner ganzen Körperfülle in die Wohnstube. »Was ist das für ein Spektakel in meinem Haus? Was hat mir der Bote da berichtet? Elisabeth! Lass das nach!«

Frau Bergrat hielt das Rutenbündel, das sie wieder an sich genommen hatte, hoch erhoben. Wen auch immer sie damit treffen wollte. Den Bruder neben sich, Nanette unter sich oder den Gatten vor sich.

»Komm, mein Kind, steh auf. Halt dich an der Lehne fest. So ist es gut. Hier, ein Rosenquarz. Ich schenke ihn dir. Sicher magst du Edelsteine. Schau, wie er im Licht der Kerze schimmert.«

Nanette nahm den Stein in die Hand. Das hätte sie nicht fertiggebracht. Amalie schloss kurz die Augen, um die Bilder aus dem Waisenhaus zu vertreiben. In ihren Ohren sauste es.

»Liebster Gatte, ich habe mir erlaubt, das Kind endlich nach Hause zu holen. Verzeih, dass ich dich nicht in Kenntnis gesetzt habe. Ich wollte Christiane sogleich bei uns haben.«

Wenn die Stimme von Frau Bergrat unversehens sanft wurde, ging man besser aus dem Weg. Amalie drückte sich tiefer in die Nische hinter der Tür.

»Sie sind der Vater?«, fragte Nanette und zupfte an ihrem Kleid herum, das ganz zerdrückt war. Keine Träne war ihr über die Wangen gerollt. Sie war sehr stark für ihr Alter.

»Vater oder Papa, wie du möchtest.«

»Respekt vor allem. Das Kind sagt: Herr Vater.« Frau Bergrat hob die Hand mit dem Rutenbündel und ging mit langen Schritten quer durchs Zimmer. »Seine Lektion hat es für heute hoffentlich gelernt. Setz es sich auf den Stuhl, sei es brav und zappele nicht herum. Christiane!«

»Mein Kind, geh in die Küche. Die Köchin wird dir ein Nachtessen richten. Du wirst recht hungrig sein.« Der Bergrat hob unmerklich den Kopf in ihre Richtung und deutete hinaus. Er schob Nanette zur Tür und stellte sich mit dem Rücken davor. Rasch griff sie nach der kleinen Hand und zog das Kind mit sich.

»Trocken Brot. Etwas gesüßte Milch! Sonst nichts!«

Frau Bergrat musste immer das letzte Wort haben, aber Königsmus würde ihr nie gelingen, genauso wenig, wie sie Nanette eine Mutter war.

2

Louisle, setz dich mit mir an den Tisch hier im Esszimmer. Pass auf, gleich kommt Amalie, die Köchin im Hause der Hehls. Du kannst dir nicht ausmalen, wie spindeldürr sie ist! Wenn sie nicht solch rosige Wangen hätte, sähe sie aus wie ein Geist. So dicke Zöpfe hat sie wie die Mutter. Heute steht Nadelunterricht in Kirchberg auf dem Stundenplan. Louisle, lach in meinem Rücken, dass es kitzelt.

Nanele, bleib ganz ruhig. Mama hat gesagt, wir beide sind wie Lensa ond Schbäzla, eins kann nicht ohne das andere sein.

Louisle! Danke, dass du da bist. Alleine bin ich vollkommen zerrissen. Magst du von der heißen Milch mit Honig? Das ist wie sonntags in Kirchberg. Linsen und Spätzle, hat die Mutter gesagt, ja, heute ist Mittwoch. Du zählst jetzt in der Schule die Maschen. Zähl auch die Linsen und sag, wie viele Tage du isst. Ich komme, wenn du alle aufgegessen hast. Versprochen.

Amalie stellte die Breischüssel auf den Tisch und schob Nanette zu einem Stuhl mit Kissen. Vorsichtig ließ sie sich auf der Stuhlkante nieder. Sie musste fliehen, sogleich.

»Ich hab ein wenig Pflaumensaft und eine gemuste Birne untergerührt«, flüsterte Amalie und verdrückte sich, weil Madame Hehl hereinkam.

»Mein Kind, wie schön, dass du lange geschlafen hast. Das ist ein Leckerbizsle, was die gute Köchin dir da gebracht hat. Es soll recht sein für heute. Lass es dir munden. In der Früh war ich bei Schneidermeister Welsch, der ein Kinderkleid präsentieren konnte, das bestellt und nicht abgeholt wurde. Es ist zu weit für dich. Du kannst mir helfen, es anzupassen. Im Nähen bist du geschickt, wie ich gehört habe.« Madame

Hehl ging in den Öhrn und kam mit einem blaugrün gestreiften Kleid zurück, das sie hin und her schwenkte. »Für dich, mein Kind. Gefällt es dir?«

»Sehr apart. Seien Sie bedankt.« Sie nickte, kaute und schluckte, saß in der Nachtwäsche bei Tisch und schaute an sich herunter.

»Wir sind ganz unter uns.« Madame Hehl tätschelte ihr die Wange und strich ihr über den Rücken. »Was ist das? Dein Schulterblatt! Es steht raus. Zieh das Nachthemd aus, die Leibwäsche. Halt dich gerade. Mein Bruder muss sich das ansehen. Das muss weg. Die Striemen verschwinden von selbst, das schiefe Schulterblatt nicht. Du brauchst Leibesübungen.« Sie rang die Hände und ging hinaus.

Ihr schwirrte der Kopf. Der Bruder. Onkel Ludwig. Er hatte nichts vorzuweisen, Madame Hehls Worte gestern nach ihrer Ankunft. Wollte er deshalb Herzsieben? Damit er etwas herzeigen konnte? Wäre sie nicht derart eigensinnig gewesen, dann säße sie jetzt mit den anderen in Kirchberg in der Schule und würde Maschen zählen.

Nanette fröstelte. Selbst das Unterhöschen hatte sie nicht anbehalten dürfen. Wenn nur Madame Hehl sie nicht mehr schlug. Rennen wollte sie bis zum Frühmesshof, die Füße unter dem Arm. Bleiben musste sie, nackt und ohne Schuhe. Barfuß in der Stadt. Barfuß kam gleich hinter barhäuptig, wie der Vater aus Kirchberg zu sagen pflegte. Er hatte sich nicht verabschiedet. Das war gestern gewesen, und doch lag ein Leben dazwischen. Sie hatte die Irrwische verloren, wo sollten sie hier tanzen? Einzig die Hoffnung auf Onkel Ferdinand war ihr geblieben. Er arbeitete für den König. Sicher fand sie ihn im Neuen Schloss. Er alleine konnte dafür sorgen, dass sie zurück nach Kirchberg durfte. Ein Kind ohne Not aus seiner Familie zu reißen, das würde selbst der Herrscher nicht billigen.

Sie streckte die bloßen Arme aus. Die Hände nahmen den Becher mit Milch vom Tisch und umklammerten ihn. Der Mund nippte, ein Bein zuckte und wandte sich ab. Mit diesem nackten Leib hatte sie nichts zu tun, die Striemen auf dem Podex gehörten nicht zu ihr. Die Hände stellten die Milch ab, dass es schwappte. Erst eine Woche war es her, dass sie die Puppe mit den gelben Haaren an Katharina weitergegeben hatte. Und gestern Morgen hatte sie im Schulzimmer gesessen und Erwin vor Tatzenstreichen bewahrt. Der unselige Tag raste an ihren Augen vorüber, schon konnte sie die Bilder nicht mehr festhalten. Was hatte sie falsch gemacht? Sie hatte versucht, August zu gefallen, aber es war ein Spiel gewesen. War es auch ein Spiel, das Madame Hehl mit ihr trieb? Warum hatte sie Leibwäsche und ein passendes Nachthemd für ein Mädchen im Hause? Und fand zufällig ein Kleid. Was führte sie im Schilde? Nackt, mitten im Esszimmer, hatte sie das Kind, wie sie sagte, stehen gelassen. Amalie hatte recht. Mutter zu sagen, würde helfen. Es kam nicht auf die Worte an, sondern was in ihrem Herzen war. Da wohnte die Mutter aus Kirchberg. Frau Pfarrer, verbesserte sie sich, »Mama«, flüsterte sie und schlug die Hände vors Gesicht. »Mama. Louisle, wo seid ihr? Was ist geschehen? Ich träume und war nie so wach. Das tut weh. Rosine, puste ein wenig.« Eine neue Mutter. Sie hatte eine gehabt. »Maman«, das ging, in ihren Gedanken blieb sie Madame Hehl. Die Mutter war in Kirchberg geblieben. Leibwäsche hatte sie dort nur im Winter getragen. In den Ohren rumpelten unentwegt die Räder der Kutsche, sie fuhr zurück, gleich war sie da.

Stattdessen stand sie kurze Zeit später vor einem großen Spiegel. Mit Nadel und Faden war Madame Hehl zurückgekommen und steckte eigenhändig Saum und Taille des neuen

Kleides ab. Immer wieder strich sie ihr über den Rücken, seufzte und schüttelte den Kopf.

Wenig später half Nanette beim Nähen. Sie hatte das Gartenkleid angezogen, das blieb ihr. Sieben mal sieben Sonnenblumen waren es. Sieben Tage steigt die Flut, sagte die Kirchberger Mutter, sieben Tage fällt sie. Wann würde sie wieder fallen? Einfädeln und Fadenreste vernähen. Das durfte sie. Musste viel lernen. Sie schaute an sich herunter. Das Kleid war zu kurz und die Sonnenblumen waren ausgeblichen. Derart konnte sie nicht herumlaufen in Stuttgart. Willig zog sie das neue Kleid an. Madame Hehl klatschte in die Hände. »Amalie! Schnell her mit Ihnen! Schauen Sie, unsere Kleine, wie hübsch!«

Nanette traute ihren Augen nicht. Zweimal blau-grün gestreift. Madame Hehls Puppe war sie geworden. Sie wollte zurück zwischen die Sonnenblumen schlupfen. Es ging nicht.

»Kein Zweifel! Mutter und Tochter!«, rief Amalie.

So musste man das also machen. Sie würde es sich merken, wie die Köchin mit der Herrschaft den Umgang pflegte. Und doch, die Sonnenblumen waren ihr lieber.

»Nehmen Sie das.« Madame Hehl reichte Amalie das Kirchberger Kleid. »Werfen Sie es ins Herdfeuer und achten Sie darauf, dass die Flammen es vollständig verzehren. Halt! Warten Sie …« Sie folgte Amalie aus dem Nähzimmer in die Küche.

Für einen Moment war Nanette alleine. Louisle!, rief sie. Kein Laut drang aus ihrem Mund. Wie komme ich hier weg? Onkel Ferdinand, hörst du mich nicht? Louisle, wo bist du?

Armes Nanele! Zum Glück sind deine beiden anderen Kleider in Kirchberg geblieben. Das rote mit den kleinen weißen Punkten und das schlichte braune mit den gelben Paspeln. Ich kann sie wohl brauchen. Immerzu denke ich an dich. Atme in das sonnengelbe Tuch der Mutter. So sind wir alle bei dir. Der Vater hat streng verboten, deinen Namen zu erwähnen. Es ist ein großes Schweigen hier im Haus. Behalte die Sonnenblumen und uns im Herzen.

Das Schultertuch der Mutter! Sie hatte es verloren. Madame Hehl konnte es zumindest nicht verbrennen. Wo war es geblieben? In Nanette klangen die Kirchberger Glocken nach. Es half nicht weiter, ans Pfarrhaus zu denken. Sie legte sich die Antworten von Louisle zurecht, es war ihre eigene Stimme, die sie da vernahm und die doch nicht zu ihr gehörte. Sie war wie Maria, die sich alles erdachte, wie sie es wollte. Die Schwester hatte sie an Tante Hehl ausgeliefert, um sie loszuwerden.

Halt! Das ist Unrecht! Maria hat es der Mutter erzählt. Es war Zufall, dass Tante Hehl es gehört hat. Nanele, du darfst nicht schlecht über Maria denken. Sie bleibt deine Schwester. Auch wenn Tante Hehl nun deine Mutter ist.

Niemals ist sie das! Und doch. Hatte Madame Hehl sich nicht den ganzen Morgen um nichts anderes gekümmert als um die Tochter? Das war in Kirchberg nie vorgekommen. Die Mutter hatte immer zu tun. Madame Hehl meinte es gut mit ihr und hatte sie in die Residenz geholt. In ihrem neuen Stadtkleid drehte sich Nanette vor dem Spiegel. Darin ließ es sich gut fliehen, nur Schuhe fehlten ihr.

Madame Hehl kam zurück und drückte sie auf einem gepolsterten Hocker nieder. Sie biss die Zähne zusammen.

»Wir machen jetzt eine Dame aus dir. Halt fein still.«

Mit einem scharfen Kamm zog sie ihr einen Mittelscheitel, band die Haare am Wirbel und steckte sie zu einem Dutt fest. Sie sah ein wenig größer aus. Es ziepte furchtbar. Seitlich am Haaransatz zog Maman mit dem Kamm dünne Strähnchen heraus, wickelte sie auf dreieckige Papierchen, die sie Papilloten nannte, und rief nach Amalie mit der Brennzange. Nanette zuckte zusammen. »Dann wollen wir mal!«, sagte Maman und nahm eine Strähne. Es zischte und stank. Sie verbrannte! Amalie, zu Hilfe!, wollte sie rufen und hielt den Atem an. Die Lippen waren nicht mehr die ihren. Die Köchin kannte den Weg nach Kirchberg. Sie würde ihr helfen. Onkel Ferdinand war weit weg.

Ein neues Eisen begehrte Madame Hehl. Amalie rannte mit dem ersten in die Küche und kam mit einem zweiten zurück. Papillote um Papillote verbrannte Maman ihr die Haare. Ihre schönen schwarzglänzenden Haare. Nie wieder würden sie sein wie früher. Amalie hetzte hin und her. In den Pausen spie Nanette die Luft aus und atmete von Neuem ein. Die Brennzange tanzte ihr ums Gesicht und sang: Was du von nun an siehst, bestimme ich. Du wirst lernen, mir mit den Augen zu folgen. Immer werde ich ein Auge auf dich haben. Heiß, so heiß, sie verbrannte. Moskau brannte.

»Christiane! Schau in den Spiegel. Amalie, sagen Sie, ich war doch vorsichtig mit dem Kind!«

»Frau Bergrat, ich muss an den Herd, die Linsen rühren. Und den Spätzleteig schlagen. Er sollte ruhen.«

Nanette starrte in den Spiegel. Das Mädchen darin sah aus wie Madame Hehl. Es übte still, »Maman« vor sich hinzusagen. Welch Schmerz damit verbunden war, einer Mutter zu gefallen. Sie war nie wehleidig gewesen, nicht wie Louisle, die nicht gerne mit Buben spielte, weil diese oft recht ruppig waren und fest zulangten. Das aber war nichts gegen das Brenneisen!

Zu Mittag saß sie völlig neu gewandet und frisiert am Tisch. Das Mieder zu eng geschnürt, das neue Kleid kratzig und die Schnallenschuhe zu klein, die Maman von der einen Tochter des Seifensieders Krauß bekommen hatte. Wahrlich eine Dame. Sie würde sich daran gewöhnen. Einzig ihr wie Feuer brennender Podex erinnerte an gestern.

»Maman, darf ich bitte noch von den Spätzle haben?« Sie dachte an die Mutter in Kirchberg, und ihr Herz stolperte.

»Ausnahmsweise. Merk dir eines: Kinder haben nicht zu bitten, sondern zu warten, bis sie gefragt werden.«

Sie blieb so oder so hungrig. Den Bauch konnte sie ihr füllen, doch nicht das Herz. Es schlug weiter, als ob nichts wäre. Würde das jemals anders sein? Sie wünschte es sich, wollte es nicht, alles vergessen. In Stuttgart aß man Soidawürschtle zu den Lensa ond Schbäzla.

»Elisabeth, sei nicht so streng mit unserer Kleinen. Sie muss sich eingewöhnen. Gib ihr von den Linsen und ein Würschtle, es scheint mir ein hungriges Alter zu sein. Allerliebst hast du das Kind herausgeputzt. Tupf ihm ein wenig vom Rosenparfüm auf den Nacken. Verzeih mir, liebste Tochter, deine Haare haben sich an den Besuch im Hühnerstall gewöhnt.«

Sie sog die Luft tief ein und roch nur Soida mit Lensa ond Schbäzla. Kein Huhn wollte sich daruntermischen. Ohnehin war ihr die Ziege lieber gewesen. Der Bergrat hatte sich für das Kind verwendet. Auf ihn konnte sie zählen. Sie nahm eine Gabel Schbäzla, handgeschabt, hatte Amalie gesagt, das lasse sich Frau Bergrat nicht nehmen.

3

»JOHANN, WIE KONNTE ICH NUR. Ich war ganz mit der Garderobe beschäftigt. Für den ersten Gang durch die Stadt. Amalie wird Christiane heute Abend die Haare waschen.«

Als geborene von Klein und Schwiegertochter des Stuttgarter Bürgermeisters musste sie jetzt nicht allein auf sich, sondern auch auf das Kind achten. Sie seufzte.

Wenig später trat sie mit ihm an der Hand aus dem Haus. Der Dunst von sauren Linsen und Spätzle mischte sich mit dem Geruch frisch gefallener Pferdeäpfel. Sie kniff die Nasenlöcher zusammen und wies nach oben. »Wir residieren in der Beletage.«

Christiane zog die Schultern hoch. Sie hatte Angst. Das war sehr gut! Auf Furcht baute sich die kindliche Liebe auf, die sie ihr bald uneingeschränkt entgegenbrachte. Sie würde sie nach ihrem Bilde formen. Kinder hatten nicht wie die Tiere im Garten herumzutollen, sondern mussten auf ihre Eltern hören. Wie sollten ordentliche Bürger aus ihnen werden, wenn man sie gewähren ließ und den Geist nicht beizeiten zügelte? Einen Moment hatte sie nicht achtgegeben, ihren Griff gelockert, da hatte sich Christiane losgerissen und hüpfte herum. Sie rief etwas in einer ihr fremden Sprache. Wie konnte das sein?

»Verzeihen Sie, Maman. Ein Spiel mit meinem Bruder. Mit Jonathan. Circum omnem angulum / latet hostis. Dreimal hüpfen, einmal rufen. Wer ist schneller. Er mag nicht lernen, aber spielen will er immerzu. Und da hab ich das Lateinische auf diesem Wege mit ihm eingeübt. Circum omnem angulum / latet hostis. Sinngemäß: Hinter jeder Ecke, ein Feind. Das hat ihm gefallen. Dreimal hüpfen, einmal rufen.«

»Latein ist nichts für Mädchen. Es bringt Unglück. Und von wegen Bruder, den hast du dir erdacht. Eine blühende Fantasie hat das Kind, werde ich allen sagen.«

Soldaten der Gardelegion marschierten mit ihren Tschakos vor der nahe gelegenen Legionskaserne auf und schlugen die Hacken zusammen, dass die Federbüsche wippten.

Das war eine Ordnung! Ein Trompetensolo schwebte hell und klar über den Häusern. Ungern wandte sie sich ab und ging mit dem Kind durch die verwinkelte Schulerische Gass, die seit dem letzten Jahr Weinstraße hieß. Hofbaumeister Thouret pflegte um diese Zeit einen Spaziergang zu machen. Sie wollte ihm die Tochter vorführen. Es kam ihnen nur ein Leiterwagen entgegen.

An der Posthalterei blieb sie stehen und begrüßte recht freundlich Frau Geheimrat von Gros, die Schwiegermutter ihres Bruders Ludwig, die einen abschätzigen Blick auf Christiane warf, bevor sie davoneilte. Das würde sie sich merken. So ging man mit ihr nicht um!

»Maman, verzeihen Sie«, riss das Kind sie aus den Gedanken, »hier an der Post darf ich wohl darum bitten. Ich möchte Louisle von der wundervollen Residenz berichten.«

»Es gibt niemanden, dem du schreiben kannst.« Sie hielt Christiane fest an der Hand. Man durfte nicht locker lassen, das hatte sie schon in Metzingen gewusst. Das Kind heulte auf, weil sie ihm die Finger zusammenpresste. Sie drückte kräftig zu. Es trottete neben ihr her und gab keinen Laut mehr von sich. Durch die Poststraße gingen sie jetzt, die alte Böhmische Gass. Niemand trat aus dem Palais Gültingen oder dem Haus Gemmingen. Bankier Kaulla lief ihr über den Weg, doch die Juden in der Stadt übersah sie stets geflissentlich.

Sie eilte der Königstraße zu. Vor der Tür ihres Bruders blieb sie stehen und klingelte nicht. Er konnte sich das leisten, ein dreistöckiges Gebäude käuflich zu erwerben.

Am Calwer Haus trafen sie auf Frau Stadtrat Schnabel. »Der Bildung wegen bist du in die Stadt gekommen, habe ich gehört.« Sie tätschelte Christiane den Kopf. »Das ist brav. In Tafingers Höherer Töchterschule wird es dir gefallen.«

Sie ließ Frau Stadtrat Schnabel stehen und zwängte sich mit dem Kind durch die Schulstraße, die eine schmale Gasse geblieben war. Ausnahmsweise war ihr die Enge recht, wenn es auch scheußlich nach verdorbenem Fleisch und frischem Brot zugleich roch, konnte man hier nicht an ihr vorbeisehen. Eifrig nickte sie nach allen Seiten, obwohl niemand sie grüßte. Sie warf den Kopf in den Nacken und lachte. Das Kind schaute zu ihr hoch. Das war recht.

Schlag zwei war sie am Rathaus. Der Schwiegervater wartete und steckte die Taschenuhr weg. Er trug die große Amtskette. Nur für sie. Sie nahm seine Hände und drückte sie zur Begrüßung. Christiane stand stocksteif hinter ihr und schaute zu Boden. Kein Wort kam ihr über die Lippen.

»Liebste Schwiegertochter, wie ich sehe, ist einiges zu tun in der Erziehung. Sie haben jetzt eine Aufgabe.«

»Verzeihen Sie. Ich werde das Kind zu bessern wissen. Lassen Sie sich nicht aufhalten. Sicher sind Sie in Eile.« Sie zeigte auf die Amtskette, wandte sich nach links zur Stiftskirche und zog Christiane mit sich. Die Menschen eilten durch die dunkle Kirchstraße dicht an ihnen vorbei. Da riss sich das Kind los, wollte ihr davonrennen. Mit zwei langen Schritten holte sie es ein und packte es am Nacken. Fast wäre sie mit Schneidermeister Welsch zusammengeprallt. Er stieß seinen Stock aufs Pflaster. Die Stadt verstummte für einen Moment. Er wollte sich zu ihnen gesellen. Danach stand ihr nicht der Sinn. Sie nickte ihm knapp zu und ging weiter.

»Unser berühmter ›König von England‹«, sagte sie zu Christiane und wies auf ein stattliches Gebäude. »Dieser Gasthof hat so manches gesehen.« Ein Pferd wurde aus einem großen Tor geführt. Wer inkognito bleiben wollte, fuhr mit dem Wagen in den Hof. Sie nahm die Tochter wie ein kleines Kind wieder an die Hand. Ganz sanft. Das konnte sie auch sein. »Schau, da vorne. Die Planie. Willst du solch ein Mädchen werden? Das lasse ich nicht zu.«

Fanfarenklänge. Welch ein Tag. Gemeiner Pöbel versperrte ihnen den Weg. Jemand rief: »Der König!« Wie alle verneigte sie sich. Sie schaute auf. Das Kind war von ihrer Seite verschwunden. Es hatte sich nach vorne gedrängt und winkte dem Herrscher hinterher. »Wie kannst du nur! Eine Hehl jubelt nicht mit der Menge.« Hart nahm sie es bei der Hand. Sie zeigte auf das Opernhaus mit seinem Treppengiebel und beschleunigte den Schritt. Hocherhobenen Hauptes ging sie direkt am Neuen Schloss vorbei.

Am Theaterbogen blendete sie das Licht im Wasser des Epaulettensees. Sie setzte sich mit dem Kind auf eine Ruhebank und schnaufte durch. Mit ausgestrecktem Arm wies sie in die Runde. »Hier beim Schloss beginnen die Oberen Anlagen. Die Zeit der Rosen ist dieses Jahr leider vorbei, ich hätte dich früher zu mir holen sollen.« Auf dem See blähten die Schwäne ihr Gefieder und zogen ihre Bahnen. Was redete sie da? Sie zeigte auf die andere Seite des Sees, stand auf und marschierte los. Nicht zu lange verweilen, was wusste sie schon, was dem Kind als Nächstes einfiel. »Der Botanische Garten. Fünf Gewächshäuser. Eines aus Gusseisen. Mit Glas gedeckt. Wenn es stürmt und stöbert, blühen drinnen Amaryllis und Mimosen. Hast du's dir eingeprägt?«

»Was man mir aufgibt, merke ich mir. Das fällt mir leicht. Wann darf ich in die Höhere Töchterschule von Tafinger gehen, die Frau Stadtrat Schnabel erwähnt hat?«

»Ich werde dich selbst unterrichten und von allen schädlichen Einflüssen fernhalten. Der Professor nimmt die Mädchen in der Regel erst ab zehn. Auch wählt er sie sorgfältig aus. Wir haben einiges zu tun, damit du bestehen kannst.«

Sie tupfte sich mit einem sauberen Sacktüchlein die Stirn. Christiane schwieg. Das war recht.

Hatte sie in ihrem Leben jemals so viele Worte an einem Stück gefunden? Ein Kind zu haben, war anstrengender als gedacht. Vielleicht wäre es einfacher gewesen von Geburt an. Sie hätte sich eine Amme ins Haus holen und neben der Köchin eine Dienstmagd beschäftigen können. Jetzt musste sie sich erst daran gewöhnen, mit einem Kind an der Hand zu laufen.

Sie ging mit ihm um den ovalen See an der vormaligen Akademie. Dort hatte das kleine Theater gestanden. Abgebrannt war es. Damals hatte sie nicht an ein Kind gedacht.

Am neuen Laufbrunnen in der Mitte des Charlottenplatzes verschnaufte sie und hielt Christiane an, sich ein wenig zu erfrischen. Sie war kein Unmensch. »Du hast Glück, dass du mit einer strengen Mutter gesegnet bist. Sei ein braves Kind, sonst muss ich dich ins Waisenhaus geben.« Sie zeigte auf das Häusergeviert zu ihrer Rechten. Aus dem Innenhof traten Mädchen in Reih und Glied. Diese schlugen die Augen nieder und gingen der Stiftskirche zu. Sie zog Christiane mit sich, die den Waisenmädchen hinterherschaute.

Viel zu laut las Christiane: »Holzstraße«, wie es an einer Hauswand stand.

»Römisch Königsgass. Niemand außer dem König sagt Holzstraße. Alle Gassen hat er umbenannt in Straßen.«

Es roch nach Anisbrot. Gleich kam das Haarschneidekabinett Müller. Schere, Kamm und Rasierpinsel baumelten an einem Stecken vor der Tür. Ihr Schwiegervater kehrte hier jeden Tag ein, bevor er ins Rathaus ging.

Von der Ecke klopfte und hämmerte es. Eine Horde Buben rannte im Kreis. »Johann Jakob Heringsfresser, geht zum Reihlen mit dem Messer«, reimten sie, »sticht den besten Hering raus, trägt ihn bis zum Suppenhaus, legt ihn auf ein' Stein, isst ihn ganz allein.«

Christiane klatschte in die Hände. Sie gab ihr eine Kopfnuss und wies auf eine Holzschranke. »Die Pferdeschwemme.«

Eine rundliche Hökerin saß dort vor einer Auslage, die Beine in einem Krautstande, aus dem es von einem Kohlenbecken dampfte. Christiane reckte den Hals.

»Nüsse! Köstliche Walnüsse, frisch aus dem Amt Marbach! Vom Frühmesshof!«

»Ich muss von diesen Nüssen haben! Aus Kirchberg sind sie und schmecken buttrig, aber leicht bitter. Das reinigt Mund und Zähne, sagt die Mutter. Wo ich doch keine Zahnbürste habe.«

»Merk dir: Es heißt nicht: *ich muss*, sondern: *ich möchte*. Und sag nicht ›Mutter‹ zur Frau Pfarrer. Du warst dort in Pflege.«

Christiane nickte und rührte sich nicht von der Stelle. Elisabeth Hehl seufzte und kaufte eine Tüte mit Nüssen. Bloß kein Aufsehen erregen. Sie zog das Kind weiter und zeigte auf die Stände vor dem Chor der Leonhardskirche.

»Der Krempelesmarkt. Amalie ist zuständig für neue Bürsten, Nägel oder Korbwaren. Nur Seifensieder Krauß geht selbst hierher. Du verstehst, was ich meine.« Das Kind schaute zu Boden. Zumindest nicken könnte es.

Hinter der Kirche bog sie nach rechts in die Richtstraße ein. Ein Mann zog einen Leiterwagen, auf dem tote Hunde lagen und stanken, über das buckelige Pflaster zu einem runden Turm. Sie stolzierte zum Stadttor. »Da vorne hat er gestanden, der Käs. Leider ist er im letzten Jahr abgebrochen worden. Für unartige Mädchen war er.« Sie fuhr dem Kind mit der Handkante am Hals entlang.

»Was meinen Sie, Maman?«

»Sie fragt zu viel, will sie nicht hören, was ich sage? Muss sie es wieder fühlen? Zum letzten Mal: Kinder stellen von sich aus keine Fragen, nur wenn sie aufgefordert werden. Komm. Es ist Zeit.«

Sie ging voraus, drehte sich aber ein paarmal um. Mit hocherhobenem Kopf folgte ihr Christiane zur Torgasse und sah seelenruhig zu, wie ein Pferd, das die Beine vorsichtig voreinandersetzte, in einen Hof geführt wurde. Als ob sie nicht gesagt hätte, dass es sich eilen solle. Sie konnte nicht alle Tage mit einem Kind durch Stuttgart laufen.

»Der arme Gaul hat sein Hufeisen verloren«, sagte eine Stimme hinter ihr.

Betont langsam drehte sie sich um. Ein dicker Mann mit einer Lederschürze. Sie zog die Luft ein. Er trug ein Fass auf der Schulter.

»Die Bergrätin und ihr neuerworbenes Kind. Die Kunde ist Ihnen dank Schneidermeister Welsch weit vorausgeeilt. Sie hätten mit ihm schwätzen sollen. Sie wissen doch, er will die Dinge in der Hand behalten.«

Mit dem Fass wankte der Mann über das Nesenbachbrückle. Unerhört seine Worte. Eine geborene von Klein war sie und die Schwiegertochter des Stuttgarter Bürgermeisters. Und da vorne. Die junge Rumetsch, wie sie den Hals nach dem Kind reckte.

4

I WÜ'S BEHOITN. Es g'hert mir. Da waren sie wieder, diese Worte in ihr, die nie hatten verstummen wollen. Gottliebin Rumetsch strich sich über den Bauch, in dem der Schmerz wohnte.

Der Wächter hatte ihr damals ohne Nanette den Zugang zur Stadt verweigert, und der Schneidermeister hatte sie wegen Kindsmord angezeigt. Knapp war sie einer Verhaftung entgangen. Selbst der Stadtmedicus hatte das Geschehene nur mühsam geradebiegen können. Den Kurfürsten und nunmehrigen König hatte er bemüht. Im Gegenzug musste sich Erich auf Lebenszeit als Hofconditor verdingen.

Sie durften nicht mehr fort aus Stuttgart und lebten seitdem mit der Schande, die mit jedem Kind wuchs, das sie verlor. Kaum konnte die Stadt ihre Schadenfreude verhehlen.

Es half nichts, sie musste einkaufen. Noch war es am Marktstand der Heydele nicht allzu belebt. Morgen würde Erich wie jedes Jahr eine Gans aus der königlichen Mast mitbringen. Vornehm wie die Herrschaften wollte er mit ihr tafeln. Jedenfalls das. Er machte ihr keinen Vorwurf, obwohl er allen Grund gehabt hätte, sondern scherzte und buk ihr Conditorle aus Lebkuchen. Sie verscheuchte die Schatten, die sich aufs Gemüt legen wollten.

»Geben Sie mir bittschön von dem Blaukraut und von den Äpfeln. Säuerlich müssen sie sein, das gibt ein feines Aroma.«

Sie reichte der Heydele ihr Moakddsegal, die den Korb füllte. Aus dem Heckengäu kam diese, konnte lesen und schreiben und rechnen wie ein Schulmeister. Sie trug keine Haube wie die anderen Marktweiber. Groß und breit, wie sie gewachsen war, konnte sie die Kisten mit Lukeleskäs, Butterballen und Eiern alleine heben. Stets legte sie liebevoll ihre Rettiche aus und sortierte beständig den Vogerlsalat. Ihre blauen Augen tanzten lustig, sobald sie im Frühjahr den ersten Knofelspinat feilbot. Die braunen Haare hatte sie zu einem Knoten geschlungen, ganz ohne Netz und Nadeln. Wenn sie nur auch so fest im Leben stehen könnte.

Sie gab der Heydele ein paar Münzen. Neben ihr verlangte eine spindeldürre kleine Frau mit roten Wangen und einem ebensolchen Zopf zweiundzwanzig Eier und ein Pfund Butter. Das Geheimrezept aus der Schlossküche. Die Chocoladentorte. Sie schmeckte saftig. Alle Kinder waren wild darauf. Und nicht nur die. Die Nachbarin hatte fünf, die durchs Stiegenhaus tobten. Sie verlor die ihren. Und immer drohte ihr eine Anklage wegen Kindsmord auf der Schwelle zwischen Leben und Tod. Ein erregter Wortwechsel an ihrer Seite, sie schaute nicht hin, bemühte sich immer, nicht hinzuschauen. Es half nichts.

»Bleibed no a bissle standa. Na kommed au die andere.« Die Heydele rieb sich die Hände. »Nimm dir von den Gutedeln. Sind die letzten. Nur zu, Mädle.«

Gottliebin blieb das Herz stehen. I wü's behoitn. Es g'hert mir. Die Frau mit dem roten Zopf sagte etwas zu dem Mädchen und verschwand. Nach der Beschreibung des Kutschers erkannte sie Nanette sogleich. Hatte sie richtig gesehen, vor ein paar Wochen an der Nesenbachbrücke. Schmal war Nanette, ganz dünn. Das wäre bei ihr nicht passiert. Die dunklen Haare und die tintenblauen Guckerln, die weithin Aufmerksamkeit erregten, der Kutscher hatte das gut erfasst. Nein, es war ihr nicht erlaubt, das Kind anzusprechen, das hatte von Klein strengstens untersagt. Das Nanele durfte nichts von ihr erfahren.

Die Heydele reichte Nanette einige Weintrauben. Sie knickste und griff vorsichtig zu. Wie zart ihre Hände waren. Vom Stiftskirchenturm schlug es zweimal, eine halbe Stunde bis zehn. Im Schulhöfle schnatterten jetzt die Gänse, und die Wachteln drängten sich in ihren Käfigen zusammen. Die kleinen, hühnerartigen Vögel dauerten sie, zwei pro Portion brauchte man und wurde kaum satt. Zart schmeckten sie, wie junges Reh. Wenn der König in der kalten Jahreszeit auf der Alb unterwegs war, steckte er sich lebende Wachteln in die Tasche und wärmte seine Finger an ihnen, hatte Erich erzählt. Etwas Weiches in der Hand wäre schön für Nanette.

Ein rechtes Gedränge war es geworden bei der Heydele. Gottliebin stand ganz dicht neben dem Nanele, das nach süßen Trauben und Zimt duftete. Die anderen Frauen schwärmten vom Blaukraut und lobten die feinen Zwiebeln vom Eschlauch. Ungeniert kosteten sie von den sauren Apfelschnitzen. Sie wandte sich zum Gehen. Sonst vergaß sie sich. Da betatschte eine vornehme Dame den Blumenkohl.

»Ha no, jetzt send Se no so guat. Molet Se sich doch ein, wenn Ehne dr meine net passt!« Die Heydele stemmte die Hände in die Hüften.

Nanette lachte auf und giggelte ganz tief aus dem Bauch heraus. Sie schüttelte sich und steckte alle an, selbst die vornehme Dame. Diese ließ sich von der Heydele den Blumenkohl geben, zahlte mit großer Münze und verzichtete auf das Wechselgeld.

»Du kannst dich immer noch so biagn vor Lachen. Wie schön.« Sie strich Nanette übers Haar. Was hatte sie da gesagt? »Ich meine, in deinem Alter …«

Das Nanele schaute sie fragend an, sagte aber nichts, sondern streifte die Schuhe ab und hüpfte auf einem Bein durch Himmel und Hölle. Unentwegt blickte es sich nach allen Seiten um.

»Nimm dir von den Trauben.«

Nanette hielt inne und knickste. »Die weißen sind am besten. In Kirchberg gab es davon nicht so viele, doch in Metzingen, hat mein großer Bruder gesagt. Ich erinnere mich nicht, war noch klein beim Umzug.«

»Da bist du aber schon weit gereist in deinem Alter.«

»Von Metzingen bin ich nach Kirchberg. Seit ein paar Wochen in Stuttgart. Amalie, unsere Köchin, hat gesagt, ich soll Forellen am Brunnen kaufen. Sie holt eine Gans. Die Fische stinken, ich muss sie trotzdem nehmen. Ich werde mir die Nase zuhalten. Gehe gleich. Maman, ich meine, Frau Bergrat Hehl, sie schimpft sonst. Sie hatte mich zur Pflege weggegeben. Jetzt erzieht sie mich selbst.«

Das Nanele schlug sich auf die Finger und auf den Mund. Armes Hascherl. Die artige Lebensbeschreibung ließ keine Zweifel. Sie war es.

»Die Trauben sind heuer besonders süß. Vor acht Jahren gab es zuletzt solche zu Martini.« Sie reichte ihrem Nanele die letzten und erschauderte, als sie die Finger berührte. »Ist dir nicht kalt, so schdrumpfsoggad?«

Nanette schüttelte den Kopf und legte den Zeigefinger in das Grübchen am Kinn.

»Willst du nicht deine Galoschn wieder anziehen? Das Pflaster ist kalt, ich spüre es sogar durch die Schuhsohlen.«

Nanette schüttelte den Kopf. »Die Strümpfe sind warm. Es tut gut, die Zehen ein wenig zu bewegen.«

»Kein Zweifel«, Gottliebin Rumetsch bückte sich, »deine Füße und daneben die Schuach, die sind zu klein. Warte mal. Ich kann dir ein Paar ausleihen. Von der Tochter einer Freundin. Zum Schlipfm, im Sommer sind sie bei mir stehen geblieben. Komm mit mir, ich wohne da hinten in der Kirchstraße, neben der Stiftskirche. Eure Köchin wird eine

Weile brauchen, es ist voll heute auf dem Markt. Du bist gleich zurück. Dann kannst du die Forellen kaufen.«

Sie half ihr in die Schuhe, denn in Schdrimpf konnte sie nicht gehen, wollte sie nicht die Polizeidiener aufmerksam machen. Nach ein paar Schritten nahm Nanette ihre Hand, als müsse sie sich vergewissern, dass sie da sei. Wie schön, die kleinen Finger zu spüren! Nanettes Gang wurde leichter.

»Wie heißt die Tochter von der Freundin? Die Schuhe brauchen doch einen Namen.«

»Du kommst auf Ideen. Die Schuhe sind von der lieben Pauline. Sie besucht die Höhere Töchterschule von Professor Tafinger. Du gehst sicher auch dort hin.«

»Das muss ich nicht, ich darf zu Hause lernen. Vorerst sei das besser, sagt Maman. Sagen Sie, was machen die vielen Handwerker? Müssen sie all die Häuser mit Stangen und Brettern stützen, damit sie nicht zusammenfallen? Maman konnte mir das nicht erklären.«

Gottliebin lachte und strich Nanette nochmal übers Haar. Wie fest es geworden war. So sollte das Gemüt des Kindes sein.

»Die Maurer verblenden die Häuser. Schau, wie sie den Mörtel im Eimer über die Rolle mit dem Lotterseil nach oben ziehen. Dann müssen sie die Last nicht hinauftragen. Der König hat auf die Durchsetzung der Brandvorschriften gedrängt. Komm, wir nehmen den Weg über den Hof, da kann ich Blaukraut und Äpfel gleich ablegen.«

Das Schwein quiekte in seinem Verschlag. Das Nanele warf ihm ein paar Kartoffelschalen zu, als ob es dies alle Tage machte. Aus dem Winkel waberte beißender Kloakengeruch. Sie hielt sich die Nase zu und winkte Nanette, ihr zu folgen. Erst in zwei Tagen würde in der Früh der Fäkalienkärcher vorbeikommen. Öfters hielt es Schneidermeister

Welsch nicht für nötig. Solange stank es. Ihr und Erich und dem Pfarrer. Selbst der König hatte sich schon beschwert. Doch der Schneidermeister stampfte mit seinem Holzbein auf, und ein jeder ging sogleich zurück an die Arbeit.

Mit dem Schlüssel öffnete sie die Wohnungstür, eine neue Mode, die ihr aber ganz recht war. Wenn nur Schneidermeister Welsch nichts merkte. Was war in sie gefahren? Völlig narrisch, auf was sie sich da einließ.

Sie ging mit dem Nanele in die Wohnstube. Am liebsten hätte sie das Kind behalten und musste es möglichst rasch fortschicken, bevor die Köchin der Hehls nach ihm suchte und es Geschrei gab.

Sie hieß Nanette, sich auf die neue Chaiselongue zu setzen, zog ihr die Schnallenschuhe aus und massierte ein wenig die kleinen Füße. »Warte, ich bin gleich wieder da.«

Paulines Schuhe passten wie angegossen.

Nanette atmete hörbar aus. »Ich bringe sie zurück, wenn ich Winterschuhe bekomme. Madame Hehl, ich meine, Maman, sie muss erst alles für mich arrangieren.« Sie probierte ein paar Schritte und begann sich zu drehen wie ein Irrwisch, bis sie abrupt zum Stehen kam. »Was ist das?« Sie zeigte auf den Sims, wo Ecksteinsieben halb verborgen an einer Vase lehnte.

»Ein Geschenk. G'nuag! Nanele! Lass das!« Rasch ließ Gottliebin Rumetsch die Spielkarte in einer Schublade verschwinden. Seit die Tür ein Schloss besaß, holte sie diese manchmal hervor, wenn sie zu Hause war. Sieben Kindlein hatte sie dann, die vom Himmel fielen. Heute hatte sie nur kurz auf den Markt gehen wollen und nicht daran gedacht, Ecksteinsieben zu verstecken. Warum bemerkte Nanette eine Spielkarte? Nichts konnte sie wissen vom Kartentausch und wusste alles.

»Verzeihen Sie, ich wollte nicht ungehörig sein. Ich hatte eine solche Karte zum Spielen, sie sieht Ihrer recht ähnlich. Darf ich die Ihre ein wenig genauer betrachten? Und sagen Sie, woher kennen Sie meinen Kosenamen? In Stuttgart heiße ich Christiane. Sie haben mich gar nicht nach dem Namen gefragt.«

Die Tür öffnete sich plötzlich und Erich warf seinen Mantel mit Schwung auf den Ständer der Garderobe. »Chocoladentorte soll es sein. Das Rezept mit den zweiundzwanzig Eiern. Für Prinz Wilhelm, wenn er mit seiner Armee aus Moskau zurückkehrt. Den Leibmedicus kann der König gleich dazubestellen. Du hast Besuch?«

»Haben Sie Dank!« Nanette stürmte die Treppe hinunter und schwenkte die Schnallenschuhe in der Hand.

Gottliebin Rumetsch beugte sich weit aus dem Fenster und schaute ihr hinterher. Wie apart der Rock um die Knie schwang! Erich drängte sich an ihren Rücken und fuhr ihr über den Bauch. Im Sommer hatte sie erneut ein Kind verloren. Es hatte wohl sein müssen, bevor Nanette zurückkehren durfte. Sie wollte nicht klagen. Vielleicht konnte sie das Nanele manchmal in der Stadt abpassen. Ein flüchtiges Busserl aufs Haar, das fiel nicht auf. Jetzt waren sie ja miteinander bekannt.

Die Häusergiebel gaben den Blick auf einen milchigen Himmel frei. Sie wischte sich über die Augen. Zu schnell war die Luft kühl geworden in diesem Herbst. Erich liebkoste ihren Nacken und küsste sie auf ihre weiße Haarsträhne, die sich bei ihr niedergelassen hatte, nachdem sie ihr Nanele hatte weggeben müssen.

»Ein rechter Wildfang ist das Kind geworden.«

Er hatte Nanette also auch erkannt.

»Ach, Erich, so sind sie halt, die Gschroppm. Aber a Gfrast ist's net. Erich! Tu was!« Sie drehte sich um und verbarg ihr Gesicht an seiner Schulter. »Wir können's Nanele doch nicht einfach bei der garstigen Hehl lassen«, schluchzte sie. »Frau Bergrat wird's totschlage!«

5

Louisle, in des Gottes Namen, hilf! Ich bin klein, mein Herz ist rein. Bete mit mir, wie früher. Sag dem Vater, was hier gleich wieder vor sich geht. Mein Herz ist rein. Nein! Nein! Louisle, Hilfe!

Die Klinke der Tür schnappte nach unten, und der Stuhl polterte ins Zimmer. Nanette sprang auf.

Madame Hehl stand wie der Erzengel Gabriel in der Tür. Das Rutenbündel in ihrer Hand tropfte. »In Salzwasser eingeweicht. Das wird dich ein für alle Mal kurieren.«

Sie wich an die Wand zurück. »Es war nicht verboten! Onkel Ludwig hat es arrangiert. Ich wollte nur, die Schwester, der Vater … Maman!«

Madame Hehl packte sie, legte sie über den Stuhl, warf den Rock nach oben und zog ihr die Unterhose mit einem Ruck herunter. »Hintergangen habt ihr mich alle, die ganze Zeit. Steinheil ist nicht dein Vater. Und eine Schwester hast du nicht und bekommst auch keine mehr. Dafür sorge ich. Vergiss Louisle. Von wegen Zwillingsschwester.«

Nanette zappelte mit den Beinen, warum hatte sie heute Morgen nicht die langen Strümpfe anziehen wollen. Da traf sie der erste Streich. Wie es brannte!

»Meine Geduld ist am Ende. Wie kannst du mit einer fremden Frau mitgehen? Rote Schuhe schenkt sie dir, wer hat je davon gehört! Die ganze Stadt hat über mich gelacht. Und ich habe dich nicht geschlagen. Nein, das hab ich nicht. Was hast du mit ihr geredet? Sag sofort, was sie dir alles erzählt hat.«

»Aufhören! Halten Sie ein! Maman! Hören Sie. Die Frau hatte eine Spielkarte auf dem Sims stehen. Eine Ecksteinsieben. Wie Herzsieben sah sie aus. Lassen Sie mich aufstehen. Ich bitte Sie.«

»Du hast gelogen. Bei der Taufe war diese Herzsieben in deiner Schürzentasche. Gib sie mir, sofort. Die Ruten werden so lange auf dich niedersausen, bis ich sie habe. Wo versteckst du sie?«

»Der Vater, ich meine, Herr Pfarrer, er hat sie an sich genommen. Nein, das stimmt nicht. Sie haben recht. Herzsieben war in der Schürzentasche und ist verbrannt. Sie haben Amalie gesagt, sie soll das Kleid ins Herdfeuer werfen. Die Schürze hing daran.«

»Du wagst es, mir Vorwürfe zu machen? In deiner Lage?«

Klatsch! Klatsch! Nanette biss in ihren Handrücken. Das durfte Madame Hehl nicht. Au! Onkel Ludwig hatte es verboten. Die Glocken schlugen Mittag.

»Spielkarten. Kinderkram. Dann die fremde Frau mit den Schuhen und August. Du hast dich mit ihm auf dem Marktplatz getroffen. Was fällt dir ein?«

»Hab ich nicht! Er hat mich abgepasst und beschimpft! Au! Aufhören! Zur Hilfe!« Madame Hehl hieb auf sie ein. Niemand würde ihr Schreien hören. Sie biss sich auf die Zunge und schmeckte Blut.

»Angebandelt hast du, mit einem Gymnasiasten. Man stelle sich das einmal vor. Eine Schlacht mit Schuhen und

Worten habt ihr euch geliefert. Schneidermeister Welsch hat alles gesehen und mir berichtet. Vor dem Rathaus machst du mich zum Narren. Und geboxt hast du August, ihn vor die Brust gestoßen, dass er getaumelt ist. Ein Mädchen vergreift sich an einem Buben. Wer hat davon je gehört!«

Es war sinnlos. Klatsch! Klatsch! Peng! Aber kein Ton entwich mehr ihren Lippen.

»Damit du endlich lernst zu gehorchen! Nur mir! Solange ich lebe. Erst wenn ich sterbe, kannst du aufatmen. Sich gegen die Polizeidiener zu stellen. Nie tust du, was man dir aufträgt. Forellen sind immer frisch. Diese Fische stanken. Du wolltest mich vergiften. Und ich soll dich nicht schlagen? Du bist verderbt. Wie sonst soll ich dich erziehen?«

Nanette schüttelte den Kopf, bis ihr schwindelte und sie in Kirchberg landete. Da war sie sicher. Jonathan, sei sanft, nicht so grob, wie du die Hühner in die Umfriedung scheuchst, das muss nicht sein. Au! Wie sie picken und hacken. Aua! Jonathan, du machst es ganz recht. Sie konnte in Stuttgart niemandem nichts recht machen.

»Und den Staatsrat von Weckherlin hast du mir auf den Leib geschickt. Onkel Ferdinand. Von wegen. Schulpflicht. Du bist befreit. Wie soll ein Mädchen wie du in die Schule gehen. Bei Tafinger. Ich hab dich nicht geschlagen, die ganze Zeit nicht, heute allerdings, das war zu viel. Du hast keine Schwester. Die Stadt darf nicht über uns reden. Das wirst du mir büßen!«

Friedrich ist bei der Ziege und melkt. Milch! Milch! Ganz ruhig, sagt der Bruder. Du musst aber zappeln. Maman soll es nicht leicht haben mit dir, das erwartet sie.

»Hältst du wohl still? Du bist übellaunig und schiebst es auf das Wetter. An mich denkst du nicht. Wie du dich aufführst! Meinen armen Bruder hast du gedrängt, bis er dir nachgegeben hat. Mir kommt alles zu Ohren.«

Du schüttelst dich. Ballst die Hände zu Fäusten und schlägst auf die Luft ein. Die Trauben hängen dir aus den Ohren. Sie gären in den Bütten am Eberspächer Hälda. Du ziehst die Nasenlöcher zusammen. Sonntags gibt es Wein. Du spuckst. Maman kennt das schon. Amalie muss es aufwischen. In der Scheuer hängt die Mutter Kräuterbüschel zum Trocknen auf. Von allen Seiten Luft, nach Luft schnappen. Stumm. Wie die Schafe durch den Gemüsegarten trampeln. Au! Au! Zwanzig Stück gehören ihnen. Ein Gulden pro Schaf und Jahr an Pflegegeld. Aua! Ein ganzer Gulden. Geld muss man haben. Schäfer Kunzi kommt immer im Herbst. So lang und zottelig schwarz ist sein Bart, grusig! Mäh, määähhh, mähäämäh. Keinen Laut gab sie von sich. In ihrem Kopf schwieg es nicht. Flieh! Du musst weg, weg. Alles ist besser. Flieh! Flieh! Die Glocken hörten nicht auf zu schlagen, die Ruten pfiffen auf ihr Gesäß, sie würde nie mehr auf einem Stuhl sitzen können. Aber sicher würde ihr der Kirchberger Vater sein Stehpult für die Schulaufgaben leihen.

Einzeln schlugen die Glocken nach und verklangen. Die Wohnung roch nach Forelle, obwohl es nicht Freitag war. Kurz hintereinander trafen sie unvermittelt drei heftige Streiche, die ihr das Wasser in die Augen trieben. »Onkel Ludwig hat es vorgeschlagen. Louisle zu treffen, war nicht verboten!«, schrie sie. Da sausten die Ruten heftiger hernieder. »Hilfe! Zu Hilfe!« Es musste sie doch jemand hören. Es war, als ob die Wände jeden Ton verschluckten. Lieber Vater im Himmel, betete sie, gebiete ihr Einhalt. Ich will immer brav sein. Und der himmlische Vater half und schickte den Bergrat.

»Elisabeth! Was machst du da? Denkst du, davon weiß die Stadt nicht längst?« Er riss Maman die Ruten aus der Hand und warf sie in die Ecke. »Amalie, holen Sie den Medicus!«

Der Bergrat! Ihr Stuttgarter Vater. Gott sei es gedankt. Er hob sie hoch, bettete sie auf dem Bauch aufs Bett und bedeckte sie mit einem Leintuch. Wie wohl es tat, nicht mehr nackt zu sein.

Wenig später versorgte Onkel Ludwig ihre Wunden mit Zinksalbe und redete Maman ins Gewissen. Wenn sie das Kind bestrafe, solle sie es nicht halbtot schlagen. Er habe alles zu verantworten, ob sie auch ihn mit den Ruten bestreichen wolle? Er streckte seiner Schwester das Gesäß hin. Das Lachen blieb Nanette im Halse stecken. Keiner richtete das Wort an sie. Sie würde nie wieder sitzen können, dieses Mal half die Zinksalbe nicht. Niemand tröstete sie, sie hatte es selbst verschuldet.

»Maman« zu sagen, war fortan unmöglich geworden. Eine Mutter, die ihr Kind liebte, züchtigte es nicht auf eine so barbarische Art. Madame Hehl, war es nun in ihrem Kopf. Diese richtete kein einziges Wort mehr an sie. Auch Nanette schwieg, sogar mit Amalie sprach sie nicht. Warum war diese nicht gleich gelaufen und hatte Hilfe geholt? Die ganze Welt hatte sie verlassen.

Im Stehen arbeitete sie sich später in der Küche durch den Tag. Sie putzte Salat und schnitt ihn in feine Streifen, wie Madame Hehl ihn liebte. Amalie wollte ihr Kletzen in den Mund schieben, aber sie drehte sich weg. War kein kleines Kind mehr. Der Bergrat schenkte ihr einen glattgeschliffenen Stein von schwarzvioletter Farbe. Sie sagte nicht danke. Was sollte sie mit noch einem, sei er auch wundheilend. Weder hatte der Rosenquarz gegen das Heimweh nach Kirchberg geholfen, noch hatte der Smaragd sie den Zielen ihres Herzens näher gebracht. Sie war verloren, für immer und alle Zeiten.

Die Nacht musste sie in der Schlafstube der Hehls zubringen. Der Bergrat kam erst in den frühen Morgenstunden nach Hause, und Madame Hehl zeterte den ganzen Abend. In ihrer Ecke starrte Nanette still vor sich hin und weinte nicht, diese Macht wollte sie ihr nicht geben. Stumm betete sie den Psalm herunter, den der Kirchberger Vater ihr zum Abschied zugeflüstert hatte: *In Gottes Namen. In deinem Namen rette mich, Gott! Herr, führe meinen Streit mit Kraft! Gottlose greifen mich an, Gewaltmenschen gehen mir ans Leben.* Sie war geübt darin, sich Psalmen zu merken. Welch harmlose Strafe war das Auswendiglernen gewesen.

Amalie hatte recht. Sie musste die Postkutsche gen Ludwigsburg nehmen und nach Kirchberg fliehen, und von dort weiter, fort, nur fort. Im Häkeln und Stricken war sie geschickt, ebenso im Sticken und Nähen. Sie war ganz anstellig, wie Amalie sagte. In ein paar Monaten wurde sie zehn und konnte sich als Magd verdingen. In der Küche und im Haus arbeiten. Groß gewachsen war sie nicht, dennoch zäh und kräftig. Nur kein unwürdiges Leben bei den Hehls mehr führen. Eine feine Gesellschaft war das in Stuttgart. Sie biss ins Kissen.

Am nächsten Morgen um sieben erschütterte Kanonendonner die Stadt. Sämtliche Glocken läuteten. Bei dem Lärm zu fliehen, war einfach. Gerne hätte sie hinausgeschaut, aber das war gegen den Plan. Sie blieb in der Wohnstube, streckte die Arme zur Decke und ließ sie kreisen wie Windmühlenflügel, bis sich ihr Atem stoßweise Bahn brach. Sie rollte die

Schultern vor und zurück. Die Schulterblätter durften kein Aufsehen erregen. »Engelsflügel« hatte Rosine sie genannt. An der Wand stützte Nanette sich mit den Händen ab. Sie zog die Schulterblätter zusammen und auseinander, knackte mit ihnen Nüsse vom Frühmesshof. Wie gut, dass Madame Hehl davon nichts ahnte. Diese ging später höchstselbst auf den Markt, es war Donnerstag, sie konnte leicht entwischen.

Ein Horn ertönte klar und fordernd, mit Verve verlas eine stolze Männerstimme eine Bekanntmachung.

»Ein Reiter der Stuttgarter Stadtgarde!« Der Bergrat stürmte herein, mit Nachthaube. Er riss die Fenster zur Königstraße auf. »Wir sind in Paris! Paris, Paris. Wir sind in Paris!« Paris! Paris!, hallte es von den Wänden der Wohnung wider. Jubelrufe erfüllten die Straßen.

Der Bergrat rannte aus der Wohnstube. Mit halb offenem Hemd und schief hängendem Jackett kam er wieder herein. An diesem Tag schien es nicht wichtig, den Schein zu wahren. Er stolperte hinaus in den Öhrn. Die Wohnungstür krachte ins Schloss. Von der Leonhardskirche läutete es zweimal, kurz darauf fielen Hospitalkirche und Stiftskirche ein. Es blieben ihr zwei Viertelstunden bis acht. Erneut schlug die Tür zu.

Amalie stürzte herein. »Mach schnell. Die Postkutsche nach Ludwigsburg. Sie geht zur vollen Stunde. Frau Bergrat ist ihrem Gatten nachgerannt! Wir sind allein. Die Zinksalbe, dafür ist Zeit«, sagte sie und half ihr in das grüne Alltagskleid mit den blauen Paspeln. »Verzeih mir, verzeih!«, rief sie unentwegt. »Ich war wie gelähmt gestern, als Frau Bergrat dich verschlagen hat. Hilfe hätte ich sogleich holen sollen, wie damals am ersten Abend. Auch da war ich zu spät. Verzeih mir!«

Nanette nickte und schlang ihr Haar zu einem Dutt. Die Schläge verhalfen ihr jetzt zur Flucht. Gott hatte sie nach

Stuttgart geführt und brachte sie wieder fort. Den Sinn kannte nur er.

Amalie hängte ihr eine gehäkelte Tasche um. Sie zog sie mit sich, vorbei an den Menschen, die in der Weinstraße vor dem Glassalon debattierten.

»Nicht zu schnell. Nicht auffallen. Die Kutsche ist sicher heute nicht pünktlich. In der Tasche sind Wechselwäsche und ein wenig Geld vom Bergrat. Er hat es mir für Notfälle gegeben. Die Postkutsche kostet für Kinder die Hälfte.«

»Wir sind in Paris!«, rief einer, ein anderer wollte mit ihnen tanzen. Sie wichen aus, rannten nun doch. Auf dem Postplatz rasten die Kutschen vorbei. Drei Reiter hielten geradewegs auf sie zu. Nanette zog Amalie zur Seite. Der Platz wimmelte vor Menschen, Pferde wieherten und stampften.

Die Postkutsche nach Ludwigsburg fährt heute früher ab, wisperte die Luft. Amalie schob sie in einen Wagen, der Himmel wusste, wie sie den gefunden hatte. Sie wollte dem Kutscher, der gerade seinen Zweispitz fortwarf, Geld zustecken, doch dieser rief: »Heute ist das Leben umsonst. Wir sind in Paris!« Er knallte mit der Peitsche, die den Rücken der Pferde nur streifte. »Paris, Paris!«, stampften die Hufe und rissen die Kutsche mit sich.

Nanette wurde gegen ein Knie geschleudert. Die Hände einer Frau hielten sie fest. »Quetsch dich dazwischen. Wohin geht es denn so alleine?« Sie zog sie zu sich auf die Bank.

Um ein Haar hätte sie aufgeschrien. »Über Ostern zum Onkel«, antwortete sie stattdessen. Leicht kam ihr das über die Lippen. Wie die Mutter aus Kirchberg roch die Frau, nach süßer Milch. »Beim Oheim, da bin ich immer um diese

Zeit«, fügte sie leise hinzu. Ihre Worte verloren sich im Stimmengewirr. Gegenüber zwei disputierende Advokaten. Ihre Zylinder stießen sich Beulen am Kutschendach. Zwischen ihnen eine Dame mit Handschuhen, die unentwegt einen Fächer schwenkte. »Paris! Paris!«, riefen die weißen Finger. Neben Nanette hockte ein Bäuerle, das ein schwarzes Huhn an sich drückte. Das Tier gackerte, die Stimme des Bauern schnarrte und scharrte. Gleich würde er krähen. Nanette blähte die Nasenflügel. Das Federvieh roch wie Kirchberg. An der Seite lehnten sich zwei zaundürre Soldaten in dreckigen Uniformen aneinander und schnarchten im Duett. Die Frau mit dem Milchgeruch tätschelte ihr die Wange und murmelte: »Meine Kleine. Meine Kleine.« Nanette ließ es geschehen. Ihr klopfte das Herz bis zum Hals. Draußen flogen die Alleebäume vorbei, die Hufe der Pferde donnerten über das Pflaster, die Wagenräder sprangen vorwärts. Jedes Schlagloch in der Chaussee war wie ein Hieb von Madame Hehl. Weg, nur weg von Stuttgart, vom Rutenbündel.

Sie konnte kaum sitzen und schob die Hände unter die Schenkel. Fort, schnell fort, auf und davon, weit, so weit. Wie irrsinnig schaukelten sie dahin. Bis Kirchberg, zum schönsten Pfarrhaus im ganzen Land.

In Ludwigsburg ging es genauso zu wie in Stuttgart. »Wir sind in Paris!«, hallte es Nanette in den Ohren. Sie fragte nach der Postkutsche gen Marbach. Alle schüttelten den Kopf. Ein Lohnkutscher winkte sie zu sich. Ein runder schwarzer Hut lag neben ihm auf dem Bock. Er faltete ein Journal zusammen, bevor er heruntersprang. Die »Allgemeine Zeitung«, die kannte sie vom Bergrat, der sie von Onkel Ludwig bekam.

»Wohin soll's denn gehen an einem solchen Tag?«

»Nach Kirchberg zum Pfarrer. Den Tag habe ich mir nicht ausgesucht. Ich hab aber etwas Geld.«

Das Herz drohte ihr aus dem Leib zu springen. Wenn sie jetzt nicht weiterkam? Laufen musste? Sie kannte keine Richtung.

»Kinder fahren heute umsonst. In Paris sind die Württemberger so schnell nicht mehr.«

Er half ihr in den Wagen und legte ihr ein Tuch um die Schultern. »Das hast du vergessen. Sicher erinnerst du dich. Ich habe gewusst, dass wir uns wiedersehen, und es aufgehoben.«

Das sonnengelbe Schultertuch der Mutter! Nanette brachte keinen Ton heraus. Alles musste wohl so sein. Süß wie die Mutter in Kirchberg roch das Tuch. Es musste heim und sie wollte mit. Wieder schob sie die Hände unter die Oberschenkel. Das ging. Eine ganze Kutsche für sie alleine. In gemächlichem Trab schaukelten sie über eine schmale Straße.

Am Turm der Alexanderkirche erkannte sie später Marbach, der Vater hatte sie einmal mitgenommen. Schiller war dort geboren worden, das hatte sie sich gemerkt.

Hinter dem Städtchen war der Waldboden übersät von Buschwindröschen, dazwischen prangten Goldsterne. Obwohl der Bärlauch noch nicht blühte, hing sein Knoblauchduft in der Luft und mischte sich mit dem Geruch frisch gefallener Pferdeäpfel. Sie kam zurück in die Heimat.

Am Brunnentrog in Kirchberg hielt der Kutscher, stieg vom Bock und half ihr aus dem Wagen. Sie biss die Zähne zusammen. Sobald der alte Bäscht hörte, dass es ohne Umschweife zurück nach Stuttgart ging, lief er behände ins Haus. »I gang nur mei Sach holn.« Ein anderer gab das Kuhgespann an sein Weib weiter und stieg ein, wie er war. Es fanden sich zwei Frauen ein, die Pariser Gebäck in Ludwigsburg verkaufen wollten. Les Sœurs Macarons nannten sie sich und schenkten ihr Baisers.

»Wer gibt, dem wird gegeben.« Der Kutscher winkte.

Still stand Nanette für sich und sog die Luft ein. Die Dunglege von Leirers roch wie immer ein wenig nach saurem Most. Und das Schwein von Webers quiekte in seinem kleinen Stall unter dem Treppenvorbau, als wäre es dasselbe wie vor anderthalb Jahren. Allein die Katze mit dem einen Ohr, die allen und nur sich gehörte, entdeckte sie nicht. Hühner pickten nach ihren Füßen. Sie umwickelte die Baisers mit einem frischen Taschentuch und steckte sie ein, später würde sie mit Louisle teilen, wie früher.

Ein unbändiges Geschrei bog um die Ecke. »Die Nanette! Die Nanette!« Es waren wohl alle Kinder vom Dorf, die da auf sie zu rannten, angeführt von Lieselotte Sofie, der Tochter des Schultheißen. Einer ihrer Zöpfe hatte sich gelöst, und die schwarzen Locken tanzten um ihre Schultern. Die Geschwister entdeckte Nanette nicht.

Die anderen fassten sich an den Händen und begannen einen wilden Ringelreihen. »Die Nanette, so nett, sie kommt aus Paris, die Nanette aus Paris, so nett, so nett!«

Sie tanzte mit ihnen die Straße entlang, sang neben der dünnen Trautwein ihren eigenen Namen. Nanette, Nanette, als ob sie sich vergewissern müsse, dass sie noch lebe. Die Rebstöcke an der Sonnenseite der Häuser trugen das erste Grün. »Sitzt nieder!«, rief jemand und alle hockten sich auf den Boden, um gleich darauf davonzustieben.

Alleine schaute sie zum Pfarrhaus hoch. Es war und blieb das schönste im ganzen Land, selbst wenn Madame Hehl es nicht hatte hören wollen. Vornehm die Säulen an den Hausecken und am Eingang. Sie legte den Kopf in den Nacken. Da war er, der Drache. Sie hob die Hand wie zum Gruß und ging langsam durch das Korbbogentor in den tiefer liegenden Hof.

Im Gartenkleid kam ihr die Mutter entgegen und schloss sie in die Arme. »Nanele, ich hab's gewusst. Du hast uns nicht vergessen. Wenn es auch den Anschein hatte.«

»Liebste Mutter, das ist alles nicht wahr, aber mein Hintern erzählt etwas anderes.«

»Ich habe davon gehört und kann es nicht glauben, dass man ein Kind auf die Art verschlägt.«

Wie gut die Mutter roch, nach frischer Erde und süßer Milch. Sie strich ihr übers Haar und murmelte: »Mein Nanele, kleine Nanette.«

»Das Umschlagtuch, es leuchtet gelb wie die Sonne. Heim wollte es, nach Kirchberg.« Sie zog es sich von den Schultern.

»Ach, Nanele.« Die Mutter drückte sie und das Tuch an sich.

Kurz darauf hing Louisle an ihnen und jauchzte. »Das Wünschen hat geholfen! Wir sind wieder Zwillinge! Verzeih, ich konnte mich gestern nicht so schnell an dich gewöhnen. Du hast so anders ausgesehen.«

Magdalena und Katharina sprangen herbei, hüpften um sie herum und trällerten: »Hopp, hopp, hopp, Pferdchen lauf Galopp!« Louisle fiel ein, und auch sie konnte nicht an sich halten und sang aus vollem Herzen, wie damals bei der Taufe von Katharina. Da hatte ihr Onkel Ludwig Herzsieben geschenkt. Ein Stich durchfuhr sie, nur gut, dass Maria sie in die Seite puffte und sogleich abbusselte. Sie hielt einen Buben mit einem dichten blonden Lockenkopf fest. Wie Onkel Ferdinand sah er aus. Das musste Wilhelm Karl sein. Sie kannte ihn nicht, gehörte nicht mehr dazu. Rosine reichte ihr zur Begrüßung die Hand. Fremd war sie. Im Arm wiegte sie einen kleinen Knaben, der die Augen zusammenkniff.

»Gottlieb, das ist Tante Nanette. Sie ist auf Besuch gekommen. Sag artig Grüß Gott.«

Sie nahm die kleine Hand und legte Rosine den Arm um die Schulter. »Kein Besuch. Und bitte nicht ›Tante‹. Ich bin eure Schwester und bleibe. In Stuttgart kann ich nicht länger sein. Die Angst vor Tante Hehl schnürt mir das Herz ab. Wie schön, dass ich noch zwei Brüder bekommen habe. Nun bin ich zu Hause. So lange war ich fort, dass es für zwei Kinder gereicht hat! Mama, sagen Sie, dass ich nicht abermals fortmuss!«

Die Mutter lächelte und scheuchte sie alle nach oben.

Nanette schnappte sich Louisles Hand und lief mit ihr die breite Treppe hinauf, zwei Stufen auf einmal. Nie würde sie diese Schwester loslassen. Gar nicht nie.

Magdalena und Katharina hielten ihnen die Tür auf. »Es tanzt ein Bi-Ba-Butzemann in unserm Haus herum!«

»Kinder, lasst es dabei bewenden. Wir dürfen uns den ganzen Tag lang freuen. Wascht euch die Hände, gleich gibt's Essen. Wie gut, dass wir heute spät dran sind, weil die Großen zum Mittag kommen.«

Da roch sie es, wie immer am Gründonnerstag gab es Maultaschen in der Brühe mit Kartoffelsalat und den ersten Rauken! Ihr lief das Wasser im Mund zusammen. Sie wollte mit den anderen gehen.

Die Mutter hielt sie fest. »Nanette, der Vater wartet im Amtszimmer, wie ich gesehen habe. Ich denke, du solltest dich erklären. Du musst keine Angst haben.«

Sie hielt sich das Herz. Es schmerzte weit mehr als der Hintern. Artig klopfte sie und trat ein. Der Vater stand am Fenster, drehte sich jedoch sofort um. Er war also nicht böse.

»Nanette! Habe ich richtig gehört. Ich wollte es nicht glauben. Wo ist deine Mutter?«

»Ich bin alleine. Madame Hehl …« Sie berichtete ihm, was sich seit dem gestrigen Morgen zugetragen hatte.

Zum Beweis wollte sie ihm ihr Gesäß zeigen, doch er wehrte ab.

»Gegen die Striemen hilft Rosines Salbe, gegen die Narben in deiner Seele hilft verzeihen. Bedenke, dass Madame Hehl gegen deine Größe kämpft. Gott macht dich stark, bitte ihn, dass du nicht verhärtest. Heute, am Gründonnerstag, ist Jesus verraten und verhaftet worden, aber er hat allen verziehen. Die württembergischen Truppen sind in Paris, du bist in Kirchberg. Dabei lassen wir es bewenden. Der Krieg ist zu Ende. Gott hat uns erhört. Du bist hier. Alles Weitere wird sich finden. Komm zum Essen. Die anderen warten.«

Bei Tisch brachte sie keinen Ton heraus. Verstohlen sah sie sich um. Friedrich und Jonathan hätte sie auf der Straße nicht wiedererkannt. Schon bei Rosine hatte sie sich vorhin schwergetan. Es war wohl gegenseitig. Auch sie war nicht mehr dieselbe wie vor anderthalb Jahren.

Friedrich, der mit seinen siebzehn den Vater um Haupteslänge überragte, war für die Ostertage aus Maulbronn gekommen, wo er sich auf sein Landexamen vorbereitete. Später würde er nach Tübingen ans Stift gehen und ein Pfarrer werden.

Mädchen blieb das verwehrt. Rosine hätte es gut angestanden. Wie sie selbst träumte die Schwester davon, später Lehrerin zu werden. Dafür müsste sie aber eine höhere

Töchterschule besuchen, woran in Kirchberg nicht zu denken war. Nanette schluckte ein paarmal trocken und wünschte sich trotzdem, sie könne mit Rosine tauschen.

Jonathan war kräftiger und breiter geworden. Lustig und ein wenig frech war er geblieben. Trotz aller Nachhilfe war er zu schlecht in der Schule gewesen, um es Friedrich gleichzutun. Der Vater hatte ihn vorzeitig herausgenommen und zum Schmied in die Lehre gegeben.

Unentwegt redeten die Geschwister und berichteten ihr. Sie war froh drum, einfach zuhören zu dürfen und in dem fröhlichen Lachen zu baden, das mit ihnen am Tisch saß.

Vier Maultaschen dachte ihr die Mutter zu und zweimal schöpfte sie ihr nach vom Kartoffelsalat und den Rauken. Wie wohl es tat, richtig satt zu werden und sich einen dicken Bauch anzufuttern.

Nachmittags lockte Louisle sie auf den Dachboden. Früher hatte die Schwester sich nie hinaufgetraut. Nun ging sie voraus. Ihre Wangen waren rosiger und voller als gestern, wo sie in Stuttgart im Haus des Helfers Dapp zusammen Chocolade getrunken hatten. Erst gestern war das gewesen.

Manchmal war die Zeit so lang, dann wieder ganz kurz. Unmerklich schüttelte Nanette den Kopf, hielt die gehäkelte Tasche von Amalie fest an sich gedrückt und folgte der Schwester.

Auf dem Trockenboden für die Wäsche war alles wie immer. Doch der zweite Boden war staubig, lange hatten die Geschwister nicht mehr dort gespielt. Louisle wies sie an, in ihre Fußstapfen zu treten und keine neuen Spuren zu machen. Nanette nahm sich vor, recht bald den Besen zu nehmen und gründlich zu kehren. Zurückzukehren. Im Giebel hatte die Schwester es sich eingerichtet. Wie hätte sie es ihr verübeln sollen. Sie wollte den geheimen Platz mit ihr teilen und reichte ihr ein Baiser.

»Beiß zu! Kräftig!« Nanette schob sich das andere Schäumchen in den Mund. »Hm! Das ist ja lecker!«

Zögernd biss die Schwester hinein und zuckte zusammen, weil es krachte. »Das ist scheußlich! So süß! Was ist darinnen?«

»Schmeckt wie Kastanienmus. Nicht ausspucken! Ach, Louisle! Hast du noch nie ein Baiser gegessen? Verzeih, ich wollte mich nicht über dich erheben. Du bist meine Heimat.« Sie herzte und puffte die Schwester.

»Lass los! Ich bin ja da. Du tust mir weh! Das sind meine Zöpfe. Du kannst es haben, dieses klebrige Zeug. Heimat, ach Nanele. Metzingen ist unser Zuhause, da sind wir geboren.«

»Ich lass dich nie wieder los. Du wirst es schätzen lernen, wie ein Baiser schmeckt. Eierschnee mit Zucker. Gefüllt habe ich sie nie gegessen. Amalie macht sie manchmal, wenn es kühl ist, nicht im August. Es heißt, da sei ich geboren. Fünf Monate vor dir. In Stuttgart.«

»Unsinn. Wir sind zusammen auf die Welt gekommen. Aua! Lass los. Komm, ich zeig dir was.«

Louisle zog sie zum Giebelfenster. Nanette hielt sich den Podex. Jeder Schritt schmerzte. Da war er, der Drache, mit einer grünen Patina bedeckt und kleiner, als sie ihn in Erinnerung hatte. Verstohlen winkte sie ihm zu und schickte ein Stoßgebet zum Kirchturm. Louisle schien nichts zu ahnen vom Drachen. Dabei wollte sie es bewenden lassen. Sie schrie auf, weil die Schwester ihr über den Rock strich.

»Verzeih! Tut es so weh? Armes Nanele. Ich habe immer hier gesessen und mir vorgestellt, ich kann bis Stuttgart schauen. Die Schläge habe ich nicht gesehen. Ich weiß, dass du Herzsieben hier verwahrt hast. Ich habe nie nachgeschaut. Dein Geheimnis war mir heilig. Und nun hat dich die Spielkarte gerufen und du bist gekommen.«

Sie umarmte Louisle. »Du kannst es nicht wissen, Herzsieben ist verbrannt, zusammen mit dem Sonnenblumenkleid. Madame Hehl wollte alle Erinnerungen an Kirchberg auslöschen. Aber meinen Kopf und was da drinnen ist, kann sie nicht verbrennen, obwohl sie es wohl gerne tun würde. Sag mir: Was hat sie begehrt im kalten Januar bei euch? Du hast gehört, was der Vater gestern gesagt hat. Trotzdem glaube ich es nicht, dass sie wegen meiner Kleider gekommen ist.«

»Es war morgens, da waren wir in der Schule. Der Vater hat erwähnt, dass sie von dir Grüße ausgerichtet und Geld dagelassen hat. Weil wir so viele sind. Von den Kleidern habe ich erst gestern erfahren. Ich habe Anna gefragt, heute Morgen. Du erinnerst dich sicher an die junge Magd. Sie ist über Ostern bei ihren Eltern. Im Januar hat sie den Kaffee ins Amtszimmer gebracht. Tante Hehl hat Herzsieben verlangt, wollte gar nicht davon ablassen. Der Vater hat den Kopf geschüttelt. Wie sie die Tür hinter sich zugeschlagen hat, kannst du dir nicht vorstellen!«

»Doch, sehr gut sogar. Ich dachte es mir, dass sie wegen der Spielkarte hier war. Diese war in der Schürzentasche. Madame Hehl hat Amalie angewiesen, das Kleid mit den kleinen Sonnenblumen und der Schürze daran ins Herdfeuer zu werfen. Vielleicht hat sie es auch selbst getan. Sie nimmt einem alles aus der Hand und muss also vor sich glauben, Herzsieben sei hier.«

»Meinst du nicht, sie hat die Schürze durchsucht, bevor sie diese ins Feuer gegeben hat? Ich denke nicht, dass du Herzsieben mitgenommen hast. Die Spielkarte ist hier.

Verzeih, ich habe nicht die Wahrheit gesagt. Herzsieben verleitet dazu. Ich habe sie bei der Bügelwäsche gefunden und an mich genommen. Die Mutter hat nie ein Wort darüber verloren. Ich selbst habe Herzsieben hier oben in dein Versteck gelegt.« Louisle griff nach dem alten Schürhaken und hebelte ein loses Bodenbrett hoch. »Hol du sie hervor. Sie gehört dir.«

Nanette kniete sich hin, streckte den Podex raus, langsam. Die linke Hand in das Loch, die sicher war, dort nichts außer Staub zu finden. »Ich glaub es nicht! Da ist etwas! Halt! Es ist nur das Sorgenpüppchen. Es hat nach mir gerufen. Hier, ich schenke es dir, jetzt bin ich wieder da und brauche es nicht mehr.«

»Das kann nicht sein!« Louisle kroch fast hinein in den schmalen Spalt, aber Herzsieben förderte sie nicht zutage. »Ich schwöre dir, die Karte war darinnen!«

»Sie war in meiner Schürze. Wenn sie nicht verbrannt ist, ist sie mir möglicherweise herausgerutscht, als die Kutsche damals auf dem Weg nach Stuttgart gebremst hat und ich dem Vater in die Arme geflogen bin. Nein, warte! Das kann nicht sein. Der Kutscher hätte sie mir gegeben, zusammen mit dem sonnengelben Schal der Mutter. Ich habe Herzsieben verloren und weiß nicht einmal, wo. Onkel Ludwig wird erzürnt sein und es bereits ahnen. Trotzdem muss ich ihm beichten, dass ich nicht achtsam mit seinem Geschenk umgegangen bin. Sie ist weg, doch ich bin hier. Schau mal, die gehäkelte Tasche ist für dich. Sie ist von Amalie, unserer Köchin, die mir zugetan ist. Stell dir vor, sie hat alle Rezepte in ihrem Kopf und will nicht, dass ich sie aufschreibe. Damit sie nicht in falsche Hände geraten, aus der Schlossküche hat sie diese. Geheim seien sie, einzig für den König. Komm, lass uns erzählen. Du drei Sätze, dann ich. Wie es uns ergangen ist. Das wird ein gar langer Bericht. Früher waren wir immer bloß ein paar Stunden getrennt.«

Louisle begann. Auf Lateinisch, wie gewohnt.

Nanette schüttelte den Kopf. »Ich hab es verlernt. Niemand hört zu. Lass uns normal reden. Komm, ich flechte dir einen französischen Zopf. So sehen wir wieder wie Zwillinge aus. Später tauschen wir die Kleider. Keine Angst, der Schmerz bleibt bei mir.«

»Du wirst dich ans Lateinische erinnern. Hör genau zu.«

Louisle sprach vor, sie löste ihr die Haare. Vom Scheitel teilte sie Strähnchen am Hinterkopf ab und flocht sie. Mit einem kleinen Messer, das sie wie früher in der Schürzentasche trug, trennte sie ihr eigenes, leuchtend blaues Zopfband längs in zwei Hälften. Von Jean Pauls Zwillingen Walt und Vult erzählte sie und malte die sieben Erbämter aus. Sie hielt sich getreu an die Worte des Bergrats. »Ich bin wie Vult«, sagte sie, »Quod Deus vult, was Gott will. Ich sollte Flöte spielen lernen. Madame Hehl möchte kein Klavier. Du bist Gottwalt und bleibst bei den Eltern. Ich erfülle deine Aufgaben und wir treffen uns im Tun des anderen.«

»Mit dem Gärtnern haben wir beide angefangen. Darin sind wir Meister.« Louisle klatschte in die Hände.

»Ich hätte Herzsieben damals mit dir teilen sollen.«

»Mit einer Findelkindkarte wäre das alles nicht passiert.«

»Wie hätte ich Herzsieben zerreißen können. So habe ich es nicht gemeint. Findelkinder sind wir beide nicht. Aber du glaubst nicht, was sich zugetragen hat. Eine Frau hat mich auf dem Markt angesprochen. Gib mir mehr als drei Sätze.«

Louisle lachte. »Du kannst es noch, das Latein. Man vergisst nichts, sagt die Mutter. Alles ist uns eingeschrieben.«

»Wie wahr!« Sie berichtete von dem Besuch bei der Frau mit den Schuhen. »Und dann habe ich August vor dem

Rathaus getroffen. Wieder ist er schuld. Und auch nicht. Ich habe mitgemacht. Ihn mit den Schnallenschuhen beworfen. Er hat mich beschimpft. Wenn Onkel Ferdinand nicht gekommen wäre, hätte man mich wohl in den Kerker geworfen. Viel wichtiger aber: Die Frau hatte eine Ecksteinsieben auf dem Sims stehen. Wie Herzsieben war sie gemalt. Die Frau hat die Spielkarte sogleich weggeschlossen, als ob es ein Geheimnis gäbe. Sag mir, warum will Tante Hehl unbedingt Herzsieben erlangen?«

»Weil Onkel Ludwig sie dir geschenkt hat. Sie kann nicht damit leben, dass ihr Bruder etwas besessen hat, was sie nicht kriegen konnte. Es ist wie mit Maria, verzeih, sie hat sich nicht geändert. Sind die anderen hungrig und möchten noch eine Maultasche aus der Brühe, will sie auch eine. Und dann kriegt sie diese kaum runter. Oder wenn Wilhelm Karl einen gestrickten Ball bekommt, wird sie plötzlich wieder ganz klein und spielt damit. Alle Tage sitzt sie mit ihren zwölf Jahren auf seinem Schaukelpferd. Die Mutter hat Angst, dass es aus dem Leim geht.«

»Aber was will Tante Hehl mit Herzsieben anfangen? Es gibt kein Kartenspiel dazu, mit dem sie sich vergnügen könnte. Wenn sie überhaupt vergnügt sein kann. Ich habe sie nie lachen hören. So richtig, aus vollem Herzen. Vielleicht will sie deshalb Herzsieben? Damit sie sich freuen kann?«

»Ich sag dir, die Spielkarte muss irgendwo sein, da sie derart lebendig ist in dir.«

So ging es her und hin, quer und kreuz, runter und rauf. Vom Unterricht bei Madame Hehl und den Regeln, die den Tag zerteilten. »Leibesübungen gegen die Engelsflügel, jeden Tag eine Stunde, von sieben bis acht. Hinter vorgezogenen Gardinen. Rechnen, was sie sich ausdenkt. Ihre Lösung ist immer richtig. Französisch, aber es darf nicht nach Paris klingen. Wenn ich nur in eine Schule gehen dürfte. Und Geburtstag hätte mit den ersten Haselpollen«, sagte Nanette und rieb sich den Podex. Sie konnte nicht darauf hoffen, sich alleine durchzuschlagen, falls die Kirchberger Eltern sie nicht wieder bei sich aufnahmen. Für eine Magd war sie zu jung. An Schulbildung stand sie Louisle nicht nach, wenn sie das Lateinische einmal außer Acht ließ. Im Waisenhaus war es sicher nicht besser als bei Madame Hehl. Die Kinder dort wurden alle Tage geschlagen. Das hatte Amalie erzählt. Nanette schüttelte sich. Fragen musste sie die Mutter alsbald, wie Herzsieben in die Bügelwäsche gekommen sein konnte. Hatte sie die Spielkarte nicht in der Schürze gehabt? Das Leben in Kirchberg war nicht leichter geworden.

»Fürchte dich nicht!«, sagte der Vater am Ostermontag im Hof zu ihr. »Von Klein wird dich in Stuttgart in Empfang nehmen. Er hat mit seiner Schwester geredet, das habe ich von ihm gefordert. Sie verzeiht dir alles. Obwohl es so aussieht, dass du es schlecht getroffen hast, bist du in der Residenz bei deinen wahren Eltern, wo du hingehörst. Du darfst Louisle von Zeit zu Zeit sehen und auch alleine in die Stadt gehen. Mit der Schule ist etwas ausgedacht. Du musst lernen, Geduld zu haben.«

»Dafür will ich gerne alle Tage beten. Verzeihen Sie, jedoch nicht bis ans Ende meiner Tage. In Stuttgart weiß man, was für mich vorgesehen ist, lange bevor ich selbst davon erfahre und es verstehe. Wenn ich den Grund kenne, warum etwas ist, wie es ist, fällt mir Geduld nicht schwer. Bitte geben Sie mir Herzsieben, damit ich Madame Hehl gnädig stimmen kann.«

»Was du wieder redest! Diese Spielkarte ist ein Unglück, alle wollen sie erlangen, alle haben sie gesehen, nur ich nicht.

Madame Hehl, wie du es von mir übernommen hast, wollte Herzsieben von mir, daraus will ich kein Geheimnis machen, denn längst ist es keines mehr. Doch wie sollte ich etwas hergeben können, was ich nicht mein Eigen nenne? Schau nicht so enttäuscht. Es ist eine Spielkarte, was immer du darin siehst.«

»Dann bitten Sie wenigstens Onkel Ludwig, dass er öfter nach mir schaut. Ich fühle mich recht alleine in Stuttgart. Und der Bergrat möge sich meiner mehr annehmen. Ihm vertraue ich, er weiß mit mir umzugehen. Auch vermisse ich Onkel Ferdinand.«

Sie schaute auf ihre Füße, die ganz staubig waren. So konnte sie nicht nach Stuttgart zurückkehren. Barfuß gingen sie bloß auf dem Dorf. Mit dem großen Zeh zog sie einen Kreis in den Staub und verwischte die Hühnerspuren. Sie würde sich die Füße waschen und Schuhe anziehen. Ohnehin war es zu kühl, um barfuß zu laufen.

»Ein jeder stehe auf seinem Platz, wo Gott ihn hingestellt hat«, sagte die Mutter, die zu ihnen trat. »Wir sind nicht deine leiblichen Eltern.«

»Aber wir werden stets deine Eltern bleiben.« Der Vater legte ihr schwer eine Hand auf die Schulter. »Du hast eine Heimat hier bei uns und bei Gott. Denk an Kirchberg und du bist stark, wie wir dich erzogen haben. Wir sind bei dir. Lass dir raten, deine Kraft nicht zu verschwenden und auf etwas zu beharren, was für den Moment unmöglich ist und nicht in deiner Macht steht, es zu ändern.«

Nanette hatte es an der Kreuzeiche, die wahrlich schlimm verschnitten worden war, deutlich vor sich gesehen. Ihre Aufgabe war es, in Stuttgart als Tochter der Hehls anerkannt zu werden. Die Stadt sollte keinen Tadel an ihr finden, dann würde Maman zufrieden mit ihr sein. Da war es wieder, dieses Wort: »Maman.«

Am folgenden Tag nach dem Mittagessen mühte sich die Mutter ab, ihr einen französischen Zopf zu flechten. »Warten Sie. Ich hab es gelernt. Amalie, das ist unsere Köchin, hat es mir beigebracht. Ich hab an ihren Haaren geübt. Rotblond sind sie und dick wie ein Pferdeschweif. Schauen Sie, in der Mitte des Kopfes, am Haarwirbel, beginnt man mit drei Strängen und fügt jedem eine neue Strähne hinzu. Von links und rechts und zurück bis zum Nacken. Durch das Überflechten versinkt der Zopf im Haar und sieht apart aus. Darf ich Sie zum Abschied etwas fragen?« Die Mutter nickte und schaute sie an. »Louisle hat Herzsieben bei der Bügelwäsche gefunden. Wie ist sie da hingekommen? Und wo ist sie jetzt? Sie ist nicht da, wo Louisle sie versteckt hat.«

»Ach, Kind, alle legen ihre Sachen dort ab, das weißt du doch. Jonathan breitet den Inhalt seiner Taschen aus, neuerdings sogar Maria, die Kieselsteine sammelt, um dir den Weg bis Kirchberg zu weisen. Sie hat Hänsel und Gretel zu oft für die Kleinen vorgelesen. Du wirst Herzsieben dort liegengelassen haben, wie die vier Garnrollen, die Jonathan für einen Wagen verwendet hat, um zu dir nach Stuttgart zu fahren. Ich sehe nicht mehr, was da alles liegt. Da hätte ich viel zu tun. Die Mägde sind mit der Wäsche beschäftigt. Herzsieben habe ich nicht bemerkt. Wenn du sagst, Louisle hat sie genommen, wollen wir es gut sein lassen. Sie wird die Spielkarte wiederfinden.«

Die Mutter wischte sich die Augen.

»Aber wir haben zusammen gesucht. Sie ist weg.«

Statt einer Antwort zupfte die Mutter an ihrem Reisekleid herum, dabei lag kein Stäubchen darauf.

Beim Abschied flüsterte Friedrich: »Ein Bote war in der Früh da. Er trug eine feine Uniform. Ein Page, in Livree, mehr sag ich nicht. Dich hat das Unglück genug getroffen.«

Der Vater brachte sie in die Königstraße. Madame Hehl stand in der Wohnstube am Fenster, mit dem Rücken zu ihnen, und drehte sich nicht um. Wie hätte sie Maman so um Verzeihung bitten sollen? Der Vater knetete seine großen Hände. Der aus Kirchberg. Ein Page in Livree. Friedrich. Der Bruder. Sie sah zu Boden. Ein Fleck auf den Holzdielen, wo ihr der Suppenteller heruntergefallen war. In Gedanken zeichnete sie aus den Rändern eine Sonnenblume, wie auf ihrem Kleid damals. Sie folgte den Stimmen und Worten, zählte die Blüten. Nach Herzsieben tastete sie in der Schürzentasche und war sich nicht sicher, ob sie damals bei der Abfahrt darinnen gewesen war. Morgens in der Schule hatte sie die Spielkarte dabeigehabt. Und beim Lateinunterricht auch noch. Aber im Garten? Großcousin August hatte sie verwirrt. Hatte sie Herzsieben im Wäscheberg vor Tante Hehl, wie sie damals hieß, verstecken wollen? Konnte es sein, dass die Spielkarte nicht mit verbrannt war? Dass sie in Kirchberg geblieben war, wie Louisle behauptete? Warum sonst hätte Madame Hehl danach fragen können? Aber wo war die Karte jetzt? Nicht im Versteck auf dem Dachboden. Ein Page in Livree. Friedrich hatte erzählt, dass Onkel Ferdinand kürzlich in Kirchberg gewesen war. Konnte es sein, dass er Herzsieben hatte? Sie zog die Schultern hoch und malte weiter an der Sonnenblume.

»Wenn ich etwas bemerken darf zur Erziehung des Kindes«, sagte der Kirchberger Vater neben ihr, und sie horchte auf. Das wollte sie sich einprägen. Man musste etwas zu bemerken haben, das klang vornehm, man durfte nicht fragen, sondern musste es sagen. Wie der Page in Livree. Wenn es denn einen solchen gegeben und Friedrich ihn nicht erfunden hatte, um sie zu trösten.

Der Bergrat saß im Sessel und beugte sich vor. Madame Hehl stand weiter am Fenster und schien nicht einmal zu atmen. Das Kanapee blieb leer, einzig Maman durfte darauf Platz nehmen und die Füße hochlegen.

»Werter Herr Bergrat, Nanette war schon immer schnell im Handeln. Das wirkt manchmal hochnäsig und eingebildet. Sie hat ein gutes Herz und wird lernen, erst nachzudenken.«

»Ja, liebster Vater. Das kann ich wohl geloben«, antwortete sie, obwohl er nicht sie angesprochen hatte, sondern den Bergrat. Heiß stieg ihr das Blut in die Wangen, wenn sie es sich jetzt bloß nicht mit diesem verdorben hatte, er war der Herr Vater. Wie leicht sie ihn damals als solchen hatte annehmen können. Sie wollte sich seine Art mehr zu eigen machen und den Dingen auf den Grund gehen.

6

Fasriger Malachit, smaragdgrün, in kleinen Nadeln und samtartigen Drusen, mit Ziegelerz. Grube Dorothea im Sankt Christophstal. Der Bergrat legte die Feder beiseite. Es war der erste Tag im eigenen Haus an der Charlottenstraße. Auch in den privaten Dingen war er nun zum Chronisten geworden und ließ die Zeit an sich vorüberziehen.

Einen kleinen Ausflug hatte er bei sich Nanettes Flucht nach Kirchberg genannt. Elisabeth wollte in der Folge nicht mehr viel wissen von ihr, ließ sie aber weder in die Schule gehen noch durfte sie alleine das Haus verlassen. Und ein Treffen mit Louisle wusste sie zu verhindern.

Das Leben bestand für Nanette darin, beim Nähen aus dem Fenster auf die Königstraße zu schauen und auf das Rollen der Wagenräder zu lauschen. Sie klagte nicht. Er horchte oft mit ihr und bewunderte sie, wie sie ein Spiel daraus machte. Bald konnte auch er das leichtfüßige Trappeln einspänniger Chaisen von den schweren Beinen der Ochsengespanne unterscheiden. Und wie an den Markttagen die von Hand geschobenen Karren mit Kohl und Kartoffeln am Haus vorbei rumpelten, das hatte er vorher nie gehört. Jeden Tag in der Früh fielen die Milchwägelchen ein. Die Deckel auf den Kannen schepperten und erzählten eine Geschichte aus Degerloch. Er rieb sich den Schlaf weg und lernte, die Residenz mit anderen Augen zu sehen.

»Die Milchmädchen haben es schwer und gleichzeitig gut«, sagte Nanette einmal zu ihm. »Sie können sich frei bewegen, niemand zählt ihre Schritte, die sie vom Weg abweichen, wenn nur die Milch pünktlich in der Stadt ist. Sie sehen, ich denke viel nach.«

Elisabeth hatte begonnen, ihr zu den Mahlzeiten Erbsen unter die Achseln zu schieben. »Damit du ordentlich essen lernst. Sitz gerade. Halt die Arme dicht am Körper.«

Er rang mit den Händen. Ludwig wusste keinen Rat. Sie steckten Nanette zu Amalie in die Küche, wo sie jeden Tag das Rechnen am praktischen Beispiel übte. Elisabeth gab ihren Unterricht auf. Ein kleiner Sieg, dem er nicht traute.

In den Unteren Anlagen, auf dem halben Wege nach Cannstatt, wurde eine neue Quelle entdeckt. Er schickte Amalie mit Nanette zum Schwefelbrünnele, wie es genannt wurde. Gesund und gut für die Bildung sei das Wasser, sagte er zu Elisabeth. »Auf ein Pfund Wasser kommen neun Gramm Kochsalz«, memorierte Nanette. Er bestand darauf, dass sie täglich vom heilenden Wasser zu sich nahm, wenn sie sich auch schüttelte, sie widersetzte sich ihm nicht. Zum Glück erbrach sie sich nicht länger nach den Mahlzeiten. Wie gut, dass Amalie ihr von Anfang an immer etwas zum Essen zugesteckt hatte, wenn sie in der Küche weilte. Das behielt sie bei sich. Eine Zeit lang hatte er um Nanette gefürchtet. Seit der Rückkehr aus Kirchberg schien sie gefestigter.

Er begann wieder, ihr von Jean Paul kurze Geschichten zur Nacht zu erzählen und sprach eher zu sich selbst. Unversehens brachte er sie zum Lachen. »Wer steht da vor mir? Ein Flegel, aber ein edler. In vierzehn Tagen den inneren Menschen auffüttern, ähnlich einer Gans, das will deine Mutter. Vierzehn Tage braucht die Gans, gib der Mutter ein bisschen länger, zu mehr reicht die Geduld nicht hin. Ich kann nachempfinden, wie du dich fühlst, so schwebend gehangen, die Augen verbunden, die Ohren verstopft. Schnell ins Bett, sie verlangt nach dir, Gänschen müssen viel schlafen. Du kleiner Flegel.« Er knuffte sie liebevoll in die Seite. Fast täglich hatten sie nun ihre vergnüglichen Minuten. Aus Rosenzucker gebackenes Brot gefiel ihr besonders gut, oder rot-taftenes Hutfutter, da stolperte ihre Zunge. Er neckte sie.

Da Nanette es sich wünschte, erteilte er ihr heimlich Unterricht in Latein. Bei Pfefferminztee saßen sie im Arbeitskabinett und lasen. Das Kind studierte die Aphorismen von Cicero und biss sich daran manchen Zahn aus. *Nam hoc ipsum ita iustum est, quod recte fit, si est voluntarium. Was zu Recht geschieht, ist nur dann selbst auch gerecht, wenn es freiwillig ist.* Das gefiel ihnen beiden am besten, sodass sie kein Wort darüber verlieren mussten.

Mit ihr an seiner Seite war alles leichter. Der König forderte ohne Unterlass von ihm. Jeden Tag Berichte. Über Hüttenkatzen und Blitzableiter. Letztere trieben ihn besonders um. Er stöhnte manches Mal wie sie vor ihrem Cicero. Ihn ehrte der König wegen seiner Verdienste um die Blitzableiter mit dem erblichen Adelsstand. Nanette ging leer aus. Er entwarf eine neue Visitenkarte, die den Adelstitel enthielt. Bei der Tagung der Leopoldina in Wien konnte er nützlich sein. Man wollte ihn zum Mitglied.

Elisabeth wurde völlig narrisch. Sie stand vor dem Spiegel und sah nichts anderes als sich. »Von Hehl«, sagte sie unentwegt vor sich hin. »Von Hehl, Elisabeth von Hehl.« Kaum war sie in ihrer adeligen Stellung zu einem Tee ins Neue Schloss davongerauscht, befragte Nanette den Spiegel. »Christiane von Hehl. Von Hehl, von Hehl.« Sie hatten also doch alle etwas von der Auszeichnung.

Wie Nanette mit fast zehn das Kindliche zu verlieren begann. Der hochgesteckte französische Zopf betonte die Linie ihres Nackens. Gar viel hatte er als Vater versäumt.

Dann war der alte Hofrat von Klein gestorben. Wie hätte Nanette den Schmerz der Residenz verstehen sollen. Mit dem Erbteil seiner Frau kaufte er wenig später ein bescheidendes Haus mit einem Garten in der Charlottenstraße. Außerhalb der Inneren Stadt, die längst über sich selbst hinausgewachsen war. Die Straße zum Bopser führte direkt daran vorbei, aber zwei Linden sorgten für einen gewissen Abstand. Seit Kurzem durften in der Stadt die Pferde nur im Schritt geritten werden und die Kutschen mussten im Trott fahren, sodass die Straße vor dem Haus zwar belebt, jedoch nicht laut sein würde. Ein Komet zog über den Stuttgarter Nachthimmel, und Elisabeth wollte den Kauf rückgängig machen. Sie redete wirr von Wind und Teuerung, Pest und Krieg, dachte gar an ein Erdbeben wie in Lissabon. Er hatte den Vertrag unterschrieben. Daran war nichts zu ändern. So waren sie gestern, es war der Samstag nach Ostern, endlich umgezogen. Bitterkalt war es. Amalie hieß Nanette, zwei Kleider übereinander zu ziehen.

»Die Reben sind in den Weinbergen erfroren. Schuld ist nur der Komet. Jetzt muss mein Bruder um sein Auskommen fürchten, wie weiland unser Vater«, sagte Amalie. Es blieb ihm nur, den Kopf zu schütteln. Nanette verdrückte sich in den Keller und verpasste den Aufbruch. Elisabeth vergaß sogar, das Kanapee einladen zu lassen. Überall musste er seine Augen haben. Nachdem endlich alles verstaut war, konnte sie sich nicht zur Abfahrt entschließen, sondern rückte hier und dort an Kisten und Körben herum, bis er ein Machtwort gesprochen hatte. Nicht seine Art und doch so notwendig. Der Schwager lag ihm seit der Heirat in den Ohren, er müsse sich mehr durchsetzen.

Nanette riss ihn aus seinen Gedanken. An diesem ersten Tag im neuen Heim wusste sie nicht, wohin mit sich. Es ging ihr wie allen anderen. Die alte Magd räumte Geschirr und Wäsche von links nach rechts und zurück. Amalie ging ständig das Feuer im Herd aus, und nachdem es brannte, brannte das Essen an, weil sie die Temperaturen zum Garen nicht einzuschätzen wusste. Elisabeth schimpfte und stand im Weg herum.

Er legte die Feder beiseite und nahm Nanette mit in den Garten. »Versuch es mit der Mutter, um meinetwillen. Eine Woche ohne Zwist. Vertrag du dich, wenn sie auch dagegen ist. Halt! Vertragen verträgt sich nicht mit Schlagen. Ich höre schon, was du sagst. Komm, ich hab eine Idee.« Miteinander verschworen, vergruben sie die Ruten im hinteren Garten. Am großen Tisch zeichnete Nanette später für ihn eine Kräuterspirale wie in Kirchberg auf, mit steinernem Trog und einem Teich. »Erinnerst du dich an Walt? Jean Paul hat es geschickt angefangen. Eine Aufgabe, das Gärtnern, hast du erfüllt. Am Gärtnern kommt man nicht vorbei. Und an den Steinen. Granit ist am besten.«

Nach dem endgültigen Sieg über Napoleon illuminierte er ihren Garten mit zahlreichen Fackeln. Das war ihm Waterloo wert. Sie empfingen die ersten Gäste in der Charlottenstraße. Das Haus war nun gemäß Elisabeths Façon eingerichtet. Der Schwager schenkte ihm einen Ammoniten, den er bei der neuen Kräuterspirale platzierte, die sich prächtig entwickelt hatte, dank Nanettes Fürsorge. Abends half sie in der Küche beim Aufräumen. Elisabeth lobte sie, dass sie allen zuvorkommend und nett begegnet war. Da sagte Nanette: »Wenn ich bemerken darf, es hieß im letzten Jahr, ich dürfe Louisle von Zeit zu Zeit sehen. Ich bin dankbar, dass ich ihr schreiben darf, aber die Schwester in die Arme zu schließen, wäre mir ein Herzenswunsch. Ich könnte ihr ein Lager in meinem Zimmer bereiten. Sie hätten keinen Aufwand mit uns, Maman.«

»Recht gesprochen«, schaltete er sich ein. »Und nach dem Sommer gehst du in die Schule.« Er drehte sich zu Elisabeth. »Das ist dir sicher nicht unrecht, wenn Nanette aus dem Weg ist. Du hast viel zu tun mit dem Haus.«

Sie schob ihren Stuhl unsanft zurück. »Das Kind heißt Christiane und hat begonnen, wieder zu fragen, und du unterstützt es in allem. Sonst tust du wie immer nichts.«

Das wollte er sich nicht zweimal sagen lassen. Nun hatte er freie Hand und schrieb sogleich an Pfarrer Steinheil und an Professor Tafinger. Endlich kamen die Dinge in Ordnung.

Gleich nachmittags schickte er Amalie zu Ludwig. Er möge ihnen mit seinem Rattengift aushelfen. Bis Montag könne er nicht warten. So schlimm habe er es sich in der Charlottenstraße mit den Viechern nicht vorgestellt. Auch der Stinkquarz helfe nicht. Amalie brachte den Schwager gleich mit. Er hatte die versteckte Botschaft verstanden, reichte ihm ein braunes Tütchen mit einem Totenkopf und ging zu Nanette hinauf.

Kurze Zeit später kam er hinunter, wusch sich die Hände und wandte sich an seine Schwester: »Lisbeth, das Kind ist zu blass. Die Aufenthalte im Garten reichen nicht hin, und der Weg zur Sauerquelle ist zu wenig. Nanette braucht Bewegung. Wir haben Sommer. Ich verordne täglich ein Luftbad und nehme sie sogleich mit in die Anlagen.«

Elisabeth schnaubte und ging in die Küche, wo sie mit Amalie zeterte.

»Komm schnell«, sagte Ludwig. Sie riefen Nanette und eilten zu dritt aus dem Haus. Wie Diebe mussten sie sich davonmachen, weil sie nicht gegen diese Frau ankamen.

Wieder einmal erzählte der Schwager vom Königshof. Nanette lauschte aufmerksam. Wie der König Audienz gab und Königin Charlotte ihr Porzellan bemalte oder wie diese schlichten musste zwischen Prinz Wilhelm und seinem Vater. Im Schloss war es auch nicht anders als zu Hause.

Sie zeigten ihr Danneckers Nymphengruppe und die großen Platanen, die König Friedrich aus Hohenheim hatte kommen lassen, damit sie von Anfang an einen scharfen Schatten warfen, in dem nichts unklar blieb. Nanettes Blässe wich einem gesunden Rot. Sie verweilte bei einer Voliere und lauschte den Flötentönen des Pirols und dem Schluchzen der Nachtigall. Schon bald sprang sie davon und hüpfte über die reinlichen Wege, die sich durch die lichten Gehölze schlängelten. Auf einer der Brücken blieb sie stehen und schaute den Schwänen mit ihrem geblähten Gefieder zu. Wie die Karpfen schnappte sie nach Luft. Sie war alt genug, ihren Wirkungskreis zu erweitern. »Achte darauf, dass sie für sich sein kann, das ist ihrer Gesundheit und Entwicklung am zuträglichsten«, sagte der Schwager und verabschiedete sich mit einem Winken von Nanette, die erneut bei der Voliere verweilte.

Bei schönem Wetter ließ er Nanette fortan mit Kreide Kästchen auf die Platten malen, die zum Garten führten. Sie hüpfte durch Himmel und Hölle und spielte nicht alleine, obwohl niemand außer ihr da war. Unentwegt redete sie mit Louisle und Maria und all den anderen Kindern der Steinheils. Wenn nur bald Antwort aus dem Pfarrhaus käme.

Auf die Schulpflicht solle er sich berufen, hatte Ludwig gesagt. Er ging ins Haus und ließ Nanette draußen in der Hölle zurück, was ihr nichts auszumachen schien, denn sie plapperte munter mit sich selbst und redete doch mit allen. Dafür war es längst Zeit.

Elisabeth hatte ihr Rosenparfüm aufgelegt, was ihn nicht umstimmen würde. Die Schulpflicht war von höchster Stelle angemahnt worden, dafür hatte Ludwig gesorgt. Einen Mitstreiter hatte er in Weckherlin gefunden, der Nanette längst zu Tafinger geben wollte.

Der Bergrat faltete den Brief auseinander und legte das Papier mit dem königlichen Wappen auf den Esstisch zu den Kuchentellern. Auf der anderen Seite platzierte er die Zusage von Tafinger. Er freue sich, die Hehlsche Tochter endlich bei sich aufnehmen zu dürfen.

»Niemand stellt in Abrede, dass du Nanette nicht trefflich unterrichtet hast. Doch in ihrem Alter braucht sie detailliertere

Bildung und vor allem Umgang mit Gleichaltrigen. Wie du siehst, habe ich etwas getan, du kannst dich nicht beklagen.«

»Wie sollte ich nicht wissen, was für das Kind genau richtig ist. Ich hätte sie ohnehin bald angemeldet zur Schule. Du kannst genauso wenig warten wie sie.« Elisabeth stand auf und trug die noch vollen Kuchenteller in die Küche. Er ließ sie, sie hatte nichts gegen das Arrangement gesagt. Gerne verzichtete er daher auf den Nachmittagskaffee und nahm in seinem Arbeitskabinett die geognostischen Aufzeichnungen wieder auf. Bergmilch, gelblich weiß, in großen, runden Massen. Höhlen bei Wiesenstaig am Wiblinger Schloss. Endlich ein neuer Eintrag. Er widmete ihn in Gedanken Louisle. Sie war eine treue Seele.

7

Louisle, welch ein Gewitter! Hörst du, wie der Donner durch das Stuttgarter Tal rollt? Du stickst, das ist recht. Ich komme einfach nicht voran mit dem Rosenmuster. Wie gern würde ich mit dir im Garten tanzen, der Regen ist warm. Madame Hehl hat es verboten, als ob ich aus Zucker sei. Bestimmt tanzt du gerade im Pfarrgarten in Kirchberg unter dem Pflaumenbaum, wie wir es im Sommer gemacht haben. Warte. Ich glaube, es hat an der Tür geklopft. Ich muss öffnen. Madame Hehl hält ihren heiligen Mittagsschlaf.

»Louisle! Du? Kein Geist? Gerade habe ich mit dir geredet. Lass dich drücken! Du bist nass, aber so warm. Welch ein glücklicher Regentag!« Sie zog die Schwester hinter sich her die Treppe hoch.

»Zuerst müssen wir Zwillinge werden, warte, ich zeige dir noch mal, wie du dir einen französischen Zopf flechten kannst. Gib mir deine Hände. Schau zur Straße, hier sitze ich und beobachte das Leben. Die beiden Fenster sind sehr schön, nur ein wenig niedrig. Dreh dich zur Seite. Mein drittes Fenster. Die Hauswand von Nummer elf. Grau und nebelig. Wenn ich lausche, kann ich unseren Wagen hören, wie er den Hof verlässt. Dann habe ich für eine Weile Ruhe. Meine Kirchberger Aussicht, wie ich den Alkoven nenne. Ein viertes Fenster. Wie gerne wende ich mich zum Garten hin, da bin ich dir nahe. Und der Pflaumenbaum mahnt mich, stets bei mir zu bleiben und mich zu nichts überreden zu lassen. Jetzt erzähl du von Kirchberg. Den Geschwistern.«

»Gottfried hat das Krabbeln ausgelassen und gleichzeitig Laufen und Sprechen gelernt. Maria will nach Stuttgart und leben wie du. Ich muss bei dir sein, wo immer du bist.«

»Ich hab Zar Alexander gesehen und Kaiser Franz. Der hat volle Lippen, die ich immerzu küssen möchte. Alexander hat ein wunderbar ebenmäßiges Gesicht, und sein Blick ist gütig. Tupfenküsse für ihn auf die Augen. So und so.« Sie machte einen spitzen Mund.

»Nanele, deine Rede schickt sich nicht. Rosine schimpft mit Maria, die schaut nach den Buben, dabei wird sie erst dreizehn, und du bist keine elf.«

»Aber Louisle, die Residenz war ein einziges Schwärmen, jeder wollte den Zaren sehen. Alexander. Lass dir diesen Namen auf der Zunge zergehen wie Baiser.«

»Das schmeckt mir nicht. Nanele, was soll aus dir werden? Ich heirate einen Pfarrer, wenn ich groß bin. Das solltest du selbst einmal in Erwägung ziehen.«

»Weißt du, wie schmuck der Wilhelm ausgesehen hat, zurück aus dem Krieg gegen Napoleon? Die Leute sagen, er hat sich in Wien in die russische Prinzessin verliebt. Die Liebe sei eine Himmelsmacht, heißt es. Komm, schlüpf in mein Sommerkleid, ich leihe es dir. Es hat eine neue Borte. Wie unsere Blumenkränze früher.«

»Nanele, das waren mehr als drei Sätze. Zeig mal. Deine Stickerei, das wird nichts. Wenn du bei den Rosen einen Plattstich nimmst, dann sieht es aus wie gemalt. Und für die Mitte wählst du einen Knötchenstich, dann leben die Knospen.«

»Du wolltest von der Residenz hören. Ich steck dir den Zopf hoch, das macht einen Schwanenhals.«

»In Kirchberg haben Webers letzte Woche ihr Schwein notgeschlachtet. Es hat sich aufgebläht«, sie beschrieb einen Kreis um sich. »Auf einmal ist es umgefallen. War tot. Ich mochte die Blutwurst nicht essen.«

»Ach, Louisle, wenn wir nur öfter beieinander sein könnten. Ein paar Stunden, das würde mein Herz erleichtern. Manchmal fürchte ich zu vertrocknen wie Madame Hehl.«

»Bei dem Regen?« Louisle lachte leise.

»Komm in den Garten, hinten raus an der Küche!« Nanette zog sie mit sich und lief mit ihr um die Rosenbeete. Die Schwester zeigte auf die Blüten und erklärte, dass die Stickerei später genauso aussehen müsse.

Sie huschten zurück in Nanettes Zimmer und strichen sich die Kleider trocken. An den Zweigen des Pflaumenbaums hingen Tropfen, die im Wind davonflogen.

Wohl bald zwei Stunden redeten sie und zupften aneinander herum. »Der Vater ist im Dekanat. Er wird gleich kommen«, sagte Louisle plötzlich. »Still, ich glaub, da ist er schon!« Mit hängenden Schultern schlich sie die Treppe hinunter. Nanette folgte ihr mit klopfendem Herzen. Was würde Madame Hehl sagen? Sie hatte keine Erlaubnis zum Besuch ausgesprochen.

Diese trat aus der Wohnstube und wandte sich ohne Umschweife an den Kirchberger Vater: »Die Ferien über könnte Christiane an den Wochenenden zu Ihnen kommen, wenn es recht ist. Du traust dir doch zu, alleine zu reisen?«

Sie nickte, hatte sie richtig gehört? Kurz zögerte sie, dann entschlüpften ihr die Worte: »Ich kenne den Weg ja schon.«

Madame Hehl zog die Augenbrauen hoch, sonst passierte nichts. Nanette drückte Louisle zum Abschied, bis der Kirchberger Vater sie sanft ermahnte. »Bald seht ihr euch wieder, seid jetzt vernünftig.«

Der Sommer ging schneller vorbei als ein Windhauch. Mitte September rieb sich Nanette verwundert die Augen. Eine Weile würde sie Louisle nicht sehen können. Die Schule begann. Sich zu schreiben, das hatten sie sich aufs Herz versprochen.

Am ersten Schultag ging sie zeitig los. So früh hatte sie die Stadt nie erlebt. Sie zupfte ihr Alltagskleid zurecht, strich über die grüngestreifte Schürze und lockerte das Band der weißen Haube. Damit würde Maman selbst niemals aus dem Haus gehen. Was war ihr anderes übriggeblieben, sie fügte sich. Das neue blaugrüne Kleid aus glänzendem Satin hatte sie anziehen wollen, dazu ihre blauen Strümpfe und die dunkelblauen Schuhe. Geschenke von Maman. Damit hätte sie wohl reüssieren können. Das hatte sie gedacht und sich nichts dabei gedacht. Man durfte nicht auffallen. Die Leute redeten sonst. Aber das taten sie sowieso. Auf einmal schlug es acht. Um viertel neun begann der Unterricht, sie hatte getrödelt. Rasch bog sie rechts in die Büchsenstraße ein. Bis zur Calwer Straße, dann war sie da. Sie wollte hüpfen, bezwang sich aber, und schritt stattdessen weit aus. Wie Maman.

Es war die Zeit der Sonnenblumen. Beim Frühstück hatte Nanette es nicht lassen können, Amalie zu fragen, ob sie damals das Kleid mit der Schürze ins Feuer geworfen habe und ihr dabei etwas aufgefallen sei.

Die Köchin lachte und sagte: »Deine Mutter weist mich an und dann nimmt sie mir aus der Hand, was ich tun sollte. Sie hat mich damals in den Keller geschickt, das weiß ich noch, ein Glas mit Gsälz holen. Ich kann dir also nicht beschreiben, wie dein Kleid mit der Schürze verbrannt ist. Das schöne Kleid! Warum willst du das wissen?«

»Es ist mir eingefallen, weil die Sonnenblumen am Zaun recht gut stehen in diesem Jahr.«

Nanette wischte das Gespräch weg. Herzsieben war verbrannt. Endlich begann etwas Neues.

Manches Mal hatte sie heimlich vor dem schmalbrüstigen langen Eckhaus mit seinen drei Geschossen gestanden und die Mädchen beobachtet, die dort eintraten. Es roch frischer in der Reichen Vorstadt, was am Laufbrunnen an der Straßenecke liegen mochte. Bei Tafinger waren die Fenster mit den grünen Läden allesamt offen und luden sie ein. Sie presste die Mappe an sich und folgte einem Mädchen in einem gelben Satinkleid mit einer großen Schürzenschleife ins Haus.

Professor Tafinger trug runde, weit auseinanderstehende Augengläser, die er ständig reinigte, und hatte eine Schildkappe auf dem kahlen, kantigen Schädel. Er sprach klar und deutlich, sodass es ihr leichtfiel, ihm zu folgen.

Das Schulzimmer im ersten Stock war klein, drei Schulbänke nebeneinander, vier hintereinander, in der letzten

Reihe stand in der Ecke ein Ofen. Die vierte Klasse zählte nur zweiundzwanzig Köpfe. Sie war nicht eine unter vielen, sondern eine der Ältesten, manche Mädchen waren gerade neun. Längst hätte sie selbst also in die Schule gehen können, mit fünf wurde man in die erste Klasse aufgenommen.

Als eines von sieben Mädchen trug sie den Namen Christiane. Tafinger schüttelte den Kopf. Um ein Haar wären ihm die Brillengläser heruntergerutscht.

»Nennen Sie mich Nanette, das ist mein Kindername.« Sie schluckte trocken.

Sie will besser dastehen als wir, sagten die sechs anderen Christianes in der Pause, umringten sie, zogen an ihrer Schürze und pufften sie in die Seite. Nicht darauf eingehen, ermahnte sie sich und gab im Unterricht besonders acht. Sie war die Einzige, die schlicht gekleidet war, alle anderen durften glänzen.

An Gaillards »Rhétorique françoise à l'usage des jeunes demoiselles« hatte sie hatte sie in den folgenden Wochen zu arbeiten. Oft aber war ihr der Lernstoff vertraut. Juchs »Anleitung zur Pflanzenkenntniß« hatte sie mit dem Bergrat bereits zweimal durchgenommen. Mit dem »Mädchenfreund« von Bacher hatte schon Maman sie gelangweilt. Doch sie übte sich in Aufmerksamkeit und streckte stets als Erste den Finger, bis Tafinger sie tadelte: »Nanette, lass den anderen auch ihre Gelegenheiten. Es ist keine Tugend, sich in den Vordergrund zu stellen. Komm heute Mittag in die Lesebibliothek im Dachgeschoss, ich möchte dir zusätzliche Lektüre aufgeben.«

Wenn nur Maman nicht erfuhr, dass sie zitiert worden war. Zögernd stieg sie nach dem Unterricht die enge, knarzende Treppe hinauf. Sie ging vorbei an den geheimen Örtchen, die zum Hof hin ihren Gestank verbreiteten, und passierte die Schulzimmer der beiden oberen Klassen, aus denen reinstes Französisch drang.

Tafinger reichte ihr die Hausmärchen der Gebrüder Grimm. »Ich möchte, dass du als Klassenälteste die Tugenden am Exempel zeigst. Du putzt dich nicht heraus wie ein Pfau, bist sittsam und bescheiden. Es ist mir gleich am ersten Tag aufgefallen.«

»Seien Sie bedankt. Es wird mir eine Freude sein, verehrter Professor Tafinger. Darf ich eine Bitte äußern?«

Er nickte und putzte seine Brille.

»Wie ich sehe, haben Sie recht umfangreiche lateinische Lektüre. Könnten Sie mir davon nicht etwas anempfehlen?«

»Du beherrschst das Lateinische?« Er runzelte die Stirn.

Sie erzählte ihm vom Unterricht bei Pfarrer Steinheil und dass sie in Stuttgart vom Bergrat unterwiesen worden war.

»Zwar ist Latein nichts für Mädchen, aber da du Kenntnisse besitzt, magst du dich vervollkommnen. Es wird dein Schaden nicht sein. Du bist hier nicht nur in der Schulbibliothek, sondern sitzt mitten in meiner privaten Sammlung. Ich habe einen Schulzweig für die Buben im Sinn. Wie du siehst, kann ein wenig Ordnung dir und mir weiterhelfen. Du verstehst. So hast du auch eine Antwort darauf, warum du später als die anderen aus der Schule kommst. Nimm den ›Orbis pictus‹ von Comenius in der zweisprachigen Fassung mit nach Hause, ich gebe ihn dir für die deutsche Sprache, du verstehst.«

Bei ihrer Rückkehr feixten die Christianes. »Jetzt hat Tafinger dich am Wickel, wirst schon sehen.«

Ein auffallend hellblondes, aber nicht blasses Mädchen aus der letzten Bankreihe rief: »Denkt an Kain und Abel! Lasst sie in Ruhe!«

»Ihr spielt ja noch mit Puppen!« Nanette drehte sich im Kreis. Nach wie vor kannte sie nicht alle Namen. Lediglich die Namensschwestern konnte sie auseinanderhalten.

»Du willst dich über uns erheben!« Christiane aus der Bank vor ihr streckte die Zunge raus, Christiane aus der hinteren Bankreihe riss ihr die Haube vom Kopf.

»Aber meine Damen!« Tafinger trat ins Schulzimmer. »Schreibt bis morgen einen Aufsatz und zeigt am lebendigen Beispiel die Nächstenliebe. Ich setze jetzt Gartenarbeit auf den Stundenplan. Das wird die Gemüter abkühlen. Folgt mir, fein gesittet, in Zweierreihen.«

Das hellblonde Mädchen zog feste Stiefel an.

»So kleine Füße! Kaum zu glauben. Hast du einmal rote Schuhe zum Schlupfen dein Eigen genannt?«, fragte Nanette sie hinter vorgehaltener Hand.

»Wie kommst du darauf? Und woher weißt du?«

»Du heißt Pauline, nicht wahr?«

Das Mädchen nickte mit großen Augen. Nanette nahm sie beim Arm und erzählte ihr von der Frau auf dem Markt und den Schuhen, die ihr diese vor nun bald drei Jahren ausgeliehen hatte.

»Du hast Gottliebin Rumetsch, meine Amme, gut beschrieben. Sie weiß alles über mich. Schade, dass sie in Wien ist bei ihrer Familie, ich würde gerne bei ihr vorbeischauen, zusammen mit dir. Sie ist die beste Freundin meiner Mutter und mir zugetan.«

Mit der fünften Klasse marschierten sie in den Garten derer von Uexküll.

»Die wollen nur den Gärtner sparen«, knurrte Pauline.

Mittags führte diese sie in den Kanzleibogen, wo ein gichtiges Weible ihre Waren feilbot. »Die Buben aus dem Gymnasium kaufen immer den Bärendreck. Scheußlich. Ich lad dich ein. Nimm dir eine von den leuchtend roten Zuckerstangen, die da vorne mit den weißen Streifen.«

Nanette nickte und folgte Pauline schlotzend über den weiten Schlossplatz. Sie wichen einem Esel aus, der in seinen Packtaschen vier Milchkannen schleppte.

»Aus der königlichen Meierei in den Anlagen müssen die armen Tiere täglich frische Milch für die Königin bringen. Die aus Degerloch ist nicht gut genug. Manchmal lässt sie etwas übrig für die Bediensteten und deren Kinder. Für eine wie mich, die sowieso zu gut genährt ist.« Sie gingen bis zu den Nebengebäuden, wo die königlichen Dienstboten ihren gewöhnlichen Aufenthalt zu nehmen hatten. »Meine Postadresse lautet: Neues Schloss. Hübsch, nicht wahr? Aber wir wohnen recht beengt, haben zur Neckarstraße gelegen nur fünf kleine Kammern, die wir unser Eigen nennen können. Ich frag meine Mutter, ob du uns besuchen darfst.«

Von nun an verbrachte sie mit Pauline manche Stunde in der Bibliothek. Sie lasen zusammen »Die Familie Seldorf« von Therese Huber. Es dauerte eine ganze Weile, bis Tafinger sie ertappte, aber milde war.

»Nanette, hab ich dir gesagt, du darfst hier Romane lesen? In deinem Alter? Von Ordnung sprach ich. Lateinbücher habe ich erlaubt, was wohl zu viel gewesen ist, aber nur dir, von Pauline war nicht die Rede.«

»Wir haben über das unglückliche Leben der Sara Seldorf sehr geweint. Und Therese Huber erzählt gar so gut mit Schwung, da konnten wir nicht aufhören, selbst als es überaus schrecklich wurde beim Sturm auf die Tuilerien.« Sie reichte ihm das Buch, was seine Hand von ihr forderte.

»Dieses Fräulein Seldorf vergisst ihre angestammte Rolle und fällt tief. Dafür muss sie büßen. Haltet euch an Bachers ›Töchter-Spiegel‹ und den ›Mädchenfreund‹. Ich denke, ihr versteht, was ich meine.« Tafinger scheuchte sie hinaus.

»Als ob es da etwas nicht zu verstehen gäbe. Sara liebt und ist eine Heldin.« Pauline zog sie mit sich.

Das stämmige hellblonde Mädchen mit den wasserblauen Augen und den kleinen Füßen wurde ihre Freundin. Maman erlaubte es nicht, dass sie jemanden mit nach Hause brachte. Doch sie durfte Pauline im Neuen Schloss besuchen.

»Meine Mutter ist eine geborene Freiin von Cornet und zudem eine Gräfin, die Gräfin von Jenison-Walworth«, sagte Pauline eines Tages. »Und du? Beweise deine edle Herkunft. Sind wir ebenbürtig?«

»Gestatten, von Hehl, Mademoiselle Christiane von Hehl, genannt Nanette.« Sie verbeugte sich, ganz vornehm, und es fühlte sich falsch an. Sie berichtete ihr Leben und verschwieg die Zwillingsgeschichte.

Pauline zog den Bauch ein, bis sie keine Luft mehr bekam. »Du bist sicher«, japste sie, »dass die Hehls deine Eltern sind?«

»Ich kann deine Zweifel verstehen. Mir ging es nicht anders, als ich von Madame Hehl abgeholt wurde. Du merkst, es fällt mir immer noch schwer, ›Mutter‹ zu sagen. ›Maman‹ geht leichter. Ganz Stuttgart hat diese Geschichte infrage gestellt. Aber sogar unsere Köchin, die gute Amalie, die an gar nichts glaubt, hat sich mittlerweile überzeugen lassen. Man kann sich seine Mutter nicht aussuchen. Viel lieber wäre mir die deine.«

Pauline winkte ab. »Es ist schwer, mit einer Mutter auszukommen, wenn man sich gut versteht. Sie schlägt mich nicht, obwohl ich es manches Mal verdient hätte. Nie sagt sie ›Nein‹, was ich mir oft wünsche. Immer müssen wir ein Einverständnis finden. Ich werde aufs Zimmer geschickt. Nach ein paar Tagen ist alles vergessen.«

»Deine Mutter würde nie Briefe lesen, die an dich gerichtet sind. Dass meine es tut, muss ich nicht erwähnen. Ich möchte gerne der Pflegefamilie in Kirchberg unbeschwert schreiben und die Worte wählen, wie mir das Herz steht.«

»Dann machen wir uns doch einen Spaß daraus. Du verfasst Briefe, wann und so viele du willst, auch bei mir, und gibst sie mir. Ich besorge sie. Oder du mogelst sie unter die offiziellen Schreiben der Schule, die du seit einer Weile zur Poststation trägst. Das wird nicht auffallen. Und die Pfarrersfamilie antwortet mir.«

»Liebste Pauline, das ist ganz reizend. Ich kann es nicht annehmen. Solch ein Umstand für dich.«

»Willst du, dass ich dir böse bin? Du musst schon ein Einverständnis mit mir finden. Bitte, Nanette, gönn mir diesen Spaß. Es ist wahrhaft langweilig hier im Schloss, das kannst du dir gar nicht vorstellen.«

»Verzeih mir«, sagte Pauline nach einigen Wochen, »es war ganz unabsichtlich, ich habe den Brief hier geöffnet, den Zusatz ›Für N.‹ habe ich nicht bemerkt. Ein Versehen, glaub mir. Es sind gar so viele Schreiben, da dachte ich bei mir, dieses müsse für mich sein. Ist das Latein?«

»Sag es nicht weiter. Latein ist nichts für Mädchen.«

»Was heißt das?«, Pauline deutete auf die Anredeformel.

»›Meine geliebte Schwester‹. Louisle und ich galten als Zwillinge, musst du wissen.«

»Schwöre, dass auch ich deine geliebte Schwester bin.«

»Aber Pauline, wie kannst du daran zweifeln. Die Geschichte mit den Zwillingen ist verworren. In Stuttgart gilt sie nichts. Niemals könnte ich es ertragen, wenn ein Schatten zwischen uns läge. Hier, ich schenke dir mein Armbändchen, es ist selbstgeknüpft.«

Pauline nickte kurz und nahm es an sich. Sie steckte es in ihre Rocktasche, statt es sich umzulegen.

Warum sagte sie das, fragte sich Nanette auf dem Heimweg. Wohin brachte sie die Residenz?

Nach Dreikönig riss Pauline die Tür des Schulzimmers auf. »Der Wilhelm heiratet! Seine große Liebe!«

»Pauline, es heißt der Kronprinz. Die Hochzeit ist eine rein politische Angelegenheit und wurde auf dem Wiener Kongress eingefädelt.« Tafinger nahm die Brille ab. »Setz dich, du bist zu spät. Du bleibst heute länger.«

In der Pause stand Nanette mit der Freundin zusammen. »Die Liebe, die eine große Liebe, wie bei Sara Seldorf. Trotz aller Irrungen und Wirrungen kann man nicht mehr davon lassen. Erzähl mir bitte alles, liebste Pauline, was nur du von Katharina und Wilhelm weißt.«

Zur königlichen Hochzeit organisierte Tafinger einen Besuch seiner besten Schülerinnen beim Freitheater. Nanette klatschte in die Hände und hüpfte auf und ab, weil sie dabei sein durfte. Der Bergrat lieferte sie nachmittags in der Schule ab, wo Tafinger unentwegt auf die Brillengläser spuckte und sie blank rieb, bis die Schlieren sich ihren eigenen Blick in diesem Theater eroberten.

Er erklärte ihnen, dass sich die Eleven an der Grand Operá versuchten und erstmals den Spitzentanz in Stuttgart zeigten. »La Vestale« von Gaspare Spontini. Den Stoff hatten sie durchgenommen. Wieder die Liebe. Der Professor hatte im Unterricht abgewiegelt.

Nanette jammerte zusammen mit Pauline, bloß nicht wie die Hauptfigur Julia von allen Versuchungen befreit werden. Noch waren sie keinen Anfechtungen ausgesetzt gewesen, und so vermochte der Blitz der Götter die heilige Flamme nicht zu entzünden wie bei Julia und Licinius. Am Schluss fanden sich die Liebenden. Wie bei Wilhelm und Katharina, auch wenn sie verwandt waren. Gegen die Liebe blieben sogar Familienbande machtlos, das hatte sie bei Sara Seldorf und ihrem Bruder Theodor erfahren.

Der König würde an diesem Tag anwesend sein. »Ihr müsst warten, bis er klatscht«, schärfte Tafinger ihnen ein. »Erst danach ist es dem Publikum erlaubt, seinen Beifall zu äußern. Aber nicht mehr als der König. Eure und meine Zukunft hängt davon ab.«

Sie sagten alle dasselbe, »Schande« und »Zukunft« waren die häufigsten Begriffe. Und wenn Majestät nicht klatscht, hätte sie beinahe gefragt und dachte an Louisle, die in Kirchberg gefangen war.

In der Pause hätte sie um ein Haar gejubelt. Onkel Ferdinand! Schon wollte sie ihn umarmen. Du bist kein kleines Kind mehr! Seine Brauen, die über den Augen zusammengewachsen waren, schoben sich in die Höhe.

»Richten Sie bitte Grüße in Kirchberg aus.« Sie knickste. »Gerne würde ich zu Besuch kommen, vielleicht an Ostern? Und beehren Sie die Familie Hehl recht bald, wir wohnen jetzt in der Charlottenstraße.«

Onkel Ferdinand lachte dröhnend und strich ihr nun doch übers Haar wie früher. Das Haarnest flatterte davon. Mühsam gelang es ihr ohne Spiegel, die Strähnen zu bändigen.

Einige Besucher blieben bei ihnen stehen. Pauline hakte sich bei ihr unter und legte vertraulich den Kopf auf ihre Schulter.

»Eine Freundin aus der Schule, wir sind in derselben Klasse«, erklärte sie und schämte sich. Gerne hätte sie Onkel Ferdinand nach Louisle gefragt, mehr als ein halbes Jahr war vergangen, seit sie einander gesehen hatten. Briefe zeigten die Wahrheit des Schreibenden. Von der Schwester zu sprechen ging nicht, solange Pauline neben ihr stand.

Onkel Ferdinand tätschelte ihr die Wange. »Gebt fein acht auf den Spitzentanz. Federleicht müsste man sein.«

Nanette ging mit den anderen Besuchern in den Theatersaal zurück. Pauline puffte sie. »Eine Freundin! Du brauchst wohl mehrere! Ich werde es mir merken. Nicht mal einen Namen habe ich. Nimm die Uexküll als Freundin, da vorne steht sie mit ihren Eltern, in der Loge nächst vom König haben sie einen Platz, nicht im dritten Rang wie wir.«

»Pauline, du weißt genau, dass ich außer dir niemanden habe. Mitunter finde ich nicht schnell genug die richtigen Worte, verzeih bitte. Nimm die Haarspange mit den roten Steinen, ich schenke sie dir. Zu deinen hellen Haaren passt sie besser. Ich schwöre, du bist meine einzige und liebste Freundin.«

Pauline umarmte sie. »Ist gut, Nanette. Ich kann nur die Uexküll nicht leiden und wie sie sich immer in den Vordergrund drängt. Den alten Adel meiner Familie wird sie nicht auslöschen. Wir sind vornehmer!«

So sprach Pauline, und Nanette dachte an Louisle.

Sicher hast auch du eine beste Freundin in der Schule. Du aber bist und bleibst meine Schwester.

Sie musste ihr recht bald schreiben und ihr alles aus der Residenz berichten. Onkel Ludwig hatte ihr das angeraten.

8

Für den Blasensteinschnitt führte er in seinem Etui ein Skalpell, eine Sonde und eine Steinzange mit sich. Stets für alle Fälle gerüstet war Ludwig von Klein, selbst wenn er sonntags seine Familienbesuche machte. Heute war Lisbeth dran, die aber nicht da sein würde, das hatte er arrangiert. Er wollte Nanette für sich haben. Sie klatschte in die Hände und sprang in die Höhe, als sie ihm die Tür öffnete.

»Du hast es gut. Darfst hier zu Hause im Trockenen sein, sei froh drum. Es ist scheußlich draußen und nach dem Gewitter und dem Hagel gestern kalt wie im Winter geworden, dabei ist Pfingsten längst vorbei.«

Die Köchin servierte Tee und Baiser mit Chocolade. An einer Kordel zog sie die neuen samtenen Vorhänge auf, die in Hellgrau gehalten waren. Sie stellte das Glöckchen auf den Tisch und verneigte sich. »Lassen Sie mich wissen, wenn Sie noch einen Wunsch haben.«

»Eure Amalie ist recht vornehm geworden.« Er biss in ein Schäumle, dass es krachte, und leckte sich über die Lippen. »Aber backen kann sie. Besser als der Hofconditor. Er konnte zum Pfingstfest nur klebrige Bruchstücke vorweisen und war untröstlich. Katharina ist beherzt eingeschritten. ›Ich empfehle einige Tropfen Zitronensaft‹, hat sie lächelnd gesagt, ›so kann das Eierklar quellen und die Masse wird fest, indes nicht hart. Und es darf ruhig weniger Chocolade sein.‹ Majestät hat dröhnend gelacht und dem armen Hofconditor auf die Schulter geschlagen, dass dieser schier gar im Boden versunken ist. ›Backe er mir lauter Conditorle‹, hat der König gerufen. Ein pures Glück, die Kronprinzessin, ein jeder ist bei ihr in guten Händen. Wir haben soeben ein langes Gespräch zur Geburtshilfe geführt, und Katharina hat sich lobend über unsere Hebammenschule geäußert. Du verstehst? Die Liebe trägt schon ihre Früchte. Ganz rote Wangen hast du. Nimm ein Baiser und lass es dir auf der Zunge zergehen.«

»Onkel Ludwig, wenn ich darum bitten darf, erzählen Sie mir alles über die Liebe.« Mit Bedacht stellte Nanette die weiße Tasse mit dem Goldrand ab und knabberte zierlich an ihrem Baiser. Sie hatte gelernt, sich zu benehmen. Von draußen drang gedämpft das Wiehern der Pferde und Brägeln der Kutscher herein.

In wohlgesetzten Worten sprach er von einem Ziehen im Bauch, von Herzschmerzen und dem vernehmlichen Klopfen in der Brust. Das kannte er selbst und viele Patienten, die im Liebesfieber nach ihm verlangten, beschrieben es in gleicher Weise.

»Als ob ich es geahnt hätte«, er griff in seine Westentasche, »ich muss dir Herzsieben wohl ein zweites Mal schenken. Du erinnerst dich? In Kirchberg bei der Taufe? Du warst fünf, zu jung.«

»Onkel Ludwig! Wie kommen Sie an Herzsieben? Ich dachte, sie sei für immer verloren. Maman hat mein Kleid aus Kirchberg und die Schürze mit der Spielkarte verbrannt. Ich habe *gehofft*, dass es nicht so ist!« Nanette drückte die Spielkarte an sich, jetzt hatte sie noch ein Eselsohr. Sie schaute zu Boden.

Er musste sich zurückhalten, sie nicht zu umarmen. »Herzsieben war in Kirchberg, du hattest sie in deiner Schürze. Frau Pfarrer hat sie bei der Wäsche gefunden.«

»Nein, nein! Louisle hat sie genommen und auf dem Dachboden versteckt, für mich. Doch da war sie nicht mehr, als ich vor zwei Jahren an Ostern dorthin geflohen bin.«

»Frau Pfarrer hat sie sich zurückgeholt und sie mir erst kürzlich über ihren Bruder zukommen lassen. Du warst also auf der richtigen Spur. Ich habe Herzsieben gebraucht, du hast sie mir damals in Kirchberg nicht geben wollen. Also bist du nach Stuttgart gekommen. Das hat sein Gutes.«

»Im Herbst ist es vier Jahre her. In vielen rastlosen Stunden habe ich meine Weigerung ohne Ende bitter bereut. Verzeihen Sie, es war dumm von mir. Ich werde mich bessern.« Sie klatschte in die Hände. »Wie gut, dass die Mutter darauf bestanden hat, dass ich für Stuttgart die Sonntagsschürze anlege! Es hätte mir auffallen müssen, sie hat keine Innentaschen.« Sie sprang auf, legte Herzsieben auf den Tisch und strich zärtlich darüber. »Sagen Sie, wie verhält es sich mit ihr und der Liebe?«

»Du kannst es vergleichen mit einer magnetischen Kur, wenn sie dich in den Bann geschlagen hat, lässt sie dich nicht mehr los. Es liegt ein Zauber in beidem. Ich nehme dich bald mit zu einer Sitzung unseres somnambulischen Kreises. Wie meine jüngste Tochter Lotte scheinst du mir als Medium geeignet. An ihr habe ich es erprobt. Im magnetischen Schlaf kannst du sicher Anweisungen zu einer Heilung geben. Herzsieben wird dein Gemüt öffnen für die Schwingungen und dich hellsehen machen. Für die Liebe aber bist du einstweilen zu jung.«

»Kann man dafür zu jung sein? Sie ist doch von Gott in unser aller Herzen. Wenn ich einen langen, reinen Schmerz habe, wie es Jean Paul sagt, bin ich dann der Liebe begegnet?« Sie busselte die Spielkarte ab, machte bei jedem Herz einen spitzen Mund und tschilpte wie ein Spatz.

»Der Schmerz ist untrennbar mit ihr verbunden. Aber die wahre Liebe ist die von Gott. Es ist schön, dass du daran glaubst. Sei vorsichtig mit Jean Paul. Es hat seinen Grund, warum dein Vater dir nicht selbst die Lektüre erlaubt hat und dir nur aus dem Werk erzählt. Zu oft scheint der Dichter nicht bei klarem Verstand gewesen zu sein, wenn er die Worte niedergeschrieben hat. Bier und Wein haben ihre Wirkung auf das Gemüt. Seine Bilder verderben die Leser, was jedoch allgemein großen Gefallen findet. Mit Therese Huber verhält es sich nicht anders. Tafinger hat mir von deiner Leidenschaft berichtet. Sara Seldorf darf dir kein Vorbild sein. Die Zeit der Kriege, wo manches aus den Fugen gerät, ist gottlob vorbei. Sara kehrt zum Schluss zu ihrer angestammten Mutterrolle zurück und kümmert sich um ein Kind. Du musst den zweiten Teil zu Ende lesen. Pass auf, dass deine Mutter es nicht merkt. Ich habe das Buch beim Bergrat im Arbeitskabinett hinter das Handbuch der Geognosie von Reuß gestellt. Du verstehst.«

»Das ist nicht schwer. Ich danke Ihnen. Gerne würde ich aber verstehen, was es mit der Spielkarte auf sich hat. Bitte verraten Sie mir das Geheimnis, von dem Sie in Kirchberg gesprochen haben. Herzsieben sei ein Schatz, haben Sie gesagt. Daran erinnere ich mich gut. Maman will ihn auch. Wieso weiß sie von Herzsieben?«

»Die Spielkarte hat sie sich von unserem Vater ausgeliehen, er wollte sie zurück. Ein alter Spieler war er, das ist nicht allgemein bekannt, zu einem Hofarzt passt das nicht. Ich habe Herzsieben an mich genommen. Es war nicht nett von mir, sie verborgen zu halten. So ist es manchmal unter Geschwistern. Wenn der eine dringend etwas sucht, gibt es ihm der andere erst recht nicht. Du kennst das aus Kirchberg, von Maria. Deshalb habe ich ein Geheimnis daraus gemacht. In Angedenken an den Großvater solltest du die Spielkarte gut verwahren. Es würde ihn freuen. Wo schaut deine Mutter niemals nicht hinein?«

»In die Bibel!«

»Du hast eine schnelle Auffassungsgabe. Geh und kleide dich für einen Stadtspaziergang. Du brauchst ein warmes Tuch für den Hals und den Filzmantel. Ich möchte dir etwas zeigen und dir eine Aufgabe geben, die dir gefallen wird. Halt! Nimm Herzsieben mit auf dein Zimmer.«

Das Kind fing an, die Dinge miteinander in Beziehung zu setzen, ein natürlicher Vorgang, den auch Lisbeth auf Dauer nicht würde unterbinden können. Nanette hatte einen findigen Kopf und einen wachen Verstand entwickelt, die Erziehung nach Pestalozzi trug Früchte und ließ sich durch Schläge nicht mehr vertreiben. Das Kind war gefestigt, aber in was für eine Lage hatte er es gebracht? Er konnte nur weiterspielen, ohne genau zu wissen, wohin es ihn selbst führte. Lisbeth versuchte um jeden Preis, die Karten endlich in ihren Besitz zu bringen. Nicht auszudenken, wenn die Erziehung des Kindes dauerhaft in ihre Hände geriet.

Bei klarem Verstand waren sie alle miteinander nicht, als sie sich auf das Spiel eingelassen hatten. Wer beide Karten hatte, bekam den Zuschlag zur Erziehung. Auf diese Weise war es hin und her gegangen. Es war sein Fehler gewesen, Herzsieben an Nanette zu geben. Nichts könne passieren, hatte er damals gedacht und nicht in Betracht gezogen, dass die Amme Rumetsch Ecksteinsieben mit nach Wien nehmen würde. So hatte Lisbeth die Erziehung an sich reißen können.

Da hüpfte und sprang Nanette die Treppe hinunter, dass es eine Freude war. Herzsieben gehörte zu ihr, wie konnte er daran zweifeln.

Er führte sie ins Alte Schloss, wo Katharinas reiche Brautausstattung ausgestellt wurde. Ganz Stuttgart strömte dort hin, und es war gut, wenn man ihn mit Nanette zu sehen bekam. Sie stand unter seinem Schutz, das sollte allen gegenwärtig sein. Auch Lisbeth. Dem Teeservice aus reinem Gold gehörten Nanettes erste Blicke.

»Schau, mein Kind, die Schwanenhälse«, flüsterte er, »sehr heiß ist der Tee, den sie ausgießen.«

»Ich mag es, wie sie ihre Köpfe aneinanderschmiegen und die Griffe für das Tablett bilden. Sie tragen die Tassen und verteidigen die Liebe. An der Gebäckschale biegen sie hingebungsvoll die Hälse. Ich danke Ihnen, dass Sie mich hergeführt haben. Maman hätte sich niemals dazu herabgelassen. Sie hat nur ihren eigenen Glanz im Sinne.«

»Achte auf deine Worte, die Ohren der anderen sind gierig.« Er sah sich um, aber sie waren für einen Moment alleine. »Deine Mutter ist deine Mutter und ihr Glanz ist der deine.«

»In der Schule sind die anderen hungrig danach, etwas vom Hofe zu erfahren.«

Er lachte und schob sie aus dem Saal. »Genau das ist die erwähnte Aufgabe. Wir müssen einen Grund haben für meinen Besuch. Zeit, einen Bericht zu verfassen. Die Ausstattung der Braut. Sachlich dargestellt. Stell dir vor, es ist ein Artikel für den Schwäbischen Merkur. Als Dreingabe darfst du ein wenig fabulieren und erzählen, was du von mir gehört hast. Lebendig geschildert, wie im Damenkalender. Nimm eines der älteren Exemplare zur Hand und orientiere dich daran.«

Das hervorstehende linke Schulterblatt hatte sich durch die Leibesübungen weitgehend verwachsen und fiel kaum noch auf. Lisbeth hatte es ganz ordentlich gemacht, Nanette zu den Übungen anzuhalten. Gottliebin Rumetsch jedoch hätte es wohl mit Liebe von Anfang an besser zuwege gebracht.

9

I WÜ'S BEHOITN, es g'hert mir, wisperte es in ihr, als sie die Mädchen auf der Kirchstraße hörte. Schon stürmten die beiden das Stiegenhaus hoch. Was trieb sie um? Ob Pauline im Schloss Prinzessin Katharina begegnet war? Sie sei noch hübscher, seit sie schwanger gehe, hieß es.

Wie leicht es gewesen war, das Nanele für sich einzunehmen. Pauline hatte in der Schule endlich eine Freundin gewonnen und niemand fragte, wenn Nanette alleine bei ihr reinschaute. Pauline war es nicht recht. Sie war immer ein wenig eifersüchtig gewesen. Da sprangen die Mädchen um sie herum, dass ihr schwindelte.

»Jetzt rubbelt euch erst einmal die Haare trocken. Wie könnt ihr ohne Wedafleg aus dem Haus gehen!«

»Zeig her, was dein Onkel Ludwig dir geschenkt hat! Ich will diese Herzsieben sehen!«, rief Pauline und hüpfte auf und nieder wie ein zu großer Aff'. »Nein, warte. Ich muss erst verschwinden. Wie immer, wenn ich hier herkomme. Was ist das nur?« Sie rannte aus der Tür, polterte die Stiege hinunter und schlug im Hof die Tür des geheimen Gemachs hinter sich zu.

Nanette stand stocksteif da und und vergrub die Hände in der Schürzentasche.

»Zeigst du mir derweil, was du in der Schürze hast. Herzsieben? Was ist das? Eine Spielkarte?« Alles holte sie ein. Sie hätte nicht fragen müssen. Wie das Nanele geschrien hatte, als ihm Frau Bergrat Herzsieben unter das Leibchen geschoben hatte. Nun war das Kind selbst in den Besitz gekommen. Das sollte wohl so sein.

Nanette legte die Spielkarte auf den Tisch, hielt sie jedoch mit einer Hand fest. »In Kirchberg hatte sie einen Zauber. Da war ich klein. Jetzt ist er weg. Ich wollte fragen, ich meine, Sie haben doch diese Ecksteinsieben, die mir Herzsieben ähnlich scheint, da dachte ich, ihre besondere Kraft kommt zurück, wenn die Karten beieinander sind. Ich will Ecksteinsieben nur anschauen. Ich bitte Sie …«

»Ich weiß nicht, wovon du redest und was euch heute wieder umtreibt.« Gottliebin wandte sich ab. Wie weh das im Herzen tat. Sie durfte nichts zugeben. Das Nanele wusste bereits zu viel. Was ihre Schuld war.

»Hören Sie, es scheint mir schon ein Fehler, dass ich Pauline von Herzsieben erzählt und sie ihr gezeigt habe. Ich hätte alleine zu Ihnen kommen sollen. Von Ecksteinsieben sollte sie wohl besser nichts wissen. Schnell! Zeigen Sie mir Ihre Spielkarte! Ich will ja nur …«

Da sprang Pauline durch die Tür, und Gottliebin biss sich auf die Zunge.

Ehe sie sich's versah, schnappte sich ihr Milchkind Herzsieben und hielt sie hoch in die Luft. »Die hat meine Mutter gemalt! Ich kenne ihren Pinselstrich.«

»Gib her! Sie gehört mir!«

»Das ist meine Mutter, da auf dem Sofa. Und die Amme, schauen Sie doch, Gottliebin, sie sieht aus wie Sie. Ist ja gut, Nanette. Du kriegst sie ja wieder. Komm, wir fragen meine Mutter. Sie hat für Cotta gezeichnet. Herzsieben scheint mir zu einem dieser vier Kartenalmanache zu gehören, die kenne ich gut.«

Pauline presste die Spielkarte an sich. Nanette wollte sie ihr wegnehmen. Pauline war schon mit Herzsieben hinaus, und Nanette flog ihr hinterher.

»Wartet auf mich!« Sie rang die Hände. Nicht zu bändigen, die beiden, kaum waren sie bei ihr. Da konnten sie sein, wie es ihnen entsprach. Kein Kind war von Natur aus brav. Sie griff in die unterste Schublade und holte hinter dem Strickzeug Ecksteinsieben hervor. Welch Glück, dass diese heute nicht auf dem Sims gestanden hatte.

Allerweil erstaunlich, wie behände Pauline war. Gut genährt hatte sie ihr Milchkind. Nanette hingegen war schmal und zierlich. Wie Feuer und Wasser die beiden. Das Nanele dunkelhaarig, Pauline auffallend blond. Und trotzdem feuerten sie sich gegenseitig an. Und wie gut, dass sie sich gefunden hatten. Wenn es nur nicht so ein Diabsweda gewesen wäre. Dass die Mädchen aber auch nicht auf sie warten konnten.

Sie eilte ihnen hintendrein und trat kurz darauf im Neuen Schloss in die Wohnung des Kammerherrn, die ihr vertraut war wie die eigene.

»Gelungen, eine saubere Arbeit«, sagte Charlotte gerade.

Sie stand am Fenster und drehte Herzsieben in den Händen hin und her. Eine ihrer gelockten Strähnen fiel ihr in die Stirn. Die Mädchen hüpften um sie herum und versuchten, die Spielkarte zu erhaschen.

Sie ging zu den dreien und scheuchte die beiden Kinder zur Seite. »Verzeih, Charlotte. Sie hatten es recht eilig.«

»Voreilig sind sie, vor allem Pauline. Ich habe das Jeu de Jeanne d'Arc gemalt, das Schiller von Cotta geschenkt bekommen hat. Aber Herzen auf den Kopf zu stellen, undenkbar. Die Karte ist nicht von mir.« Charlotte beugte sich zu Nanette hinunter. »Frag deinen Onkel oder deine Mutter.«

»Bitte, versprechen Sie mir, dass Sie meiner Mutter nichts sagen. Niemals nicht! Und Onkel Ludwig darf auf keinen Fall wissen, dass ich die Spielkarte hergezeigt habe!«

Nanette umkreiste sie. Sie war ein rechter Irrwisch.

»Nicht so aufgeregt, mein Kind. Es ist eine Spielkarte. Dein Leben hängt nicht davon ab. Die Dinge sind manches Mal anders, als sie scheinen.«

»Herzsieben gehört mir! Geben Sie sie wieder her!«

»Lass meine Mutter los! Was fällt dir ein!« Pauline zog Nanette an den Haaren.

Gottliebin schlang rasch die Arme um die beiden. »Leise. Das Schloss hört alles.«

Da legte Charlotte die Karte auf den Tisch. »Wollt ihr nicht eure Reise nach Wien zu Ende spielen? Graf Franz hat zwei Landkarten aus der königlichen Hofbibliothek mitgebracht.«

»Nanette, nimm Herzsieben«, Pauline streckte sie ihr hin. »Meine Mutter hat recht. Lass uns spielen.«

Das Nanele zog die Schultern hoch. Die Hände vergrub es tief in der Schürze, wo es die Spielkarte verbarg und sie doch bei sich hatte.

Kurz nach Pfingsten hatte sie ihr geholfen, geheime Fächer einzunähen. Jetzt wusste sie, wozu.

Sie schob die beiden sanft ins Nebenzimmer und schloss sorgfältig die Tür.

»Verzeih, liebste Charlotte. Die Mädchen kamen schon unbändig bei mir an. Welch Busara heut! Bitte vergiss das alles. Das Nanele meint es nicht so.«

»Es gibt nichts zu vergessen. Pauline wird von Herzsieben herumerzählen, sie kann niemals über etwas schweigen«, sagte Charlotte gefährlich leise. »Du weißt doch, Gottliebin, nicht nur das Schloss hört alles. Stuttgart ist ein Dorf, der Klatsch läuft schneller als ein Kirchläuten von einem Tor zum anderen.«

»Du kannst es nicht wissen. Nanette war mein erstes Milchkind, bevor ich Pauline genährt habe.«

»Was sagst du da? Ich dachte immer, du hast dein Kind … Mach uns doch bitte einen Kaffee.«

Gottliebin mahlte die schwarzglänzenden Kaffeebohnen aus Wien und berichtete der Freundin, was sich vor zwölf Jahren zugetragen hatte. Sie goss kochendes Wasser auf. Das grobe Pulver wirbelte umeinander wie die Mädchen. Ein herber Geruch waberte durch den Raum. Sie setzten sich an den niedrigen Tisch.

»… und so blieb Ecksteinsieben bei mir«, beendete sie ihre Erzählung. Mit Zucker und Sahne schmeckte der Kaffee einen Hauch nach Zimt. Sie stellte die Tasse ab. »Ich habe nicht geahnt, wie schwierig es sein wird, die Karte verborgen zu halten, wie es mir aufgetragen ist. Du erinnerst dich? Wie die Polizeidiener mit Frau Bergrat vor der Tür standen und Ecksteinsieben begehrt haben? Wie gut, dass ich die Spielkarte nach Wien gebracht habe, nachdem das Nanele sie bei mir gesehen hat. Seit bald vier Jahren ist Ecksteinsieben auf der Flucht und findet keine Ruhe. Eine Spielkarte! Welch Glück, damals ließ sich nichts finden, und die Stadt kann weiter rätseln, was man bei mir gesucht hat. Doch als ich nun aus Wien zurückgekehrt bin, habe ich sie mitgebracht, ich wollte sie nicht länger entbehren, musste jedoch feststellen, dass sich Schneidermeister Welsch trotz des Türschlosses Zugang zur Wohnung zu verschaffen vermag. Erich will mir nicht glauben, er ist ein Mann und merkt nicht, wenn die Dinge verrückt worden sind.« Gottliebin zögerte kurz und reichte dann der Freundin Ecksteinsieben. »Ich habe sie mitgebracht, weil von Klein nach ihr verlangt hat. Jetzt ist er in Wien, bei einem Kongress, zusammen mit dem Bergrat, erzählt man. Er wird doch nicht? Derart wichtig kann

Ecksteinsieben ihm nicht sein. Ich will sie nicht länger bei mir behalten. Sie macht mich ganz damisch. Bei dir ist sie sicher. Und bei dir darf ich sie immer anschauen kommen. Du hast sie gezeichnet, wie auch Herzsieben. Das habe ich erst vorhin erkannt. Warum hast du es von dir gewiesen?«

»Nachdem Friedrich Kurfürst geworden war, hat er das Kartenspiel im darauffolgenden Jahr in Auftrag gegeben. Französische Farben sollte es haben. Für Napoleon war es gedacht, wenn er ihn auch nicht leiden konnte. Die Schwangerschaft hat mir Flügel verliehen. Kaum war Pauline auf der Welt, hat Cotta ohne mein Wissen einen Probedruck veranlasst. In Eile, wie Cotta es immer ist. Die roten Farbzeichen waren mir nicht so gelungen. Dabei ist es geblieben. Ich konnte sie nicht mehr nacharbeiten. Der Kaiser kam höchstselbst nach Ludwigsburg, und der Kurfürst wurde zum König von Napoleons Gnaden. Er hat den Probedruck und die Druckplatten sogleich an sich genommen. Warum, weiß ich nicht. Ein Salär hat er mir verweigert. Ich sei schwanger gewesen. Das habe ich nie gehört! Über meinen Mann konnte ich den Probedruck und die Druckplatten an mich bringen. Der Kammerherr Graf Franz hat nichts damit zu tun. Du verstehst. Leider habe ich nicht gemerkt, dass zwei Karten fehlen. Nur wenn das Kartenspiel vollständig ist, will Cotta mich entschädigen. Ecksteinsieben habe ich gewinnen können. Ich danke dir. Nicht dass wir auf einen geringen Betrag wie mein Zeichenhonorar angewiesen wären, es geht mir ums Prinzip, um meine künstlerische Arbeit. Therese Huber hat mich kürzlich für den Damenkalender verpflichtet. ›Die Gräfin mit der zarten Hand‹ nennen sie mich. Eine zweite Angelika Kauffmann sei ich. Doch diese ist mir zu gefällig, ich will mit meinen Zeichnungen erziehen, das ist mein Begehr. Das Kind ist ein Spiegel der reinen, unverdorbenen Natur.« Sie hielt die Karte gegen das Licht und nickte.

»Das Nanele hat Ecksteinsieben vor vier Jahren bei mir gesehen. Als ich ihm die Schuhe gegeben habe.«

»Du solltest nicht Nanele …«

Da sprang die Tür zum Nebenzimmer auf. Von drinnen waren die Stimmen der Mädchen zu hören. »Herzsieben ist mein Talisman. Deshalb kann ich sie nicht hergeben. Sie hat mich beschützt, mir in allem Mut zugesprochen. Indes einmal nicht. Meine Schuld. Ich habe mich verführen lassen, von meinem Großcousin August. Jedenfalls dachte ich, er sei mein großer Vetter.« Stockend sprach sie weiter, gut zu hören.

Wie sie sich für ihr Nanele genierte. Charlotte legte ihr eine Hand auf den Arm.

»Herzsieben hat sich geschämt und wollte nicht bei mir sein«, sagte Nanette schließlich. »Ich dachte, sie wäre verbrannt. Maman hat nach ihr gefragt und mich geschlagen, weil ich sie nicht hergegeben habe. Ich konnte es nicht, da ich sie gar nicht hatte. Erst seit Kurzem gehört sie wieder mir, dank Onkel Ludwig.«

»Deine Mutter hat dich nach Herzsieben gefragt? Dein Onkel wird ihr nicht erzählt haben, dass er sie dir gegeben hat, wenn du niemandem nichts davon verraten sollst. Wieso also wusste sie von ihr?«

»Maman kennt Herzsieben. Sie hatte sie sich bei meinem Großvater ausgeliehen, dem alten Hofarzt. Er hat sie zurückverlangt und getobt, da sie die Spielkarte nicht beibringen konnte. Das hat mir Onkel Ludwig erzählt. Jetzt ist der Großvater über ein Jahr tot. Ich habe ihn nie kennengelernt und kann nicht sagen, warum.«

»Weshalb sollst du die Karte dann verbergen? Du willst ja nicht hören, dass die Hehls nicht deine Eltern sind.«

»Du hast recht, Pauline, obwohl ich nicht länger zweifeln wollte. Es muss ein Geheimnis geben. Komm, wir fragen deine Mutter. Sie scheint alles über Spielkarten zu wissen.«

»Steck Ecksteinsieben ins Mieder, rasch!« Charlotte eilte zum Fenster, wo sie hinausschaute, als ob sie die ganze Zeit nichts anderes gemacht hätte.

»Gräfin Jenison, verzeihen Sie mir bitte. Auch wenn Sie Herzsieben nicht selbst gezeichnet haben, wissen Sie vielleicht, was es mit der Spielkarte auf sich hat.«

»Sieben Herzen, sieben Geschwister. Wie dein Onkel gesagt hat. Das klingt plausibel. Lass sie mich anschauen. Dann kann ich dir mehr sagen.«

»Sie haben uns belauscht!«

»Gib mir die Karte!« Charlotte steckte die Hand in Nanettes Schürzentasche.

»Lassen Sie die Finger von mir! Sie schwindeln. Pauline hat recht. *Sie* haben Herzsieben gezeichnet. Und Gottliebin, *Sie* lügen auch. Was geht hier vor?«

Charlotte zog die Hand zurück. »Aber da ist ja gar nichts. Welch Aufregung um nichts. Weswegen seid ihr hergekommen? Ihr wolltet das neue Morgenblatt für die gebildeten Stände, um daraus für die Schule zu referieren. Ich hole es sogleich.« Sie ging hinaus.

»Mach, dass du fortkommst! Zwilling. Nanette, Nanele. Oder soll ich dich Christiane nennen, wie deine sogenannte Mutter?« Pauline trat der Freundin vors Schienbein.

Gottliebin rang die Hände. Nanette drehte sich ohne ein Wort um, rannte zur Tür hinaus und ließ sie offen stehen. »Nanele!«, rief sie ihr hinterher. Wieder hatte sie sich verplappert. Rasch schob sie Ecksteinsieben tiefer ins Mieder und lief dem Kind nach auf die Planie. Am Charlottenplatz musste sie aufgeben.

Aber amoi werde ich dich einholen. Nanele, du g'herst mir. Wir sind bald beieinander. Wirst schon sehen. Verzeih mir, dass ich dir Ecksteinsieben nicht geben konnte. Nicht jetzt. Da braut sich heut noch was zusammen. So ein Weda aber auch.

10

Wie du dir wieder die Augen reibst, Louisle. Halt ein, du kriegst Flecken im Gesicht, das weißt du doch. Wie die Sonne, die himmelblauen Tage sind vorbei. Schmutzig ist sie in diesem Sommer. Wie Herzsieben. Da kann man nur davonlaufen. Ich weiß, ich soll das nicht. Weglaufen. Was Paulines Mutter und Gottliebin bloß gewollt haben. Dabei sind sie mir zugetan. Herzsieben macht alle verrückt, ist mehr als eine Spielkarte. Alle wollen sie haben. Und ich bin nicht länger froh damit.

Mit der Schuhspitze bohrte sie im früh verwelkten Laub am Epaulettensee herum, wo sie sich auf eine Bank gesetzt hatte. Sie sollte Herzsieben zerreißen. Ihre Hand tastete in der Schürzentasche nach der Spielkarte. Weg mit ihr.

Nanette! Jetzt reibst du dir die Augen. Schneid dich nicht von allem ab. Du liebst Herzsieben doch. Freu dich über sie. Es soll gewittern, sagt der Vater. Morgen wird es himmelblau, sage ich, und bald sind Sommerferien. Mein Herz hüpft. Tu Buße, bevor du nach Kirchberg kommst. Du vergibst dir nichts, wenn du Pauline um Verzeihung bittest.

Schenk ihr den Rosenquarz, den du so liebst. Das soll genug Strafe sein. Das würde der Vater sagen. Geh heim, dein Zopf hat sich gelöst.

In der Charlottenstraße wartete ein Brief von Pfarrer Steinheil, gerichtet an die Eltern. Maman las ihn vor: *Die Kleinen husten und stecken die Großen an. Wir sind alle bettlägerig. Ein Jammer hängt über dem Pfarrhaus. Es scheint uns besser, wenn Christiane nicht kommt.*

»Du musst den Wunsch der Steinheils respektieren. Viele sind krank. Sei froh, dass wir verschont geblieben sind.« Der Bergrat hauchte ihr einen Kuss aufs Haar, was noch nie vorgekommen war.

Vor dem Spiegel in ihrem Zimmer strich sie sich immer wieder über den Scheitel, wollte den Kuss fangen, was nicht gelang. Sie öffnete die Haare und streckte sich die Zunge raus. Herzsieben holte sie aus der Bibel und schaute sie lange an, lauschte aber, ob Maman die Treppe hinaufkam. Doch sie blieb alleine, was sie fast bedauerte. Die zehn Gebote passten nicht mehr. Die Worte aus der Bergpredigt! Nur diese konnten die Spielkarte beschützen. Louisle hatte anders gesprochen, als es im Brief geschrieben stand. In ihren Gedanken.

Nach den Ferien reiste der Vater auf die Ostalb, wo neue Petrefakten gefunden worden waren. Nanette rollte das Wort auf der Zunge hin und her. Petrefakten. »Der König will sie sich anschauen«, hatte der Bergrat gesagt. »Vertrag dich mit der Mutter.«

Nanette versuchte es, jedoch Maman beäugte jeden ihrer Schritte. Sie flüchtete in die Bibel, aber kaum war sie ein paar Minuten alleine im Haus, las sie Romane. Das Buch von Therese Huber, das Onkel Ludwig ihr gebracht hatte, war gar grausam. Sie watete mit Sara Seldorf durchs Blut, den Degen in der Hand, und probierte die Hosen, die Amalie für ihren Neffen genäht hatte. Maman ertappte sie und prügelte auf sie ein. Recht hatte sie. Die Beinkleider waren gar unbequem gewesen. Nein, der Krieg war nichts für sie.

Nur im Garten war sie sicher, denn dort regierte der Gärtner, den der Vater vor seiner Abreise eingestellt hatte. »Heimerl ist ein quadratischer Dickschädel von der Alb«, hatte er gesagt. »Ich habe ihn angewiesen, auf dich zu achten und dir ordentlich was an Arbeit zu geben.«

Alle Tage holte Heimerl sie nach draußen, und sie war ihm dankbar. Sie atmete freier als im Haus beim Sticken und machte mit ihm den Garten winterfest. Ende September. Ihr war es egal, was Maman sagte, wenn sie nur nicht in der Stube sitzen musste. Heimerl ließ sich nicht abbringen. Der Vater hatte wohl auch Tafinger angewiesen, denn der Lehrer beschäftigte sie ganze Nachmittage in der Schulbibliothek. Pauline nahm ihre Entschuldigung an und wies dem Rosenquarz einen Ehrenplatz zu. Und doch lag etwas in der Luft, was sie nicht greifen konnte. Nicht genug, dass sie sich Paulines Zweifel zu eigen gemacht hatte, sondern sie hatten sich beinahe verloren. Kein Wort davon, dass sie Louisle treffen durfte. Maman zu fragen, eine Bitte zu äußern, war undenkbar geworden.

Im Oktober suchte sie über Nacht ein heftiger Frost heim. Morgens fiel der erste Schnee. Er türmte sich auf. Maman sagte nichts mehr gegen die Tannenzweige im Garten. Kurz darauf stiegen die Temperaturen unnatürlich an und Regen überschwemmte die Stadt. Wenige Tage später kamen die roten Schnecken und klebten überall. Schwül wie im

Sommer war es. Wie bei allen strebten sie zu den Beeten, hielten indes vor den stechenden Nadeln inne.

»So ein Kroppzeug«, fluchte Heimerl. Er befreite den langen Weg von dem Gekröse. Die sich umeinanderwindende Masse trug er auf einer Schaufel zur alten Feuerstelle im hinteren Garten und warf sie in die Flammen.

Für die Beete war sie zuständig. Sie schaute Arion rufus, wie ihr der Vater beigebracht hatte, erst eine Weile zu und pikste die rötlich braunen Schnecken dann mit einem Stöckchen. Diese richteten sich auf und streckten die Fühler heraus. Sie streute Kalk und Torfasche auf die Leiber.

Wie sie sich zusammenkrümmen. Du musst auf Augen und Fühler zielen, ihre Hand zögerte. Reichlich streute sie den Kalk, bis er den ganzen Boden bedeckte. Sehr gut! Siehst du, sie lassen sich zur Seite fallen. Schau die Sohlen, wie sie dampfen. Schreie hallten ihr in den Ohren. Nimm die Gartenschere, komm schon, schneid sie entzwei, es sind Schnecken. Sie starrte auf die zuckenden Hälften, aus denen schleimig das Innere herausquoll. So sah es in ihr auch aus. Schnecken. Es sind nur Schnecken, noch mal, trau dich. Schnipp, du Schnecke, schnipp, schnapp, Fühler weg, schnipp, schnipp, Schneckenklein, lecker lecker fein, bring es zu Amalie. In den Topf damit, sie soll es kräftig würzen.

Sie rannte ins Haus und stürzte sich Maman in die Arme. »Schlagen Sie mich! Wo sind die Ruten? Warum sind sie nicht in Salzwasser eingeweicht? Bestrafen Sie mich. Sofort, hier, mein Podex, schlagen Sie zu, nur das hilft!«

»Ich sag doch, der Garten tut dir nicht wohl!« Maman schüttelte sie. »Erst diese unselige Kälte und jetzt die Nässe, sie haben dir das Hirn erweicht. Wozu haben wir einen Gärtner. Von nun an bleibst du im Haus. Geh zu Amalie an den Ofen. Sie wird dir eine heiße Chocolade bereiten. Was machst du, mein Kind?«

Sie strich ihr übers Haar und schob sie sanft in die Küche. Etwas war in sie gefahren. Milde war sie sonst nie.

Für den Moment löschte der Geruch von Milch mit Kakao die Gartenbilder aus. Hastig setzte Nanette das Häfele an die Lippen und verbrannte sich die Zunge. Die Chocolade war bitter, dass es ihr den Mund zusammenzog. Maman hielt Zucker für schädlich, wie hatte sie das vergessen können. Amalie stellte eine Schale mit Pellkartoffeln auf die Arbeitsplatte und reichte ihr eine Gabel und ein Schälmesser. »Wenn du die Hände im Haus beschäftigst, werden die Gedanken klar. Frau Bergrat verlangt es nach Kartoffelsalat. Sei dankbar und nicht immer so gierig. Ich hätte noch Zucker in den Kakao gerührt. Einen halben Löffel. Du weißt, deine Mutter kontrolliert täglich die Vorräte.«

Am nächsten Tag stapfte Nanette durch den Matsch in die Schule und achtete darauf, wohin sie die Füße setzte. Was war gestern in sie gefahren? Sie schüttelte sich. Nacktschnecken waren ekelig, aber sie war grausam gewesen. Wie Sara Seldorf im Krieg. Ihre Schuhe wurden feucht, doch die Füße blieben warm in den selbstgestrickten Wollsocken, die sie auf Wunsch von Maman trug. Onkel Ludwig habe es angeraten, sie sei empfindlich auf der Lunge. Die anderen Mädchen lachten und zogen sie mit ihrem Schal auf, den sie brav um den Hals geschlungen hatte. Gehorsam wollte sie in Zukunft stets sein. Wie konnte sie selbst wissen, was gut für sie war. Maman alleine wusste das.

Sie wurden von Tafinger wegen des Wetters früher entlassen. Alle strebten eilig nach Hause, auch Pauline ließ sich partout nicht anstiften zu einem Gang durch die Stadt.

»Meinst du, ich patsche im Kot herum, wenn es sich vermeiden lässt?«

Alleine stand Nanette vor der Schule. Es schlug Mittag. Zur alten Wohnung in der Königstraße zog es sie, warum, hätte sie nicht zu sagen vermocht. In der Poststraße stieg sie über Pferdeäpfel und hob ihren Rock an. Sich nicht beschmutzen, nicht wie Sara Seldorf im Dreck landen. Es trieb ihr die Tränen in die Augen. Das hatte Therese Huber erreicht, der Schmerz war in ihr.

»Frau Huber, einen Moment, bitte warten Sie!«, rief da ein Mann mit einem Buchpaket unter dem Arm.

Klein und hager war die Frau. Sie trug eine Haube und darüber einen Schleier nach Matronenart. Das konnte unmöglich Therese Huber sein, die sie zum Weinen brachte. Und doch. Angeregt und gar nicht untertänig, wie sie aussah, unterhielt sie sich. Langsam ging Nanette weiter. Sollte sie die Schriftstellerin ansprechen? Aber diese eilte mit dem Mann zum Bollwerk hinauf. Verpasst.

Was hatte sie sich vorgestellt? Frau Huber sah aus wie eine normale Bürgerin und gab keinen Grund zur Besorgnis. Leider. Wenn Maman auch unentwegt über sie schimpfte. Unmoralisch sei sie, eine geschiedene Tochter habe sie und lebe mit ihr zusammen. Die Huber verdiene ihr Geld mit Schreiben, wer hatte je davon gehört. Mit Beiträgen im Morgenblatt statt mit Handarbeiten. Und mit Büchern. Alle Tage schüttelte Maman den Kopf. Wie gut, dass sie nie in den Bücherschrank des Bergrats sah. Sie zeterte und studierte begierig jede neue Ausgabe des Morgenblatts für die gehobenen Stände, die alleine Therese Huber zu verantworten hatte.

»Du wirst dir den Tod holen«, jammerte Maman beim Mittagessen und nahm sich den Rest Spätzle. »Auf dem

Stundenplan für morgen steht: Spazierengehen. Bei dem nassen Wetter. Ich lehne das ab. Und übermorgen Gartenarbeit für die Uexküll. Du bleibst hier.«

In Tafingers Bibliothek lag ein angefangener Brief an Louisle. Sie schrieb eine kurze Nachricht an Pauline und bat sie, ihn ihr vorbeizubringen. Damit schickte sie Amalie ins Schloss.

»Sie geht fortan nicht weiter in die Schule, muss sich um ihre Mutter kümmern, die an einem Nervenfieber leidet«, sagte Amalie bei der Rückkehr. »Du würdest schon wissen, was eine Kartenmalerin gesunden lässt, hat sie gesagt. Das versteh, wer will, ich gehe nicht weiter für dich zum Schloss. Die Tür vor der Nase hat sie mir zugeschlagen. Adelig, und kein Benehmen.«

Diese Fragen nach der Herkunft schneiden dich von allem ab. Schnipp, schnipp, schnapp. Das ist gut! Sehr gut. Nanette hielt sich die Ohren zu. Schnapp, schnipp, schnipp. Weg ist die Hehlsche Tochter. War nie da. Endlich auch weg mit Herzsieben. In die Gosse mit dir. Herzsieben, wo ist Herzsieben? Nicht bei den zehn Geboten? Diese dumme Bergpredigt! Sie riss sich den hochgesteckten Zopf herunter, hielt ein Büschel Haare in den Fingern und zerrte weiter an sich herum.

Amalie drückte ihr ein Tuch in die Hand. »Silber zu putzen erfordert deine ganze Hingabe, da kann man an nichts anderes denken. Arbeite und frag nicht. Inzwischen gibt es von mir ein neues Rezept, aber Aufschreiben ist verboten. Frau Bergrat hat zum Vesper nach Königsbirne verlangt. Der König ist gestorben. Mammutknochen hat er sich angeschaut und sich eine Erkältung geholt. Nun weißt du, warum sie besorgt um dich ist.«

Eine eiserne Pfanne rieb Amalie mit reichlich Speck aus und briet die hauchdünnen Fruchtschnitze von beiden Seiten scharf an. Kräftig würzte sie mit Pfeffer und Anis und nahm die Scheiben heraus. Derweil notierte Nanette das Rezept im Kopf und polierte einen Löffel. Aufschreiben würde sie es später. Das hatte sie oft gemacht. Vom Königsmus zum königlichen Blaukraut über Königsspätzle bis zur Königsbirne. Soeben brachte Amalie reichlich Butter zum Schmelzen. Sie wendete die gebratenen Birnenschnitze und goss zehn verläpperte Eier darüber. In Windeseile nahm sie die Pfanne vom Herd und rüttelte sie, bis sie gänzlich erkaltet war. Nicht schwer zu merken. »Das Omelett stockt und löst sich von selbst. Es darf keinesfalls mit einem spitzen Gegenstand geprüft werden. Darüber streust du fein gestoßene Koriandersamen.« Das kannte sie. Koriander kam auf jede Eierspeise.

Amalie trug die Pfanne, die köstlich duftete, ins Esszimmer, wo Maman abends alleine zu speisen pflegte, seit der Vater unterwegs war. Für die Tochter blieben die Reste, die es fast nie gab. Ein Glück, dass sie die Köchin hatte, die ihr stets etwas zusteckte. Heute hatte sie einige Birnenschnitze abgezweigt und eine halbe Tasse von der Eiermilch. Sie ließen es sich gutgehen mit einem dünnen Omelett. Solange Maman mit dem Besteck klapperte, waren sie sicher. Vom Mittagessen gab es einen Rest Vanillecreme, sodass sie beide satt wurden.

Der Leichnam des Königs wurde in der Eingangshalle des Neuen Schlosses aufgebahrt. Schon von der Tür sahen sie den gewaltigen Bauch Friedrichs. »Damit du vor Augen hast, wie es ist, wenn man maßlos wird!«, raunte Maman.

»Aber all meine Kleider sind zu weit und zu kurz.« Das

brachte ihr vor Publikum eine Kopfnuss ein, obwohl sie die Wahrheit sprach. Sie war gewachsen, dafür konnte sie nichts.

Zu Hause in der Charlottenstraße sagte Maman: »Was sollen die Leute jetzt denken? Ich kleide dich nicht richtig? Gebe dir nicht genug zu essen? Geh in dein Zimmer und sei froh, dass ich die Ruten nicht zur Hand habe. Du scheinst danach zu verlangen. Vesper gibt es heute nicht.«

Kein Wunder, dass sie so dünn war. Wenn sie bloß nicht wieder anfing zu spucken. Übel war es ihr ständig, seit der Vater unterwegs war und sie Pauline nicht sprechen konnte. An Louisle zu denken, wagte sie nicht. Onkel Ludwig war von Maman nicht ins Haus gelassen worden. Das Kind befinde sich wohl, da habe er anscheinend etwas Falsches gehört. Nein, Christiane brauche keine frische Luft, nicht bei dem Wetter. Das berichtete ihr Amalie. Sie hatte von alledem nicht einen Deut mitbekommen, saß vor dem Spiegel, stützte den Kopf in die Hände und streckte sich die Zunge heraus. Heimerl konnte nichts ausrichten. Wenn nur der Vater endlich zurückkäme. Onkel Ferdinand hatte sie seit dem Theater nicht gesehen.

In ihrem Rücken öffnete sich die Tür. Sie roch sogleich, dass es Amalie war. »Du kommst zur rechten Zeit. Ist da nicht das Grübchen von früher? Ich habe zu viel gegessen. Bald sehe ich aus wie der Dicke.«

Die Köchin stellte ihr eine Schüssel mit süßem Grießbrei hin. »Du musst essen, Nanette. Das vertreibt die schlimmen Gedanken.« Sie schob ihr einen Löffel in den Mund.

»Brav. Noch einer und noch einer. Schlucken. Ich weiß, dass du erneut an der Mutterschaft von Frau Bergrat zweifelst. Auch mir ist es so gegangen. Aber dein Vater hat mir vor der Abreise versichert, dass alles seine Richtigkeit hat. Schon bevor sie sich damals in Stuttgart niedergelassen haben, hatte sich Nachwuchs eingestellt. Du warst eine schwere Geburt. Deine Mutter musste sich zur Erholung nach Freudenstadt begeben, weitere Kinder könne sie nicht bekommen, hat man ihr gesagt. Ein Nervenfieber hat sie sich zugezogen und dich zu den Pfarrersleuten gegeben. Es war zu lange, das sieht sie ein.«

Nanette schluckte und würgte. Nervenfieber. Wie Paulines Mutter. An allem war sie schuld. Sie würgte und schluckte.

»Du bist wie ein Kleinkind. Es wird gegessen. Der gute Brei. Noch ein paar Löffel. Mit vollem Bauch wirst du gut schlafen. Mit dir ist es ein wenig wie mit mir. Nur dass du mit den Steinheils immer Eltern hattest, du weißt ja, ich bin im Waisenhaus aufgewachsen. Hadere nicht mit deinem Schicksal, das es gut mit dir meint.«

In ihre letzten Worte mischte sich das Knarren der Zimmertür. Amalie drückte sich rasch in den Alkoven.

»Da du dir die Widerworte nicht abgewöhnt hast, die Schule also offensichtlich einen schädlichen Einfluss auf dich hat, werde ich dich von nun an wieder selbst unterrichten.« Maman atmete schwer. »Steh auf, wenn ich mit dir rede. Christiane! Grießbrei, hab ich richtig gerochen. Ich kann mir denken, wer dahintersteckt. Amalie, verschwinden Sie. Christiane, nimm Aufstellung! Du verlässt mir das Haus nicht mehr. In diesem Jahr ohne Sommer sind Getreide und Kartoffeln verdorben, und du bist es auch!«

11

Eine geborene von Klein war sie, eine Verheiratete von Hehl und die Schwiegertochter des Stuttgarter Bürgermeisters. Das ließ sie nicht mit sich machen! Die Tür schlug ins Schloss. Wie froh war sie, diesen Weckherlin los zu sein. Von wegen Onkel Ferdinand. Einen Brief aus Kirchberg von Luise, der sogenannten Zwillingsschwester. Da ging etwas hinter ihrem Rücken vor. Sie packte Christiane im Nacken und zerrte sie in den Öhrn. »Maman! Ich habe nichts gemacht. Ich schwöre. Lassen Sie mich! Herr Vater! Dem Himmel sei Dank! Sie kommen gerade recht!«

Soeben trat ihr Gatte ins Haus, beladen mit allerlei Effekten, die er umgehend abstellte und das Kind an sich zog. Sie schnaubte. Die Zeiten, wo sie die gebührende Beachtung gefunden hatte, waren lange vorbei. Das würde er büßen. Da stand er nach monatelanger Abwesenheit, strich Christiane übers Haar und herzte sie. Widerlich! Wie er sich andiente und kein Wort an seine Gattin richtete.

»Du gibst mir jetzt Luises Brief, den du in dein Zimmer getragen hast, aber ich will den richtigen.« Sie schob das Kind die Treppe hinauf. »Beweg dich, wird es bald?« Sie stieß es in den Rücken. »Wo hast du ihn versteckt? Zuerst werde ich ihn lesen. Wenn er anständig ist, bekommst du ihn ausgehändigt. Ich bin kein Unmensch.«

Ihr Gatte schlich hinter ihnen her. Sein Atem hing in ihrem Nacken. Wie sie das hasste. Christiane suchte in ihrem Zimmer zuerst scheinbar ziellos herum, ging dann zum Nachttisch, nahm die Bibel und holte den Brief heraus.

»Wie passend!« Sie riss ihn ihr aus der Hand, brach das Siegel und faltete das Papier auseinander. »Was ist das? Eine Geheimsprache!«, kreischte sie. »Sofort sagst du mir, was diese Worte bedeuten.«

»Maman. Echauffieren Sie sich nicht. Wir schreiben uns auf Lateinisch und lernen dabei. Es hat nichts mit Ihnen zu tun.«

»Da steht mein Name. Lesen kann ich. Übersetz mir alles. Wehe, du gibst etwas falsch wieder. Ich gehe zu Tafinger.«

Christiane schaute ihren Vater an, der die Augenbrauen hochzog und unmerklich nickte. Das war recht.

Das Kind las flüssig und nicht, als ob es nebenbei eine fremde Sprache übersetzen müsse. Elisabeth Hehl verschränkte die Arme.

Mein geliebtes Nanele! Allerliebste Schwester! Madame Hehl, wie du immer sagst, kann sich nicht ewig aufs Wetter zurückziehen, um dich im Hause zu halten. Wie schade, dass du deswegen im Sommer nicht zu uns kommen durftest. Sei frohgemut, nächstes Jahr wird alles anders. Mit Herzsieben, deucht mir, hat es eine besondere Bewandtnis, die Erwachsenen nehmen sie gar zu wichtig. Pass gut auf sie auf. Du hast damals recht gehabt bei der Taufe unserer kleinen Katharina. Onkel Ludwig will dir mit Herzsieben etwas sagen. Eine Idee habe ich dazu nicht. Verwahre sie gut. Die Bergpredigt scheint mir passend.

»So nennt mich also die Tochter: Madame Hehl. Pfui! Schämen solltest du dich! Eine Schwester hast du nicht, wie oft soll ich das noch sagen.« Sie stemmte die Hände in die Taille. »Und dir, mein werter Gatte, ist die frische Luft auf der Alb nicht bekommen.« Sie wollte ihn wegschieben, aber heute bewegte er sich nicht von der Stelle. »Woher hast du diese Sprache? Christiane! Wer ist schuld?«

»Tafinger hat mir Bücher gegeben. Es war mein Wunsch. Dafür musste ich ihm die Bibliothek in Ordnung bringen. Jeden Nachmittag habe ich dort gearbeitet.«

»Ich werde dir beibringen, was du zu lernen hast!«

Ihr Gatte stellte sich ihr in den Weg. »Wenn ein Kind etwas wissen möchte, sollte man es nicht davon abhalten.«

Sie schüttelte heftig den Kopf. »Was weißt du schon!«, herrschte sie ihn an, und zu Christiane gewandt: »Gib mir auf der Stelle diese Spielkarte! Die Bibel zu missbrauchen!«

Die Schule begann nach Dreikönig wieder. Sie behielt das Kind im Hause, bis es zu spät für den Unterricht war. »Du hilfst der Magd beim Hausputz zum neuen Jahr und wehe dir, du wagst es, einen Schritt vor die Tür zu setzen.« Sie deutete auf die Ruten, die in der Ecke hinter der Gardine lehnten. »Ich begleite Amalie auf den Markt. Auch sie darf man nicht ohne Aufsicht lassen.«

Bei der Heydele am Stand schwätzte die Köchin und hörte nicht mehr auf. Das war ihr recht.

Sie entschuldigte sich und eilte zu Tafinger. Keine halbe Stunde später langte sie mit bebendem Busen in der Charlottenstraße an. Impertinent, was sie in der Schule hatte erfahren müssen. Amalie war bislang nicht zurück. Christiane machte sich gerade an ihrem Sekretär zu schaffen. »Jetzt wühlt das Kind sogar in den Sachen der Eltern herum. So weit ist es mit ihm gekommen.«

»Ich sollte der Magd beim Abstauben helfen.«

»Das nützt dir nichts mehr. Du lügst. Ich komme von Tafinger persönlich und habe dich abgemeldet. Gegen Verstocktheit hilft auch die Schule nichts. Zahlen müssen wir bis Ostern. Da hat er sich nicht erweichen lassen. Gelobt hat er dich, du seist eine seiner besten Schülerinnen. Wie er deine Hilfsbereitschaft in den Himmel gehoben hat, dass ich nicht lache. Die täglichen Botengänge zur Post. Ich kann mir denken, warum. Erst war er untröstlich, dass er jetzt auf dich verzichten muss. Als er hörte, wie du ihn und mich hintergangen hast, hat er sich entschuldigt. Er dachte, dich zu fördern, wenn er dir Aufgaben gibt. Dein großes Interesse für Latein. Nein, nicht für die Sprache, für den Betrug hast du jeden Tag gelernt.« Sie holte ein Bündel aus ihrem Einkaufskorb. »Briefe von Luise Steinheil, deinem geliebten Louisle. Alle auf Lateinisch. Ihr seid mir feine Zwillinge, wie ihr euch nennt. Tafinger hat mir alles übersetzt. Du kannst mir nichts erzählen. Ich weiß, wie du über mich denkst. Schäm dich! Und Amalies Meinung ist keine bessere. Von meinem Gatten will ich gar nicht reden. Schändlich betrogen habt ihr mich alle.«

Mit den Ruten in der Hand ging sie fortan durchs Haus. Einen Streich für die Köchin und zwei für Christiane. Das Kind duckte sich weg. Es würde ihr genauso wenig entkommen wie Amalie. Sie hatte das Spiel gewonnen. Herzsieben gehörte ihr. Die Erziehung lag in ihren Händen, solange Ludwig nicht mit Ecksteinsieben dagegenhalten konnte.

Die Amme Rumetsch war mit der Spielkarte erneut nach Wien gereist, wie sie aus verlässlicher Quelle wusste. Eine geborene von Klein konnte warten. Die Amme kam zurück. Sie würde nicht von ihrem Milchkind lassen, dieser Pauline. Da war sich Elisabeth Hehl sicher. Bald hielt sie Ecksteinsieben in den Händen. Und wer beide Karten sein Eigen nannte, dem oblag auf Dauer die Erziehung des Kindes. Herzsieben war im Sekretär verwahrt. Christiane konnte ihn durchwühlen, sooft es sie begehrte, sie würde die Spielkarte niemals nicht finden. Nach Freudenstadt war der Gatte gereist, wie immer, wenn er ihr aus dem Weg gehen wollte. Neue Präparationstechniken mit Graf von Mandelslohe besprechen. Sie lachte leise in sich hinein und schlug sich mit den Ruten auf die Finger. Ausstopfen lassen sollte sie ihn, wie den Steinmarder, der grinsend über die Naturaliensammlung wachte und dem Kind Angst einjagte. Angst verhieß Respekt.

Für den Verbleib des Kindes musste sie eine Lösung finden, bevor ihr Gatte zurückkehrte und Ludwig sich etwas Neues einfallen ließ. Sie wollte sich nicht länger selbst mit Christiane herumärgern, sonst vergaß sie sich eines Tages noch und schlug sie tot. Was nicht in ihrem Sinne war. Dann hätte sie keine Aufgabe mehr. Am besten, sie brachte Christiane außer Landes.

Als sie nachmittags vom Seifen-Lenz zurückkam, hörte sie, wie Amalie in der Küche sagte: »Versteh doch, Nanette. Ich hab keine eigene Familie, und mein Bruder kann mich nicht aufnehmen. Ich werde mich mit Frau Bergrat nicht anlegen. Eine andere Stellung finde ich in diesem Leben nicht. Hunderte von Dienstboten überschwemmen die Stadt. König Wilhelm hat den Hofstaat verkleinert. Schau aus dem Fenster! Da kannst du sehen, wie es einem geht, wenn man nicht mehr gebraucht wird.«

Elisabeth Hehl holte tief Luft. Die beiden bemerkten sie nicht. Aus der Wohnstube sah sie, wie sich die Menschen die Charlottenstraße hochschleppten. Ihre eigene Stellung war sicher. Auf die Blitzableiter konnte König Wilhelm nicht verzichten, das hatte er ihr in der Audienz versichert. Von Christiane hatte er nichts wissen wollen.

12

Louisle, du weisst, dass du nicht so über den Bergrat sprechen sollst. Er ist kein Schwachmaticus, wie Friedrich zu dir gesagt hat. Unser Bruder kann gerne vorbeikommen und ihn in seiner Güte kennenlernen. Wir haben uns miteinander verschworen gegen Madame Hehl. Wenn sie neue Weidenruten vom Markt bringt, lässt er sie sogleich verschwinden. Nein, Louisle, er hat sich im letzten Herbst nicht davongestohlen. Er ist mein Vater und mir wohlgesonnen. Stets ist er zurück, bevor Madame Hehl etwas anstellen kann. Sie wollte Amalie entlassen. Stell dir das vor. Heute ist Markttag. Auch die Köchin steht jetzt unter Aufsicht und darf das Haus nicht ohne ihre Begleitung verlassen.

Das Wetter ist zum Glück milder geworden. Es kann nichts dafür, dass ich im Sommer nicht kommen durfte. Ihr seid krank gewesen, die Worte unseres Vaters. Doch halt! Hat wirklich *er* die Nachricht verfasst? In Kirchberg war ich niemals Christiane. Und das stand da geschrieben. Ich habe es selbst gelesen. Seine Handschrift war es. Aber es waren nicht seine Worte, sondern die von Madame Hehl. Einzig sie sagt Christiane. Das hätte mir auffallen müssen. Warum merke ich es erst jetzt? Ich soll den Bergrat um Hilfe fragen? Du hast recht. Viel Hoffnung bleibt mir nicht. Vielleicht sollte ich mich aus dem Leben bringen. Schon gut. Ich habe es ja bloß gedacht. Ich weiß, das ist Sünde. Ich bin nicht schuld.

Sie straffte sich und ging ins Arbeitskabinett. Der Bergrat stand am Fenster. Er hatte sie erwartet. »Liebster Vater, wenn ich Sie so anreden darf. Könnten Sie nicht Onkel Ludwig bitten, nach mir zu schauen? Mir ist heute recht übel.«

»Ich verstehe, was du meinst. Deine Mutter und er haben sich bös zerstritten, genauer gesagt, sie hat sich mit ihm überworfen und ihn des Hauses verwiesen. Es geht um diese Herzsieben. Du hast keine Schuld daran.«

»Oh doch. Ich hätte sie ihm damals in Kirchberg aushändigen sollen, als er es von mir verlangt hat. Nun ist sie verloren. Maman wird sie nicht wieder hergeben.«

»Nanette! Es ist eine Spielkarte, nicht das Leben.«

»Liebster Vater! Sagen Sie das nicht! Mein Herz, hören Sie nicht, wie es klopft? Mir ist ganz dumm im Kopf und im Bauch. Onkel Ludwig muss nach mir schauen. Und wenn er nicht kommen darf, könnten Sie Onkel Ferdinand nicht eine Nachricht zukommen lassen? Wilhelm als König, das hat mir kein Glück gebracht. Wir sollten arm sein, dann würde sich Katharina um uns kümmern.«

Der Vater strich ihr übers Haar, gab ihr keinen Kuss und schickte sie hinaus in den Garten.

Siehst du, Louisle, so ist es hier, du wolltest mir ja nicht glauben. Ich sollte sterben, wenn ich nicht mehr in der Welt sein darf und von allem abgeschnitten bin. Ich weiß, du bist nicht da und ich soll nicht gegen Gottes Willen sprechen. Wie kann ich das aushalten? Die Worte zu dir, die ich mir selbst vorsage, sind das Einzige, was mir bleibt, und ich weiß nicht mal, ob sie dich erreichen.

Die Heiligen Drei Könige kamen, und Maman ging Tee trinken. Die Königinwitwe lud jetzt nach Ludwigsburg. Es gab eine Atempause im Haus. Amalie sang in der Küche. Nanette hüpfte durch den Garten und spielte mit Louisle Himmel und Hölle. Der Vater rief sie zu sich.

»Deine Mutter will dich aus Stuttgart expedieren. Nach Königsfeld. Du sollst dort in der Mädchenanstalt erzogen werden. Vor zwei Tagen kam ein Brief. Sie hat ihn offen liegen gelassen. Ich sollte ihn wohl lesen und es dir erzählen. Ich bin dagegen. Onkel Ludwig ist ebenfalls nicht einverstanden. Mal sehen, was wir für dich zu tun vermögen.«

»Herr Vater, seien Sie bedankt. Bei Ihnen würde ich gerne bleiben. Lassen Sie Maman gewähren. Es ist besser, wenn ich in die Fremde gehe, damit Sie in Frieden leben können.«

»›Selten wird ein Mensch gut, dem es gar zu gut geht. Das Gewissen regt sich, wie die Fußzehen, am öftesten in grimmigem Frost.‹ Vertraue auf Jean Pauls Worte. Deine Mutter wird zu einer Einsicht kommen.«

Sie schüttelte den Kopf. »Mein Herz ist zum Schmerz erschaffen. Wie Sara Seldorf verliere ich alles, wenn ich der Heimat entsage, und gewinne mich selbst.«

»Lass das Theatralische in den Romanen, dort hat es seinen Platz. Eine Geschichte ist wie das Leben und mit ihm nicht zu verwechseln, mag sie auch noch so aufrührend sein.«

Kurz darauf wurde er mit sofortiger Wirkung pensioniert. Maman rang die Hände. Der Bergrat sagte nur: »Jetzt kann ich all die Nordlichter in Ruhe studieren. Nanette, mach dir keine Sorgen. Der König hat mich reichlich bedacht.« Er wies auf den rötlich gefärbten Himmel über dem Neuen Schloss. »Aurora borealis. Es gibt Schnee. Wilhelm ist ein guter Herrscher und spart auch an sich. Er hat das Bärenschlössle abreißen lassen und ein Jagdhaus aus Freudenthal dorthin versetzt. Stell dir vor, ein ganzes Haus, abgebaut und neu aufgerichtet. Wie es damals sein Vater gemacht hat, bevor du nach Stuttgart gekommen bist. Friedrich hat den Marstall und die katholische Kirche von der Solitude in die Stadt bringen lassen.«

Tränen schossen ihr in die Augen. »Sie sind versetzt worden, wie ich von Kirchberg nach Stuttgart. Das Jagdschloss, die Eberhardskirche und der Marstall dürfen bleiben und ich soll wieder fort. Louisle«, schluchzte sie, »ich hab dir viele Male geschrieben, bitte glaub mir. Pauline, schick deine Mutter vorbei, sie wird gewiss eingelassen. Herzsieben gehört ihr. Was habe ich getan?«

Der Vater bedeutete ihr, leise zu sein, und hauchte ihr einen Kuss aufs Haar. Wie wohl das tat! Sie schluchzte ein letztes Mal. Wenn nur Maman sie in Frieden ließ. Wie sollte ihr Leben weitergehen? Wie vor fünf Jahren war sie ans Haus gefesselt, und es war kein Ende abzusehen. Sie wurde im August schon dreizehn. An den Geburtstag mitten im Sommer konnte sie sich nicht gewöhnen. Ihr Gefühl sagte, sie sei zur Blüte der ersten Haselpollen geboren.

Mit dem Wetter behielt der Bergrat recht. In der Folge wollte es sich nicht beruhigen und wühlte sie jedes Mal auf. Auf das Nordlicht folgte ein heftiges Gewitter. Die Temperaturen stürzten ab. Sie strickte einen dicken Pullover und redete im Stillen mit Louisle. Mitte Februar versank Stuttgart im Schnee. Undenkbar, das Haus zu verlassen. Maman zeterte und zerrte an Amalie herum, die nicht gut genug mit den Vorräten haushaltete. Kaum war es milder, folgte ein heftiger Sturm, und schon morgens donnerte und blitzte es. Sie musste im Haus bleiben. Die Köchin durfte wieder alleine auf den Markt gehen.

»Hab Geduld«, sagte Amalie, »bald kommt das Frühjahr. Die Sonne lässt die Dinge in einem anderen Licht erscheinen.«

An einem dieser Markttage rief Maman nach ihr. Sie ging gesittet hinunter in die Wohnstube. Die Luft knisterte. Es wurde gefährlich still im Raum. »Nimm Aufstellung. Merke dir gut, was ich sage. Du wirst es nur einmal hören.«

Ganz gerade stellte sie sich hin, legte die Hände seitlich an den Körper und atmete ruhig. Im Innersten bebte sie. Sie wusste, was geschehen würde, und doch hoffte sie.

»Dein Verhalten zwingt mich, dich wegzugeben. Du kommst in eine Erziehungsanstalt. Nach Königsfeld im Schwarzwald. In die Herrnhuter Brüdergemeine. Merk dir das. Es heißt nicht Gemeinde. Sie sagen Gemeine. Von Gemeinschaft. Du hast dich unterzuordnen. Allein die allerstrengste Erziehung hilft noch. Du bist älter als zwölf. Ich musste erklären, warum wir dich so spät schicken. Du weißt, wie ich das hasse. Ausnahmsweise sei es möglich. Deine Lügen stürzen uns in die Armut. Aber ich lasse nichts unversucht, um dich auf einen rechten Weg zu bringen. Im Jahr kostest du uns zweihundertsiebenundfünfzig Gulden. Hast du gehört?«

Sie nickte. War brav. Was hätte sie sagen sollen. Maman hatte es sich selbst zuzuschreiben, wie das Kind geworden war. Schläge besserten einen Menschen nicht. Wie froh sie war, endlich wegzukommen. Sie hatte sich damit abgefunden und dankte im Stillen dem Bergrat, dass er sie gewarnt hatte.

»In Königsfeld lernst du, die Sachen der anderen zu respektieren. Du weißt, was ich meine. Deine Suche nach Herzsieben im Sekretär, impertinent. Ich weiß genau, dass du weiter gesucht hast. Ich hätte sie gleich in den Kuttereimer werfen sollen.«

Nanette grub die Fingernägel in den Handballen. Maman würde Herzsieben niemals fortwerfen. Die Spielkarte barg ein Geheimnis, da war sie endlich sicher.

»Nach dem Erziehungsplan in Königsfeld ist es die Regel, die Kinder weder bei Tag noch bei Nacht ohne Aufsicht zu lassen. Dem habe ich nichts hinzuzufügen. Nimm dieses Faltblatt und studiere es sorgfältig. Halte dich strikt an die gedruckten Worte. Sie gelten nun statt der meinigen. Vor Ostern wird uns eine Postkutsche nach Königsfeld bringen. Die Mühe der Reise werde ich selbst auf mich nehmen, ich traue niemandem mehr. Vor der Abreise musst du Kleider und Unterkleider mit deinem Monogramm versehen. Du weißt, wie du heißt. Steh nicht herum!«

»Warten Sie, Maman! Schon lange wollte ich Ihnen Amalies Rezepte aus der Schlossküche geben. Ich habe sie alle notiert, wie es Ihr Begehr war. Nur die Chocoladentorte fehlt. Ich hole meine Aufschriebe sogleich. Amalie wird mir dankbar sein, dass ich ihr die Arbeit abgenommen habe. Einen Moment! Ich bitte Sie! Überdenken Sie Ihre Entscheidung. Fern der Heimat kann ich Ihnen nicht zur Seite stehen. Lassen Sie mich in der Residenz bleiben. Ich werde mich bessern und keinen Deut mehr abweichen vom Weg, den Sie mir weisen. Einzig Sie wissen, was gut für mich ist.«

Was redete sie da? Wie sollte sie jetzt in den Spiegel schauen? Sie hatte Amalie verraten.

»Bezähme dich und hüte deine Worte. Dafür werden sie in Königsfeld sorgen. Die Chocoladentorte ist wichtig. Schreib mir das Rezept vor der Abreise auf. Geh ins Nähzimmer.« Sie wies zur Tür.

Entlassen war sie wie eine Bedienstete. Mit dem kleinen Finger bohrte sie in den Ohren herum, bis es blutete. Ihr Leben war vertan. Das Rezept für die Chocoladentorte hatte sie gestern notiert und bereute es zutiefst. Amalie würde ihr das nie verzeihen. Sie hatte es selbst zu verantworten.

Im Nähzimmer griff sie in die Schürzentasche und tastete nach Herzsieben, wo keine war. Es war, als ob sie die

Ränder der Farbzeichen spürte. Sie streichelte das Eselsohr und bat die Karte um Verzeihung. Warum hatte Onkel Ludwig sie ihr geschenkt? Welch unseliger Tag. Was hatte er damit bezwecken wollen? Sie war erst fünf gewesen. Ihr linkes Bein zuckte. Eine Mutter wie auf Herzsieben sehnte sie herbei, eine, die sanft lächelnd im Kreise ihrer Kinder auf dem Kanapee saß. Die sieben Herzen leuchteten und standen kopf. Hatte Onkel Ludwig darauf angespielt? Dass ihr das Herz bald verkehrt im Leibe stehen würde?

Sie griff nach der Sticknadel. Ein großes C und ein kleineres H. Christiane Hehl. Ihr Name. So wollte sie heißen. Wenn sie bloß gewusst hätte, wo das war: Königsfeld.

Der Vater zeigte ihr abends eine topografische Karte. Sie fuhr mit dem Finger die Strecke nach. Im Schwarzwald. In Baden. Aber nahe an der württembergischen Grenze. Trotzdem mehr als zwanzig Stunden entfernt.

»Wir haben alles versucht«, sagte er. »Deine Mutter hat sich nicht abhalten lassen. Weckherlin meint, es sei besser, wenn du nicht in Stuttgart bleibst. Ich fürchte, er hat recht. Falls wir uns gegen die Entscheidung stellen, wird es dir übel ergehen. Deine Mutter will dich dann zu einem Bauern auf der Alb geben.«

Sie öffnete das Fenster. Schneeflocken tanzten herein und schmolzen in der Luft. Der Vater küsste sie auf die Stirn und ließ sie alleine. Fast wurde ihr Gemüt wieder heiter.

VIERTER TEIL

Die Herrnhuter Mädchenanstalt

Prolog

Auf der Weinstaig stampften die Pferde die erste Meile mühsam in den gefrorenen Boden. Die Postkutsche ächzte und klebte an der Residenz, wollte nicht auf die Degerlocher Höhe und musste doch. Der Himmel senkte sich auf den Wagen herab. Keine Richtung war mehr auszumachen im Schneegrau, aus dem Regen fiel. Im Waldenbucher Tal hing Nebel und kroch zum alten Schloss hinauf. Die Poststation fertigte die Kutsche vor der Zeit ab. Es tagte und wurde nicht hell. In Tübingen kauten sie Rosinenweckle mit saurer Milch zum Frühstück. Die geheimen Gemächer waren besetzt. Hinter Rottenburg überquerten sie auf einer schmalen Brücke eine tiefe Schlucht. Ein froher Schrecken beim Anblick des Entsetzlichen, besser als jede Erziehung. Madame Hehl. Wie der Altschnee in der Sonne glitzerte. Bald wusch ihn der Regen weg und löschte das Stuttgarter Leben aus. Der Neckar rauschte und schäumte zwischen den hohen Felsen. Das Schmelzwasser riss alles mit sich. Sie schaukelten durch enge Dörfer und warfen den Kindern Zuckerstücklein in die Wohnstuben. Riesige Barbierbecken und Brezeln hingen an Stangen auf die Straße. Im Hohenzollerischen war der Schlagbaum offen. Der Kutscher gab den Pferden die Peitsche. Sie wieherten und griffen weit aus. Hinter ihnen ertönte das Horn des Zolleinnehmers. Im Donner der Hufe flogen sie dahin und hielten erst in Sulz. Dort gab es keine frischen Pferde. Der Metzger half mit alten Mähren aus. Es begann zu schneien, aber die Flocken schmolzen wieder. Bei Schramberg steckten sie im Matsch. Zwei Ochsen zogen sie heraus. Die Straße war so schmal, dass niemand aussteigen konnte. Im Schritt tasteten sich die Pferde später voran. An der Grenze zum Badischen forderte der Zolleinnehmer Wegegeld. Sie sangen: »Großer König sei mit uns.« Ihre Stimmen vereinten sich zu einem Chor. Der Badener ließ ihre seltsame Fuhre fahren. Vier Mädchen aus Stuttgart auf dem Weg nach Königsfeld. Dabei eine Gouvernante und eine Frau, die sich Mutter nannte. Die Sonne stand blass und fahl am Himmel.

Völlig zerschlagen erreichten sie nach zwei Tagen und einer Nacht die Poststation in Krum Schiltach. Dort wartete ein Wagen aus Königsfeld, der nur mit einer Plane gedeckt war. Der Kutscher trug eine schwarze Kappe und einen langen dunklen Mantel und stellte sich mit Bruder Seiler vor. Er lud sie auf wie Gepäck. Seine Hände, groß wie Bratpfannen, steckten in dicken Strickhandschuhen. Bei Peterzell ging es auf die Höhe. Die Pferde trugen Decken und dampften aus den Nüstern. Der Wagen rumpelte, bewegte sich kaum vorwärts, es war, als ob sie auf der Stelle fuhren. Steine knirschten, ihr Gefährt schwankte. Ein Rad krachte in ein Loch. Auf der Höhe tanzten Schneeflocken mit Sonnenstrahlen. Die Pferde zogen an und fielen in leichten Trab. Rechts lag ein großer Platz, links eine Häuserreihe. Die Sonne verschwand hinter den Bäumen. Sie bogen ab. Die Kutsche hielt, die Gäule äpfelten und brunzten. Knaben liefen in Zweierreihen über die weite Fläche, blieben vor dem Brunnen in der Mitte stehen und riefen: »Willkommen im Land des Herrn! Willkommen auf dem Feld des Königs!«

1

Louisle, komm her. Mich friert es. Ganz alleine stehe ich auf diesem Platz, der zu groß ist. Da ist ein Brunnen, ein schmales Rinnsal läuft ins Becken. Der Planwagen mit Madame Hehl ist von der Höhe verschwunden. Sie hat sich nicht umgedreht. Zu mir. Schneeflocken wirbeln mich durch die Luft. Louisle, wo bist du?

Im nächsten Moment hätte eine Windböe sie fast umgerissen. Was Louisle mit ihr machte. Nanette rannte zu einem Gebäude, aus dem einige Mädchen kamen.

Ein hellgraues Kleid zog sie zur Tür herein. »Damit uns der Sturm nicht das Haus fegt! Ich bin Schwester Raillard, eure Erzieherin.« Tief und warm war die Stimme. Eine Öllampe hüllte den Windfang in ein heimeliges Licht. Blaue Augen musterten sie gütig. Die Schwester nahm ihr den Umhang ab. Sie standen dicht beieinander und waren sich nicht fremd. Wie bei Amalie und Gottliebin. Und bei der Kirchberger Mutter. Auch wenn sich ihr Kopf nicht erinnerte, ihr Leib kannte diese verborgene Stelle im Herzen. Schwester Raillard legte ihr die Hand auf die Schulter, zart wie das Streicheln einer Feder, und schob sie durch eine Tür. In einer warmen Stube plauderten Mädchen und Schwestern. Ein vertrautes Gemurmel hing im Raum, niemand tat sich hervor, alle waren sie eins miteinander. Helle Holzmöbel gaben dem Zimmer eine freundliche Note.

Die Mädchen aus der Kutsche kamen herein, gefolgt von einer Schwester, die in die Hände klatschte. Sofort war es still. Ein kalter Hauch kroch durch die Luft. »Ich bin eure Lehrerin, Schwester Schatz. Willkommen zum Liebesmahl!«

Sie teilte dampfenden Tee und Rosinenbrötchen aus. Für jeden gab es eines. Nanette knabberte daran, obwohl sie es am liebsten mit einem Bissen vertilgt hätte.

Schwester Raillard legte den linken Zeigefinger ins Grübchen am Kinn. Eine Geste, die ihnen gemeinsam war. Schmal und schlank war sie, hochgewachsen und behände in ihren Bewegungen. Nur ihr kleiner Kopf passte nicht auf den Körper, der mehr zu wissen schien, als sie an Jahren zählte.

»*Fraget nach dem Herrn und seiner Macht*«, sagte Schwester Schatz. »Das ist unsere Tageslosung. Wir preisen den Herrn!« Sie nahm sich ein zweites Rosinenbrötchen. Eine breite Narbe zog sich von der rechten Braue bis zum Haaransatz. Nanette konnte die Augen nicht abwenden.

»Schau genau hin und halt dich von Kühen und ihren Hörnern fern. Du bist wohl der verspätet angemeldete Zögling aus Stuttgart. Zu dir kommen wir noch.« Sie beugte sich vor und tätschelte dem kleinsten der neuen Mädchen die Wange. »Unsere Comtesse. Sie ist die einzige Tochter der Freifrau von Kahlden, einer geborenen von Maucler. Daneben Josepha, ihre Großcousine.«

Großcousine? August! Der Kirchberger Großcousin. Nicht an ihn denken. Gerade hatte sich das Unglück von ihr abgewandt, da wollte sie es durch ihre Gedanken nicht wieder einladen. Josepha hatte ein gemütliches Gesicht, das keinem etwas zuleide tat. Und gegen Schwester Schatz konnte sie bestehen. Madame Hehl war schlimmer. Nanette strich ihr Kleid glatt.

»Das hier ist Constanze, Tochter des Geheimen Justizrats von König. Sie wird mit Josepha bei uns konfirmiert. Beide sind dreizehn. Die Comtesse wird bald sieben.«

Nanette drehte die Zahlen im Bauch hin und her. In ein paar Monaten wurde auch sie dreizehn. Nicht ungewöhnlich also, so spät oder früher als mit acht nach Königsfeld zu kommen. Es war wie bei Tafinger. Madame Hehl beschloss, was Wahrheit war. Nanette schmerzte die Brust, bald wuchs ihr ein Busen wie Constanze, die unter ihrem Schultertuch verbarg, was sich nicht ändern ließ, und Madame Hehl erzürnen würde.

»Dann haben wir da Nanette Hehl aus Stuttgart, die ihre Augen nicht niederschlägt, wie es sich geziemt.«

Das Monogramm passte nicht. Sie hatte Christiane sein wollen, wie Madame Hehl es wünschte, und blieb Nanette. Es war ihr recht und wieder nicht.

»Wie ich sehe, hörst du mir nicht zu. Wie vorhin bei eurer Ankunft. Die anderen sind mir in den Kirchensaal gefolgt. Du hast Löcher in den Himmel gestarrt. Deine Mutter hat mir aufgetragen, streng mit dir zu verfahren. Du wäschst nachher das Geschirr. Alleine. Nanette! Ich rede mit dir!«

Sie schwieg. Was hätte sie sagen sollen. Madame Hehl war also nicht abgereist, ohne es ihr in Königsfeld schwerzumachen. Ob die Mutter einem immer derart fremd war, danach wollte sie die anderen bald fragen.

Schwester Schatz schüttelte den Kopf und klatschte erneut in die Hände. »Die neuen Zöglinge richten jetzt ihre Schlafstätten her. Heinrike, du bist die Älteste hier. Zeig ihnen alles. Deine Haube ist verrutscht. Achte auf dich. Du bist die Nichte des Justizrates. Führe die Comtesse zuerst hinauf. Ein freies Bett am Fenster ist für sie.«

Schwester Schatz wandte sich zur Tür. Ihr hoher Busen hob und senkte sich in einem Tempo, dass es einem den Atem nahm. Die grauen Augen sagten nicht die Wahrheit. Nanette hätte nicht sagen können, warum. Solche Brüste wollte sie nicht, aber das konnte sie sich wohl nicht aussuchen. Heinrike trug die ihren stolz vor sich her. Schwester

Raillard legte Nanette die Hand auf den Rücken. Wie gut, eine Hand als Stütze zu haben.

Im Schlafraum standen die Betten mit den Kopfenden zueinander in den Ecken. Die Mitte des Raumes nahm eine große Truhe für die Wäsche ein, unverrückbar, wie eine feste Burg. Dahinter gab es ein weiteres Lager. Schwester Raillard wies es ihr zu. Der Vorhang gegenüber trennte einen Alkoven ab. Dort schlief Schwester Raillard. Nanette atmete tief in den Bauch, wo es hüpfte und sich freute.

»Der Blinde vertraut sich der göttlichen Führung an, wo immer sie sich zeigt«, flüsterte Schwester Raillard ihr vor dem Schlafengehen zu. »Das Kind, das ich einmal war, ist zu mir gekommen, wie ich es vorausgesehen habe.«

Nanette strich sich über die Augen, die blind waren und doch sahen. Das Geschirr hatte der Küchendienst gewaschen und abgewunken. Niemanden schien es zu kümmern, was Schwester Schatz anordnete. Schwester Raillard half ihr ins Nachthemd, deckte sie mit dem Federbett zu und holte vom Ofen einen heißen Stein, den sie ihr ins Bett schob.

Leise zog sie den Vorhang zur Seite, legte ihre Haube ab und öffnete die dunklen Haare, die sich in leichten Wellen über Schultern und Brust ergossen. Zur Nacht flocht sie sich locker einen seitlichen Zopf, wie Nanette im flackernden Schein der Lampe sah. Sie setzte sich auf und tat es ihr gleich. Das Licht warf lange Schatten und erlosch. Im Schutz der Dunkelheit legte Schwester Raillard ihr kurz die Hand auf die Stirn, bevor sie sich zu Bett begab.

Nanette schob ihre Linke aufs Herz und fühlte dort die Spielkarte mit den sieben Herzen. Aus ihrem Herzen kam die Stimme von Schwester Raillard, obwohl nichts zu hören war außer dem Heulen des Schneesturms, der um das Dach fegte. Gemeinsam atmete sie mit Schwester Raillard. Die ganze Nacht schien deren Hand auf ihrem Haar zu liegen. Es war, als ob sie endlich bei sich angekommen sei. So hatte sie es sich nicht vorgestellt. Aber es war gut, wie es war.

»*Sie geben mir Galle zu essen und Essig zu trinken in meinem großen Durst.* Das ist unsere Losung, die uns durch den Tag begleitet. Lasset uns beten«, sagte Schwester Raillard am Karsamstag. Wie alle kniete Nanette vor dem Bett nieder. Der Atem gefror in der Luft. Das Gebet war kurz. Sie eilten zu den geheimen Gemächern. Nacheinander verschwanden sie hinter einer der drei Türen, leerten den Nachttopf und machten ihre Geräusche. Schwester Raillard leuchtete und mahnte, dass es nicht zu lange dauern dürfe, man solle nicht nur an die eigenen Bedürfnisse denken. Anschließend gingen sie in den Waschraum und bürsteten die Zähne. So rasch wie möglich liefen sie zurück in die Schlafstube. Es dämmerte schon. Eine Glocke schlug hell.

»Reden wir mit Gott!« Schwester Raillard sang: *»In dir ist Freude in allem Leide, o du süßer Jesu Christ.* Richtet die Betten. *Durch dich haben wir himmlische Gaben, du der wahre Heiland bist.«*

Hinter dem Vorhang kleidete sie sich an und sang dabei weiter. Nanette folgte ihrer Altstimme im hellen Chor der anderen, die nach unten in die Stube gingen. Kurz bleiben wollte sie noch und strich mit dem Zeigefinger über das Monogramm auf ihrer Wäsche. Sie war nicht die, die sie war.

»Nanette? Mein Zopf mag die Haube heute nicht. Kannst du mir helfen?«

Sie sprang zu Schwester Raillard hinüber. Diese hielt sie plötzlich inne.

»Hörst du? Schwester Schatz ruft nach dir. Nimm deinen Mantel. Lauf!«

Unter ihren Schnürstiefeln knirschte der Schnee, und die Sonne blendete sie, während sie neben Schwester Schatz einherging. »Ich hoffe, dass dein Vater seine Krankheit bald überwindet.«

Der Bergrat krank? Niemals hatte sie ihn so erlebt. Was ging da wieder vor? Quer über den Platz liefen sie zum Gemeinlogis. Keine Wäsche flatterte mehr, alles wirkte aufgeräumt, als ob hier nur Gäste empfangen würden.

»Nanette, lass dich nicht verführen. Ich habe deiner Mutter versprochen, auf dich acht zu geben.«

Im Gemeinlogis schritt ein vornehmer Herr in der Gaststube auf und ab und musterte sie. Woher kannte sie ihn? Er schob sie die Treppe hinauf. Ihr schwindelte. Was ging da vor sich? Schwester Schatz hatte er weggeschickt.

Die Tür zu einem Eckzimmer öffnete sich. »Nanette! Du bist es! Verzeih mir. Ich hab dir Unrecht getan. Wenn ich das gewusst hätte.« Pauline schloss sie in die Arme. »Ich war so oft bei euch. Deine Mutter hat mich stets abgewiesen. Tafinger hat bekanntgegeben, dass du vom Unterricht abgemeldet bist. Wir durften nicht mehr über dich sprechen. Deine Sachen aus der Bibliothek sind verschwunden.«

Die Freundin zog sie mit sich. Nanette sog den Geruch nach Zuckerstangen ein, der in Paulines Haaren hing. Zögernd reichte sie Gräfin Jenison die Hand. »Verzeihen Sie bitte meinen Auftritt letztes Jahr im Juni. Ich war aufgeregt. Unnötig war das, wenn ich es aus einem gewissen Abstand betrachte. Man wird der Dinge schneller verlustig, als man denkt. Und dann stellt man fest, dass einem nichts fehlt.«

»Vielleicht ist es nicht die schlechteste Lösung, dass du jetzt hier in Königsfeld bist«, sagte Graf Franz, den sie zuerst nicht erkannt hatte. »Zu oft hat man dich zum Spielball bestimmt. Recht war das nicht, wie man dein Schicksal gelenkt hat. Wenn du nach der Konfirmation zurückkommst, kannst du neu anfangen, und die alten Geschichten sind vergessen. Gib daher mir diese Herzsieben, die du sicherlich bei dir trägst.«

»Meine Mutter verwahrt sie. Eine Spielkarte ist nichts für ein Kind. Sie bedauert es, mich so lange zu Pflegeeltern gegeben zu haben, und will alles wieder gut machen. Keine Kosten scheut sie dafür. Die Mädchenanstalt in Königsfeld ist hoch angesehen.«

»Dann beschließen wir diese alte Geschichte, liebste Frau.« Graf Franz rieb sich die Nase. »Es ist ungesund, die Vergangenheit ständig umzurühren. Lasst uns zum Essen gehen. Nanette, du gibst uns doch die Ehre?«

Sie nickte und schlug die Augen nieder. Die Wahrheit war nicht, wie sie es darstellte. Graf Franz ging voraus. Wenn sie selbst hätte glauben können, was ihr da in den Sinn gekommen war. Madame Hehl bedauerte niemals etwas.

Bruder Seiler brachte eine Suppe vom Sauerampfer mit Eierklößchen. Schnell sprach sie das Tischgebet. Am Anfang sei das Gemeinlogis Wohnhaus und Gasthof, Versammlungsort und Betstätte zugleich gewesen, hatte Schwester Hammerum erzählt. Sie war die Vorsteherin des Schwesternhauses und ließ sich nichts sagen von Schwester Schatz. Eine Hoffnung, wie Schwester Raillard.

In der Gaststube sah es aus wie in einer Poststation. Dunkle Holzbänke standen ringsherum an den Wänden. Hinter einer Schanktheke hantierte Bruder Seiler trotz seiner großen Hände geschickt mit den Gläsern. Kurz darauf stellte er für sie alle Fastenbier auf den Tisch. Seine Frau trug eine Schüssel mit Buabaspitzle herein und er brachte eine eiserne Pfanne mit gedünstetem Sauerkraut. Stücke von gekochtem Karpfen schwammen darin. So ein üppiges Mahl war ihr lange nicht mehr vergönnt gewesen. Und niemand tadelte sie, weil sie sich nahm, bis sie satt war.

Nachmittags führte Bruder Veiel, der an den Feiertagen als Fremdendiener diente, Graf Franz und Gräfin Jenison durch den Ort. Nanette wich nicht von Paulines Seite. Vieles gäbe es zu erzählen, was aber nicht für die Ohren der Eltern taugte. Also hielten sie sich bloß einvernehmlich an den Händen und liefen hinter ihnen her.

Bruder Veiel bog beim Bäcker um die Ecke, und auf einmal lag ein Hauch von süßer Milch in der Luft. Nanette blieb stehen und schnupperte, obwohl sie nicht hungrig war. Heute nicht. Pauline ging alleine weiter.

Nanette drehte sich um die eigene Achse, aber da war niemand. *Schlafe, Prinzesschen, schlaf ein*, sang es in ihr und wiegte sie. Selig schloss sie die Augen, für einen Moment, dann würde sie Pauline und ihren Eltern nacheilen. Gleich. *Schlafe, Prinzesschen, schlaf ein.* Gar zu wunderbar war dieser Tag.

»Nanette! Du träumst! Am helllichten Mittag. Wie gut du es hier in Königsfeld doch hast.«

»Gottliebin! Wo kommen Sie her? Pauline wird bis in den Himmel hüpfen. Warum waren Sie nicht beim Gästemahl?«

»Ich bin soeben erst aus Wien gekommen. Ein rechtes Gewusel hier auf der Höhe, da dachte ich, es fällt nicht auf, wenn ich mich daruntermische. Paulines Eltern nehmen mich morgen mit nach Stuttgart. Auf diese Weise habe ich einen gewissen Schutz vor Frau Bergrat, die gedroht hat, meine Wohnung erneut durchsuchen zu lassen, um sich ihr Eigentum zurückzuholen. Ecksteinsieben. Du hast danach gefragt, als ich dir damals Paulines Schuhe gegeben habe. Ganz recht hast du es gesehen, dass sie auf dem Sims stand. Verzeih, dass ich es geleugnet habe. Es ging nicht anders. Du kennst Pauline und wie sie es liebt, etwas erzählen zu können. Hier, nimm die Spielkarte. Niemand darf sie sehen. Zeig sie nicht her. Um keinen Preis. Sonst gibt es ein Unglück.«

Gottliebin schob ihr die Karte in die Rocktasche und nahm sie bei der Hand. Sie gingen weiter. Wie weich ihre Finger waren und wie zärtlich ihre Stimme klang. An ihr hing dieser Duft, jetzt wusste sie es, süß wie frische Milch, auf der die Sahne schwamm. Sie musterte Gottliebin von der Seite. Die blonden Haare hatte sie zu einem französischen Zopf geflochten und am Hinterkopf hochgesteckt. Das hätte sie selbst nicht besser gekonnt.

»Kommen Sie, wir gehen zu Bruder Veiel in den Pferdestall. Da können wir ungestört reden. Ich will sofort wissen, was es mit Ecksteinsieben auf sich hat. Ist das ein Verwirrspiel! Erst wollen Sie mir die Spielkarte nicht überlassen und leugnen sogar, dass es sie gibt. Pauline ist daran nicht schuld. Und nun begehrt Gräfin Jenison Herzsieben. Kommt deswegen bis nach Königsfeld. Ich würde mir gerne einen Reim darauf machen. Verraten Sie mir, wie hängen die Dinge zusammen? Herzsieben habe ich leider an Madame Hehl verloren.«

»Du hast *was*? Gib mir Ecksteinsieben sofort zurück! Still, ich höre Pauline. Vergiss nicht, was ich gesagt habe. Lauf ums Eck, komm von der anderen Seite, sonst ist sie wieder eifersüchtig. Sag ihr nichts von Ecksteinsieben, um des Himmels willen, schweig! Gib sie mir nachher zurück.«

Nanette stampfte mit dem Fuß auf. Konnte man sie denn nicht in Ruhe lassen mit den Spielkarten? Sie sollte Ecksteinsieben nehmen und zerreißen und die Fetzen in den Abort werfen.

Wenig später saß sie im Kirchensaal neben Pauline im Chor der Mädchen. Die Freundin hatte die roten Bänder der Mädchenhaube bewundert und sich erklären lassen, was es mit den Chören auf sich hatte. Im Kirchensaal saßen die Knaben zusammen und die unverheirateten Brüder getrennt von den verheirateten. Ein jeder hatte seinen Platz. Niemand konnte verloren gehen. Sie saßen im Mädchenchor. Schwester Raillard und Schwester Schatz im Chor der unverheirateten Frauen. Die Bässe der Orgel fuhren Nanette tief in den Leib. Sie dankte Gott für die Freundin und bat ihn inständig um Verzeihung, weil sie mit den Spielkarten gehadert hatte. Er allein wusste, warum er sie mit Ecksteinsieben auf die Probe stellte. Undenkbar, dass sie die Karte an Gottliebin zurückgab.

Im Traum fiel sie kopfüber aus dem Himmel. Ein Sterntaler. Einer von sieben Engeln. Zwei Ecksteine als Flügel. Nanette hatte Ecksteinsieben in der Bibel verborgen, die auf dem Nachttisch lag. Sie war von gleicher Hand gezeichnet wie Herzsieben. Warum hatte Gräfin Jenison geleugnet, dass die Spielkarten von ihr waren? Und nun hatte sie Graf Franz vorgeschickt, um nach Herzsieben zu fragen. Sieben fallende Engel und Herzen, die auf dem Kopf standen. Wenn sie fleißig betete, blieb das Herz auf dem rechten Fleck. Alles hatte sie zurücklassen wollen, und so schnell war sie eingeholt worden. Sie entkam sich nicht. Die Spielkarten gehörten zu ihr. Wie konnte sie ihnen ihr Geheimnis entlocken?

Am Ostersonntag jubelte der Chor. Wie eine Kerze auf dem Wasser schwamm sie auf der Melodie. Gleich Pauline baumelte sie mit den Beinen. Sie ermahnte sich und faltete die Hände. Ganz in Weiß gehalten war der Saal, bis auf die Bänke aus dunklem Holz, die in geraden Reihen standen. Kein Kreuz, keine Narzissen und Tulpen. Wie apart würden sie aussehen, zusammen mit Ringelblumen und Rittersporn. In Kirchberg war der Boden im kleinen Wäldchen nahe der Wiese sicher schon mit Buschwindröschen übersät. Louisle, hier ist noch Winter. Die Gardinen an den hohen Fenstern ließen nur ein dämmriges Licht herein. Sie wischte sich über die Augen. Neben Pauline saß sie und dachte an Louisle. Welch ein Unsinn ihr Kopf heute wieder bereithielt. Sie bat den Herrn erneut um Verzeihung. Er hatte ihr Pauline geschickt. Mit ihr reihte sie sich ein ins Vaterunser.

Nach dem Gottesdienst kam Bruder Plitt zu ihr. »Nanette kommt von Anna und heißt die Begnadete. Sei stolz auf diesen Namen, wie er in unseren Büchern steht.«

»Das ist recht gesprochen«, sagte Graf Franz und nahm sie mit ins Gemeinlogis. »Nanette, ich werde bei Bruder Göpp ein Taschengeld für dich hinterlegen, damit du Pauline schreiben kannst. Komm, Charlotte, lassen wir die Mädchen eine Weile für sich.«

Gottliebin schloss sich den beiden an, aber nicht, ohne sich umzuwenden und Nanette die offene Hand hinzuhalten. Sie schüttelte den Kopf. Unversehens war sie alleine mit der Freundin. Wider Willen schossen ihr die Tränen in die Augen. »Darf ich nicht mit euch zurückfahren? Bei euch bleiben? Ich mache keine Umstände und helfe im Haushalt.«

»Schau mal, hier, ich hab dir zwei Bücher von Therese Huber mitgebracht. Du musst das Beste aus deiner Lage machen. ›Das Urtheil der Welt‹ spielt bei den Herrnhutern, dagegen kann niemand etwas haben. Und dann einen Roman, der schlicht ›Luise‹ heißt. Beide mögen dir die Zeit vertreiben. Schreib mir, wie mein Vater gesagt hat. Wir können uns austauschen wie damals bei Tafinger, als wir zusammen heimlich ›Die Familie Seldorf‹ gelesen haben.«

Therese Huber, wie gut würde sie zu den Herrnhutern passen mit ihrer Haube. Sie wischte die Tränen ab. Es half nichts.

»Du wirst Stuttgart nicht wiedererkennen, wenn du nach deiner Konfirmation zurückkommst«, meinte Graf Franz später. »Sei froh, dass du den vielen Baustellen entkommst. Es gibt jetzt einen Generalbauplan. Der König hat Thouret beauftragt. Hier auf der Höhe ist es ruhiger. Du bist zu beneiden. Lern fleißig und schreib Pauline. Sei brav. Ein Vorbild für alle.«

Beim Abschied umarmte Gottliebin Nanette inniglich und tat so, als wolle sie ihr in die Rocktasche langen. Wie gut, dass Ecksteinsieben im Schlafsaal in der Bibel war.

Die Gräfin räusperte sich. Gottliebin wandte sich um und schlug die Hände vors Gesicht. Pauline begann zu schluchzen und hielt sich an Nanette fest. Die Gräfin musste sie gewaltsam trennen.

Die Kutsche des Grafen Franz von Heidelberg fuhr noch am gleichen Abend ohne Nanette und ohne Ecksteinsieben ab. Wie sollte sie es alleine aushalten bis zur Konfirmation? Sie wollte zurück, nach Stuttgart, in die Heimat, doch nicht zu Madame Hehl. Immer wieder schlug sie sich auf die Hände. Wusch sie im Brunnen. Rot und rissig mussten sie sein. Der Schmerz verscheuchte den Kummer. Schwester

Schatz rief nach ihr. Sie rannte weg und versteckte sich zwischen den Glaskolben von Veiels Sohn. Er setzte in einem kleinen Anbau zum Pferdestall seinen Likör an. Dort verbrachte sie die wenigen unbeaufsichtigten Viertelstunden. Schwester Schatz würde ihr das Essen kürzen. Einerlei. Sie nahm Ecksteinsieben aus der Schürzentasche und presste sie an sich. Alles, was ihr blieb, steckte in ihr.

Der Ostermontag verging für sie mit Gebeten und Buße. Sie hatte Spuren auf dem frisch geharkten Platz hinterlassen. »Die Buße ist nicht deswegen«, sagte Schwester Schatz, »sondern weil du leugnest, dass sie von dir sind.«

»Aber es waren Sie, die mich über die frisch geharkte Fläche geführt haben!«

An diesem Abend durfte sie nicht mit den anderen beten, lag stattdessen alleine mit dem Gesicht zur großen Truhe.

»Du vernachlässigst deine Pflichten, Nanette Hehl. Du hast bislang nicht an die Mutter geschrieben«, sagte Schwester Schatz am nächsten Tag.

»Gestern konnte ich nicht schreiben, wegen der Buße. Die Dinge sind später immer anders, als über sie gesagt wird.«

Sie wünschte sich, Graf Franz hätte gehört, was ihr Unsinniges vorgeworfen wurde.

Vor dem Sommer braute Bruder Seiler obergäriges Bier. »Jungbier« nannte er es, das passte zu ihnen. Sie sollten sich nicht am Gest auf der Oberfläche stören, das seien die Bläschen von der Hefe, sagte er. Mittags und abends gab es einen Krug zum Essen, den nur sie von sich schob und den Kopf schüttelte. »Bier habe ich schon oft getrunken, aber doch kein unreines Wasser!« Einmal stand Schwester

Schatz daneben und stemmte die Hände in die Hüften. Bei der nächsten Mahlzeit setzte sie ihr persönlich einen Humpen vor. »Trink!«, sagte sie. Es war ein stechend riechender Seich. Schwester Schatz hob ihr den Krug an die Lippen und zwang sie, ihn in einem Zug auszutrinken. Zum ersten und einzigen Mal weinte Nanette bitterlich und wollte sich nicht trösten lassen von den anderen. Seit sich Schwester Schatz mit Bruder Jacky, dem Arzt, hatte verheiraten müssen, weil das Los es bestimmte, war sie unleidig. Das entschuldigte indes nicht alles.

Die Gemeine begann mit dem Bau der neuen Knabenanstalt. Nicht genug, dass die Mädchenanstalt erweitert wurde. Von Ruhe keine Spur. Die anderen Mädchen wetteten, wer zuerst umziehen würde. Äpfel oder Birnen, die noch nicht geerntet waren, kamen zum Einsatz. Ein Spiel. Sie machte wider Willen mit und wurde als Einzige von Schwester Schatz getadelt.

Als die Tage kürzer wurden, saßen sie mit Schwester Hammerum in der warmen Stube und häkelten feine Spitzen. »Ihr müsst sämtliche Geschäfte zu Liturgien machen. In allem huldigen wir Jesum, aber wir erwerben uns auch eine ökonomische Unabhängigkeit, wenn wir unser Brot selbst verdienen. Den Männern gegenüber haben wir so einen anderen Stand. Zinsendorf hat gesagt: *Das Himmelreich ist einem Sauerteig gleich, den ein Weib nahm und vermengte ihn unter drei Scheffel Mehls, bis dass er gar durchsäuert war. Das Weib aber macht, dass es recht geht, wie es soll, das ist der Heilige Geist.*«

Das wollte sie sich zu eigen machen. Sie häkelte mit Inbrunst und dachte an Sara Seldorf und die Tochter, die sie gebar. Schwester Schatz erwartete im kommenden Sommer ihr erstes Kind. Bald konnte sie nicht mehr unterrichten. »Eine Tür geht immer auf.« Das hatte Schwester Raillard gesagt.

Bei der Einweihung der Knabenanstalt, die nun doch die Ersten waren mit dem Umzug, bekam einer der Zöglinge einen Husten und starb bald darauf. Ob das der Heilige Geist war? Oder war sie schuld, weil sie gewettet hatte? Johannes Raillard aus Basel. Schwester Raillard beteuerte, sie sei nicht verwandt mit ihm.

Die Schwermut fiel erst zum Advent von ihr ab. Die neue Lehrerin, Schwester Battier, spielte mit ihr die Orgel zu vier Händen. Ein Brausen und Jubilieren hing in der Luft. »Ich lebe, mein Herze / Du lebest, mein Jesu«, sangen sie. Nanette atmete verhalten auf.

Zum Wandelabend am ersten Advent besuchten die Mitglieder der Gemeine die geschmückten Stuben der Mädchen. Nanette meinte, ihre Geschenke, die sie nach Kirchberg geschickt hatte, am Fenster baumeln zu sehen. Gefaltete Papiertauben und goldene Tannenzapfen. Am folgenden Tag waren sie verschwunden. Sie hatte sich etwas eingebildet. Ein Vorwurf, der immer wieder zu ihr zurückkam. Trost beim Lesen fand sie nicht und schlug den kleinen Roman »Luise«, den Pauline ihr mitgebracht hatte, nach ein paar Seiten wütend zu. Eine Krankengeschichte brauchte sie nicht, und von Melancholie und Wahnsinn war sie selbst bedroht. Von einer unglücklichen Beziehung zur Mutter wusste sie manches, was einen Roman bei Weitem übertraf. Das Leben konnte die Erfindung überholen, bevor diese Gestalt annahm. Da hatte der Bergrat nicht recht.

»Der Februar scheint mir besonders dunkel und kalt.« Schwester Raillard rieb sich die Finger. »*Lass mich nicht und tue nicht von mir die Hand ab, Gott, mein Heil!*«, las sie. »*Lass mich dein Herz erfahren und deine Gnade bis ins Grab mir Leid und Geist bewahren.*« Die Gebete wurden länger und die Singstunden schmerzten in den Ohren. Beim Kirchgang trugen sie die Herrnhuter Tracht. Sie sangen sich Fettaugen und Fleischstückchen in die Suppe. Die Comtesse erhielt Wein zum Essen und nachmittags Fettgebackenes.

Nur in der Küche war es warm. Schwester Hammerum stellte einen Korb mit Äpfeln auf den großen Arbeitstisch. Nanette hatte Küchendienst. Apfel im Schlafrock. Sie leckte sich die Lippen.

»Ich weiß, was du denkst. Es ist Passionszeit!« Schwester Hammerum drohte ihr scherzhaft mit dem Zeigefinger, bevor sie hinausging.

Ein voller Korb Äpfel. Rot und gelb, etwas schrumpelig die Schale, aber darunter waren sie bestimmt ganz süß. Wie in Kirchberg. Lange kauen musste man sie. Und wie sie dufteten! Nanette sog die Luft ein, schob ihre Nase näher heran, leckte sich über die Lippen. Der kleine rote hatte braune Flecken, die könnte man wegschneiden. Da blieb nicht mehr viel übrig. Niemand da. Keine Schwester Schatz. Heute war Waschtag. Auch sie hätte längst die Laken mit einem großen Holzlöffel schlagen sollen. In der Küche war nichts weiter zu tun. Sie war die Letzte. Der kleine rote hatte eine faule Stelle. Den wollte niemand, nicht gegen besondere Bezahlung. Sie könnte um die Flecken herum beißen, sicher reichte das Braune nicht tief. Niemand da. Es fiel nicht auf, dass der kleine rote fehlte. Sie befühlte ihn in ihrer Schürzentasche und ging in die Schlafstube. Ein zweites Paar wollene Socken und die dicke Strickjacke wollte sie holen. Im

Halbdunkel strich sie die runzelige Schale glatt. In ihrer Schüssel war immer weniger als bei den anderen. Schwester Schatz setzte sie ihr stets persönlich vor. Selbst sonntags schmeckte ihr Brei nicht süß. Sie nagte am Apfel. Ein kleiner Happen, den Saft von den Lippen lecken, nicht kleckern, kauen, noch einen Bissen. Kein Stiel, es würde nichts übrigbleiben. Sie leckte sich die Finger, zog die Jacke und die Wollsocken über und ging zu den anderen ins Waschhaus.

»Wo warst du?« Schwester Schatz streckte ihren Leib vor und stemmte die Fäuste in den Rücken.

»Mir war nicht gut.« Nanette zitterte, nahm sich ein Holz und schlug auf ein Laken ein. Mit einer Hand hielt sie sich den Bauch, wo bei ihr immer ein Loch war. Der Apfel konnte es nicht füllen.

Vor dem Mittagessen sangen sie ein Dankeslied. Sie bewegte stumm die Lippen. Die Graupensuppe klebte ihr am Gaumen.

Zum Nachtisch verteilte Schwester Hammerum die Äpfel. Die Comtesse ging leer aus. »Das weiß ich mir nicht zu erklären. Sie waren abgezählt. Du solltest den kleinen süßen bekommen«, sagte Schwester Hammerum.

»Ich kann es deuten.« Schwester Schatz, die rund wie eine Tonne geworden war, zog Nanette vom Tisch hoch. »Ich war in eurer Schlafstube. Rate mal, was ich gefunden habe?«

Nanette schaute sie an. Staubflusen oder Mäusekötel, was sonst. Sie verschränkte die Arme.

»Der Apfelkern hier, der wird dort nicht anwachsen. Aber du warst heute Morgen in der Küche angewachsen.«

»Lassen Sie Nanette«, sagte die Comtesse, »ich hatte letzte Woche einen Apfel, ich brauche keinen.«

»Er war klein, hatte eine faule Stelle und braune Flecken«, sagte Nanette.

»Du gibst es also zu!« Schwester Schatz hielt sich den Bauch und stöhnte.

»Den hätte ich sowieso nicht gegessen, sondern ihn verschenkt.« Die Comtesse wandte sich ab.

»Nimm dir von den getrockneten Renekloden«, mischte sich Schwester Raillard ein. »Davon haben wir reichlich.«

»Nanette! Bis Ostern hast du Küchendienst. Morgens. Mittags. Abends. Vor und nach dem Essen. Pünktlich.« Schwester Schatz klatschte in die Hände. »Weh dir, wenn ein Krümel in der Küche fehlt.«

Zwei Wochen später erhielt sie einen Brief von Madame Hehl. Sie musste ihn unter Aufsicht von Schwester Schatz lesen. *Wie konntest du meine Erziehung nur in ein so schlechtes Licht stellen. Diebstahl wäre genug gewesen, aber deine Lüge ist zu viel. Du kannst nicht auf mich rechnen.*

Nanette faltete das Blatt zusammen. »Wenn ich bemerken darf, Diebstahl, lässt es sich nennen. Den Apfel habe ich genommen. Das habe ich sogleich zugegeben. Ich hatte Hunger. Sie wissen, warum. Gelogen habe ich nicht.«

»Schweig und geh in die Küche. Sei nicht wieder unpünktlich wie gestern. Mir kommt alles zu Ohren.«

»Mundraub«, meinte Schwester Raillard später, »gräm dich nicht. Manchmal haben die Menschen für die gleichen Dinge unterschiedliche Worte. Zinsendorf sagt: *Man soll kein Kind strafen, das nicht überzeugt ist, dass es unrecht hat. Die Kinder haben ein Gewissen wie die Alten.* Die neue Erziehungsmethode nach Pestalozzi ist Zinsendorfs Art, Kinder zu erziehen, ohne sie zu schlagen. Liebe, Freude und Geduld. Wenn's möglich ist.«

»Ich bin willig, mich erziehen zu lassen, allerdings nicht mit Zwang. Schwester Schatz sagt immer, was wir tun müssen. Nie kann sie warten, ob wir es tun oder wann und wie wir es für richtig befinden.«

»Ihr Geist ist verwirrt und bringt Verdruss und Missvergnügen in die Gemeine. Sie hat es nicht leicht mit Bruder Jacky, der als Arzt für alle da ist und nicht ausschließlich für sie. Schwer trägt sie an ihm und sich und an diesem Kind.«

»Aber umso mehr müsste sie ein lebendiges Mitgefühl für unsere inneren Nöte entwickeln! Ich war hungrig, süß musste es sein, das kann sie mir vorwerfen. Da darf sie schimpfen, weil ich nicht recht gehandelt habe. Sie sollte sich fragen, warum ich nicht anders konnte. Vor allem Onkel Ferdinand, der Staatsrat von Weckherlin, er ist der Bruder meiner Kirchberger Mutter und mir zugetan, hat sich wohl nicht vorgestellt, dass ich hier Hunger leide. Er hat es eingefädelt, dass ich hier in Königsfeld bin.«

2

FRUCHTHANDEL BIS IN DIE SCHWEIZ. Roggen, Gerste, Dinkel und Hafer. Nicht fehlen durften Kraut und Flachs, Hanf und Grundbirnen. Ferdinand von Weckherlin notierte fleißig, wann immer er unterwegs war. Auch in den Grenzregionen. Das schadete nicht. Vier Morgen besetzt mit Klee. Rüben auf kleinen Ackerstreifen.

Für die Fahrt zum Ostergottesdienst nach Königsfeld hatte er die Kutsche mit dem württembergischen Wappen gewählt. Der Respekt war ihm sicher. Die Brüder und

Schwestern würden ihm den Umgang mit Nanette nicht untersagen. Besuche auf dem Hörnle sahen sie nicht gern. Es sei denn, es war Osterzeit und man hoffte auf eine Spende. Wenn es Nanette dadurch besser ging, sollte es ihm recht sein. Graf Franz von Heidelberg hatte sich erkenntlich gezeigt, wie er gehört hatte. Sogar ein Taschengeld hatte er für Nanette ausgesetzt. Ein Jahr war das her.

Louisle hatte ihm Einblick gewährt in die wenigen Briefe, die aus Königsfeld gekommen waren. Sie hatte recht. Etwas stimmte nicht. Aus den Briefen sprach nicht das Nanele. Er hatte die Oberamtsbeschreibungen vorgeschoben und war aufs Hörnle gereist.

Der Platz war voller Kutschen, schlecht schien es den Brüdern und Schwestern also nicht zu gehen. Unter seinen Schritten knirschte der Schnee und die Sonne blendete. Er ging zum Kirchensaal hinüber und wartete verbotenerweise am Schwesterneingang. Da kamen die Mädchen in Zweierreihen. Nanette war gewachsen. Wie die anderen hielt sie den Kopf gesenkt, noch hatte sie ihn nicht bemerkt. Er stellte sich in die Sonne.

»Onkel Ferdinand!«, jauchzte sie und schlang wie früher die Arme um seinen Hals. Sogleich ließ sie ihn los und schlug die Augen nieder. Das war nicht ihre Art.

Nach dem Gottesdienst nahm er Nanette bei der Hand und führte sie über den Platz zum Gemeinlogis. »Christiane will ich dich hier nennen. Die Christin. Das passt.«

»Onkel Ferdinand. Sie machen sich zu viele Gedanken. Ich heiße hier und jetzt Nanette Hehl. Warum auch immer es Maman so gefallen hat.«

Er lachte dröhnend. »Frau Bergrat wie sie leibt und lebt. Du kennst deine Mutter. Verzeih es ihr. Bist du zufrieden hier auf der Höhe?«

»Alle sind sehr nett und immerzu singen wir, auch beim Beten ist eine große Freude unter uns. Und in Schwester Raillard habe ich eine Seelenverwandte gefunden. Wir leben recht armselig hier. Eintopf schreckt mich nicht, doch ich bekomme stets weniger als die anderen zugeteilt. Immer bleibe ich hungrig. Schauen Sie mich an!«

»Du bist gewachsen, das habe ich sogleich bemerkt. Ich lasse dir etwas Geld da, für die Äpfel, die dir so schmecken. Ich habe davon gehört. Unterkunft und Verpflegung sind nicht billig hier.«

»Das stimmt so nicht. Es ist hundert Gulden günstiger, als Madame Hehl gesagt hat. Warum macht sie mir ein schlechtes Gewissen?«

»Deine Mutter stellt sich gerne ärmer dar. Not leidet die Familie des Bergrats nicht. Zum Glück.« Sie traten in die Gaststube und setzten sich über Eck an ein Fenster. Er trank ein Osterbier. Für Nanette bestellte er einen Tee aus den Blättern der Gartenminze, mit Honig.

»Ich bin glücklich, Sie bei mir zu haben, liebster Onkel Ferdinand. Sie bringen mir ein Stück Kindheit und Heimat. Das Herz quillt mir über, ich möchte mich in Ihre Arme werfen, allein, ich weiß, es schickt sich nicht. Das zweite Osterfest ist es auf dem Hörnle. Sie sind meine Freude, und ich jubiliere heimlich.«

»Ich soll dich von allen grüßen, vor allem von Louisle und deinem Großcousin August. Warte, hör erst zu. Landwirtschaft und Viehzucht hat er studiert, in der Schweiz. Er ist ein anderer geworden und entschuldigt sich vielmals für das, was er in Kirchberg angerichtet hat. Die ganze Schuld nimmt er auf sich. Verzeih ihm.«

»Zu spät. Er hat mich in ein schlechtes Licht gesetzt. Ich gelte als missratenes Subjekt, aus dem man alle Verderbtheit herausprügeln muss. Ich habe jetzt Eltern, von denen nie die Rede war. Folgerichtig eingefädelt. Was sollte ich dagegen sagen? Ich möchte es annehmen, wenn ich nicht länger geschlagen werde. Vater und Mutter will ich ehren, wie es im vierten Gebot niedergelegt ist. Doch von meiner Familie in Kirchberg lasse ich mich nicht abschneiden. Ich schreibe Louisle weiterhin zweimal die Woche, komme, was da wolle.«

»Aber sie wartet seit einem halben Jahr auf eine Nachricht. Sie war es, die mich gebeten hat, nach dir zu schauen. Alles andere war mir ein willkommener Vorwand. Sie mag kaum essen und kann nicht mehr lachen.«

»Die letzten Zeilen habe ich erst am Mittwoch auf den Weg gebracht. Einzig von diesem Brief weiß ich, dass er nicht weitergeleitet wurde.«

»Wir gehen zur Farb hinunter.« Er schaute sich um. Bruder Seiler hantierte hinter der Theke. Er würde nicht reden. Aber man wusste nie. »Ich sollte auch den Hörnlishof in Augenschein nehmen. Damit ich etwas zum Berichten habe.«

Sie gingen an der Zisterne vorbei den Hügel hinunter. Die Worte sprudelten aus Nanette heraus. Es war wie früher im Kirchberger Garten.

»Nicht einen Bogen Briefpapier konnte ich vor Ostern noch mein Eigen nennen. Es hat mir am Herzen gelegen, Louisle zu schreiben. Ich will nicht beschönigen, was ich getan habe. Ich wollte ihr berichten, dass Schwester Raillard heiratet. Ich habe solche Angst davor, wenn sie nicht länger die Hand über mich hält. Allein, ich hatte kein Briefpapier.«

»Ich habe welches mitgebracht. Einen ganzen Karton. Er ist im Wagen. Daran soll es dir nicht mangeln.«

»Zu spät. Ich bin schon in den Brunnen gefallen. Zum zweiten Mal. Hören Sie, was sich zugetragen hat. In der Schlafstube bin ich am Fenster vorbeigekommen, wo das Bett der Comtesse steht. Die anderen waren in der Küche, beim Backen für das Fest helfen. Ich wusste, dass die Comtesse Briefpapier in einer Schachtel unter dem Bett verwahrt. Lediglich einen Bogen habe ich genommen. Ausgeliehen.«

»Warum hast du sie nicht gefragt? Sie ist dir zugetan, wie du an Louisle geschrieben hast. Manchmal bist du wirklich ein bisschen dumm, verzeih mir.«

»Das hat die Comtesse auch gesagt. Ich wusste nicht, dass alle Briefe, die das Hörnle verlassen, gelesen werden. Zwar war ich stets vorsichtig mit meinen Worten an Louisle, aber das habe ich nicht geahnt. Sie haben Angst, wir könnten etwas Schlechtes über die Mädchenanstalt schreiben, hat die Comtesse gesagt. Bruder Döll, der Briefbote, muss abliefern, was ihm ausgehändigt wird. Die gesamte Correspondence steht unter Aufsicht.«

»Das erklärt alles. Wie aber ist man dir wegen des Briefbogens auf die Schliche gekommen?« Er strich ihr über die Haube. Gewusst hatten sie alle, dass sie nicht richtig handelten mit der Zwillingsgeschichte.

»Das Briefpapier der Comtesse trägt das Wappen der Freiherrn von Kahlden.«

»Das hätte dir in der Tat auffallen müssen. Welch ein Aufwand wegen eines Bogens Papier!«

»Schlimm ist nicht, dass ich ertappt worden bin. Schwester Schatz sagt sowieso, ich lüge. Wenn sie bloß endlich das Kind bekommen würde, dann hätten wir Ruhe. Viel mehr schmerzt mich, dass sie alles an Madame Hehl berichtet, selbst das allerkleinste Vorkommnis. Die Auslagen für zwanzig Briefe soll Madame Hehl mit den üblichen Kosten zu Johannis begleichen. Das hat sie mir in ihrem letzten Schreiben mitgeteilt. Passend zum Beginn der Fastenzeit. Ich könne es mir sparen, mich zu erklären, und es sei gut, dass ich kein Taschengeld hätte, so wüsste sie jedenfalls Bescheid. Wie gut, dass ich nicht in ihrer Nähe war, ich hätte wohl die Ruten zu spüren bekommen. Stellen Sie sich vor, Onkel Ferdinand! Übers Jahr wäre das jede zweite Woche eine Nachricht von Louisle, die ich nie gesehen habe. Warum soll Madame Hehl zahlen für etwas, was ich nicht erhalten habe? Sie hat vollkommen recht mit ihrer Empörung, nur dass ich nichts dafür kann. Graf Franz hat Geld für mich hinterlegt, wo ist es geblieben? ›Wer anderen nimmt, was nicht ihm gehört, soll auch nicht Gott gehören‹, hat Bruder Plitt gesagt. Wie wahr. Einzig die Post von Madame Hehl wird mir ausgehändigt. Mit allen Vorwürfen. Kommen Sie. Da ist Bruder Hartmann, der die Farb bewirtschaftet. Er war es, der heute die Posaune geblasen hat. Hell und klar, dass einem das Herz im Leibe hüpft. Ich habe mich zu sehr echauffiert. Verzeihen Sie.«

Bruder Hartmann lud sie zum Mittagessen. Sie ließen es sich gut gehen bei Spätzle mit Soße und Braten. Zum Nachtisch gab es Kompott aus Renekloden. Königsfeld schmeckte, das würde er notieren.

»Schreib den letzten Brief an Louisle noch einmal. Du erinnerst dich sicher. Wähle deine Worte, wie es dir beliebt. Ich bringe ihr die Nachricht persönlich vorbei.«

Er ließ sich von Bruder Hartmann die Färberei zeigen. Mit einem kleinen Bleistift notierte er alles in einem Heft, das er immer bei sich trug. Färberkrapp aus dem Elsass. Nicht schlecht, und dass die Hiesigen das Rot nicht mochten, ließ sich nicht ändern. Eine selbst erfundene Spinnmaschine. Leider defekt. Er würde einen der englischen Ingenieure aus Stuttgart vorbeischicken.

Anschließend ging er zum Hörnlishof hinunter. Drei Ochsen, drei Kühe und fünf Stierkälber, die als Zuchtvieh für Hohenheim infrage kämen.

Nanette traf er auf dem Platz beim Kirchensaal und ließ sich von ihr den Brief an Louisle geben. Aus seiner Kutsche holte er nicht nur den Karton mit den Briefbögen, sondern auch eine große Kiste.

»Ich habe dir eine Gitarre mitgebracht. Schwester Battier erteilt doch Unterricht. Bruder Göpp soll mir eine Rechnung stellen. Eine Spende hat er bereits von mir erhalten. Hier, nimm die Münzen und verwahre sie selbst. Du musst leben hier auf der Höhe. Wenn du mich dringend erreichen willst, schreib an den Staatsrat von Weckherlin, Minister der Finanzen in Württemberg. Das Aufseherkollegium wird es nicht wagen, diese Nachricht zu lesen oder gar zurückzuhalten. Nanette, achte auf dich. Du hast es nicht schlecht getroffen hier auf dem Hörnle.«

3

Louisle, kannst du dir vorstellen, wie es ist, keine Wassereimer schleppen zu müssen? Es gibt eine gar wunderbare Einrichtung hier im Schwesternhaus. Sie nennen es Wasserfahrt. Das Wasser kommt über ein Gefälle bis in unseren Waschraum. Wir legen einen Hebel um, und schon sprudelt es heraus. Jeden Morgen beim Bürsten der Zähne danken wir dem Herrn. Und Waldfeen gibt es hier, die dafür sorgen, dass wir immer genügend Ackersalat unter dem Schnee im Gartenbeet finden. Es geht mir wirklich gut hier, wenn nur du da wärst. Wie gerne würde ich dir schreiben, aber ich sollte wohl warten, damit man nicht wieder Anstoß nimmt. Getrocknete Vergissmeinnicht habe ich dir geschickt. Hast du die kleine Schachtel bekommen? Schwester Raillard hat sie gefaltet. Sie ist zu jeder Zeit um mich und hat ein Auge auf mich. Zinsendorf sagt: »*Der Heiland hat die Art, wenn es die Sache erfordert und der Mühe wert ist, alle paar Minuten hervorzutreten und sich mitzuteilen.*« An meinen Briefen ist nichts Verwerfliches außer meiner Geschwätzigkeit. Nach Pfingsten ziehen wir in den neuen Anbau des Schwesternhauses. Graf Franz von Heidelberg hatte nicht recht, sie hämmern und sägen hier mehr als in Stuttgart. Ich habe gelernt, wie eine Rumfordsuppe zubereitet wird. Graupen und Erbsen über Stunden in Wasser kochen, bis eine dicke, ganz sämige Suppe im Topf blubbert. Wie der Leim zum Buchbinden. So schmeckt es auch. Davon schreibe ich dir bald. Ich muss eilen.

Nach dem Umzug der Mädchenanstalt wurde Nanette der Schlafstube von Schwester Battier zugeteilt. Fassungslos saß sie auf ihrem neuen Bett in der dunkelsten Ecke unter einer Schräge. Schwester Schatz hätte es bestimmt, hieß es, obwohl diese nichts mehr zu sagen hatte. Ohne lange zu fragen, ging Nanette zurück in ihre alte Stubengemeinschaft. Die Comtesse bot ihr sogleich das Bett an, das dem ihren am nächsten stand und hätte frei bleiben sollen, damit sie Platz hatte. Nanette schob die Briefe von Louisle und Pauline hinten ins Nachtschränkchen. Die Bibel legte sie davor. Niemand würde hineinschauen, jede besaß eine eigene Heilige Schrift. Daneben stapelte sie Madame Hehls Nachrichten.

Als sie kurz alleine war, hob sie die Matratze am Kopfteil an und verbarg dort den Lederbeutel von Onkel Ferdinand. Er machte ihr das Leben angenehm, sie konnte sich nun wie die anderen vom Lakritz aus dem kleinen Laden leisten.

»Mein Geld! Mein Geld ist weg!« Die Comtesse war zurückgekommen und drehte sich im Kreise. Schwester Schatz watschelte herbei. Wie eine gemästete Gans sah sie aus und jammerte über die Unordnung.

»Sie war's! Sie ist neu hinzugekommen und darf gar nicht hier sein.« Die Comtesse zeigte auf Nanette. »Ich hab ihr das freie Bett angeboten und bin kurz weggegangen. Jetzt ist das Geld weg. Unter dem Kopfkissen hat es gelegen. In einem kleinen Leinenbeutel, wie wir ihn im Winter genäht haben. Das ganze Geld! Nicht, dass ich nicht neues haben könnte, aber was sollen meine Eltern nun denken von der Mädchenanstalt?«

Nanette schüttelte den Kopf. »Ich habe selbst welches.« Sie holte ihr Säckchen hervor. »Mein Onkel hat mir Beutel nebst Inhalt an Ostern dagelassen. Ich hätte die Münzen wohl abliefern müssen, wie auch du.«

»Ich muss gar nichts. Ach richtig, ich hatte das Geld in den Lederbeutel gelegt, den meine Mutter mir an Ostern mitgebracht hat. Das Leinensäckchen war gar zu einfach. Das ist mein Geld!«

Schwester Schatz nahm Nanettes Geldbeutel an sich und durchsuchte ihre Sachen. Sie fand nicht allein die Briefe von Madame Hehl, sondern ebenfalls die von Louisle und Pauline, und empörte sich, dass sie sich den Bauch halten musste. Einzig die Bibel ließ sie unbeachtet. Ecksteinsieben war gerettet.

»Beruhigen Sie sich! Alles wird sich aufklären!«, rief Schwester Raillard. »Die Dinge finden ihren Platz. Denken

Sie an Ihre Leibesfrucht. Zinsendorf sagt, die werdende Mutter solle sich in Demut und Liebe üben.«

»Wir müssen sehen, wie wir weiterkommen mit Nanette Hehl«, sagte Schwester Schatz. »Bruder Göpp hat sich schon gewundert, weil du ihm nichts gebracht hast. Alle Mädchen waren bei ihm, denn ein jedes erhält ein paar Münzen zugesteckt von den Besuchern. Wie du ihm unterstellst, dass er euer Geld veruntreut. Du siehst, mir entgeht nicht das kleinste bisschen.« Sie wehrte ab. »Über die Comtesse steht uns nicht zu, etwas zu sagen.«

Nanette stampfte mit dem Fuß auf. »Das ist ungerecht! Es ist *mein* Geld! Geben Sie her!«

Schwester Schatz packte sie am Nacken und schob sie vorwärts. Widerwillig setzte Nanette die Füße voreinander. Was hätte sie sonst tun sollen.

Kaum trat sie über die Schwelle des Amtszimmers von Bruder Göpp, stöhnte dieser gequält auf. »Nanette Hehl, ich wollte dich hier nicht mehr sehen. Was gibt es?«

Sie schwieg. Es gab nichts zu vermelden. Die Comtesse müsste an ihrer Stelle stehen. Da kam Bruder Plitt zur Tür herein. Ihm oblag das geistige Wohl der Gemeine und der Zöglinge. Schwester Schatz berichtete, was vorgefallen war.

»Aber das stimmt nicht«, fiel sie ihr ins Wort. »Es ist mein Geld, ich habe es von meinem Onkel erhalten, Staatsrat von Weckherlin, dem württembergischen Finanzminister. Sie können ihn fragen, er wird es bezeugen. *Ich glaube, darum rede ich*, das ist unsere Losung heute. *Hier stehe ich, ich kann nicht anders, Gott helfe mir!*«, sagt Jesus Christus. Ich habe immer geschwiegen, wollte es recht machen. Jetzt muss ich meine Wahrheit sagen.«

Bruder Göpp faltete die Hände über dem wohlgenährten Bauch, der kein Kind in sich trug. »Der Finanzminister ist ein Nennonkel und nicht befugt, deine Erziehung zu bestimmen.«

»Er hat Ihnen eine Spende dagelassen! Das dürfte reichen.« Nanette reckte ihr Kinn in die Höhe. »Ich sollte mein Geld selbst verwahren.«

»Erziehung ist bei dir mehr denn je vonnöten. Rede, wenn du gefragt wirst. Senke deinen Blick. Sei demütig.«

Schwester Schatz bohrte ihr den Zeigefinger in den Rücken. Bruder Plitt baute sich vor ihr auf und sagte: »In der Korrespondenz mit diesem Louisle, die wir seit letztes Jahr Ostern verfolgen, erwähnst du immer wieder eine Ecksteinsieben. Schon lange wollten wir danach fragen und haben davon abgesehen. Auch deine Mutter haben wir nicht in Kenntnis gesetzt. Was ein Fehler gewesen sein mag. Nun können wir nicht länger darüber hinwegsehen. Eine Spielkarte? Auf dem Hörnle? Wir Herrnhuter dulden das nicht. Wo ist sie? Gibt sie sofort heraus! Du bringst Unmoral in die Brüdergemeine.«

»Warum sind Sie derart aufgebracht? Es ist eine Spielkarte. Und nicht einmal eine hohe.«

»Eben, darum kannst du sie uns geben und ruhig schlafen.«

»Ecksteinsieben nährt mein Herz, wenn ich sonst nicht satt werde. Ich gebe sie nicht her. Und koste es mich das Leben.«

Mit Herzsieben hatte sie ihre Kindheit verloren. Ecksteinsieben war ihre letzte Hoffnung, einen Platz im Leben zu finden.

»Ich schreibe jetzt einen Brief an deine Mutter.« Bruder Plitt setzte sich an den Tisch und nahm Feder und Tinte sowie einen Bogen Papier. »Du wirst die Zeilen unterzeichnen und damit bestätigen, dass die Wahrheit geschrieben steht. Die Spielkarte legen wir dem Brief bei.«

Schwester Schatz las, nickte und unterschrieb.

Bruder Plitt schob Nanette das Papier hin. »Bezeuge vor Gott, dass dies die Wahrheit ist, nichts als die reine Wahrheit. Setz deinen Namen darunter und hol Ecksteinsieben.«

Sie verschränkte die Hände vor der Brust und schaute ihm geradewegs in die Augen.

»*Die Pforte ist eng, aber offen: Wer zu mir kommt, den will ich nicht hinausstoßen*, steht bei Zinsendorf.« Bruder Plitt sah sie eindringlich an. »Du hast Zeit für eine Umkehr.«

»*Wir dürfen, wie wir sind, zum Lamme kommen und kommen wir, werden wir genommen.* Das habe ich gelernt. Ecksteinsieben gehört zu mir. Ich bin wie sie.«

»Dann wirst du Königsfeld umgehend verlassen. Die nächste Postkutsche geht morgen in der Früh von Krum Schiltach. Diebstahl dulden wir nicht. Und eine Spielkarte ebenfalls nicht. Schlimmer ist die Lüge, die dich dein Leben nicht mehr loslassen wird. Das Entwendete lässt sich ersetzen, auch wenn es bei der Comtesse eine besondere Verfehlung ist. Da tut man die Kinder mit dem Zweck zu uns, allein um sie loszuwerden, scheint mir bei dir.«

»Wir sollten kein Kind strafen, das nicht überzeugt ist, unrecht zu haben«, mischte sich Bruder Göpp ein. »Vergessen wir nicht, wie es Zinsendorf uns ans Herz legt: *Erzwungener Eid, tut Gott leid. Kinder sind kleine Majestäten.*«

»*Deine Seele muss herbeigekrochen kommen, du musst's auf den Knien annehmen.* So steht es geschrieben bei Zinsendorf.« Schwester Schatz drückte den Rücken durch und streckte den Bauch vor. »Wie glaubst du, auf diese Weise zum Kinde Gottes zu werden und jemals die Konfirmation zu empfangen?«

Die Schande ließ nicht von ihr ab. Tafinger würde sie nicht unkonfirmiert in die höhere Klasse aufnehmen. Sie konnte nicht Lehrerin werden wie ihre Cousine Augusta. Ihre Stimme sagte: »Ich gestehe meine Schuld ein und bitte untertänigst um Verzeihung. Der Umzug hat mich vollkommen verwirrt.« Sie unterzeichnete mit »Ihre gehorsamste Tochter«, kurz stockte sie, dann schrieb sie »Nanette«. Sollte sich Madame Hehl echauffieren. Hauptsache, es gab in Königsfeld nicht noch mehr Verwirrung.

Bruder Plitt schaute sie lange an und strich sich dabei über seine Unterlippe. »Du schreibst mit der linken Hand? Warum ist mir das nicht gemeldet worden?« Er sah in die Runde. Alle blickten zu Boden, auch Schwester Schatz. »*Dann wird der König sagen zu denen zur Linken: Geht weg von mir, ihr Verfluchten, in das ewige Feuer, das bereitet ist dem Teufel und seinen Engeln!* Du kehrst nach Stuttgart zurück. Umgehend. Ecksteinsieben wird dich mit dem Brief begleiten. Bitte Gott um Verzeihung, ihn hast du betrogen.«

»Das ist nicht wahr! *Der Heiland richtet einen jeden nach den Prinzipiis, die er ihm gegeben hat, und wenn er nur danach handelt, so ist's gut*, sagt Zinsendorf. Letzte Woche erst waren es Ihre Worte, Bruder Plitt! Ich bin vollkommen verwirrt. Da habe ich die Linke genommen. Ein Versehen. Sie haben versprochen, ich darf bleiben, wenn ich unterschreibe und alles zugebe.«

Bruder Göpp schob sie aus der Tür. »Du hast gesprochen wie ein wahrer Notarius! Das Argumentieren scheint dir auf den Leib geschneidert zu sein. Ich habe, unter der Hand, versteht sich, vernommen, dass du des Lateinischen mächtig bist. Bewahre dir die Logik stets im Herzen und lass dich zu nichts hinreißen. Bring mir Ecksteinsieben. Ich sorge für sie.«

Sie lenkte ihre Schritte in Richtung Mädchenanstalt, vorbei am Kirchensaal. Auf der Empore bei der Orgel gab es ein loses Brett. Dort war die Spielkarte sicher. Sie aber hatte ihr Leben verwirkt. Gott wollte nicht, dass sie einen Platz auf der Welt fand, obwohl die Tageslosungen es ihr versprochen hatten. Konnte er ihr eine Heimat sein, wie Ecksteinsieben es war? Sie schalt sich. Bei dem ganzen Unglück sorgte Gott für sie, warum aber hatte er sie nun im Stich gelassen? Die frommen Worte, die die Brüder und Schwestern für alles auf dem Hörnle so schnell fanden, waren verflucht. Was sollte sie mit den Schmerzen vom Lamm Gottes anfangen, wenn sie selbst wund im Herzen war und ihr keine Zukunft blieb? Alles deckten die Brüder und Schwestern mit Losungen und Lehrtexten zu.

Abrupt drehte sie sich um zur Knabenanstalt. Die Füße gehörten nicht ihr. Sie rannten. Sollten sich die Brüder und Schwestern erregen, dass sie den Platz in der falschen Richtung umrundete, es kam nicht mehr darauf an. Das Geständnis hatte nichts genützt. Die Strafe hatte vorher festgestanden. Bruder Plitt war ein gottverdammter, scheinheiliger Arschkriecher vor dem Herrn! Und Bruder Göpp nicht besser.

»Nanette Hehl! Bleibst du stehen! Sofort!«, kreischte es hinter ihr. Schwester Schatz! Wie Madame Hehl!

Sie nahm die Füße in die Hand. Die Schuhe holten von alleine aus, der Rock flog ihr um die Beine. Geschwind wie der Wind wieder am Kirchensaal vorbei. Schwester Schatz stand in der Tür. Bruder Plitt wollte Nanette aufhalten. Sie schubste ihn und schlug einen Haken in die andere Richtung. Fasste sich an die Brust. Das Herz raste, sie japste, bloß nicht stehenbleiben. Fort war die Haube. Die Zöpfe lösten sich und peitschten ihr um die Ohren. Weiter. Schneller. Ihnen davonzulaufen, nur das half. Zur Straße hin. Das Hörnle hinunter. Weg. An der Knabenanstalt vorbei. Alles hinter sich lassen. Die Treppe, hinunterspringen wie so oft. Zwei Tritte auf einmal. Tanzen. Wie die Irrwische.

»Nanette! Du Unselige!«, kreischte Schwester Schatz.

Sie stolperte. Nein! Fiel kopfüber. Drei Stufen. Sie flog. Mit dem Gesicht und dem linken Arm schlug sie auf. Es krachte. Sie stöhnte. Der Arm. Sie hob den Kopf. Schrie auf. Ihre Wange. Zertrümmert.

»Das hast du jetzt davon!« Schwester Schatz stupste sie mit der Fußspitze an. Die Schuhe aus feinem braunem Leder waren blank geputzt.

Mit der Rechten hielt Nanette ihren Arm und ließ sich auf den Podex fallen. Sie wollte den Arm bewegen. Tränen schossen hervor. Nein, sie würde nicht weinen, den Gefallen tat sie Schwester Schatz nicht. Das Gesicht brannte, schien heil zu sein. Aber der Arm, ihr linker, der gute.

Bruder Weiz, der Buchbinder, half ihr auf die Beine. Er strich ihr über die nackten Zöpfe. »Bruder Jacky kommt gleich.«

Sie drückte den Arm an sich. Er gehörte ihr, sie würde ihn sich nicht nehmen lassen.

Kurze Zeit später saß sie im nahen Doktorhaus auf einem Stuhl, im Nacken den Atem von Schwester Schatz.

»Nun sei nicht so steif. Ich muss dich untersuchen«, sagte Bruder Jacky. »Frau, hol Leinwand von Schwester Hammerum, von der festen. Ich komme nicht umhin, den Arm ruhig zu stellen.«

»Wie dieses Kind bevorzugt wird! Es fährt morgen früh nach Stuttgart. Sollen sie den Arm dort einrichten. Bis dahin ist es auszuhalten. Unsere gute Leinwand brauchen wir selbst. Hast du nicht von dem Diebstahl gehört?«

»Nanette bleibt hier. Was sie getan hat, mit dem Sturz hat es nur mittelbar zu tun. Mir scheint, sie war durcheinander. Eile und schick Schwester Raillard zu mir, sie soll mir helfen.«

»Als ob nicht ich das genauso könnte.«

»Frau, steh nicht rum wie ein Maulaffe. Geh jetzt! Nanette, ich muss den Arm abtasten, sag mir, wo du Schmerzen hast. Kannst du die Hand bewegen? Sehr gut. Das Handgelenk ist also in Ordnung. Der Ellbogen? Schrei ruhig, meine Frau ist weg, sie schleicht sich immer aus der Tür, wir sind unter uns. Das Gelenk scheint mir heftig geprellt, aber nicht gebrochen. Warte, ich mach dir einen Quarkumschlag. Meine Frau wird schimpfen, lieber verzichte ich zum Vesper auf den Brotaufstrich.«

Er wickelte ihr ein Küchentuch mit kühlem Quark aus dem Steinguttopf um den Ellbogen, und sie seufzte leise. Wie gut das tat. Halt! Das Seufzen gehörte Madame Hehl. Der Arm hatte sich etwas gedacht. Bruder Plitt konnte sie nicht fortschicken. Es würde sich aufklären, sie hätte nichts zugeben sollen, was hatte sie getrieben? Sie wollte es recht machen und doch war alles falsch.

»Nimm den Lappen mit dem Essigwasser und halt ihn auf die Wange. Die ist heil geblieben. Das gibt einen hübschen blauen Fleck, der Essig wird ihn herausziehen. Kannst du das Knie bewegen? Sieht scheußlich aus. Warte! Nicht vorbeugen.«

Er hielt ihre Schulter fest. Ein Schrei entwich aus dem offenen Fenster und zerriss die Luft auf dem Platz.

»Der Oberarm, direkt unter dem Schultergelenk scheint es mir zu sein. Ich muss den Quark leider wegnehmen, halt den Arm. So ist es gut.«

»Der linke Arm also, sag ich es doch.« Bruder Plitt, der mit Schwester Schatz gekommen war, baute sich vor ihr auf. »Du bist schuldig. Gottes Strafe hat dich ereilt.«

»Da ist ja endlich Schwester Raillard mit der Leinwand. Bitte helfen Sie mir. Bruder Plitt, gehen Sie. Auch du, Frau.«

Schwester Raillard strich ihr sanft über den Scheitel, und sie wurde ruhiger. Alles war gut, wenn sie bei ihr blieb.

»Wir fixieren den Arm im rechten Winkel«, sagte Bruder Jacky. »Schrei in Gottes Namen! Bruder Plitt und Schwester Schatz sollen es hören. Schwester Raillard, falten Sie bitte die Leinwand zu einem Dreieck. Nanette, leg den Arm hinein. Wir verknoten die Schlinge im Nacken. Du musst den Arm bis zum Sommer dicht am Körper vor der Brust tragen und darfst ihn nicht vom Leib wegbewegen.«

Es war Heinrike, die ihr das Bett am Fenster abtrat und ihr bei den Verrichtungen des Alltags half. Zum Glück war es leidlich warm geworden und sie brauchte nur manchmal ein Umschlagtuch. Nach zwei Wochen befreite Bruder Jacky den Arm zum ersten Mal für eine Weile aus der Schlinge. Der Ellbogen war nach wie vor geschwollen und er dachte ihr erneut einen Quarkumschlag zu. Eine halbe Stunde musste sie ruhen, dann sagte er: »Lass den Arm herunterhängen und pendeln, damit die Schulter nicht steif wird.«

Wie wohl das tat, trotz der Schmerzen. Sie ging ohne Verband durch den Garten und achtete auf ihre Schritte. Nicht wieder stolpern. Einige Tage später wurde es leichter und sie marschierte sogar bis zum Gottesacker, brauchte die Schlinge nur noch nachts. Auf dem Rücken musste sie weiterhin schlafen, mit nackter Brust. Auch wenn sie die Bettdecke bis zum Kinn zog, schämte sie sich. Wenig konnte sie tun, nicht einmal die Hände zum Gebet falten.

Stumm flehte sie Gott an, doch da war kein Echo in ihr. Das Geld der Comtesse blieb verschwunden, aber sie hatte es nicht genommen. Immer wieder musste sie sich vergewissern, dass sie es nicht an sich gebracht hatte.

Im Schlaf suchten sie die Irrwische heim. An ihrem gebrochenen Arm drehten sie sie im Kreis, bis sie schreiend erwachte und die anderen sich schimpfend umdrehten.

Sie konnte nur unter Schmerzen liegen, und wenn sie einschlief, tanzten die Bilder in ihrem Kopf und die Irrwische stritten bös miteinander. Die Comtesse ist schuld. Nein, das Geld. Schwester Schatz, dieser Bruder Plitt. Nein, nein, der Arm, der linke, er wollte sich nicht begnügen mit seiner Rolle als Hilfsknecht. Die ganze Misere liegt an ihm. Geschwätz, Gewäsch. Wir waren vorher da, in Kirchberg, und längst vor dem Kind. Lasst uns tanzen, Brüder und Schwestern. Drehen wir uns im Kreis, wirbeln sie herum, hört nur, wie sie schreit. Und von vorne. Comtesse, Geld, Schatz, Spatz, Plitt. Biegt ihr den Arm gerade. Das Nanele brauchen wir noch.

Trost erlangte sie bei ihren Spaziergängen im Garten. Sie roch an den Pfingstrosen, die voll erblüht waren, und fand sich in Kirchberg wieder, redete mit Louisle, schrieb ihr aber nicht. Das wäre auch mit rechts gegangen.

In der vierten Woche bereitete sie zusammen mit den anderen die ersten Lindenblüten zum Trocknen vor. Mit der linken Hand konnte sie leichte Dinge halten und sich ein wenig nützlich machen. Stets hielt sie den Arm dicht am Körper.

Bruder Plitt nickte ihr wohlwollend zu. Sie hoffte auf Milde. »Wie ich gesehen habe, bewegst du dich ganz behände. Gib mir die Spielkarte. Damit sei dir verziehen. Mit der Kutsche in dieser Woche musst du trotzdem nach Württemberg abgehen. Bruder Weiz begleitet dich.«

»Bedenken Sie, meine Mutter, wie erzürnt sie wäre, wenn ich plötzlich vor der Tür stünde.«

»Du musst bestraft werden, hat sie gesagt.«

»Stellen Sie sich vor, der Arm bricht auf der Kutschfahrt erneut und bleibt womöglich verkrüppelt und lahm. Mein Onkel, der Hofmedicus von Klein, würde es scharf verurteilen, wenn Sie mich fortschicken. Haben Sie ein Einsehen mit mir, ich flehe Sie an!«

»Bete zu Gott. Im Sommer ist die Kutschfahrt gemächlich. Füge dich!«

»Ich schreib meinem Onkel Ferdinand! Er hat eine große Summe gespendet, damit es mir wohlergehe. Es ist sein ausdrücklicher Wunsch, dass ich hier konfirmiert werde.«

»Es ist eine Spende vom württembergischen König, die er überbracht hat. Das Geld ist für einen neuen Brunnen, von dir war nicht die Rede. Nochmal: Er ist ein Nennonkel. Du stellst dich zu sehr in den Mittelpunkt. Geh und pack deine Sachen. Du weißt, was du zu tun hast.«

»Denken Sie an die Erziehungsanstalten! Ich höre es schon, wie es heißt: Erst stirbt ein Zögling der Knabenanstalt, dann wird das Leben eines Mädchens ruiniert. Niemand kann mehr ruhigen Gewissens sein Kind aufs Hörnle geben. Es wird in Stuttgart die Runde machen.«

»Schweig! In der Residenz ist deine medizinische Versorgung besser gewährleistet. Du strapazierst Bruder Jacky über Gebühr und reist ab. Unmoral wie eine Spielkarte können wir auf dem Hörnle nicht dulden. Gib sie endlich ab. Wir haben sie dir lange genug gelassen. Sei nicht so verstockt.«

Sie schlug die Augen nicht nieder, sondern schaute ihn offen an. Abrupt drehte er sich weg.

Sorgfältig setzte sie ihre Füße voreinander und betete stumm den Psalm, den ihr der Kirchberger Vater mitgegeben hatte. »*In Gottes Namen. Mit Freuden bringe ich dir Opfer, und danke deinem gütigen Namen; der aus all der Not mich befreit.*« Doch die Spielkarte war ihr heilig, es war, als ob einzig Ecksteinsieben sie im Leben zu halten vermochte.

Wer war sie? Beständig summten die Melodien ihrer Ichs. Sie hatte sich aufgespalten und wusste nicht, wohin. Hielt sie etwas in ihrem Inneren zusammen? Hörte sie Gott sprechen oder immerzu sich selbst? Sie tat nichts Lasterhaftes mit Ecksteinsieben. Sie klammerte sich an eine Erinnerung. Wie von alleine lenkten ihre Schritte sie zum Buchbinderhaus. Ihre rechte Hand klopfte, bald durfte die linke das wieder.

Bruder Weiz öffnete ihr. »Ich habe dich kommen sehen. Du könntest Leim rühren, was hältst du davon?«

»Wann geht die Kutsche nach Stuttgart? Meine Sachen soll ich richten, sagt Bruder Plitt.«

»Wovon redest du da? Niemand wird dich fortschicken mit dem kranken Arm.« Er schüttelte den Kopf bei ihrem Bericht. »Bruder Plitt hätte es gerne, dass ich Diaspora-Arbeiter werde. Dann wäre ich ihm als zweiter Prediger aus dem Weg. Er hat vergessen, dass ich heiraten soll, das Los hat es bestimmt, und dass ich nicht ohne meine Frau in die Fremde gehe. Ich spreche mit Bruder Jacky. Er wird dir eine Reise keinesfalls erlauben. Die Spielkarte? Ich kann nichts Böses daran erkennen, du betreibst damit kein Glücksspiel. Du darfst bleiben, dafür sorge ich. Sorge du dich nicht weiter. Werde erst gesund.«

Trotz seiner Worte ward ihr das Herz schwer. Die Brüder und Schwestern stritten jede Stunde miteinander. Die anderen Mädchen mieden sie. Vielleicht sollte sie freiwillig gehen?

Neben Bruder Weiz ermunterte sie nur Schwester Raillard, einen eigenen Weg zu suchen. »*Lasset uns aber Gutes tun, denn zu seiner Zeit werden wir auch ernten, wenn wir nicht nachlassen*«, zitierte sie aus den Galaterbriefen. »Gib nicht auf! Du bist nicht verderbt«, sagte sie.

Für den Moment half es nichts, und Schwester Raillard würde sie verlieren, sobald sie verheiratet war.

»Nimm das Beste von deinen Mitmenschen an«, sagte Schwester Raillard.

Die Worte hallten in ihr nach. Sie wurde still im Herzen, denn Gott würde ihr bleiben, wenn sie Königsfeld verließ, alles verlor. Er stand ihr bei, und am Ende ging sie zu ihm. Und sie bat ihn darum, dass er sie bei sich aufnähme, aber er sprach nicht zu ihr.

Die Brüderhochzeit fand in der Mitte des Juni statt. Sie durfte nicht dabei sein und Schwester Raillard als Braut sehen. Den sommerwarmen Tag verbrachte sie in der Stube. Beten und singen war ihr untersagt. Und so schwieg sie, wie auch Gott.

In ihrer Not wandte sie sich wieder Therese Huber zu und las die Erzählung »Das Urtheil der Welt«. Die Ungerechtigkeit sprang ihr ins Gesicht, die Dinge waren nicht, wie sie schienen. Mit welcher Festigkeit sich Deborah um das Findelkind kümmerte und zu ihm stand. Das Urteil war vorgefasst, wie gut sie dies kannte. Und doch entsprang das Kind einer Fügung des Himmels. Auch sie war ein Kind Gottes. Sie war keine Diebin, musste ihr Geständnis widerrufen. Das war ihre einzige Verfehlung. Sie vergab Bruder Plitt, er hatte sich schuldig gemacht vor dem Herrn, das mochte Strafe genug sein. Sie durfte ihn nicht richten. Und doch. Es musste ein Ende haben. Der Arm hatte ihr einen Aufschub verschafft, der nun zu Ende ging.

Bruder Jacky ließ sie zwei Tage vor Ablauf der sechs Wochen zu sich rufen. Sie legte den Arm in die Schlinge, obwohl es nicht notwendig gewesen wäre, und hoffte trotz allem inständig, in Königsfeld bleiben zu dürfen.

»Nanette, der Arm schmerzt zwar, aber er ist verheilt.« Unruhig ging er hin und her. »Wir warten die letzten beiden Tage ab, darauf kommt es nicht an. Nicht mehr warten lassen solltest du Bruder Plitt auf diese Spielkarte. Er ist ungehalten. Genug geredet. Lauf und hol Ecksteinsieben und gib sie ab. Trage den Arm in der Schlinge. Ich hoffe, Bruder Plitt wird sich gnädig zeigen.«

Sie ging über den Platz. Den linken Arm hatte sie befreit. Mit der Rechten hielt sie ihn fest an den Leib gepresst. Er wollte sich bewegen. Sie konnte Ecksteinsieben nicht hergeben. Sechs Wochen hatte sie nicht gewagt, die Spielkarte aus der Heiligen Schrift zu holen, aus Angst, sie mit einer Hand nicht schnell genug wieder verstecken zu können. Sie blieb bei der Bergpredigt, wie zuvor Herzsieben, bis jemand ihre Bibel aufschlug. Sie selbst würde das nicht sein.

Niemand zu sehen. Geduckt schlich sie in den Stall von Bruder Seiler. Der Braune begrüßte sie mit einem Schnauben. Vorsichtig nahm er die schrumpelige Möhre, die sie aus dem Sandbett geholt hatte. Eine der letzten. Aufgesattelt stand das Pferd bereit. Bruder Plitt pflegte im Sommer nachmittags ein wenig auszureiten. Sie beugte und streckte den linken Arm, es war alles einerlei, selbst die Schmerzen. Die Zügel band sie zitternd los und hoffte, dass der Braune stillstand. Mit der rechten Hand stützte sie sich an der Boxenwand ab, stieg auf einen Schemel und kletterte auf einen Querbalken. Ein wenig konnte sie ihren linken Arm schon benutzen. Die Schmerzen trieben ihr die Tränen in die Augen, das geschah ihr ganz recht. Sie büßte für alles. Sie ließ sich auf den Rücken des Pferdes gleiten. Es scharrte mit einem Huf. Sie tätschelte seinen Hals und nahm die Zügel auf. Legte sie in die linke Hand. Das Tor war angelehnt, sie schob es mit dem Fuß auf. Licht flutete herein. Bruder Plitt stand in der Sonne und wollte nach dem Zaumzeug greifen. Sie schlug dem Braunen mit den Hacken in die Flanken. Er wieherte, und sie ließ die Zügel schießen.

Der Prediger konnte gerade noch beiseite springen. »Nanette Hehl! Was nimmst du dir heraus! Halt ein!«

Lange war sie nicht geritten, seit Kirchberg, wo der Luithardt Bauer sie manchmal auf einen seiner Karrengäule gesetzt hatte. Doch ihrem Leib fiel alles wieder ein, ebenfalls dem linken Arm. Und der Braune wusste wohin, an den Rand der Ebene. Sie strebte darüber hinaus. Geradewegs zu Gott, und wenn er sie nicht wollte, halt zum Teufel. Ihr blieb keine Hoffnung.

Sie klammerte sich an den Hals des Pferdes und trieb es an. Schnell! Schneller! Weit, weiter! Sie flogen am Waldrand dahin, Zweige peitschten ihr ins Gesicht. Weiter, schneller, hinaus über den Rand. Die Zügel links, zieh, du dummer Arm, die Wiese entlang im Galopp, von der Höhe springen, in den Abgrund, beweg dich, du vermaledeiter Arm. Er verweigerte ihr den Dienst wie das Pferd.

Der Braune wieherte hell und stampfte mit den Hufen, die einen Bogen beschrieben, langsamer wurden. Ein neuer Anlauf. Sie schlug mit der Rechten auf die Kruppe und haute ihm die Hacken in die Flanken. »Los! Du sollst springen!« Warum hatte sie keine Ruten, um ihn zu schlagen, bis ihm

Hören und Sehen verging? Sie brachte den Gaul nicht von der Stelle. Als ob er ein Esel wäre. Oder sie. Was konnte das Pferd für all das, was sie angestellt hatte.

Wie lange sie heulte und schrie, hätte sie nicht sagen können. Auf einmal hörte sie Bruder Plitt rufen: »Nanette! Gott sei gelobt! Wenigstens der Braune ist vernünftig! Was hast du dir dabei gedacht? Unser Herr muss dich sehr lieben, wenn er seine Hand so über dich hält.«

Sie wollte vom Pferderücken gleiten und weglaufen, sie konnte selbst springen, brauchte den Braunen nicht. Bruder Plitt schob sie zurück in den Sattel und führte das Pferd am Zügel in den Stall. Sie schluchzte und schniefte, hielt sich den Arm, während sie dahinschaukelte. Bestimmt hatte Bruder Plitt sich längst ein Urteil ausgedacht. Sie wollte es annehmen, dann hatten die Träume ein Ende, die Irrwische konnten gehen. Sie musste in der Welt bleiben. Gott hatte es bestimmt. Nicht die alte Nanette war sie und hing an Ecksteinsieben. Auch wenn es schmerzte, sie war dazu verdammt, die Spielkarte abzugeben. Aber niemand erwähnte sie fortan, sie schien vergessen. Und keiner wollte sie nach Stuttgart zurückschicken. Konnte sie dem Frieden trauen? Von aller Welt war sie verlassen worden, Onkel Ferdinand, Onkel Ludwig, wo seid ihr geblieben?

4

Für den Blasensteinschnitt führte er in seinem Etui ein Skalpell, eine Sonde und eine Steinzange mit sich. Von Klein richtete sich im Doktorhaus ein und holte die Zwillinge auf die Welt. Zwei ungleiche Knaben. Die Geburtshilfe war immer eine Freude und bot Anlass zu reisen. So konnte er auch nach Nanette sehen. Ihr seelischer Zustand sei nicht der beste, hatte Bruder Jacky gesagt. Da steckte sie schon den Kopf zur Tür herein. Sie begann, fraulich zu werden, war nicht mehr das Kind, das Stuttgart hatte verlassen müssen. Lisbeth brauchte etwas anderes als Schläge, um Nanette in Zukunft zu erziehen.

»Die Kunde von deinem Unglück ist bis zu uns gedrungen. Es wird dir eine Lehre sein«, sagte er. Es gelang ihm nicht, streng zu klingen. Das war nicht seine Art.

»Onkel Ludwig! Ich habe gehört, dass Sie Schwester Schatz von ihrem Kugelbauch befreit haben. Zwillinge! Wie Louisle und ich, nicht von einer Art. So kommen die Dinge wieder zusammen.«

»Lass dich drücken!«

»Mein Arm!« Sie heulte auf.

Er legte die Hand kurz auf ihre Haube, nahm den Ellbogen und beugte und streckte das Brachium. Tränen liefen ihr über die Wangen, die nicht nur vom Bruch herrührten.

»Es ist normal, dass der Arm am Anfang etwas steif ist«, sagte er und wandte sich an Bruder Jacky. »Der Musculus biceps brachii baut sich schnell auf, und die Schmerzen mögen Strafe genug sein.«

Er tastete den Arm ab, alles bestens. Eine Knochenzange brauchte er nicht. Nanette biss sich die Lippe blutig.

»Du musst ihn bewegen, auch wenn es schmerzt, sonst wird er steif. Beugen und strecken. Jeden Tag ein bisschen mehr. Einen Ball darfst du hin und her rollen, ihn aber nicht werfen und fangen. Bruder Jacky, fahren Sie öfters über die Bruchstelle, ohne sie zu berühren. Verteilen Sie die Energie. Folgen Sie dabei den Nervenbahnen. Das habe ich von einem befreundeten Arzt, der Franz Anton Mesmer nahestand, gelernt.«

Bruder Jacky nickte. »Ich greife oft und gerne auf den thierischen Magnetismus zurück. Bei der Bäuerin mit Schmerzen in den Knien genauso wie beim Schmied, den sein Hüftgelenk plagt.«

»Nanette, lass den Arm locker. Spann ihn nicht an. Oder hast du kein Vertrauen mehr in deinen Onkel?«

»Was reden Sie da? Warum sollte ich denn an Ihnen zweifeln. Sie standen immer auf meiner Seite und werden mich wohlbehalten in Stuttgart abliefern. Bitte wirken Sie auf die Mutter ein, dass Sie mich nicht zu einem Bauern auf die Alb steckt. Ich will alles tun, Kuhmagd aber werde ich nicht. Dann bring ich mich aus dem Leben. Das nächste Mal richtig.«

»Was du für Unsinn redest, bis zur Konfirmation nächstes Frühjahr musst du schon hier ausharren. Und dass du mir nicht abermals stolperst und dir etwas brichst!«

»Ich darf auf dem Hörnle bleiben?« Sie wollte ihm um den Hals fallen wie früher. Noch war der Arm nicht der ihre. Doch wenn die Patienten das Unglück vergaßen, waren sie auf dem Weg der Besserung.

»Was ist, liebster Onkel, mit dem Diebstahl? Ich schwöre, ich habe das Geld nicht genommen, glaubt mir Bruder Plitt jetzt? Wie verhält es sich?«

»Die Comtesse ist jung und lässt die Ordnung vermissen«,

mischte sich Bruder Jacky ein. »Heute Morgen sind die Münzen wieder aufgetaucht. Hast du nichts davon gehört? Du bist unbedacht, aber alle wissen, dass du als ein gutes Mädchen anderen hilfst.«

Nanette schüttelte den Kopf und schlug die Hände vors Gesicht. Die Arme dicht an den Körper gedrückt.

Nebenan schrien die Knaben wie kleine Katzen. Schwester Schatz jammerte dazu. »Verreiben Sie Fenchelöl auf den Bäuchen der Knaben, das entkrampft. Und brauen Sie für Ihre Frau einen Sud vom Fenchelsamen auf«, sagte von Klein. »Sie soll jede Stunde einen Becher davon trinken.«

Von Klein reinigte seine Hände, auch wenn er keine Wunde berührt hatte, war es ihm zu einer Gewohnheit geworden. Bruder Jacky ließ sie alleine.

Er wandte sich Nanette zu, die auf ihrem Stuhl saß und vor sich hin starrte. »Du musst an die Sonne. Sie wird dein Gemüt aufheitern. Komm, wir machen einen Spaziergang. Schwing den Arm beim Laufen hin und her. Langsam, nicht gegen den Schmerz. Erzähl mir, was vorgefallen ist.«

Sie sprudelte nicht über, wie es ihre Art war, sondern berichtete in dürren Sätzen, was er längst wusste. Schleppend, wie sie die Füße voreinandersetzte, kamen ihre Worte. Dann schwieg sie. Er wartete, vergebens.

»Hast du nicht etwas vergessen? Was ist mit Ecksteinsieben? Weckherlin hat mir berichtet, dass sie bei dir gelandet ist. Er weiß es von Louisle. Du solltest achtsamer umgehen mit den Worten in deinen Briefen. Ein Wunder, dass deine Mutter nichts von der Spielkarte erfahren hat. Weckherlins Spende hat wohl die Brüder und Schwestern von einer Mitteilung nach Stuttgart abgehalten. Gib mir Ecksteinsieben, wenn dir Königsfeld lieb ist.«

Sie schaute zu ihm auf und stolperte. Er hielt sie am Arm. Ihr Schrei gellte ihm in den Ohren. Warum echauffierte sie sich, dass sie eine Spielkarte abgeben sollte?

»Auch Sie wollen also Ecksteinsieben. Ich hätte es mir denken können. Niemals! Lieber sterbe ich. Einen Weg finde ich schon. Dummes Pferd! Warum ist es nicht gesprungen?«

»Dumm bist du und kannst es nicht besser wissen. Wenn ich Ecksteinsieben erlange, liegt die Erziehung in meinen Händen. Ein altes Spiel zwischen deiner Mutter und mir. Wer eine Karte für sich gewinnt, bestimmt so lange, bis der andere die zweite vorweist. Dann wechselt es, bis einer von uns beide sein Eigen nennen kann.«

»Und der hat gewonnen? Darf alleine entscheiden, was mit mir weiter geschieht?«

Er nickte. Wenn es so einfach wäre. Nanette griff mit der Linken in ihre Schürzentasche, verzog schmerzhaft das Gesicht und reichte ihm Ecksteinsieben. Er steckte sie in sein Wams. Besser, es bekam sie niemand zu sehen.

»Liebster Onkel Ludwig, ich überlasse Ihnen alles, was mir wertvoll ist. Sie geben mir eine neue Zukunft. Hören Sie: Maman hat Herzsieben im Schreibschrank verborgen, sie hat es selbst gesagt.«

»Wir werden sehen. Gut, dass ich es weiß. Hast du gemerkt? Die linke Hand will etwas tun. Du trägst keine Schuld daran, was wir uns ausgedacht haben. Wie hätte ich ahnen können, dass meine Schwester dich derart schlagen wird. Verzeih.«

»Warum darf ich Ecksteinsieben nicht behalten? Es ist nichts Verwerfliches daran. Sie stellt keine Gefahr für die Moral auf dem Hörnle dar.«

»Man hat dich zu den Herrnhutern geschickt, um die inneren Werte zu stärken. Spielkarten passen hier nicht her.

Das wirst du leicht einsehen.« Er zeigte zum Doktorhaus. »Komm. Ich bin als Arzt gefragt und nur deswegen hier. Offiziell. Auch das verstehst du sicher.«

Sie nickte verhalten und folgte ihm. Die Hände hatte sie in der Schürzentasche vergraben, wo sie nach etwas suchten, das nicht mehr da war.

In Mönchweiler hatte es einen Pockenverdacht gegeben, der sich zum Glück nicht bestätigt hatte. Trotzdem sollten alle Kinder auf dem Hörnle geimpft werden. Er hatte den Impfstoff aus Stuttgart mitgebracht. Die Mädchen waren zuerst dran. Sie stellten sich in einer langen Reihe auf und schoben den rechten Ärmel hoch. Eines nach dem anderen trat vor. Bruder Jacky führte Buch. Die Comtesse war in England der Prozedur unterworfen worden, erhielt aber auf Wunsch der Eltern eine zweite Impfung. Die Reihe kam an Nanette, und Bruder Jacky rief: »Auch du bist geimpft! Wir können den Impfstoff sparen.« Er winkte Nanette weiter.

Die Comtesse schüttelte den Kopf. »Wie ich soll sie mit einer zweiten Impfung geschützt werden. Wir sind von einem Adel.« Sie hielt Nanette die Hand, als er das kleine Skalpell ansetzte. Nach jeder Vakzination säuberte er es mit reinem Alkohol. Er ritzte die Haut am Oberarm und träufelte die klare Flüssigkeit mit den Kuhpocken in die Wunde. Nanette verzog keine Miene.

»Wenn jemand fiebert«, sagte er zu Bruder Jacky, »geben Sie Salbeitee. Er heizt den Körper auf und hilft gegen Entzündung.«

Am nächsten Morgen kam Schwester Raillard mit Nanette zum Doktorhaus. Doch wer brachte da wem zu ihm? Die Jüngere die Ältere? Oder umgekehrt? Wie es vibrierte zwischen ihnen. Eine das Abbild der anderen. Beide trugen das magnetische Feuer in sich. Ihn schauderte. Sie hatten sich gefunden und wussten es. *»Veniet tempus, quo ista, quae nunc latent, in lucem dies extrahat«*, murmelte er.

»Es wird eine Zeit kommen, wo auch das, was jetzt noch verborgen ist, ans Licht gebracht werden wird«, übersetzten sie wie aus einem Munde. Er schnappte nach Luft.

Schwester Raillard sah ihn einen Moment zu lange an. Wie hätte er sich vor ihr verbergen können. Sie hatte ihn ebenfalls erkannt. »*Siehe, ich will ein Neues schaffen, jetzt wächst es auf, erkennt ihr's denn nicht?*, sagt Jesaja. Bringen Sie Nanette bitte in den Garten, zu den Rosenstöcken bei den Linden.« Sie lächelte und grüßte ihn mit den Augen, bevor sie davonging. Aufrecht und gemessenen Schrittes.

Er holte seine Sachen aus dem Gästezimmer und atmete tief in den Bauch. »Was ich fast vergessen hätte, hier, nimm das. Ich habe dir von Steinheils gedörrte Pflaumen mitgebracht und in Zucker eingelegte Ingwerstückchen. Das Päckchen hier ist von Louisle, die dich von Herzen grüßen lässt. Ein Geschenk und ein Brief. Es sei sehr wichtig, was darinnen steht, hat sie gesagt. Lies ihn also bald und antworte ihr. Man wird es nicht wagen, deine Briefe weiterhin zurückzuhalten. Lass es dir wohlergehen und verzweifele nicht wegen Ecksteinsieben. Du bist befreit von allem. Sei folgsam und geh alleine in den Garten zu Schwester Raillard. Ich vertraue dir, dass du nichts Dummes anstellst. Ich muss eilen, dass ich die Postkutsche nach Stuttgart bekomme. Bruder Seiler gibt mir sein Pferd, das ich an der Poststation in Krum Schiltach lasse. Nanette, lauf und pass auf dich auf.«

5

Louisle, nie würdest du dir immerzu die Hände reiben, selbst wenn dir kalt ist. Bruder Plitt merkt gar nicht, wie er alle damit unter Druck setzt. Ach, Louisle! Gut, dass du nicht weißt, wie es hier zugeht. Manchmal wundere ich mich, dass die Sonne morgens aufsteigt und der Himmel blau wird. Bruder Plitt trägt den Mantel der Brüdertracht. Niedertracht, müsste es heißen. Darunter verbirgt sich ein Kaninchenfell. Das sollte man ihm abziehen. Und die Filzjacke, mit der er seinen Leib wärmt, ihm in handliche Stücke schneiden. Schwester Hammerum kann sie für ihre eisernen Töpfe brauchen. Als Untersetzer. Bruder Plitt will mich nach wie vor loswerden, hat Bruder Weiz gesagt. Was soll ich tun?

Wenn ich das vorher gewusst hätte, Louisle, was du da schreibst. Wie konnte ich Ecksteinsieben hergeben. Alles ist immerzu falsch, was ich tue. Warum Onkel Ludwig mir dein Päckchen erst bei der Abreise gegeben hat, das weiß ich nun. Es gibt ein Geheimnis, das die Spielkarten in sich bergen. Wenn er es zum Kirchberger Vater gesagt hat, wird es stimmen. Mir gegenüber hat er es geleugnet. Aber worin besteht es? Ich weiß weniger denn je, was ich glauben soll.

Hab ganz lieben Dank für das Umschlagtuch. Ich habe es geküsst. Selbst gewebt, du weißt, wie du in der Welt bestehen kannst. Meine Lieblingsfarben. Lila mit einem Stich Rosa. Welch ein feiner Wollstoff. Du bist eine Künstlerin. Die Ornamente auf dem dunkelblauen Grund, wie apart. Es steht mir vor Augen. Ich rieche dich. Schwester Schatz hat es mir weggenommen. Wir dürfen uns nicht schmücken.

Zur Konfirmation soll ich es zurückerhalten. Bis dahin bin ich nicht mehr hier. Es ist alles verloren.

Louisle, still, Bruder Plitt verlangt nach mir. Hab ich es doch gewusst. Jetzt schickt er mich fort, und ich werde gehen. Louisle, bald sehen wir uns. Ich umarme dich.

Mit gesenktem Kopf schlich sie zum Predigerflügel. Bruder Plitt erwartete sie in der Tür. Die Stundenglocke schlug drei. Ein heller Nachmittag, aber in ihr war es dunkel.

»Deine Mutter hat uns geschrieben. Bleib hier. Du musst keine Angst haben.« Er zog sie in sein Amtszimmer. »Sie schildert uns die widrigen Umstände, unter denen du aufgewachsen bist. Daraus erklärt sich die Verwirrung, die dich heimgesucht hat, nennen wir es so. Du hast alles wiedergutgemacht. Ein Vorbild mit deinem Willen, dem Arm zu Kräften zu verhelfen. Du darfst bis zur Konfirmation bei uns bleiben. Danke Gott.«

»Ich sollte wohl Ihnen dafür danken. Ich war durchaus nicht verwirrt und widerrufe mein Geständnis.« Sie stand steif da und blickte zu Boden, obwohl die Comtesse ihr eingeschärft hatte, die Augen nicht abzuwenden. Ihr linker Arm schmerzte nach wie vor. Das war die Strafe, die ihr bleiben würde. Wenn sie sich auch wieder selbst frisieren konnte. Es war also noch nicht entschieden gewesen, ob sie das Hörnle verlassen musste bei Onkel Ludwigs Besuch. Inzwischen hatte er sicher Ecksteinsieben bei Maman vorgezeigt und sie damit zu diesem Brief bewogen. Sie wollte zufrieden sein. Besser, sie schrieb Louisle nicht, dass sie Ecksteinsieben eingebüßt hatte. »Bruder Plitt. Niemals würde ich stehlen. Geld sowieso nicht. Das schwöre ich bei Gott.«

Bruder Weiz, der mit Schwester Raillard hereinkam und ihre letzten Worte hörte, schüttelte den Kopf und nickte gleichzeitig unmerklich. »*Wenn du in einer Stunde sitzt, den Wind hörst und nicht weißt, wo er herkommt, ist der Geist bei dir, aber nicht eher, als bis du ein Sünder gewesen bist,* sagt Zinsendorf. Übe dich mit mir in der inneren Einkehr, es sei deine Strafe. Lass uns jeden Nachmittag zusammen schweigen, bis unser Leben zur Buße wird, vom Allmächtigen selbst bewirkt. Wir sind alle Sünder.«

Schwester Raillard legte eine Hand auf ihre Schulter und schob sie aus dem Zimmer. »Gott hat dich hinausgeführt aus deinem Jammertal. Sei von nun an stets bei ihm, dann werden auch die Menschen bei dir sein. Zinsendorf sagt: *Der Streitersinn ist eine Natur. Man tut, ehe man denkt, und man hat's schon wieder vergessen, so bald man getan hat.* Bruder Weiz flucht zu jeder Stunde, er ist ein Sünder vor dem Herrn. Doch wo die Sünde mächtig geworden ist, da wird die Gnade noch viel mächtiger. Wir sind gekommen, um dich zum Liebesmahl zu holen. Tee und Rosinenbrötchen, sie sind unsere Gnade.«

Bruder Plitt war ihnen gefolgt und lächelte milde. Das hatte Ecksteinsieben bewirkt. Sie hatte dem Prediger Unrecht getan. Für den Augenblick.

Als Nanette eines Nachmittags mit Schwester Raillard und Bruder Weiz zusammensaß, schaute Bruder Döll vorbei und steckte ihr einen Brief von Louisle zu. Sie hatte auf den anderen bislang keine Antwort auf den Weg gebracht.

Mein Nanele, ich durfte dem Vater in der Kirche helfen und sollte in der Sakristei ein wenig Ordnung schaffen. Dabei ist etwas aus der großen Bibel gefallen. Stell dir vor, Ecksteinsieben! Ich habe sie gleich erkannt, sie sieht aus, wie du sie beschrieben hast. Eine Spielkarte in der Heiligen Schrift! Nanele, sag mir, wie kommt Ecksteinsieben nach

Kirchberg? In Königsfeld wähnte ich sie, in deinem Besitz. Ich habe sie an mich genommen und dachte, der Vater wird es nicht merken. Sogleich schicken wollte ich dir die Karte. Ich sage dir, das ist nun alles ein paar Tage her, aber meine Arschbacken, verzeih, schmerzen immer noch. Niemals hat er uns Kinder geschlagen, auch die Buben nicht. Es war, als sei er vollkommen von Sinnen, nachdem er sie bei mir entdeckt hat. Er hat Ecksteinsieben wieder an sich genommen wie einen Schatz und ist damit in der Sakristei verschwunden, die seitdem verschlossen bleibt. Das wollte ich dir schreiben, mach dir selbst einen Reim darauf, ich habe keinen, außer meinem Podex. In Liebe, Dein Louisle. Sie prägte sich die Zeilen ein. Gierig verzehrte das Herdfeuer die Worte.

Warum hatte Onkel Ludwig Ecksteinsieben nach Kirchberg gebracht? Wähnte er sie dort mehr in Sicherheit als in Stuttgart? Schwester Raillard konnte sie nicht fragen. An wen sollte sie sich wenden? Die Comtesse, schoss es ihr durch den Sinn. Trotz alledem. Sie ließ sich nichts sagen. Und seit der Impfung waren sie versöhnt miteinander.

»Aber Nanette, siehst du es denn nicht? Es ist klar, man will etwas verbergen«, sagte die Comtesse und klatschte in die Hände. »Es ist wie im Märchen. Du bist eine Prinzessin, und niemand darf es wissen. Wir sind einander ebenbürtig. Ich habe es gleich gewusst. Lass uns beide Herrnhuter Schwestern werden.«

Nanette nickte vorsichtig und schrieb Louisle davon, die ihr antwortete: *Mein Nanele, das Leben ist kein Märchen. Du solltest nicht länger hadern, wo Gott dich hingestellt hat. Es war sein Plan, dass du bei uns aufwächst. Auf diese Weise sind wir Schwestern geworden. Sei zufrieden damit. Wozu willst du eine Herrnhuter Schwester werden? Dann kannst du nicht mehr bei uns sein. Und ich verliere dich. Gott ist auch so bei dir. Du bist reich. Hast zwei Mütter und zwei Väter. Eine zweifache Heimat. Das Pfarrhaus in Kirchberg und das Haus der Hehls in Stuttgart. Wer kann das schon von sich behaupten. Und alle sind dir zugetan, auf die ihre Art. Spielkarten sind nichts für Kinder. Da hat unser Vater ganz recht, er will mich nur wohlerziehen. Ich habe es mir gemerkt. Bleib stets fröhlich, in Liebe, Dein Louisle.*

Sie verwahrte den Brief an ihrem Herzen. Diesen konnte sie nicht verbrennen, obwohl es besser gewesen wäre. Wie recht die Schwester hatte, und doch war da etwas, was Nanette nicht losließ. Welch Aufhebens um zwei Spielkarten, die man hätte wegwerfen können. Nichts ließ sich mit ihnen anfangen, es sei denn, eine Prinzessin käme des Wegs. Oder ein Page in Livree. Aber das konnte nicht sein. Lange hatte sie nicht daran gedacht. Fünf Jahre war es her, dass sie nach Kirchberg geflohen war. Ein rechtes Kind war sie damals gewesen. Friedrich hatte sie trösten wollen, damit es nicht so schwer war zurückzukehren. Daher hatte er den Pagen erfunden, in Livree.

Bitterkalt wurde es im November, und Nanette ging alleine durch den frierenden Ort, war haltlos. Wenn sie stehen blieb, dachte sie ans Sterben. Also setzte sie die Füße voreinander. Sie könnte sich unter einem Busch zusammenrollen wie ein Tier. Man würde sie nicht finden. Die Worte der Comtesse hallten in ihr nach. Herrnhuter Schwester! Immer wieder stand sie vor der Baustelle von Schlosser Herr, der ein Wohnhaus an seine Werkstatt anbaute. Wie gerne würde auch sie sich ein Haus bauen, eine Heimat haben. Was sollte sie anfangen mit dem doppelten Zuhause, von dem Louisle geschrieben hatte? Sie wusste nicht, wohin sie gehörte, und ging alle verbotenen Wege entlang. Keiner nahm Anstoß daran. Man ließ sie gewähren. Zur Knabenanstalt lief sie, das galt als besonders verwerflich. Niemand ermahnte sie. Sie sammelte auf, was die Buben verloren hatten, und verbarg es wie früher in ihrer Schürzentasche. Eine leere Rolle Zwirn, zwei Fetzen grünes Papier, fünf Zinnsoldaten, vierzehn Murmeln. Sie zählte zweimal nach. So alt war sie und wusste nichts von sich. Sie nagte den Apfelbutzen ab, den sie unter einem Träublesbusch fand. Erst hatte sie Herzsieben und die Liebe eingebüßt, dann war sie mit Ecksteinsieben aus dem Himmel gefallen.

Sie begann, alles zu zerschneiden. »Mach Scherenschnitte«, sagte die Comtesse. »Konterfeis der Herrnhuter Schwestern, ernst und würdevoll.« Ihre Worte waren wie ein Gesetz Gottes. Die anderen rissen Nanette die Schattenbilder aus der Hand und schickten sie den Eltern. *Wohlbehütet auf dem Hörnle*, schrieben sie darunter.

Die Welt tanzte verkehrt herum, und sie ließ sich überreden, dazu die Gitarre zu zupfen. Am Anfang war es eine harte Nuss. Nach dem Armbruch musste sie von vorne beginnen, aber es dauerte nicht lange, bis sie ein weiteres Erbamt gemeistert hatte. Das Spielen öffnete ihr Herz und holte sie zurück ins Leben. Auf das Instrument kam es nicht an, statt des Klaviers wie Walt in »Flegeljahre« stimmte sie die Gitarre. Herrnhuter Schwester zu werden, war bei Jean Paul nicht vorgesehen, und doch verzehrte sie sich weiter danach.

Vor dem Beginn der Passionszeit durfte sie die Herrnhuter Tracht von Schwester Raillard probieren. Sie war ihr zu weit.

»Es ist Gottes Ratschluss, dem wir folgen«, sagte diese. »Ob du Schwester werden darfst, entscheidet dein Vater. Ob du dazu berufen bist, sagt uns das Los. Wenn du bei deinem göttlichen Vater angekommen bist, wird es zustimmen. Wie ich über deine Mutter gehört habe, denkt sie nicht daran, dich eine Herrnhuter Schwester werden zu lassen. Dein Vater wird nicht gegen sie entscheiden. Wenn er überhaupt etwas entscheidet. Darin ist er nicht gut, wie du erzählt hast. Tröste dich, wo Gott ist, da ist Heimat. Der Herr ist überall. Nimm ihn mit dir, wo immer du hingehst.«

Sie schüttelte den Kopf. Madame Hehl würde sie in der Luft zerreißen, sobald sie zurück in Stuttgart war. Sie hörte die Ruten zischen. Eine letzte Hoffnung blieb ihr. Die große Fragerunde der Konfirmanden. Am Samstag vor Palmarum. Sie musste sich beweisen, dann durfte sie sicher eine Herrnhuter Schwester werden.

Bei der Auslegung der zehn Gebote stotterte sie kein einziges Mal. Die drei Bücher Moses. Viel und gewalttätig. Sie wusste Bescheid und schluckte trocken. Die Ruten. Bei der Bergpredigt atmete sie auf. Seit Langem kannte sie diese fast auswendig. Sie jubilierte. Alles war richtig gewesen. *Seid fröhlich und getrost, es wird euch im Himmel reichlich belohnt werden.*

Zur Morgenandacht trug sie am nächsten Tag zum letzten Mal die Mädchenhaube mit den roten Bändern. Sich würdig zeigen, darauf kam es nun an. Auf einmal wurde es feucht zwischen ihren Beinen. Sie hatte in die Hose gemacht, war am Morgen nachlässig gewesen im geheimen Gemach, hatte es zu eilig gehabt. Sie betete lauter, bis die Comtesse sie von der Seite anstupste. Etwas kroch langsam ihren Schenkel hinunter.

Sie beugte sich nach vorne, als wolle sie den Schuh binden,

und hob das Kleid an. Der eine Strumpf war rot gefärbt. Sie musste sterben, würde Gottes gerechte Strafe empfangen, weil sie den Spielkarten nachgejagt war und trotzdem Herrnhuter Schwester hatte werden wollen.

Bruder Plitt teilte den Morgensegen aus und verschwand. Sie saß zusammengesunken auf der Bank. Alle sprangen um sie herum, aber niemand half ihr. Nur Schwester Sutherland, die neue Englischlehrerin, strich ihr über die Haube. »Ich bin gleich wieder da. Warte.«

»Gott hat mich gestraft. Ich nehme sein Urteil an. Er wird mich zu sich holen. Ich gehe freiwillig«, murmelte Nanette.

Schwester Sutherland lachte leise und schüttelte den Kopf. Als sie zurückkam, schickte sie alle hinaus und sagte zu ihr: »Gottes Strafe sieht anders aus. Wenn du Jesus dein Herz anbietest, er es aber erst nach langem Ringen annimmt, fragst du dich, warum er dir eine solche Prüfung auferlegt.«

Sie schaute die Schwester fragend an. Von ihren dunklen Haaren, die am Hinterkopf aufgesteckt waren, hatten sich einige Strähnen gelöst und hinter den Ohren hingen Locken herab. Die Haube war nicht mehr als ein Zierrat. Sie sah nicht aus wie eine Herrnhuter Schwester und wollte wohl auch keine sein.

»Die monatliche Reinigung kommt von nun an alle vier Wochen zu dir. Das ist normal. Unser Körper blutet und befreit sich von den Schlacken.« Sie reichte ihr eine sauber gesäumte Baumwollbinde. »Geh hinter den Paravent und schieb sie in deine Unterhose. Wie sinnig, dass du heute die Mädchenhaube mit den roten Bändern ablegst.«

Beim Konfirmationsgottesdienst sang die Gemeine: »Fahre fort, fahre fort! Komm herein, komm herein!« Von der

Brüderseite kamen die Knaben und setzten sich nach einer Verbeugung auf ihre Plätze.

Nie wieder würde sie Ball spielen können wie ein Bub. Sie presste die Schenkel zusammen. Alles war zu Ende, bevor es begonnen hatte.

»Ich werde in euch geheiliget werden vor den Heiden. Das ist die Losung für Palmarum, den Konfirmationssonntag«, sprach Bruder Plitt. Die Gemeine sang »Lobet den Herrn, alle, die ihn ehren.«

»Wir feiern diesen Festgottesdienst zur Konfirmation im Namen und zur Ehre Gottes, des Vaters, des Sohnes und des Heiligen Geistes. Amen. Ich begrüße unsere Konfirmanden, die Eltern, Paten und Großeltern und alle Gäste, die am heutigen Sonntag zu uns in die Brüdergemeine gekommen sind. *Ich werde in euch geheiliget werden vor den Heiden.* Wie könnte eine Losung treffender sein für das Leben dieser Knaben und Mädchen. Lasst uns für sie alle wünschen, was der Lehrtext sagt: *O! Dass Du für die Seelenangst, in der Du mit dem Tode rangst, nun ewig mit uns prangen müsstest!* So mögen denn unsere Konfirmanden in ihrer Seelenangst sich stets an Jesu erinnern, der für uns erlitten hat, damit wir stark durchs Leben gehen können.« Er faltete die Hände und zwei Knaben beteten abwechselnd mit der Gemeine Psalm sechsunddreißig: *»Elihu hob noch einmal an und sprach: Warte noch ein wenig, ich will dich lehren; denn ich habe noch etwas für Gott zu sagen.«* Sie schlossen mit den Versen: *Ihn kündet an sein Donnern, wenn er mit Zorn eifert gegen den Frevel.* Die Gemeine sang: »Ehre sei dem Vater.«

»Wir wollen beten«, sagte Bruder Plitt.

Sie stand auf wie die anderen und atmete flach. Heinrike, Josepha und Constanze sprachen vor, die Gemeine murmelte. Die Orgel setzte ein und der Schwesternchor jubilierte: »Wachet auf, ruft uns die Stimme!« Alle nahmen wieder Platz.

Bruder Plitt las aus der Bibel, predigte von der Frohen Botschaft, der Taufe und den zehn Geboten. Sie sangen »Steht auf, ihr lieben Kinderlein!« Es folgte das Glaubensbekenntnis, und Bruder Plitt stellte die Konfirmationsfrage. »Ja, mit Gottes Hilfe«, antworteten sie alle mit den Knaben im Chor. Nanette war versunken in die Worte und in ihren Leib. Sie sangen: »Komm Gott, Tröster, Heiliger Geist.«

Das Segensgebet. Gegen die Standesregeln rief Bruder Plitt sie als Erste auf. Sie ging nach vorne, machte kleine Schritte. Mit zitternder Stimme sagte sie ihren Konfirmationsspruch aus den Galaterbriefen, den Schwester Raillard für sie ausgesucht hatte: *»Lasst uns aber Gutes tun, denn zu seiner Zeit werden wir auch ernten, wenn wir nicht nachlassen.«* Hübsch langsam ging sie zurück, der Segen musste ihr folgen können. Gott wies ihr den richtigen Weg. Heinrike war die Nächste, und Nanette sah statt der Freundin sich selbst vor der Gemeine stehen.

Das Abendmahl empfingen sie aus dem gläsernen Kelch. Nanette war nicht allein, auch wenn sie allein gelassen worden war von der Welt, Gott war bei ihr. Mit der Konfirmation war sie in die Gemeine aufgenommen. Das Los würde über sie entscheiden.

Beim Vaterunser vergaß sie für einen Moment das Blut zwischen ihren Beinen und drückte die Bibel an sich. Ein Geschenk für die Konfirmanden. Ein Gesangbuch hatte sie von Schwester Raillard und Bruder Weiz bekommen und hielt es fest in der linken Hand. Herrnhuter Schwester, ging es ihr im Kopf herum. Sie wusste nicht, wie sie es anstellen sollte. Selbst wenn sie nach Stuttgart zurückkehrte, sie blieb bei Gott.

Der Gottesdienst war zu Ende und alle gingen hinaus. Ein Herzen und Küssen hing in der frischen Luft. Glückwünsche schwirrten umher. Die Grenze zwischen der Brüderseite und der Schwesterseite galt nichts mehr. Ihr zu Ehren war niemand gekommen. Sie ging in die Schlafstube und kauerte sich ins Bett. Wie war über sie bestimmt worden?

Am Dienstag nach Ostern reisten die letzten Gäste ab, und Bruder Plitt bestellte sie in sein Amtszimmer. Das Los hatte entschieden. Ihr Herz raste, während sie über die Straße zum Kirchensaal ging. Nicht stolpern, den Arm nicht wieder brechen. Zögernd pochte sie mit der linken Hand an die Eingangstür zum Predigerflügel. Bruder Plitt öffnete ihr sogleich, er war alleine und trug keine Herrnhuter Kappe. Kahl war sein Schädel, er sah anders aus, sogar ein Lächeln umspielte seinen Mund. Höflich bat er sie herein und forderte sie auf, Platz zu nehmen. Sie musste nicht vor dem Schreibtisch stehen bleiben.

»Ich habe einen Brief deiner Mutter erhalten.« Er faltete ein Papier auseinander. »Ich wollte dich vor der Konfirmation nicht beunruhigen und habe deswegen nichts gesagt.

Höre selbst, was sie schreibt: *Ich werde baldmöglichst eine Abschrift aus dem Kirchenbuch anfertigen lassen und Ihnen zuschicken. Daraus können Sie die Namen der Taufpaten entnehmen, als da sind: Meine kleine Schwester, unsere geliebte Friederica, die kurz nach der Taufe an Schwindsucht gestorben ist. Das Kind war keine Woche alt. Pate ist ein Bruder meines Mannes, der verehrte Friedrich, der im Krieg gegen Napoleon geblieben ist. Auch ihn hat Nanette nicht gekannt. Sehen Sie es ihr nach, wir haben nie über die Taufpaten gesprochen, weil es für mich und meinen Mann zu schmerzhaft gewesen wäre, an die zu früh gestorbenen*

Geschwister erinnert zu werden. Nanette hat immer Finanzminister von Weckherlin für ihren Taufpaten gehalten. Er ist der Bruder der Frau Pfarrer, wo sie aufgewachsen ist. Wir haben es dabei belassen, um das Kind nicht aus der Bahn zu werfen. Verzeihen Sie bitte, dass wir der Konfirmation nicht beiwohnen konnten. Mein werter Schwiegervater, der Bürgermeister von Stuttgart, ist seit Längerem schwer krank. Beten Sie für ihn, es soll Ihr Schaden nicht sein.

Nimm den Brief mit dir und überzeuge dich von der Richtigkeit meiner Worte. Bete für den Großvater und die Mutter.« Bruder Plitt legte seine Hand auf ihre Schulter und entließ sie.

Das Los hatte gesprochen. Es erfüllte keine Wünsche. Welch Unrecht hatte sie Maman getan. Sie schlug sich auf den Mund. Da war es wieder, dieses Wort: Maman. In den letzten Jahren hatte sie es zwar bei sich verwendet, aber nie darüber nachgedacht. Sie musste es wohl glauben, dass Maman sie damals in Stuttgart zur Welt gebracht hatte. Krank gemacht hatte sie die Mutter, ihre Nerven entzündet. Wie sollte sie das wieder gutmachen? Sie war verpflichtet, ihr beizustehen. Warum hatte sie in Königsfeld bleiben wollen? Wir können uns die Eltern nicht aussuchen, hatte nicht nur Schwester Raillard gesagt. Es ist recht, was Gott entscheidet, auch wenn wir es nicht verstehen.

Von nun an wollte sie Madame Hehl als Mutter anerkennen. Hatte sie sich nicht immer um sie gekümmert? Sie nicht wie sich selbst gekleidet? Persönlich hatte Maman sie nach Königsfeld geleitet, die Mühen der Reise auf sich genommen. Sogar ihre Schläge gehörten zur Erziehung, manches Mal hatte sie diese verdient gehabt. Maman meinte es nur gut mit ihr. Spielkarten waren nichts für ein Kind. Sie wollte folgsam sein, wenn sie zu Hause war, und Maman keinen

Kummer bereiten. Ihr nicht die Nerven rauben wie bei der Geburt. Bösartig sei dieses Nervenfieber, hatte Onkel Ludwig gesagt. Jederzeit könne es zurückkommen. Es sei wie eine schleichende Vergiftung. Inständig wollte sie Maman um Verzeihung bitten für all die Unannehmlichkeiten, die sie ihr bereitet hatte, und dankte Gott demütig für die Gnade, ihr eine fürsorgliche Mutter an die Seite gestellt zu haben. Sie würde keine Widerworte mehr geben, damit Maman sich einer langen Gesundheit erfreuen konnte.

Nachmittags weichte sie Louisles Tuch vorsichtig in kalte Seifenlauge ein. Es roch nach saurer Milch. Schwester Schatz hatte es ihr widerwillig zurückgegeben. Sie wusch die letzten Binden aus. Die Fingerkuppen schrumpelten und quollen auf. Jeden Monat würde das jetzt so sein. Sie rieb und drückte. Ganz rein musste der rohweiße Stoff sein. Bis ans Ende ihrer Tage. Die Pads legte sie dann beiseite und schlug kleine Wellen in der Schüssel mit dem Tuch. Ein dünner Schaumfilm verteilte sich gleichmäßig auf der Oberfläche. Vorsichtig knetete sie den feinen Wollstoff. Ein Faden blieb an ihren Nägeln hängen. Sie hob das Tuch heraus und befühlte das kleine Loch. Wenn sie in Stuttgart war, würde sie es stopfen. Langsam schwenkte sie den Stoff im Wasser hin und her, gleichmäßig mit beiden Händen.

Louisle, lass mich deine Schwester sein, schick mich nicht fort. Königsfeld ist mir eine Heimat geworden. Auch nach Kirchberg gehöre ich für immer, in den Pfarrgarten, zu euch. Weißt du noch, wie wir die nackten Amselkinder begraben haben, die aus dem Nest gefallen sind?

Wie sie den Kirchberger Vater und die Mutter im Herzen trug, blieb Schwester Raillard bei ihr. Und überall konnte sie bei Gott sein, ihre Heimat war in Jesu.

Sie schüttete das Wasser ab, drückte das Tuch aus und spülte klar, bis kein Seifenrest zurückblieb. Im Innenhof hängte sie die Pads, wie Schwester Sutherland sie nannte, an die kleine Leine für die Leibwäsche. Das Tuch legte sie über die Wäscheleinen für die Bettwäsche, die leer hin und her schwangen. Am nächsten Montag zur großen Wäsche war sie nicht mehr da. Sie streichelte die lilafarbenen Ornamente und flüsterte: Louisle, bald sind wir wieder zusammen. Ich werde dir zeigen, wie du Binden säumen kannst, sicher wirst du sie brauchen können. Ich hoffe, ich komme nicht zu spät. Das Tuch leuchtete im Licht der Abendsonne, der Wind in der Nacht würde es trocknen. Sie drückte einen letzten Kuss darauf und spazierte alleine bis an den Rand der Königsfelder Höhe.

Dort saß Bruder Plitt auf dem Pferd und schaute in die Ferne. Sie hielt den Atem an, wollte sich verdrücken, doch er hatte sie längst bemerkt. Er stieg ab, reichte ihr die Hand und ging mit ihr zum Braunen, der geduldig stehen geblieben war. Mit Schwung hob er sie hinauf. Fest saß sie im Sattel und atmete verhalten aus.

Kein Wort war zwischen ihnen gefallen. Bruder Plitt führte den Braunen am Zügel zurück in den Stall und nickte ihr zu. Beim Abschiedsgottesdienst predigte er über den Gehorsam, den die Kinder den Eltern schuldig waren.

Vor dem Kirchensaal faltete sie die Hände und schaute zum Himmel. Wie es wohl sein würde, als großes Mädchen nach Stuttgart zurückzukommen? Maman durfte sie nicht mehr schlagen, sie war konfirmiert. Sie strich über das blaue Haubenband und ihr neues Kleid. Welch Geschicklichkeit das Kind an den Tag legt, hörte sie Maman sagen.

Auf dem Hörnle hatte sie erstmals wieder ein Zuhause gehabt, nachdem sie aus Kirchberg weggeholt worden war.

Auch Stuttgart war ihr eine Heimat geworden. Sie hatte es nicht bemerkt, hörte das Klappern der Hufe auf dem Pflaster in der Charlottenstraße, roch die Rosen im Garten. Sie wollte dort sein und zugleich in Königsfeld bleiben, das eine drängte das andere an die Seite und umgekehrt. Maman war ihre Mutter, der Bergrat war der Vater, daran gab es keinen Zweifel und ebenfalls nicht am Geheimnis der Spielkarten. Vielleicht hatten ihre Taufpaten etwas damit zu tun?

Bei der Abfahrt trug Schwester Raillard einen dunkelgrünen Reisemantel über ihrer Schwesterntracht und nur die Haube, die wie immer etwas keck am Hinterkopf festgesteckt war, zeigte ihre Stellung. Eine verheiratete Herrnhuter Schwester.

Auf dem Wagen zurrte Bruder Seiler das Gepäck fest und schnaubte, weil jedes Mädchen drei statt zwei Koffer und zusätzlich eine Hutschachtel mit zurücknahm. Nanette reichte ihm die Kiste mit der Gitarre. Er schlug die Hände über dem Kopf zusammen.

Etwas abseits von den anderen zupfte sie an sich herum. Als Großmädchen kam sie nach Hause und wollte das allen zeigen. Daher trug sie die Herrnhuter Haube mit den blauen Bändern. Im Kontrast ihr neues Reisekleid, aus einem altrosafarbenen Wollstoff. Über den Schultern Louisles frisch gewaschenes Wolltuch, das nach dem Wind vom Hörnle roch, den sie arg vermissen würde.

Langsam füllte sich der Platz mit Fuhrwerken und Chaisen. Pferde wieherten, ließen ihre Äpfel fallen, die in der Morgenkühle dampften. Bruder Seiler half ihnen auf den Wagen. Die Comtesse trug ein gelbes Kleid mit Mameluckenärmeln. Sie versuchte es mit einem Ausschnitt, in dem sie eine Chemisette mit englischer Stickart befestigt hatte.

Josepha hatte ein Fichumäntelchen von grauem Musselin angelegt. Heinrike und Constanze waren in fließende weiße Gewänder gekleidet. Griechisch war in Mode. Alle hatten sie fleißig für diesen Tag genäht und trugen lange Beinkleider, darauf hatte Schwester Raillard bestanden.

Im Schritttempo brachte Bruder Seiler sie den Berg hinunter. Das Regenwasser stand auf dem Fahrweg, und die beiden Pferde hatten ordentlich zu arbeiten. Als sie an der Poststation in Krum Schiltach vorfuhren und Schwester Raillard die vor einer Woche gelösten Billetts vorzeigte, murrten die Leute, die auf einen Platz hofften.

»Die Brüder vom Hörnle, alles reklamieren sie für sich und bringen den Fahrplan durcheinander. Und die badische Post, die weiß, dass die Diligence ausgebucht ist, setzt keinen zweiten Wagen ein.« Das sprachen die Leute und umringten sie. Schwester Raillard stellte sich schützend vor sie alle. Mit Hilfe von Bruder Seiler band der Kutscher die Reisekoffer auf dem Dach fest. Es waren derart viele, dass sie die sechs Sitzplätze dort auch belegten. Jemand rief: »Man sollte den Brüdern verbieten, die Postkutsche zu nehmen!«

»Hier ist ein Extra-Gepäckbeförderungsschein im Wert von sechs Dachplätzen. Wir haben diese Fahrt für die Zöglinge lange geplant. Sie müssen in meiner Obhut bleiben. Das bin ich den Eltern schuldig. Daran gibt es nichts zu rütteln!«, rief Schwester Raillard.

Sie bestiegen den Wagen, der Kutscher blies ins Horn. Die Räder rollten, und sechzehn Hufe donnerten, dass es ihnen die Ohren herausstülpte.

In Lauterbach sagte die Comtesse: »Wir hätten zusammenrücken können, zu viert passen wir bequem auf die Bank. Die Frau mit dem Kind …«

»Das geht für zwei Stunden, aber nicht für zwölf oder mehr. Wir haben schon Verspätung.« Schwester Raillard rutschte auf der Sitzbank hin und her.

»Die verlorene Zeit holen wir wieder auf, so schnell, wie wir an den Häusern vorbeieilen.« Nanette hielt sich die Augen zu. »Wenn uns nur niemand vor den Wagen gerät.«

»Die Leute kennen das und gehen der Postkutsche aus dem Weg. Ich habe gehört, dass sie das schnelle Reisen hier gar nicht verstehen und lieber drei Tage zu Fuß laufen, als den Wagen zu besteigen, selbst wenn es ihnen an Geld nicht mangelt. Jetzt kommen wir gleich nach Schramberg, der Stadt der Kuckucksuhren«, sagte Schwester Raillard.

»Kuckuck, Kuckuck«, sangen die anderen, »ruft's aus dem Wald.«

»Kuck-kuck, Kuuck-kuuuck.« Die Comtesse prustete.

»Kikeriki«, machte Nanette, »gack, gack, kuck, kuuuck.«

»Mir ist schlecht«, würgte die Comtesse.

»Rasch, zieh die Glocke, Nanette!« Schwester Raillard hielt der Comtesse ein Tuch vor den Mund.

Ihr Wagen stoppte, und der Kutscher öffnete unwirsch den Verschlag. »Wir sind erst kurz vor Beffendorf!«

Die Comtesse stolperte heraus und übergab sich. Nanette hielt ihr den Kopf und redete beruhigend auf sie ein. Josepha streichelte ihren Rücken. An einen Baum gelehnt, ruhte die Comtesse eine ganze Weile. Der Kutscher musste tatenlos zusehen und peitschte die Gäule, als sie weiterfahren konnten. Eine Stunde hatten sie mittlerweile Verspätung.

In der Poststation an der Neckarbrücke in Oberndorf waren die frischen Pferde perdu und das warme Essen aus.

Als sie sich mit vier Kleppern wieder auf den Weg machten, weiter den Neckar entlang, war es drei Uhr nachmittags. Zwei Stunden hatten sie verloren. Nanette schaute unverwandt auf den Fluss, auf dem Kähne ihre Spur zogen und kleine Fischerboote auf der Stelle schaukelten.

Kurz hinter Sulz bekamen sie frische Pferde. Bei der Zollkontrolle vor der Einfahrt nach Hohenzollern-Sigmaringen mussten sie aussteigen und der Grenzer durchsuchte den Wagen. Er fand einiges an Contrebande, beschlagnahmte die seidenen Strümpfe von Heinrike, schenkte ihnen aber ein Tütchen mit Wibele. Eine Spezialität seiner Frau, die aus dem Hohenlohischen kam.

Der Kutscher nahm seinen Zylinder ab und überprüfte den Sitz der Bremse. Sorgfältig kontrollierte er das Geschirr und zog die Zügel fest. Im Vorbeigehen strich er den neuen Pferden über die Nüstern. Hinter ihnen stauten sich die Wagen und Fuhrwerke. Am Hang schrie ein Falke.

Kurze Zeit später ratterten die Räder wieder und die Kutsche ächzte. Heinrike und Constanze hielten sich aneinander fest, Josepha klammerte sich an Schwester Raillard. Die Comtesse klatschte in die Hände, hatte ihr Unwohlsein vergessen. Nanette fuhr mit dem Finger über die Scheibe und zeichnete ihren Weg nach.

Auf der Höhe vom Neckartal durften sie sich beim Pferdewechsel die Beine vertreten. Die Luft war mild und Nanette reckte die Nase in den leichten Wind. Vom alten Augustinerkloster wehte ein Glockenschlag herüber. Eine Stunde nach Mittag. In Stuttgart saßen sie jetzt zu Tisch. Amalie trug Fisch auf, es war Freitag. Wie sie ihr damals geholfen hatte, als sie nach Kirchberg fliehen wollte. Sie würde die Köchin recht herzlich umarmen und auch den Bergrat. Wie sie die beiden vermisst hatte, merkte sie erst jetzt. Heinrike und Constanze kehrten im Laufschritt zurück. »Schwester Raillard winkt. Wir fahren weiter. Bald sind wir daheim bei den Eltern.«

Bei den Eltern, echote es in ihr. Getreide und Kartoffeln sind verdorben, und du bist es auch. Sie hatte sich gebessert, war konfirmiert worden. Maman musste das anerkennen. Der Bergrat stand auf ihrer Seite, sie sollte aufhören, sich um die Zukunft zu sorgen, bevor sie da war. Unentwegt schaute sie aus dem Fenster und sah doch nichts. Amalie brachte dem Bergrat in diesem Augenblick seinen Kaffee. Sicher gab es Hefezopf. Schwester Hammerum pries selbstgenähte Binden an. Süßigkeiten sind schlecht für die Moral, sagte Maman. Ihr seid den Eltern gegenüber verpflichtet wie Jesus Gott dem Vater, predigte Bruder Plitt. Der Bergrat sagte: Nein! und ging in den Garten. Maman schloss die Fenster zur Charlottenstraße und nahm das Bündel mit den Weidenkätzchen. Da rumpelten sie über einen Stein, es krachte. Nanette verschluckte sich an einem Wibele und hustete. Schwester Raillard klopfte ihr auf den Rücken. Der Wagen stand schräg. Ein Rad war gebrochen. Eine Privatchaise donnerte vorbei. Schwester Raillard teilte Wibele aus und gab auch dem Kutscher welche. Eine Weile schauten sie ihm zu und packten dann das Vesper aus. Nanette brachte dem Kutscher Schinken und Brot. Er nickte ihr freundlich zu, hatte keine Hand frei, musste die Chaise abstützen und hochhieven, sonst bekam er das gebrochene Rad nicht von der Nabe. Nanette rief alle herbei. Zusammen schafften sie es, einen kleinen Felsen bis zum Wagen zu rollen. Der Kutscher setzte einen langen Ast als Hebel an. Sie schoben den Stein unter das Chassis. Auf den Feldern grasten Kühe, eine Schafherde zog über den Hügelrücken.

Anderthalb Stunden später lenkte der Kutscher den Wagen um eine Flussbiegung. Sie knabberten weiter von den Wibele, lehnten sich zurück und schlossen die Augen. Dettingen, sagte Schwester Raillard. Wie lang die Reise ist, dachte Nanette. An der Verspätung lag es nicht. Vor zwei Jahren hatte sie weggewollt aus Stuttgart, fort von Madame Hehl, nun fuhr sie zurück zu ihr, wollte brav sein. Das dauerte viel länger.

»Herrgottsdonnersblitz!« Die Stimme des Kutschers. Er fluchte weiter, seine Stimme entfernte sich, kam näher. Sie lugten ins Freie.

Eines der beiden Leitpferde war zusammengebrochen. Der Kutscher hatte es bereits ausgeschirrt und auf ein Feld geschafft. Er drückte Schwester Raillard die Zügel in die Hand: »Festhalten! Um Gottes willen! Festhalten!« Verbissen versuchte er, das Pferd wieder auf die Beine zu bringen. Es fiel kraftlos zur Seite, kaum hatte es sich aufgerappelt. Hin und her sprang er, um nicht unter den Pferdeleib zu geraten. Ein Fuhrwerk hielt, der Bauer eilte ihm zu Hilfe. Zu zweit peitschten sie auf das Tier ein. Nanette brannte der Hintern, und sie schlug die Hände vors Gesicht. Sie ließen den Gaul liegen, der Scharfrichter würde es holen. Die Comtesse begann, für das Pferd zu beten, Josepha fiel ein. Constanze und Heinrike sangen alle Strophen von »Befiehl du deine Wege.« Schwester Raillard rang die Hände.

Nanette rieb sich den Podex. *Liegengelassen, für den Scharfrichter!*, schrie es in ihr. Auf den Käs mit ihm. Den Kopf abschlagen. So und so und so! Sie hustete und konnte nicht aufhören, bis Schwester Raillard ihr einen Schluck Magenbitter einflößte.

An der Grenze zu Württemberg klingelte der Kutscher den Zöllner heraus. »Geschlossen«, sagte dieser und kratzte sich im Nacken.

»Wir haben ein Pferd verloren, habt ein Einsehen.«

Der Grenzer zog die Nachtmütze über die Ohren und winkte sie weiter.

In der Poststation Horb fragten sie: »Warum sollen wir vier Pferde für drei hergeben?«

»Das vierte liegt auf dem Feld, dort könnt ihr es holen. Wo ist meine Ablösung? Ich geh jetzt heim.«

»Wir haben nicht mehr mit der Kutsche gerechnet. Hier schläft längst alles. Wir können nur den alten Friedrich wecken, er wird einspringen gegen ein ordentliches Salär.«

»Ordentlich ist heute gar nichts vonstattengegangen«, schimpfte Schwester Raillard. »Bezahlt haben wir. Im Wagen sitzt die Comtesse von Kahlden. Was soll ich ihren Eltern erzählen? Seit neun Uhr warten sie in Stuttgart. Wir müssen weiter.«

Um Mitternacht setzten sie ihren Weg mit dem alten Friedrich und frischen Pferden fort. Es war eine sternenklare Nacht. Der Vollmond wies ihnen den Weg. Welch ein Glück. Josepha betete. »Gegen die Gespenster«, sagte sie.

Der Kutscher schwätzte vor sich hin. »Kurfürscht Friedrich, was habt Ihr getan? König sind sie alle!«

»Es gibt nur einen König, einen Gott!« Schwester Raillard ließ sich nicht abhalten.

»Fanget nur no an zu senga!«

»Großer König sei mit uns!«, stimmte sie an und alle fielen ein.

Der Kurfürscht gab den Pferden die Peitsche. Sie galoppierten immer schneller, ihre Beine überschlugen sich. Längst fuhren sie nicht mehr in der Spur. Stellenweise war die Straße am Neckar vom Regenwasser fortgespült. Der Kurfürscht hieb auf die armen Tiere ein, die vor der Peitsche flohen. Ihre Hufe donnerten, sie flogen über Gräben und Geröll, nahmen das freie Feld, nur mit zwei oder drei Rädern auf der Chaussee.

Wie die anderen klammerte Nanette sich an den Gurten in der Seitenwand fest und schickte Stoßgebete zum Himmel:

»Jesu, lass mich leben, noch ein Weilchen. Ich muss Maman um Verzeihung bitten, dass ich Louisle heimlich Briefe geschrieben habe, lass mich leben, so lange noch, dann kannst du mich zu dir nehmen.« Schräg durch die Nacht fluchte der Kutscher sich und seine Fuhre.

Plötzlich schleuderte der Wagen. Ihr Aufschrei mischte sich mit dem Brüllen und Muhen von Rindern. Mit schwäbischen Singsang beruhigte der Kurfürscht die Pferde und rührte sich nicht vom Bock. Nanette kniff die Nasenlöcher zusammen und sammelte Wibele aus den Rockfalten. Draußen muhte es, drinnen knurrten ihre Mägen. Schwester Raillard packte die letzten Vorräte aus. Ein Stück Schinken und schwarzes Brot. Eingelegte Gurken und hartgekochte Eier. Einen Krug Bier. Sie tranken reihum. Herzhaft griff Nanette zu, es gab keine Schwester Schatz, die ihr die kleinste Portion zuteilte. Die Mutter schimpfte nicht, weil sie zu viel aß. Aber trotz des Bieres wollte das schwarze Brot nicht recht hinunterrutschen. Die Irrwische, gleich würden sie kommen, die Rinderherde war vorübergezogen. Sie lehnte ihren Kopf an Schwester Raillards Schulter.

Als es tagte, rollten sie nach Tübingen hinein. »Die verschollene Postkutsche«, sagten die Leute und wahrten Abstand, als ob sie die Pest hätten. »Sie kommen aus Königsfeld, bei ihnen geht es nicht mit rechten Dingen zu.«

Mit der Comtesse ging Nanette in den Winkel. Sie hielten die Luft an. Ekelig, wie es stank. »In Paris haben sie jetzt die englische Wasserspülung«, sagte die Comtesse. Sie presste das Schnupftüchlein vor die Nase.

Weiter ging es gen Stuttgart. Schwester Raillard verteilte Pfeffernüsschen und Ingwer, auch ein wenig Chocolade. Ihre Vorräte hätten sie bis ans Ende der Welt gebracht. Aber sie wechselten nur die Pferde in Waldenbuch. Recht gemächlich rollten sie weiter. Auf die Verspätung kam es nicht mehr an. Eine Extrapost überholte sie. Sie passierten Degerloch und rumpelten die Weinstaig hinunter. Auf dem Haigst legte der Kurfürscht den Hemmschuh an. Dann waren sie endlich im Tal.

An der Gaststätte »Sieh dich für« flogen sieben Putten aus einer Wolke und winkten mit roten Flügeln. Nanette zog das Kutschenfenster auf und steckte den Kopf weit hinaus. Schwebte über der Stadt nicht die Mutter mit den Kindern? Ihr stand das Herz verkehrt im Leib. Die Kutsche ratterte die Tübinger Chaussee entlang, der Kurfürscht knallte mit der Peitsche, und die Pferde griffen weit aus.

»Das Siechenhaus!« Constanze zog die Nase kraus.

»Herrenberger Tor!«, rief Heinrike. »So nennt man es, seit die Hauptstätte vor acht Jahren abgebrochen wurde.«

»Verkehrte Welt. An der Straße nach Tübingen steht das Herrenberger Tor, nach Herrenberg führt das Tübinger Tor.« Nanette schüttelte den Kopf. Sie war nicht richtig. Ein Wachposten winkte sie weiter. Kein Stadttor, keine Passkontrolle. Die Residenz war aus der Ordnung geraten.

Der Kurfürscht blies das Horn, obwohl es verboten war, und rief: »Es lebe onser Herrscher!«

Dung und Qualm mischten sich mit warmer Braugerste und Hopfen. So roch es nur in Stuttgart. Im Schritttempo überquerten sie das große Rondell am Lindle, wo sie sonntags mit dem Bergrat die fettige rote Wurst gegessen hatte. Vor den Giebelhäusern in der Hauptstätter Straße priesen Händler ihre Waren an. Im Herbst würde sie dort wieder vom Filderkraut holen. Der bittersaure Geruch hing Nanette in der Nase, dabei war es Frühjahr.

»Die Leonhardskirche!«, rief Heinrike. »Auf dem Kremplesmarkt gibt es Körble, darin tragen wir Losungszettel von Haus zu Haus.«

Die Comtesse legte Parfüm mit Rosenduft auf und gab Schwester Raillard davon. Sie bogen in die Marktstraße ein und passierten das Brückle am Nesenbach. Der Kurfürscht lenkte den Wagen nach links, vorbei an den Hafnerbuden, die Eberhardstraße entlang. Kaum hielt es Nanette auf ihrem Sitz. Vor dem »Petersburger Hof« warteten zwei Vierspänner. Aus einem der kleinen Gemüsegärten kam eine stämmige Frau mit einem roten Kopftuch. Sie trug eine Kiepe mit kräftigen dunkelgrünen Porreestangen auf dem Rücken. In der Hand hielt sie einen geflochtenen Korb mit leuchtend roten Radieschen, die nicht zu ihrem Kopftuch passen wollten. Schon lag rechts das Katharinenstift. Zwei Mädchen mit grünen Schürzen huschten in den Eingang. Bald würde sie auch dazugehören. Durfte sich zu den Fröschen rechnen. Links lag die Legionskaserne. Nanette beugte sich vor und schaute aus dem anderen Fenster. Der Laden von Seifensieder Krauß. Darüber war die Wohnung der Hehls gewesen, im Herbst würden es sieben Jahre sein, dass sie nach Stuttgart geholt worden war. Von der Stiftskirche schlug es neun. Sie bogen mit zwölfstündiger Verspätung auf den Postplatz ein.

Die Mütter der anderen schlossen ihre Töchter in die Arme. Madame Hehl aber, Maman, verbesserte sie sich, blieb an der Eingangstür stehen.

»Was hast du angestellt, dass ihr derartig viel Verspätung habt! Die ganze Nacht habe ich hier ausgeharrt. Wo ist dein Gepäck?«, rief sie.

Nanette deutete auf ihre drei Koffer, die Kiste und die Hutschachtel und brachte kein Wort heraus.

»Aber Kind! Was ist denn um Gottes willen in dem Kasten?«

»Eine Gitarre!«, sagte Constanze und zog sie zu Maman. »Nanette kann sie recht artig spielen und hat uns beim

Singen begleitet. Ihr Onkel hat die Gitarre nach Königsfeld gebracht.«

»Onkel Ferdinand, er ist für den Unterricht aufgekommen.«

»Christiane! Du erwähnst den Namen des Finanzministers nie wieder! Das sage ich dir. Sonst …«, sie machte eine schnelle Bewegung mit der Hand, »du weißt schon. Eine Gitarre kommt nicht ins Haus. Diesen Lärm kann ich nicht ertragen. Wir lassen sie hier an der Poststation.«

FÜNFTER TEIL

Die Fensterparade

Prolog

Mit einem Satz sprang der Kutscher vom Bock. Frau Bergrat Hehl wich zurück. Betont langsam legte er die »Allgemeine Zeitung« beiseite. Das Mädchen war groß geworden und kein Kind mehr. Hatte es ihn erkannt? Er lud das Gepäck auf und schob seinen runden, schwarzen Hut zurecht. Auf dem Wagen knallte er scharf und kurz mit der Peitsche durch die Luft. Sie setzten sich in Bewegung, die Hufe klapperten dumpf auf dem Pflaster. Der Klang verriet, dass die Pferde diese Fuhre nicht leichtnahmen. Zögernd bewegten sie sich in der Poststraße, dann etwas leichter im Trab die Königstraße hinunter. Über den Hausdächern schwebten die beiden ungleichen Türme der Stiftskirche. Nach dem Rappschen Garten zog er die Zügel an und passierte umsichtig die Engstelle am Griesingerschen Haus. Die Kastanien auf der Planie standen in vollem Grün. Erste weiße Kerzen leuchteten heute in der Morgensonne. Gerne ließ er dort seine Chaise im Schatten warten und schaute zum Alten Schloss hinüber. Seit ein paar Jahren fehlten die Küchenschornsteine. Abgebrochen, auf Befehl des Königs. Schade, dass niemand mehr die Speisen über die Planie trug. Kurzweilig war das gewesen, doch Wilhelm hatte die Diener schneller entlassen, als ein Täubchen im Rohr gar wurde. Die Kutscher hatten Glück gehabt. König Wilhelm hatte die Stadtmauern schleifen lassen und die Tore geöffnet. Ein wahrer Segen für das Fuhrgewerbe. Unter Missachtung aller Verkehrsregeln ließ er die Pferde im Galopp über den Charlottenplatz donnern. Er bremste scharf vor der Nummer neun in der Charlottenstraße.

Frau Bergrat Hehl verschwand schnaubend im Haus, nicht ohne sich über die »Allgemeine Zeitung« zu echauffieren. Er reichte dem Mädchen die Hutschachtel. Sie strahlte ihn an.

»Haben Sie mich damals nicht nach Kirchberg gebracht? Als die Württemberger in Paris eingezogen sind? Der sonnengelbe Schal verbindet uns. Ich danke Ihnen nochmals. Wie Sie sich um mich gekümmert haben, vergesse ich nie. Und nicht die Maultaschen in Marbach, zu denen Sie mich eingeladen haben. Sie bleiben mir auf der Zunge.«

Er lupfte seinen Hut. »Es war mir ein Vergnügen. Ich stehe jeden Mittag auf der Planie, falls du mich brauchst.«

Das Mädchen nickte und stand unschlüssig vor dem frisch gestrichenen gelben Haus. An der linken Hausecke kümmerte ein wilder Weinstock. Gestutzt bis auf das alte Holz. Rebtränen hingen an den Schnittstellen. Er meinte zu hören, wie es im Kopf des Mädchens knisterte. Es verrieb den klaren Wundsaft der Reben auf dem Handrücken. Rebenblut tut Wunden gut, sagte der Volksmund.

Er schnalzte leise, die Pferde zogen an. Es war Markttag. Auf der Planie würde er bald eine neue Fuhre bekommen und von dort hatte er die Charlottenstraße im Blick.

1

Chalcedon, gelblich und bläulichgrau, nierenförmig, in Drusenhöhlungen. Gefunden am Fuß des Hohentwiels. Sehr apart! Der Bergrat legte den Stift zur Seite. War da jemand auf der Treppe? Ganz sacht und sanft war der Schritt. Elisabeth zankte mit Amalie in der Küche. Sie war also zurück von der Poststation. Es musste Nanette gewesen sein, die er gehört hatte. Er schlich nach oben.

»Willkommen zu Hause, junge Dame! Sei umarmt! Schön, dass du zurück bist! Gefällt es dir? Dein neues Zimmer? Hast du gemerkt, dass ich alle Fenster habe vergrößern lassen? Dem Baugesuch ist sofort stattgegeben worden. Lichtdurchflutet haben wir es jetzt, ganz nach dem Wunsch deiner Mutter. Zeit für neue Möbel war danach im ganzen Haus, deine Mutter hat entschieden. Heimerl bringt dir die Reisekoffer. Er freut sich auf Hilfe im Garten.«

Wenig später setzten sie sich zu Tisch. Wie gut es war, die Tochter wieder bei sich zu haben. Erst jetzt merkte er, wie er sie mit ihrer knitzen Art vermisst hatte.

Elisabeth selbst kam mit den Kässpätzle aus der Küche und teilte aus. Amalie brachte geröstete Zwiebeln. Wie gerne hätte Nanette sie wohl in die Arme geschlossen, aber das schickte sich nicht. Nachdem diese den Raum verlassen hatte, sagte Nanette: »Maman, recht herzlichen Dank für mein Lieblingsgericht.«

Elisabeth nickte freundlich und lächelte. Er traute ihr nicht, musste sie im Auge behalten. Sie aßen schweigend, bis Nanette es nicht mehr aushielt und sich an ihn wandte:

»Herr Vater, was mich umtreibt, wie geht es dem Großvater?«

»Er hat sich erholt, vorläufig, wir müssen abwarten, sagen die Ärzte. Auch ich sehe es so. Magst du mit mir gleich in den Garten gehen? Ich war nicht untätig in den letzten zwei Jahren. Der Nachmittag wird frühlingshaft.«

Er zeigte ihr zuerst die Kräuterspirale am Haus und die Küchengewächse. Nanette streichelte die Brunnenkresse. Sie gingen um das Rondell mit den Rosen. Vor dem Blumenkalender, seinem ganzen Stolz, blieb er stehen. »Narzissen und Tulpen, damit fängt es an im Frühjahr.«

Sie klatschte in die Hände. »Mit Ringelblumen, Rittersporn und Bartnelken geht es weiter. Wie in Kirchberg. Herr Vater, wenn ich fragen darf, gar zu gerne möchte ich Louisle besuchen. Könnten Sie mir das erlauben? Schwester Raillard will in Gottesdingen mit Pfarrer Steinheil sprechen. Sie würde mich begleiten.«

»Das hast du also schon abgemacht. Ich schreibe ihm. Er soll entscheiden, wann es geschickt ist.«

»Sie sind so gütig zu mir. Danke, Herr Vater!« Sie hauchte ihm einen Kuss auf die Wange. »Wenn Sie erlauben, möchte ich Sie noch etwas fragen.«

Er nickte und setzte sich mit ihr auf die Bank unter dem Pflaumenbaum. Dort konnte Elisabeth sie nicht hören.

»Ihr Bruder, der von Ihnen verehrte Friedrich, also mein Taufpate, er ist ja im Krieg gegen Napoleon geblieben. Das hat die Mutter nach Königsfeld geschrieben. Sie haben ihn sehr geliebt, das sind ihre Worte. Denken Sie oft an ihn?«

»Du hast manchmal merkwürdige Ideen. Die musst du von deiner Mutter haben. Leider sind mir Geschwister nicht vergönnt gewesen. Ich bin das einzige Kind. Meine Mutter ist vor Jahrzehnten gestorben. Es bleibt mir nur der Vater. Ihn habe ich hoffentlich noch eine Weile. Deine Taufpaten? Ich muss dir gestehen, ich kenne sie nicht. Wie du weißt, war ich nicht in Stuttgart, als du zur Welt gekommen bist. Deine Mutter hat alles arrangiert. Frag sie. Oder lieber nicht. Nicht heute. Komm und such mit mir Rauken zusammen. Bring sie mit ein paar Löwenzahnblättern zu Amalie, sie möge fürs Vesper Salat anrichten, nicht zu sauer.«

Pünktlich zum Sechsuhrläuten gab es Nachtessen. Er wich Nanette nicht von der Seite. Von wegen Taufpaten. Was hatte Elisabeth da nach Königsfeld geschrieben? Das Kind hatte recht, danach zu fragen. Er wollte es für den Augenblick auf sich beruhen lassen. Doch sie hatte seine Neugier geweckt. Dass er selbst nicht daran gedacht hatte. Er schüttelte den Kopf über sich.

Elisabeth griff nach dem Brot. Schnell sprach Nanette ein Dankgebet. »Beten hast du gelernt. Ich will es gelten lassen. Und deine Schulbildung ist ausreichend, wie mir Schwester Schatz geschrieben hat. Wir können uns also zukünftig auf die weiblichen Arbeiten und das Haus zurückziehen. Ich weise dich in alles ein. Du wirst mir eine große Hilfe sein.« Während sie sprach, häufte sie sich ungewohnt viel Salat auf den Teller.

Nanette fiel das Messer aus der Hand. Sie starrte auf die Salzgurke und das Brot mit dem geräuchten Schinken.

Er berührte sie an der Schulter. »Ich habe dich im Katharinenstift angemeldet. Du wirst Tagesschülerin. Am Montag beginnst du in einer der oberen Klassen. Du hast zwei Wochen Zeit bis zu den ersten monatlichen Prüfungen Ende April. Deine Freundinnen aus Königsfeld sind auch dort.«

Nanette sah ihn ungläubig an. Elisabeth sagte kein Wort,

schob ihren Stuhl zurück, dass es scharrte, und verließ das Esszimmer. »Ich muss Amalie helfen. Mit Christiane kann ich nicht mehr rechnen.«

Sobald sie alleine waren, sagte er: »Ich werde für dich tun, was möglich ist. Meine Aufgaben erlauben es mir jedoch nicht, immer nach dir zu schauen. Ich bin wieder als Arzt tätig, aber nur außer Haus, und viel für den König unterwegs. Wilhelm mag auf meine Dienste nicht ganz verzichten. Ich dachte, es sei das Beste, dich tagsüber zu beschäftigen. Frag deine Mutter besser nichts. Und erwähne auf keinen Fall die Taufpaten. Ich werde Onkel Ludwig um Auskunft bitten. Er wird nachmittags eine Stunde in den königlichen Anlagen mit dir spazieren gehen. Das haben wir verabredet. Ohne Aufsicht auszugehen, erlaubt deine Stellung in der Stuttgarter Gesellschaft nicht. In ein paar Jahren bist du freier. Gib der Mutter keinen Anlass zum Tadel. Iss jetzt, außer der Reihe bekommt man in diesem Hause nichts.«

»Je suis au régime! Maman sagt, ich esse zu viel.«

»Ach, Kind. Warte. Amalie trägt die Teller nachher ab. Geh lieber nicht in die Küche. Sonst zerschlägt deine Mutter was. Hör nur. Komm schnell.«

Im Arbeitskabinett schenkte er ihr eine Schreibgarnitur. »Papier kannst du dir nehmen, wie du es brauchst. Nicht wie in Königsfeld.« Er zwinkerte ihr zu. Von der Stiftskirche schlug es acht. »Hab eine gute erste Nacht und sei geduldig mit der Mutter. Sie muss sich daran gewöhnen, dass du zu Hause bist. Leg den kleinen Amethyst unters Kopfkissen. Für klare Träume.«

2

Du kannst dir gar nicht vorstellen, Louisle, wie reinlich es im Öhrn riecht. Kein Stäubchen liegt auf den blank gescheuerten Dielen. Sie sind mit einem feinen Lack überzogen. Ganz glatt. Maman zankt mit Amalie in der Küche. Hörst du? Du musst mich gar bald besuchen. Hier ist alles neu eingerichtet. Ein orangefarbenes Sofa ziert die Wohnstube. Dein Auge weiß nicht, wohin. Und auf dem kleinen Tisch aus Kirschbaum stehen Sammeltassen. Zum Anschauen. Einzig Mamans Schreibschrank ist von früher geblieben. Der bauchige Korpus glänzt, da sieht man jeden Fingerabdruck. Wie könnte ich dort nach Herzsieben suchen? Frieden halten mit der Mutter, das will ich. Verzeih mir, ich meine mit Maman. Was hat sie da in ihrem Königsfelder Brief geschrieben wegen meiner Taufpaten? Der Bergrat wusste von nichts.

Zum dritten Mal an diesem Tag trat Nanette über die Schwelle zu ihrem Zimmer. In einem sanften Grün leuchteten die Wände, und die Vorhänge glänzten seidig grau. Der Stoff war wie matt geschliffenes Glas in enge Falten gelegt und von seitwärts gegen die Mitte zu ziehen. Vor dem Fenster mit Blick auf den Pflaumenbaum stand ein kleiner Schreibschrank, der aussah wie Mamans. Eine Kommode mit drei Spiegeln, ganz wie bei Maman, zierte den Alkoven. Dort gab es ein schmales Bett. Sie wollte sich damit zufriedengeben. An der Wand gegenüber der Tür ruhte ein luftiges Kanapee mit einem zart rosafarbenen Bezug. Sie nahm Platz und blieb eine Fremde. Im Schrank hing das Reisekleid, einsam, wie sie. Sie vermisste ihre Haarbänder und Tücher.

Bücher und Pflanzenzeichnungen fehlten. Und ihre geliebten Riemchenschuhe. Unsinn, diese waren längst zu klein.

Zögernd nahm sie ihre Sachen aus dem Reisekoffer und packte sie in die Schrankfächer. Bibel und Gesangbuch legte sie auf den Nachttisch, daneben das Losungsbüchlein. Schnell schrieb sie eine kurze Notiz an Louisle und ließ den Brief auf dem Tisch liegen, damit die Tinte trocknete. Weil sie nicht wusste, was tun, kleidete sie sich aus und wusch Hände, Gesicht und Arme in der bereitstehenden Waschschüssel. Sie stand mitten im Zimmer in ihrer Leibwäsche. Da war ein Atem in ihrem Nacken. Sie mahnte sich zur Ruhe.

»Ich dachte es mir, dass du nicht schlafen gegangen bist.«

»Aber Maman, ich musste mich ordnen. Dazu bin ich den ganzen Tag nicht gekommen.«

»Wenn du nicht herumtrödeln würdest, wärst du längst fertig. Keine Widerworte. Woher hast du das Schreibzeug?«

»Der Herr Vater hat mir erlaubt, an Louisle zu schreiben.«

»Der Bergrat vertritt die Familie nach außen. Das Katharinenstift ist recht für dich. Was aber in diesem Hause geschieht, bestimme ich. Die Erziehung liegt allein in meinen Händen. Dazu gehören alle Briefe, die du schreibst.«

»Es ist eine kurze Nachricht nach Kirchberg. Ich hätte Sie Ihnen vorgelegt. Lesen Sie bitte.« Sie hielt ihr den Bogen hin, aber Maman drehte sich weg.

»Was ist das? Monatsbinden? Es wird immer schöner. Das hat Zeit. Haben die Schwestern in Königsfeld das mit euch genäht? Welch Unmoral! Wenn sie auch ordentlich aussehen.«

»Maman, es war bei der Konfirmation, als mich das Schicksal der Frauen ereilt hat. In zwei Wochen müsste es wieder so weit sein. Ein Damenkalender wäre mir nützlich. Bitte besorgen Sie mir einen.«

»Es ist zu früh. Das kommt vom Romanlesen. Diese Therese Huber ist schuld. Ich lasse die Weißnäherin kommen, damit du einen Vorrat an Molton hast. Sie wird dir einen Monatsgürtel anfertigen und helfen, die Binden mit Bändern zu versehen. Das ist meine Methode, damit sie nicht verrutschen. Du gehst mir nicht aus dem Haus, wenn diese Tage bei dir sind. Auch nicht in den Garten. Hast du mich verstanden? Und du trägst von nun an stets Unterbeinkleider. Genug. In Zukunft will ich nicht mehr darüber sprechen. Lass es vor allem den Bergrat nicht merken. Du bist unpässlich in diesen Zeiten.«

Nanette senkte das Haupt. »Verzeihen Sie, Maman. Ich werde folgsam sein und Ihnen keine Schande machen.«

Die Mutter wandte sich zum Gehen. Wie zufällig strich sie ihr übers Haar, brach aber ab, als ob etwas falsch daran sei.

Wie recht sie hatte! Die Romane wühlten sie auf. Am Abend vor der Konfirmation hatte sie gelesen, gleich nach dem Essen, obwohl es verboten war. »Das Urtheil der Welt«, die Geschichte von Deborah, hatte sie nicht losgelassen. Am nächsten Morgen war das Blut da gewesen.

Sie nahm ihr Nachthemd und streifte es sich über, wollte alles tun, was Maman sagte, und auf die Romane verzichten. Das Blut würde wieder verschwinden. Warum war sie so ungeduldig? Fröstelnd nahm sie die Bettdecke, zog sie bis zum Kinn und legte die Linke auf die Brust. Wie es schlug, ihr Herz. Tief atmete sie ein und aus. Konnte es für einen anderen schlagen, wie sie es gelesen hatte? Was war mit ihrem Leib? Musste er dann sterben? Wie Königin Katharina, die zu sehr geliebt hatte?

Sei folgsam und bereite deiner Mutter keinen unnötigen Kummer. Es war Schwester Raillards Stimme und die eigene zugleich, die ihr Mut zusprach, wo sie doch wusste, dass sie es nicht konnte, folgsam zu sein. Das war das Schlimmste, sie schaffte es nicht, ihre Zunge im Zaum zu halten, wie sehr sie sich auch bemühte. Sie musste es weiter versuchen, damit sie später wie Deborah einen Ehemann fand. Auf Dauer würde sie nicht unter den Augen von Maman bestehen können. Louisle, du weißt, dass ich mir immer Mühe gegeben habe und trotzdem alles falsch war. In Kirchberg habe ich gelernt, dass man sich nicht verstellen darf, selbst nicht der lieben Ruhe wegen. Vielleicht ist Maman gar nicht so schlimm. Wie sollte sie mir vertrauen, wenn ich ihr nicht traue? Das würde unser Vater sagen und meine Zweifel tadeln. Wie recht er hat!

Am nächsten Mittag bat Maman mit geröteten Wangen zu Tisch. »Willkommen zu Hause. Ich hoffe, es mundet dir. Gestern war das Essen gar einfach.«

Mit einem Kloß im Hals setzte sie sich. Der Bergrat schenkte ihr ein kleines Glas Trollinger ein. »Cannstatter Zuckerle. Du bist jetzt konfirmiert.«

Maman trug eigenhändig eine Platte mit Fleisch auf. Es roch würzig, und ihr lief das Wasser im Mund zusammen.

»Koteletts vom Wildschweinfrischling, aus der königlichen Jagd in Bebenhausen.«

Amalie brachte Buabaspitzla und eine Schüssel Salat.

»Den Feldsalat hast du heute Morgen gar fein ausgesucht«, sagte Maman. Sie gab ihr Schupfnudeln und legte ein Stück Fleisch daneben. »Möchtest du vom Wildrahmsößle?«

Ihr schwirrte der Kopf. Sie nickte und dankte, obwohl es ruhig etwas mehr sein könnte. Aber sie wollte nicht unmäßig erscheinen. Mit geradem Rücken und angewinkelten Armen aß sie, die Unterarme nicht auf dem Tisch.

»Die Frischlinge sind arg klein in diesem Jahr, da gibt es für jeden zwei Koteletts.« Maman legte ihr reichlich nach.

Sie hatte ihr unrecht getan, abermals.

Nachmittags war sie auf einmal alleine. Die Mutter besuchte einen Lesezirkel, der Bergrat traf sich mit Kollegen und Amalie spielte mit ihren Neffen. Niemand hatte an sie gedacht. Sie war in diesem Hause nicht vorhanden und wusste nicht, ob sie es jemals gewesen war. Beim Umzug hatten sie das Kind vergessen. Wenn sie auf diese Art weitermachte, würde sie morgen nicht in die neue Schule gehen können, weil sie an ihren Zweifeln erstickt war. Maman war ihre Mutter und blieb Maman.

Der Schreibschrank! In Königsfeld hatte sie an ihn gedacht, wieder und immer wieder. Jetzt konnte sie nicht daran vorbeigehen. Sehr schön, diese Maserung, sie lud die Finger ein. Herzsieben war im Schreibschrank, sie fühlte es, ganz nahe war sie ihr. Wie ihr das Herz klopfte. Wo war der Schlüssel? Hinterm Bildnis von König Friedrich? Sie fasste hinter den Bilderrahmen.

»Wie ich sehe, machst du dich schon ans Werk.«

»Onkel Ludwig!« Nanette fuhr herum.

»Verzeih, dass ich nicht geklingelt habe. Dein Vater lässt die Tür zum Garten stets offen. Falls ihn meine Schwester aussperrt. Und für Amalie ist es praktisch, wenn sie Salat oder Kräuter braucht.«

»Ich hab den Schlüssel gefunden. Hier!« Sie hielt ihn in die Höhe. »Doch sagen Sie, warum ist Ecksteinsieben in Kirchberg?«

»Du weißt mal wieder alles. Dort ist sie sicher wie in Abrahams Schoß. Bis wir Herzsieben in den Händen halten. Nun steck den Schlüssel hinein. Ich brauche die Spielkarte, hier und heute.«

»Das Herz und die Liebe. Wilhelm und Katharina. Ein Engel ist sie jetzt, die Königin, und die Ecksteine hat sie mit in den Himmel genommen.«

»Du hast Ideen. Wichtiger ist, der König muss sich bald wieder vermählen.«

»Aber sie haben sich doch geliebt!«

»Darauf kommt es nicht immer an. Du brauchst Herzsieben, Wilhelm muss an Württemberg denken. Ecksteinsieben steht für Erfolg und Karriere, Aufstieg und Leistung. Schließ endlich den Schreibschrank auf. Zu deinem Glück fehlt dir nur Herzsieben.«

»Ludwig, was machst du in meinem Haus? Und was redest du von Herzsieben?«

»Ich schaue nach unserem Zögling, Lisbeth, die Sorge treibt mich. Nanette war blass heute beim Kirchgang. Sie hat mir ordnungsgemäß und höflich die Tür geöffnet. Wir haben ein wenig philosophiert, über die Liebe. Wie man das in ihrem Alter gerne tut. Was ich dich fragen wollte, könnte es sein, dass Herzsieben bei dir im Schreibschrank zwischen den Papieren zu liegen gekommen ist? Zufällig?«

»Bitte, überzeugt euch selbst. Den Schlüssel vom Sekretär habt ihr ja schon.« Maman nahm ihn ihr aus der Hand und öffnete die Klappe. »Komm näher, liebste Tochter, wenn du Herzsieben findest, darfst du sie behalten. Mach aber die Augen auf.« Sie lachte schrill, packte sie im Genick und stieß sie mit dem Kopf in den Schrank.

Mit zitternden Händen legte Nanette die Briefe von einer auf die andere Seite. Ihre Nachrichten aus Königsfeld an Maman. Alte Briefe von Louisle, aus der Zeit, bevor sie nach Königsfeld gekommen war. Buchstaben tanzten vor ihren Augen. Keine Herzsieben. Sie schichtete das

Schreibpapier um. Die Spielkarte lag nicht dazwischen. Tintenfass und Löschsand. Unverrückbar.

»Verläpper mir nur nichts! Sonst kannst du was erleben! Brauchst wohl wieder die Ruten! Mir zu unterstellen, ich hätte dir was weggenommen und in deinen Sachen gewühlt.«

»Nanette, sei so gut und lass uns alleine«, sagte Onkel Ludwig.

Sie atmete auf und ging ins Esszimmer. Aus dem Kamin drangen die Worte von nebenan.

»Ich verlange Herzsieben von dir zurück, Lisbeth.«

Angestrengt lauschte sie auf die Antwort. Was in diesem Falle recht war.

»Christiane hat die Karte verschlampert. Wie ich es dir gesagt habe. Was kann man anderes erwarten von einem Planiemädchen. Ich will dich in meinem Hause nicht mehr sehen, es sei denn, du bringst mir Ecksteinsieben. Du weißt, warum.«

»Lisbeth! Manchmal muss ich mich wirklich beherrschen, dich nicht zu schlagen! – Johann, gut, dass du kommst.«

Was sollte das geben? Es war ihr erster Sonntag in Stuttgart und nichts als Streit lag in der Luft.

»Johann, der Apotheker lässt ausrichten, dass das Arsenik bereitliegt. Das Rezept sollst du ihm nachreichen. Lisbeth, warum hast du es bestellt, ohne uns zu fragen? Du weißt doch, dass Rattengift nicht frei zu bekommen ist. Ich gehe jetzt lieber. Bald schaue ich wieder nach meinem Zögling, unangemeldet. Das Haus lasse ich mir nicht verbieten. Wenn unser Vater das wüsste.«

Kurz darauf fiel die Haustür krachend ins Schloss.

»Warum weiß ich nichts vom Arsenik?« Der Bergrat.

Besser, sie ging in ihr Zimmer. Leise stand sie auf.

»Die Ratten sind überall. Und du bist nie da. Wie sollte

ich da auf ein Rezept von dir warten. Gnädigst. Du wolltest dieses Haus unbedingt kaufen. So nah am Nesenbach.«

Ratten. Nanette schaute auf den Boden. Sie würde nicht mehr in den Keller gehen, auch nicht bei Rutenschlägen.

»Ich hole das Gift morgen früh selbst. Sag mir, wie viel du brauchst, dann trage ich die Menge ins Giftbuch ein.«

»Jetzt misstraust du sogar mir. Reicht es nicht, dass das Kind mich verdächtigt, ich hätte diese Spielkarte?«

»Und? Hat es nicht recht?«

»Du könntest mir mal was Nettes sagen. Wenn ich mich zurechtmache, bemerkst du es nicht einmal.«

Schwere Schritte auf dem Flur. Nanette drückte sich in eine Ecke hinter den Vorhang. Wie sollte sie bloß unbemerkt aus dem Zimmer kommen? Maman klapperte mit Geschirr. Jetzt. Sie huschte aus dem Esszimmer. Da schloss Amalie die Haustür auf. Nanette machte ihr Zeichen. Sie verstand sofort und ging in Hut und Mantel in die Küche, wo sich ein Wortwechsel mit Maman entspann. Nanette witschte die Treppe hoch. Sie musste nach Kirchberg und Ecksteinsieben holen. Diese würde ihr den Weg zu Herzsieben weisen.

»Ich rieche Regen!« Schwester Raillard streckte den Zeigefinger aus dem Fenster der Kutsche. »Große Kälte. Wie oft kurz nach der Entsendung des Heiligen Geistes.«

»Aber Schwester Raillard, es ist kein Wölkchen am Himmel. Die Reben blühen im Rosenmonat, die Luft ist mild. Der Gänsen-Jakob! Gleich sind wir da!« Ihr Herz hüpfte. Louisle, ich komme! Ecksteinsieben, ich bin da. Alles wird gut.

Die Kutsche stoppte vor dem Pfarrhaus, wo der Vater wie zufällig an der Tür wartete. »Wie schön, dich bei uns zu haben. Geh zu Louisle.« Er strich ihr übers Haar und wandte sich um. »Seien Sie mir willkommen, Schwester Raillard.«

Von der großen Hofeinfahrt schaute Nanette in den Garten. Ein umfriedeter Hof war es, das hatte sie auf diese Weise nie bemerkt. Rosine hängte Wäsche auf. Unter den blühenden Pflaumenbäumen spielten die Mädchen aus der Kleinkinderschule. Maria saß auf einem Stuhl und strickte, eine Gans zerrte an der weißen Schürze einer der Kleinsten. Magdalena lehnte an der Mauer und hörte einer Nachbarin zu. Mit Stöcken schlugen einige Buben das Gras. Die Bäume standen in einem weiten Kreis, der Weg schlängelte sich zum Zaun, hinter dem die Wiese lag. Rechts lief die lange Mauer, an der sie früher den Ball hochspringen ließen. In der Mitte des Gartens kniete Louisle im Gras und setzte einem Mädchen mit einer rosafarbenen Schürze einen Blumenkranz auf. Wie gerne hätte sie sich neben die beiden gehockt, aber das war unmöglich.

Wenig später traf sie Louisle auf dem Dachboden. Sie rutschten schnell in ihren alten Kinderdialog. Es ging also doch. Drei Sätze für sie. Drei für Louisle. In einem leichten Trab flogen sie durch die erste Stunde. Im scharfen Galopp ritten sie durch die zweite.

»Es war einer da aus Metzingen. Er hat nach dem falschen Zwilling gefragt«, sagte Louisle atemlos beim Glockenschlag zur dritten Stunde. »Kromer heißt er und Zunftmeister ist er. Er hat es gewusst, dass wir keine Zwillinge sind, wie die Geschwister, die älteren.«

»Ich kann mich an ihn erinnern und habe ein Bild von seinem guten Herzen. Herzsieben wäre recht für ihn. Maman und Onkel Ludwig haben böse über die Spielkarte gestritten.

Ich werde sie finden, das schwöre ich dir. Und dann schenke ich sie dem Kromer, schaffe sie aus meiner Welt. Doch erst brauche ich Ecksteinsieben. Wo ist sie? Ich soll sie Onkel Ludwig mitbringen. Warum hat Maman mich zu euch in Pflege gegeben? Und was haben die Spielkarten damit zu tun?«

»Ach, lass doch! Fang nicht wieder an. Es kommt vor, dass Kinder nicht bei den Eltern aufwachsen. Du erinnerst dich an Weinbauers Peter? Er ist von einer entfernten kinderlosen Verwandten aufgezogen worden, weil seine Mutter Zwillinge bekommen hat. Da war er ein Jahr alt. Sie konnte sich nicht um drei kleine Kinder kümmern. Peter war arglos. Kurz bevor er in die Schule kam, haben die Eltern ihn zu sich geholt und damit weg von allem, was er kannte. Das hat ihn jedoch nicht so betrübt wie dich. Er sagt immer: Mit zwei Müttern kann mir nichts passieren. Eine bleibt mir allemal.«

»Ach, Louisle, wie lieb von dir. Ich bin trotzdem recht unruhig.«

»Du bist schlimmer als der ungläubige Thomas. Tante Hehl war nach der Geburt hilflos und wusste nicht, was sie mit einem Kind anfangen soll, hat uns die Mutter erklärt. Das sei normal beim ersten. Kaum warst du verständiger, konnte sie es ebenfalls sein. Und mittlerweile kommt ihr gut miteinander aus, wie uns dein Onkel Ludwig berichtet hat. Nicht dass es uns betrübt, wir hoffen, du vergisst uns nicht. Höre, in Schorndorf, in der Nähe der Großeltern, lebt ein Mädchen, das zu einer Amme gegeben wurde. Die Mutter konnte sich nicht kümmern, sie war krank. Lange Jahre hat man um sie gefürchtet, und deshalb hat die Nährmutter die Kleine behalten. Wie es so kommt, die richtige Mutter war endlich genesen und wurde wieder mit einem Kind gesegnet. Man wollte sie nicht zu sehr belasten und ließ das Mädchen bei der Amme. Es folgten noch zwei Geschwister und erst mit vierzehn, kurz vor der Konfirmation, durfte es zu den Eltern. Man hat ihm nie gesagt, wer diese sind, mochte es nicht verwirren, aber es kannte sie schon lange als Nachbarn, auch die Brüder und Schwestern. Und heute freut es sich, dass sie einander verbunden sind. Du hast zu viel über alles nachgedacht, das verwirrt deinen Geist. Und die Spielkarten haben ihren Anteil daran.«

»Das Grübeln kommt vom Romanlesen. Das haben die Ärzte niedergelegt. Ich lese halt gar zu gerne, und was nützt es, wenn ich nicht darüber nachdenke? Ich will nicht mehr an der Mutterschaft zweifeln. Es erregt mich jedes Mal und ist kindisch. Ecksteinsieben brauche ich trotzdem.«

»Frag den Vater, du kennst dich aus mit Prügeln.«

»Du bist mir eine schöne Freundin!«

»Ich denke, ich bin deine Schwester. Dein Zwilling. Er ist aus dem Nest gefallen, wie der Engel auf Ecksteinsieben.«

»Nein, nicht du. Ich bin es. Lassen wir das. Komm, wir fragen. Oder bist du feige?«

»Niemals, wenn du bei mir bist!« Louisle lachte und fasste sie um die Taille. »Bist eine richtige Dame geworden.«

»Leider, und du? Brauchst du? Du weißt schon.«

»Ich hab Schwestern, die älter sind. Sieht scheußlich aus, mich wird's nicht treffen.«

»Maman hat mir geholfen. Das hätte ich nicht erwartet. Du musst Bändchen annähen, damit die Binden nicht verrutschen. Beim zweiten Mal war ich nicht mehr überrascht. Bis Anfang Juni habe ich Zeit, sagt mein Damenkalender. Die Brüste schmerzen schon wieder.«

Schwester Raillard lächelte, als sie ins Amtszimmer traten und herumdrucksten. »Louisle, dann zeig du mir bitte den

Garten, von dem ich so viel gehört habe. Ich glaube, Nanette muss das hier alleine regeln.«

Der Vater schloss die Tür hinter den beiden.

»Ich bin schuld, dass Sie diese …, verzeihen Sie, … verfluchte Ecksteinsieben jetzt im Hause haben. Ich weiß es von Louisle. Bitte schlagen Sie mich, nicht sie. Die Schwester wollte mir helfen. Onkel Ludwig hat mir aufgetragen, ihm Ecksteinsieben zu bringen.«

Vom großen Lehnstuhl schaute der Vater zur Kirche hinüber. »Von Klein hat sie mir anvertraut und will sie selbst abholen. Ich soll sie um keinen Preis herzeigen oder aus der Hand geben. Das gilt auch für Louisle und dich. Es sei denn, du hast einen Beweis mitgebracht, dass er dich schickt. Du verstehst.«

Sie stand sich mit hängenden Armen selbst im Weg. Sie musste Ecksteinsieben erlangen, sie nach Stuttgart bringen. Auch wenn sie keinen Auftrag erhalten hatte. In Kirchberg schien sie ihr nicht mehr sicher.

Bei der Rückfahrt schaute sie aus dem Fenster der Chaise und schwieg vor sich hin. Sie war gescheitert. Wie gerne wäre sie zumindest mit Louisle über ihre Wiese gelaufen. Aber es war keine Zeit gewesen. Sie fuhr zurück nach Stuttgart, in die Welt hinaus wie Vult und war doch Walt geworden. Zum Abschied hatte sie der Schwester Walts Streckvers vom Maiblümchen geschenkt, »… die neue Erde auf der alten …«

Schwester Raillard legte ihr den Arm um die Schulter. Ganz eng saßen sie beieinander, atmeten im gleichen Rhythmus. Sie waren bei Gott, wurden eins, waren es immer gewesen.

»Nanette, lass dir von mir erzählen. Mein Weg mag dem deinen auf den ersten Blick nicht ähneln. Manchmal kommen die Dinge indes auf eine wunderbare Weise zusammen.

Als du nach Königsfeld gekommen bist, warst du so alt wie ich damals bei dieser Operation.« Sie zeigte auf ihren Hals. »Über Monate hinweg konnte ich nicht reden. Da habe ich lateinische Vokabeln und Satzwendungen auswendig gelernt und sie im Kopf hergesagt. Das Geschriebene und das Gesprochene sind ja im Lateinischen gleich. Mein Hals war vergiftet. Ich danke Gott jeden Tag, dass er mich hat gesunden lassen. Es ist ein Wunder, dass ich die Prozedur überstanden habe. Nur die dunkle, heisere Stimme ist mir geblieben. Ich trage dieses Zeichen ganz im Bewusstsein Gottes, lege meine linke Hand, die vom Herzen kommt, nach den Gebeten dort hin, wo die Seele den Leib betritt und mir etwas fehlt. Die Erinnerung an die Schmerzen und die Not zu atmen, hat sich nicht verloren.«

Sie legte Schwester Raillard die Hand auf den Arm. Für einen Moment sahen sie sich in die Augen. Es war, als ob sie in einen Spiegel blickten.

»Gott hat mich gezeichnet, es ist eine Gnade, dass ich leben darf. Nicht verloren gehen! Selig werden, habe ich gebetet. In meinen stummen Stunden habe ich beschlossen, dass ich Jesus dienen will. Daher bin ich Schwester bei den Herrnhutern geworden. Erzieherin. Und ich sühne das gottlose Leben meiner Eltern. Du erinnerst dich an den Knaben, der gestorben ist? Ich vermisse den kleinen Bruder sehr, wenn wir auch nicht von einem Vater sind.«

Schwester Raillard nahm Nanettes Hand und legte sie an ihren Kehlkopf. »Larynx«, sagte sie sanft. »Hier im Adamsapfel leben Stimme und Atem, sind vereint. Die Laute selbst werden in der Kuhle darunter geboren. Dahinter wohnt ein Schmetterling, wie ein Schild, der das Böse von uns fernhält. Sie haben es herausgeschnitten. Seitdem trage ich den Schattenstrich, ein Zeichen Gottes.«

»Onkel Ludwig hat gesagt, Sie hätten ein starkes Energiefeld. ›Magnetisches Fluidum‹ nennt er es. Es kommt wohl von der Operation. Ich habe es auch, sagt er, doch ich kann nichts fühlen.« Sie legte ihre Hand an den Hals. »Lotte, seine Tochter, soll es gleich uns besitzen.«

»Manchmal kommen wir aus verschiedenen Zeiten zusammen, weil in dieser Welt noch etwas zu erledigen ist. Dann spüren wir unsichtbare Strahlen, von Gott gesandt. Und bisweilen haben andere die Dinge vorweggenommen, die man später selbst erleben wird.«

Sie passierten das Niklastor in Marbach. An einem steilen Sträßchen machte Nanette dem Kutscher ein Zeichen und wies aus dem Fenster. »Sehen Sie die grünen Fensterläden? Schillers Geburtshaus. Der Vater aus Kirchberg hat es mir gezeigt. Dort ist eine Gedenktafel.«

»Wie du siehst, muss man nicht in einem Schloss geboren werden, um Großes zu leisten. Sei auf der Hut und achte auf deinen Hals. Ich kann nicht länger um dich sein. Bruder Weiz hat einen Ruf nach Ulm erhalten. Wir reisen morgen. Ich komme bald wieder. Hab Vertrauen in Gott.«

Das Band zwischen ihnen schwang ein wenig hin und her, zerriss aber nicht. Ein sonniger Frühlingstag, wenn auch ein bisschen kühl, redete Nanette sich gut zu.

Sie versuchte es in der nächsten Zeit mit Beten und wurde nicht voll. Stimmte sie ein Lied an, fiel ihr die Melodie aus dem Mund.

Onkel Ludwig schüttelte den Kopf, als sie ihm von Kirchberg erzählte. Er habe nicht gesagt, sie solle ihm Ecksteinsieben bringen, darum würde er sich kümmern. Ihm gehe es einzig um Herzsieben.

Sie hatte versagt, die sieben Herzen waren nicht im

Schreibschrank, obwohl sie fest davon überzeugt gewesen war. Wo verwahrte Maman diese stattdessen?

Nach der Schule ging sie oft alleine durch die Stadt. Pauline hielt nichts davon, und die anderen strebten ebenfalls heimwärts. Im Rappschen Garten zwitscherten die Meisen vielstimmig ihr »Sieh-da-sieh-da«. Buchfinken verkündeten den Regen, der im Blau des Himmels hängen blieb. Die Sperlinge kümmerte nichts, sie tschilpten von der Mauer oder hüpften auf der Straße herum und pickten Brotkrumen auf. Das Zwitschern der Mauersegler hing in der Luft, eine vertraute Melodie, die sie nach Kirchberg entführte.

An einem dieser zu hellen Sommertage holte Amalie sie zu sich in die Küche. »Damit du auf andere Gedanken kommst. Wir waschen die Schubladen aus. Soda und Essigwasser hilft gegen Ungeziefer und ein schweres Gemüt. Mach schon!«

Lustlos werkelte sie vor sich hin. Was war das? Mit spitzen Fingern reichte sie der Köchin ein Heft mit einem Totenkopf. Wenn sie sich die Haut wegdachte, sah ihr Schädel auch so aus.

Amalie schüttelte den Kopf. »Das Giftbuch. Der Bergrat ist Arzt, hast du das vergessen? Wir legen es in sein Arbeitskabinett. Hier in der Küche hat es nichts zu suchen.«

»Lass mich einen Blick hineinwerfen. Gib schon her!« Sie nahm das Büchlein an sich und schlug es in der Mitte auf. »Was bedeuten die Zeichen?«

»Du lässt dich von nichts abhalten. Also gut. Das sind Abkürzungen für Gewichte. Am kleinsten ist der Richtpfennig. Nicht mal ein Gramm. Vier davon geben ein Quentle. Und wieder vier ein Lot. Als Köchin muss ich mich auskennen. Für die fein gewiegten Zutaten beim Backen. Der Bergrat ist Arzt und weiß auch um alle Gewichte. Wie sollte er sonst die richtige Menge verschreiben. Wenig hilft, zu viel bringt einen um. Das ist nur für die Ratten gut. Darum muss man es eintragen. Leg das Heft deinem Vater auf den Schreibtisch und geh in den Garten. Bring Salat fürs Mittagessen, den kannst du gleich putzen.«

Louisle, sag mir, gibt es in Kirchberg Ratten? Davon war nie die Rede. Oder haben sich Friedrich und Jonathan darum gekümmert und uns Mädchen verschont? Wie anders es hier in Stuttgart ist. Die Viecher wohnen bei uns, und wir tun den ganzen Tag so vornehm. Du bekommst zu essen. Ich verhungere, obwohl Amalie und der Bergrat und vor allem Onkel Ludwig alles tun, um mich am Leben zu halten.

3

Für den Blasensteinschnitt hatte er wie immer alles dabei. Skalpell, Sonde und Steinzange. Auch wenn er rein privat unterwegs war, rief man ihn, sodass er nicht nur beim König beständig seinen Dienst versah. Den Menschen war er es schuldig zu helfen, wo er konnte. Er läutete in der Charlottenstraße. Lisbeth öffnete.

»Hol bitte Nanette. Dann muss ich nicht reinkommen. Was dir sicher recht ist. Ich bin hier, um das Kind auf den Spaziergang abzuholen.«

»Sie ist unpässlich, du verstehst.«

»Als ob die monatliche Reinigung eine Krankheit wäre! Dir ist jeder Vorwand recht, das Kind nicht aus dem Haus zu lassen. Damit hat es ein Ende. Nanette! Komm herunter.

Nimm ein Schultertuch. Lisbeth, kein Widerspruch. Dein Gatte hat mir die Order erteilt.«

Sie drehte sich auf dem Absatz um. In der Küche ergoss sich eine Schimpftirade über Amalie.

Da kam Nanette in einem duftig grünblauen Sommerkleid und mit einer leichten Schute auf den hochgesteckten Haaren die Treppe herunter. Fast hätte er in die Hände geklatscht, wie hübsch sie war. Die besonderen Tage sah man ihr nicht an. Er legte ihr das Schultertuch um, und sie hakte sich bei ihm unter. Über den Charlottenplatz führte er sie, vorbei an den Akademiegebäuden und weiter die Planie entlang.

»Hast du Schmerzen?«

Sie schüttelte vehement den Kopf. »Ich kann es nicht ändern. Tief einatmen hilft. Ich werde deswegen nicht ein Viertel meines Lebens auf dem Kanapee verbringen.«

»So haben Steinheils es dich gelehrt. Lass dich nicht unterkriegen. Du bist, wie du bist.«

»Ein paar Tage von der Schule befreit zu sein, ist nicht schlecht. Wenn mir die Freundinnen auch fehlen.«

»Es lässt sich immer etwas lernen. Den Spaziergang holen wir nach. Ich möchte heute im ›König von England‹ mit dir und Lotte eine Séance abhalten, falls du einverstanden bist.«

»Sie haben mich nie in was Böses hineingebracht. Wie sollte ich nicht einig sein mit Ihnen?«

»Sei dir da nicht so sicher!«

Sie traten durch das Schlossportal auf den Alten Schlossplatz. Nach links und rechts grüßte er, und sie tat es ihm gleich. Schlag sechs betraten sie die Gaststube im »König von England«.

Er ging zu einem großen Tisch in einer Ecke. »Nanette, du erinnerst dich sicher an Lotte, meine jüngste Tochter. Ihr seid euch nach der Kirche begegnet, als du aus Königsfeld zurückgekommen bist. Erzähl ihr von der Mädchenanstalt, sie möchte unbedingt dort hin, doch ich will sie bei mir behalten.«

Lotte tauchte ihren Löffel in die Flädlesuppe. Nanette setzte sich neben sie. Der Kellner stellte auch ihr eine Suppe hin. Sie aß nichts, war noch dünner geworden in Königsfeld, er musste mit Amalie reden.

Ein fettbäuchiger Mann, dem nur wenige Haare geblieben waren, blieb an der Eingangstür stehen. Unter dem Arm trug er einen murrenden weißen Pudel und sah zu ihnen herüber. Als ob er gerade angekommen sei und nicht recht wisse, wohin er gehöre. Von Klein wollte jetzt keine Notiz von ihm nehmen, hatte ihn aber wohl erkannt. Zum Glück wandte sich der Mensch ab und ging zu den Gästezimmern im zweiten Stock. Der Pudel fletschte die Zähne.

Der Diener führte die Mädchen und ihn in die Beletage. In der Mitte des Raumes, in dem die halbe Stuttgarter Bürgergesellschaft versammelt war, stand eine Recamière, bedeckt mit einem weißen Tuch. An ihrer Kopfseite befanden sich zwei Sessel mit Armlehnen. Er hieß Nanette links und Lotte rechts Platz zu nehmen. Die Herren hatten es sich auf den schmalen Sofas im Raum bequem gemacht und sprachen dem Trollinger des Hauses zu. Auf den Tischchen an den Seiten standen Konfitüren und trockenes Gebäck. Der Diener brachte Tabak. Von Klein komplimentierte ihn hinaus. Später.

»Meine Herren, ich brauche einen Patienten. Ein lahmes Knie oder eine steife Hüfte. Finger, die nicht recht wollen. Freund Haug?«

»Zahnschmerzen, oben links, ganz hinten, wo schon lange kein Zahn mehr ist. Wenn du sie mir wegnehmen kannst, werde ich dich auf immer preisen in meinen Gedichten.«

Die Herren lachten und prosteten sich zu. Von Klein bat Freund Haug zur Recamière, wo sich dieser auf den Rücken niederlegte. Er nahm Lottes Hände in die seinen. Ihr fielen nach wenigen Minuten die Augen zu, sie stöhnte und wand sich im Sessel. Ganz sacht strich er ihr über die Stirn und ging zum Patienten hinüber. Er führte die Finger an Haugs Leib entlang, ohne ihn zu berühren. Ein Körperteil musste in Stockung geraten sein. Über den Füßen wurde er fündig, die Innenfläche seiner Hand glühte. Er ließ die eigene Strömung einwirken. Lotte ächzte und warf den Kopf von einer auf die andere Seite. Behutsam verteilte er die Energie entlang der Nervenbahnen, bis er zu den Zähnen kam. Dort war alles ruhig. Einen Moment stand er so da, dann weckte er Freund Haug und auch Lotte, die ihn mit Heiterkeit in ihrer Seele begrüßte.

»Und«, durchbrach von Wangenheim die Stille, »was ist mit den Zahnschmerzen?«

Haug massierte seinen Kiefer. »Deswegen kam ich her. Da ist ein Gedicht im Kopf. Ich muss es notieren. Rasch, man reiche mir Feder und Tinte, ein Papier. Die Füße sind mir so heiß. Sie erlauben, meine Herren, Kultusminister von Wangenheim, wenn ich mich etwas erleichtere. Schuhe und Strümpfe sind hinderliche Geschöpfe. Der Zehnagel könnte endlich Ruhe geben.« Er nickte Lotte und Nanette zu und beugte sich tief in den Lichtkegel der Argandlampe.

»Mich plagen Schmerzen im Knie. Damit kann ich nicht nach Frankfurt zum Bundestag zurückkehren. Freund Klein, versuchen Sie sich.« Von Wangenheim ließ sich ächzend auf der Recamière nieder, während Haug sich wie ein Besessener an dem Papier zu schaffen machte, aufsprang und nach unten in die Gaststube entwich. Recht war's, wenn nur die Schmerzen ihn nicht mehr plagten.

Von Klein ging auf die andere Seite zu Nanette. »Lass dich führen und nimm mich an die Hand. Deine Kraft ist größer als an normalen Tagen.« Er hielt ihre Finger, füllte sich auf, nahm eine lange Weile von ihrer Energie, mehr und mehr, unendlich schien sie zu sein.

Von Wangenheim atmete flach, während er die Hände über seinen Körper gleiten ließ. Das Band zu Nanette war stärker als zu Lotte. Von Klein war heiß wie im Fieber. Still lag Christiane in ihrem Sessel, lächelte und sagte: »Umdrehen!« Er bedeutete von Wangenheim, sich auf den Bauch zu legen, und tastete, ohne ihn zu berühren, die Wirbelsäule ab. Die Schweißperlen hingen von Klein auf der Stirn. Im Kreuz war seine Hand wie festgenagelt. Er massierte gegen die Regel den Wirbel, der wohl für die Knieschmerzen verantwortlich zeichnete. Die Stelle am Rücken war kühl. Nanette lächelte. Er schickte ihr ein Zeichen. Zeit aufzuhören, zu spät, sie begann zu sprechen, klar und deutlich kamen die Worte: »Ein Spiel. Geht ins Herz. Um die Ecken. Siebenmal ins Knie hinein.« Jemand lachte. Nanette hatte die Augen geschlossen und sprach weiter: »Ein Spiel … Herzsieben … geheim … der Schreibschrank … nur ein Möbel …«

Er eilte zu ihr und holte sie zurück. Genug, schon zu viel. Was hatte sie da gesagt? Möbel? Die Landesausstellung im Alten Schloss! Warum war er nicht selbst darauf gekommen.

Wangenheim hielt sich das Knie. »Es pulsiert und ist doch kalt.« Er stand auf, griff nach seinem Stock und stellte ihn wieder beiseite. »Die Schmerzen sind vollkommen verschwunden, aber dieses Kind da, es ist keines mehr.« Er deutete auf Nanette. »Das zweite Gesicht hat sie, und es wird böse enden mit ihr.« Er ging hinaus, der Diener geleitete ihn.

Ein Gemurmel setzte ein. Die Herren plauderten, ließen sich vom Wein nachschenken und nahmen Gebäck mit Konfitüre. Es wollte sich indes keine Leichtigkeit mehr einstellen, sogar den Tabak verschmähten die Gäste.

Die Mädchen rieben sich die Augen und erhoben sich aus

ihren Sesseln. Von Klein legte den Arm um Lotte. »Nanette, geh allein nach Hause. Kannst du das? Ich sehe, du nickst. Es ist noch hell. Sag deiner Mutter, ich habe eilen müssen, zu einem Patienten bei Hofe.«

Im Alten Schloss zog er Nanette einige Tage später an der Dampfmaschine vorbei, die vor sich hin fauchte und zischte und weiße Wölkchen ausstieß. Nanette drehte sich um und warf einen Blick auf das Ungeheuer. Er schob sie weiter zu den Möbeln. Ein dunkelblaues Stadtkleid trug die Nichte und ihre grüne Schute. An ihrer Hand baumelte eine rosafarbene Ridicule, neu und selbst gestrickt. Da! Ein Schreibschrank wie der von Lisbeth. Die Leute drängten sich und befingerten ihn. Er war ganz fleckig. Von Klein hielt sich im Hintergrund.

»Meine Damen! Lassen Sie sich alles genau vorführen. Treten Sie bitte etwas zurück. Mein Fräulein«, wandte sich ein Mann an Nanette. »Sie gestatten, dass ich Ihre Hände benutze, um die Geheimnisse des Schrankes zu erkunden? Ich habe ihn geschreinert und weiß um alle Ecken und Kanten.« Er reichte ihr einen Schlüssel. »Beginnen wir mit dem Einfachsten. Schließen Sie auf.«

Nanette strich über die Holzmaserung, steckte den Schlüssel ins Schloss und drehte ihn herum. Vorsichtig ließ sie die Schreibplatte herunter. Ihre Umsicht aus den Kirchberger Jahren hatte sie sich bewahrt.

Der Schreiner nahm ihre Hände und führte sie durch das Innenleben. »Links und rechts verschiedene Ablagefächer. Zu beantworten, erledigt, abwarten. Derart ließe es sich einteilen. Und hier ist Platz für einen Vorrat an Papier und Karten. Unten für Siegellack, Feder und Tinte. Nehmen Sie alles heraus und stellen es wieder hinein. Damit wir sehen, wie praktisch es ist. Nichts liegt mehr herum, wenn der Schrank seine Aufgabe erfüllt hat und die Klappe geschlossen ist.«

Alles schaute genauso aus wie bei Lisbeth, nur die Maße schienen ihm größer, wohl für die Ausstellung.

»Et voilá! Le coup de cœur!« Der Schreiner holte das Tintenfass aus seiner Verankerung, nahm Nanettes Hand und drückte ihre Fingerspitzen in die Vertiefung.

»Aber Monsieur! Da geht eine Tür auf. Auf der anderen Seite. Dort in der Ecke. Da links! Die war vorher nicht da!«

Der Schreiner verbeugte sich. »Perfekt. Sie haben es erkannt. Ein Seilzug zwischen Platte und einer dünnen Abdeckung schräg nach hinten öffnet auf Fingerdruck das geheime Fach.« Er schloss die Klappe und winkte einigen Burschen, die ihm halfen, den Schreibschrank auf den Rücken zu legen. »Aus Gründen der Anschauung habe ich unten auf die Abdeckung verzichtet. Schauen Sie, hier. Das Seil. Es ist doppelt gedreht, hat Garantie auf zehn Jahre.«

Die Leute drängten die Nichte an die Seite und betatschten das Innenleben, als ob sie ein Stück mitnehmen wollten.

»Haben Sie schon viele Exemplare davon verkauft?«, fragte Nanette den Schreiner. Sie sprach leise, aber von Klein hörte es genau. Dumm war sie nicht.

Der Schreiner war etwas zurückgetreten und rieb sich die Nase. »Im Vertrauen. Weil Sie mir Ihre Hände ausgeliehen haben. Erst einmal habe ich einen verkaufen können. Leider. Ein einfacheres Modell. Das wird sich ändern.«

Eine Frau kam zu ihm. Er ging mit ihr ein paar Schritte beiseite und notierte eifrig ihre Wünsche. Von Klein entfernte sich. Nanette wusste, was sie zu tun hatte, da brauchte er keine Worte zu verlieren.

Dieser Mensch, der sich Jean Paul nannte, hatte ihm einen Besuch abstatten wollen, berichtete ihm seine Frau, als er kurz darauf aus Kirchberg zurückkehrte. Weit war es nicht von den beiden Zimmern, die der Dichter inzwischen bei Carl Mohr in der Kronprinzenstraße bewohnte, bis zu seinem Haus in der Königstraße. Das hatte er nicht bedacht. Er hatte Haug gebeten, den Menschen aus der Inneren Stadt zu entfernen, was leicht war, denn der »König von England« sagte ihm wenig zu, allein schon wegen der Kosten. Seiner Opiumsucht habe Jean Paul abgeschworen, doch er pflege sich regelmäßig stattlich auf die Leber zu gießen, erzählte man. Diese war der Sitz des Durstes, das wusste von Klein. Wie aber unterschied sich die eines Dichters von einer normalen Säuferleber? Eine Scharade kam ihm gerade recht. »Ein Richter, der nichts zum Richten hat, nur den Wirrwarr seiner Wörter, wovon er reichlich Vorrat richtet.« Lösung: Der wahre Name dieses Menschen.

Letztlich war es nicht zu vermeiden gewesen, dass er ihn vor ein paar Tagen bei Freund Haug getroffen hatte. Überall drängte er sich hinein und dachte sich als Mittelpunkt des Stadtlebens. Dieser Mensch, der sich Jean Paul zu nennen pflegte und lediglich Fragmente zustande brachte, die alle drucken wollten, selbst Cotta war nicht dagegen gefeit. Auf den Magnetismus erpicht war Jean Paul, im nächsten Werk sollte ein Magnetiseur vorkommen. Er suchte ein Vorbild, doch von Klein würde sich dafür nicht hergeben.

Medizinalrat nannte er ihn, und er ließ es im Raum stehen. Von diesem Menschen hörte er unentwegt, vor allem vom Schwager. Der Bergrat hätte Nanette nicht aus seinen Werken erzählen dürfen. Von Klein mochte Jean Paul nicht trauen. Allein der Dichtung zuliebe interessierte er sich für einen, nicht wegen des Herzens. Alles und jedes floss in die

Texte ein. Er wollte nicht dazugehören und den Magnetismus davor bewahren.

Ecksteinsieben hatte er in Kirchberg in seine Obhut genommen und verbarg sie im Etui bei der Steinzange. Nur wenn er sie beständig bei sich trug, konnte er sicher sein, dass sie nicht in falsche Hände geriet. Nicht, dass er Steinheil nicht traute. Nanette war unbedacht, und gegen Lisbeth richtete auch Gottes Wort nichts aus. Keiner widerstand der Versuchung auf Dauer. Sich selbst konnte er davon nicht ausschließen. So wenig wie Jean Paul. Da lebte dieser Mensch auf eine Zeit in der gleichen Stadt und schrieb Briefe, statt einem in Augenhöhe zu begegnen. »Immer rückt der wichtige Abend, wo ich die Hellseherin hören darf, wie ein Regenbogen, dem man nachgeht, weiter von mir.«

Warum er ihm eine Séance versprochen hatte, konnte er nicht sagen. Lotte und Nanette wollte er für den Legationsrat Richter nicht verschwenden. Das zweite Gesicht ging zu tief bei den beiden Mädchen. Sie waren zu jung, um es bei Gott zu verstehen, was vor sich gegangen war. Vielleicht verstand überhaupt nur Lisbeth diese ganze Geschichte.

4

Sie war eine geborene von Klein und ihrem Bruder ebenbürtig, aber Mädchen zählten nicht. Sie nicht und nicht die beiden größeren Schwestern. Eine jüngere hatte es nicht gegeben. Dafür sorgte sie. Nach ihr kamen nur Buben, die gingen sie nichts an. Einzig der älteste Bruder war von Belang. Er hatte sie vergöttert. Sie, die Prinzessin. Solange sie klein war. Später hatte er sie erzogen. Sie schnaubte. Und dieser Tage hatte er das Kind gegen sie aufgehetzt, dabei war alles in einer Ordnung gewesen, nachdem Christiane aus Königsfeld zurückgekommen war.

Sie legte sich wie jeden Morgen nach dem Frühstück eine Patience. Das Kind war in der Schule. Der Köchin und der Magd hatte sie freigegeben. Johann weilte im Schwarzwald.

Da flog die Hintertür auf. Sie zuckte zusammen. Die Karten fielen ihr aus der Hand. Ludwig! Mal wieder unangemeldet. Schon stand er neben ihr. Was war los? Warum drückte er sie auf den Stuhl nieder?

»Es ist Zeit, Lisbeth, die Dinge müssen sich ändern. Hier ist Herzsieben. Du weißt, was das bedeutet.«

Er warf die Spielkarte auf den kleinen Tisch zur Patience. Ihre Nerven schmerzten, wenn bloß das Fieber nicht zurückkam. »Was fällt dir ein? Jetzt habe ich verloren, und doch ist das Blatt aufgegangen. Du nimmst mir den Sieg. *Herz zu Herz*. Woher weißt du? Es ist meine Herzsieben aus dem Sekretär, die ich ins Spiel bringen wollte.«

»Deine war es mal, nun nenne ich sie mein Eigen. Du kennst unsere Abmachung.« Er nahm die Spielkarte wieder an sich.

Sie war zu langsam gewesen und schüttelte den Kopf. »So ist es nicht gedacht!«

»Doch! Hier, mein zweiter Trumpf. Ecksteinsieben.« Er legte sie auf den Tisch und hielt sie aber mit einer Hand fest. »Bleib sitzen. In Zukunft bestimme *ich* über Nanette.«

»Christiane lässt nicht über sich verfügen. Das war dein Wunsch. Nichts gegen ihren Willen zu tun. Ich habe mir gedacht, dass sie Herzsieben findet. Ihr wart in der Möbelausstellung.

Herzsieben und Ecksteinsieben können gehen. Du glaubst gar nicht, wie erleichtert ich bin, dass die Last der Erziehung von mir genommen ist. Ich habe genug zu tun mit dem Schwiegervater, bin verpflichtet, mich seiner anzunehmen.«

»An ihm hat dich ausschließlich die Kette des Bürgermeisters interessiert.«

»Was erdreistest du dich? Ich habe gewusst, warum ich dir das Haus verboten habe, der Umgang mit dir ist vergiftet von Neid. Wie sollte Christiane dabei gedeihen?«

»Du wagst es, von Neid zu sprechen? Drei warst du damals, alt genug. Unsere kleine Schwester hat mittags leblos in der Wiege gelegen. Als ob ich mit meinen neun Jahren nicht gewusst hätte, was das Kissen auf ihrem Gesicht zu bedeuten hatte. Ich habe es beiseitegelegt, um dich zu schützen und mich der Medizin verschrieben. Dem plötzlichen Kindstod wollte ich nachspüren, den dir nie jemand zur Last gelegt hat.«

»Wie kannst du nur! Was unterstellst du mir da? Du weißt, wie ich Friederica vergöttert habe. Die Prinzessin war sie.«

»Was du wieder schwätzt. Typisch, du wendest es so lange hin und her, bis es dir passt. Nur dass man dir nicht trauen kann. Morgen ist alles anders. Es ist besser, Nanette deinem Einfluss gänzlich zu entziehen. Dazu habe ich endlich die Macht. Das kannst du nicht infrage stellen.«

»Ich brauche kein Kind. Nimm es dir. Lass dir auf der Nase herumtanzen. Du wirst schon sehen. Ich bin Mitglied im Allgemeinen Wohltätigkeitsverein, wie du weißt, und alle Tage mit Armenspeisung und Gebeten beschäftigt. Das reicht. Heute konnte ich mich frei davon machen. Da kommst du daher.«

»Ich habe gehört, wie du die Portionen kürzt. Jeder soll merken, dass er arm ist und kein Recht hat, satt zu werden.«

»Gib ihnen die Spielkarten! Spielen wollen sie, sind ganz wild darauf. Je ärmer, umso mehr gelüstet es sie danach. Was ist jetzt? Willst du Herzsieben und Ecksteinsieben ewig an dich pressen? Gräfin Jenison soll die Kartenmalerin sein, habe ich gehört. Gib sie ihr. Sie ist bis nach Königsfeld gereist, um Herzsieben zu erlangen.«

»Du weißt immer mehr, als der Gesundheit zuträglich ist. Alles aber hast du nicht in der Hand. Der Vater hatte die Spielkarten in seinem Besitz, damit du sie dir nimmst. Dein Verhalten ist allzu durchsichtig. Denk an das Nervenfieber. Wenn du dich in Intrigen verstrickst, kommt es zurück. Wie bei Königin Katharina, die ihrem Mann nachspioniert hat. Ob ich dir dann noch einmal helfen kann und möchte, vermag ich nicht zu sagen.«

Von Familienbande keine Spur. Doch Christiane kam ihr zu Hilfe. Die Schule war vorzeitig zu Ende an diesem Tag. Wie hatte sie das vergessen können. Neue Unterrichtsformen standen auf dem Lehrplan für die Lehrer. Das wollte der König. Wer hatte je davon gehört, dass Schulmeister in die Schule gingen. Gemessenen Schrittes, ganz damenhaft kam das Kind herein. Wie gut es sich entwickelt hatte.

»Nanette, pack das Nötigste zusammen. Wir reisen nach Kirchberg.« Ludwig ließ sie endlich los und steckte in aller Ruhe Herzsieben und Ecksteinsieben in sein Wams. Als müsse er nichts vor dem Kind verbergen.

»Onkel Ludwig! Mein Herz hüpft, wenn es Sie hört. Ins Pfarrhaus ruft es mich alle Tage. Ich bin gleich so weit. Und beide Spielkarten begleiten uns, wie schön!«

»Warte, liebste Tochter. Du weißt doch, Eile ist des Teufels«, sagte sie und wischte sich über die Augen. »Du solltest wissen, dass es dieses Mal kein Ausflug ist, wie du ihn kennst.« Sie sah aus dem Fenster und tupfte sich die Nase ab. »Steinheils nehmen dich gerne wieder auf. Es scheint mir das Beste. Ich bin untröstlich. Meine Verpflichtungen hier in Stuttgart, du weißt schon, dein armer Großvater.«

»Maman! Was reden Sie da? Stuttgart ist meine Heimat, wie sollte ich diese entbehren können. Hier ist meine Familie, in der Residenz habe ich meine Freundinnen, und nur hier kann ich mich bilden und Lehrerin werden. Onkel Ludwig, ich danke Ihnen, aber für mich ist es schon lange unvorstellbar, auf dem Dorf zu leben.«

»Nanette, die Stadt ist viel schlechter. Deine Mutter hat recht. Du brauchst jemanden, der auf dich acht gibt.«

»Aber Onkel Ludwig. Die Mutter in Kirchberg hat zu tun. Wie soll sie da ständig ein Auge auf die Kinder werfen. Es ist besser, wenn hier in Stuttgart alles seinen Gang geht. Das Katharinenstift will ich nicht missen. Die Schule in Kirchberg taugt bloß für die Kleinen.«

»Nanette, jetzt hol ein Tuch für den Hals, damit wir uns auf den Weg machen können. Ich erkläre dir, wie alles zusammenhängt. In Stuttgart kannst du nicht bleiben. Du wirst von nun an getreu nach Pestalozzi erzogen.«

»Ich habe heute unmöglich Zeit. Die Algebra ruft. Ich muss rechnen. Grüßen Sie bitte in Kirchberg. Louisle soll mich recht bald besuchen. Wir könnten einen Spaziergang auf die Silberburg machen.«

Ludwig verschwand ohne ein weiteres Wort. Damit hatte er nicht gerechnet. Sie auch nicht. Von der richtigen Erziehung machte man zu viel Aufhebens. Ständig kümmerte man sich um das Wohlergehen der Kinder und beschäftigte sie hier und dort. Dabei mussten sie das in einem gewissen Alter selbst können. Von Frau zu Frau wollte sie von heute an mit Christiane umgehen. Damenhaft zu werden, das war der nächste Schritt. Sie schickte das Kind zum Lernen auf sein Zimmer und wandte sich wieder ihrer Patience zu.

Später bereitete sie eigenhändig einen Mittagsimbiss, ein wenig Rührei mit gerauchtem Schinken. Nicht zu schwer im Magen durfte das Essen für Algebra liegen. Auf die Art dachte sie es sich. Mathematik war nicht ihre Sache. Nachmittags kochte sie Kaffee und saß mit der Tochter in der Wohnstube. Es ging gut mit ihnen beiden, was ihren Bruder nur wieder trieb.

»Maman, wenn Sie gestatten, ich wollte Sie vorhin schon fragen, als ich aus der Schule gekommen bin. Aber es schien mir nicht schicklich. Könnten Sie es mir erlauben, mich nachher mit den anderen bei Constanze zu treffen? Die Gouvernante hat ein Auge auf uns. Es geht um die Algebra. Wir sind anständig.«

»Wie sollte ich dir einen Besuch im ehrwürdigen Haus des Justizrats von König verwehren. Du brauchst deine kleinen Freiheiten. Möchtest du vom Kaffee? Ich habe Kekse gebacken, Sandkekse mit Vanille, die magst du doch so gerne. Nimm, lass es dir schmecken. Du hast recht gesprochen vorhin. Es ist unklug, ein Kind aus seiner gewohnten Umgebung zu reißen. Wir Frauen müssen zusammenhalten. Und mit wem ginge das nicht besser als mit der eigenen Mutter. Sag mir, falls du etwas brauchst. Da darf eine Frau nicht an sich sparen. Sicher hast du vorhin Herzsieben und Ecksteinsieben gesehen. Wenn du mir die beiden Karten bringen könntest, wäre ich dir dankbar. Ludwig wollte sie mir überlassen. Warum er sie wieder eingesteckt hat, vermag ich nicht zu sagen. Er war in Gedanken heute. Besorge sie mir, mein Herz hängt daran. Nicht dass dieses

Nervenfieber zurückkommt. Nimm von den Keksen. Die Farbe von Neckarsand müssen sie haben.«

»Sie sind zu gütig. Darf ich Sie noch um etwas bitten? Josepha hat auf den heutigen Abend eine Einladung in den Fuldaschen Garten. Für uns alle zusammen. Das Wetter soll sich halten. Gräfin Beroldingen hat Jean Paul gebeten zu kommen. Stellen Sie sich vor, der Dichter! Bitte erlauben Sie mir … die Gouvernante …«

»… von Constanze. Sie ist immer dabei. Mein Kind, längst habe ich gehört, dass Jean Paul bei der ersten Hofdame war. Gräfin Beroldingen kann nichts für sich behalten. Denk daran, du bist eine geborene von Hehl und die Enkeltochter des Stuttgarter Bürgermeisters. Geh in dein Zimmer.«

5

Hast du gehört, Louisle? Enkeltochter hat Maman gesagt. Großvater. Bürgermeister? Der Mann mit der Kette ist mir fremd. Verzeih, dass ich Onkel Ludwig nicht nach Kirchberg gefolgt bin. Wie konnte er nur auf diese Idee verfallen. Das war nicht abgemacht. Nur, dass er mit Herzsieben über meine Erziehung bestimmt. Ihr seid mir natürlich nicht fremd. Du wirst mir immer eine Heimat sein. Eine Schwester. Maman ist mir neu. Was ist in sie gefahren? Sie hat mir erlaubt, worum ich gebeten habe. Doch ich soll ihr die Spielkarten geben. Kein gutes Zeichen. Onkel Ludwig hat sie, welch ein Glück. Er wird darauf achten. Mir ist gerade alles fremd und vertraut zugleich, wie Jean Paul mit seinen Zwillingen. Walt und Vult. Erinnerst du dich?

Sie musste den Dichter sehen, mit ihm sprechen, wollte ihm von Louisle und sich erzählen. Zwei ungleichen Zwillingen. Nie hatte sie bislang selbst etwas von Jean Paul gelesen, war zu jung dafür gewesen. Nach der Rückkehr aus Königsfeld hatte der Bergrat ihr erlaubt, aus dem Bücherschrank zu nehmen, was sie begehrte. »Flegeljahre« brauchte sie jetzt. Der Herr Vater hatte ihr viele Geschichten daraus erzählt, seit sie damals nach Stuttgart gekommen war. Ein paar Stunden blieben ihr. Sie begann am Schluss. Traum vom Chaos. Die böse Feindin ließ sie erzittern, der Bergrat hatte von ihr nicht gesprochen. Maman steckte darin. Vergangenheit und Zukunft brannten hell und nahe zugleich, entzündet von der Gegenwart. Was hatte Onkel Ludwig mit ihr gemacht im »König von England«? Der vornehme Herr mit dem Stock, von Wangenheim, sie hatte sich den Namen gut gemerkt, er hatte recht, sie sah Dinge, die andere nicht bemerkten, wie die Irrwische. Mehr war es nicht, und doch. Aus Blumen wuchsen Bäume, die zu Wolkensäulen wurden, aus denen Gesichter und Blüten herausbrachen. Wie Jean Paul hätte sie es nicht ausdrücken können, aber genauso hatte sie es gesehen. Wie sich die schwarze Blume mit der Spinne bis zum Knicken niederbog.

Mit dem Abendläuten klappte sie das Buch zu und schaute die Zeichnung auf dem Umschlag an. Jean Paul. Danach würde sie ihn realiter gleich erkennen. Wie sich die Löckchen über seiner fliehenden Stirn ringelten. Lustige Fältchen hatte er und drückte den stattlichen Bauch an einen Gartentisch in einer kleinen Laube. Er schrieb. Sie wollte sich bald einmal wie er an den Tisch unter dem Pflaumenbaum setzen.

Aus der Küche holte sie sich eine Butterbrezel. Das Nachtessen fiel aus. Die Spielkarten waren ihr gewogen. Diese hatten sie zu Jean Paul geführt.

»Nimm dein Strickzeug mit«, sagte Amalie, »das sieht schicklich aus. Eil nicht so, es gibt weder Anfang noch Ende bei diesen Gesellschaften. Damit es nicht zu spät wird, hat Frau Bergrat mir befohlen, dich um zehn abzuholen und nach Hause zu geleiten. Lass dich nicht verführen. Nicht wie mit meinen Rezepten, die du aufgeschrieben hast. Natürlich habe ich das gemerkt. Wie könnte ich dir nicht verzeihen. Sag nichts.« Amalie legte ihr den Schal von Louisle um die Schultern und schob sie hinaus.

Von der Planie ging Nanette am Neuen Schloss und am Hoftheater vorbei in Richtung Königstraße. Kurz vor der Abzweigung betrat sie den Garten neben dem Haus Nummer achtzehn. Es gehörte dem Kaufmann Fulda. Die Tonkünstler spielten zum Auftakt eine heitere Militärmusik. Sie holte tief Luft. Amalie war wirklich eine gute Seele, die sie manches Mal nicht recht behandelt hatte. Wie würzig der Abend war. Die Freundinnen saßen schon an einem Tisch, nippten am Bier und wippten mit den Fußspitzen. Ein Diener versorgte auch sie mit einem Glas. Sie sah sich um. War das da hinten bei der Herrengesellschaft nicht Jean Paul? Unter den Kastanien, bei der Danneckerei? Sie wollte aufspringen, die Gouvernante hielt sie zurück.

»Kinder, es ziemt sich, auf der Damenseite zu bleiben. Nehmt euer Strickzeug. Das Ohr hat genug Unterhaltung.« Sie strich über ihr Brokatkleid. Erst als der Kapellmeister einen volkstümlichen Tanz anstimmte, führte sie Constanze zu einem mit Steinplatten ausgelegten Platz und drehte sich mit ihr in der Runde. Heinrike und Josepha taten es ihnen nach. Einige Herren klatschten. Nanette blieb sitzen und sah sich verstohlen um. Jean Paul entdeckte sie nicht, aber Therese Huber. Trotz Haube und Schleier wirkte sie jugendlich und frisch. Sie hatte sich täuschen lassen. Es kam letztlich nicht auf das Äußere an, das war Zierrat.

Als ein junger Herr mit roten Haaren sie zum Tanz aufforderte, wehrte sie ab und blieb standhaft. Wieso aber war ihr so heiß geworden?

Ein paar Tage später erzählte die Stadt, dass eine Damengesellschaft statt Jean Paul einen Professor aus Bremen in ihre Kutsche gezogen und kräftig abgeherzt hatte.

Constanze lachte und konnte nicht wieder aufhören. »Sie hätten es merken müssen, dass es der Falsche ist«, sagte sie und wischte sich die Tränen aus den Augen. »Jean Paul ohne Pudel, undenkbar!«

Onkel Ferdinand brachte bald eine mündliche Einladung zum Tee im Hartmann-Reinbeckschen Haus. »Für das Quintett«, sagte er. »Nehmt Pauline mit. Sie ist von altem englischen Adel und euch ebenbürtig. Du hast sie vergessen.«

Nanette nickte beschämt. Lange vor der Zeit holte sie die Freundin ab und schenkte ihr einen silbernen Ring mit einem winzigen eingefassten Smaragd. Es fiel ihr nicht leicht, das Schmuckstück herzugeben, sie hatte es einst vom Bergrat bekommen. Madame Hehl fand es zu kostbar und hatte ihr verboten, den Ring zu tragen. Niemand würde ihn vermissen, einzig sie selbst. Pauline nickte kurz und schob ihn auf den kleinen Finger. Wie hatte sie vergessen können, dass sie damals ein Kind gewesen war. Nanette schalt sich.

Im Hartmann-Reinbeckschen Haus war es kühl. Constanze ging voraus. War ganz die Tochter des Justizrats. Josepha und Heinrike hakten einander unter und steckten die Köpfe zusammen. Beide trugen keine Hauben, und Nanette neidete es ihnen. Seit der Rückkehr aus Königsfeld durfte sie nicht mehr ohne auf die Straße. Sie nahm Paulines Hand.

»Da sind sie, die Mädchen! Ganz mit sich beschäftigt«, rief eine Stimme. Ein Hund winselte, knurrte langgezogen und kläffte kurz und hoch.

»Ponto! Warum bist du dem Leben nicht freundlicher gesinnt?« Nanette beugte sich hinunter, aber der Pudel bellte weiter ohne Unterlass. Erst als sie in die Hocke ging und mit ihm auf Augenhöhe war, verstummte er und schnüffelte um sie herum. »Guter Ponto«, sprach sie, »musst nur sehen, wer da kommt.« Sie streckte die Hand aus. Er leckte an ihren Fingern und ließ sich von ihr streicheln.

»Mein Respekt, Mademoiselle!« Jean Paul klemmte sich Ponto unter den Arm. »Da ist der erste Tee, unvermeidlich, ein Bier wäre besser.« Er verzog die Nase, schnupperte und lächelte. »Kirschgeist will ich gelten lassen.«

Pauline reichte ihm die Tasse. »Zu Diensten, Herr Dichter. Pauline von Jenison.« Sie knickste.

»Himmel! Wie schön und groß sind die Stuttgarter Mädchenaugen!« Jean Paul gab ihr die rote Nelke aus seinem Knopfloch, und Pauline wurde feuerrot wie ein rechtes Kind.

Nanette stellte sich dicht neben sie und ließ Ponto an ihrer Hand schnuppern. Wie kühl die Schnauze war. Wohlbeleibt war Jean Paul, aber nicht fett, so konnte sie es nennen, wenn sie gefragt wurde. Kaum noch Haare, eine sehr hohe, in Falten gelegte Stirn, auf der ein feiner Schweißfilm lag.

»Ponto scheint mir in den Flegeljahren zu stecken«, sagte sie. Sie zog Jean Pauls Gesamtausgabe der »Flegeljahre« aus ihrer Tasche und hielt sie ihm hin. »Christiane von Hehl. Mein Vater, der Bergrat, hat mir schon als kleines Mädchen von den Zwillingen Walt und Vult erzählt. Wenn aus Wolkensäulen Blumen wachsen, die schwarze Nachtblume sich herunterneigt, bin ich ganz bei Ihnen.«

Jean Paul setzte Ponto auf dem Boden ab und neigte ihr sein gutes Ohr zu, das rechte. »So steht es geschrieben, am Ende. Hat man die Lektüre erlaubt?« Wie abwesend griff er zu Feder und Tinte und schrieb seinen Namen auf die erste Seite. Eine Signatur würde ihre Zusammenkunft beweisen. An seiner Jacke baumelte ein loser Knopf.

»Der Herr Vater hat die Lektüre gebilligt, und der Onkel wäre entzückt, er selbst hat solche Bilder und Gesichter.«

»So, der Onkel. Wer ist denn der Onkel?«

»Onkel Ludwig, ich meine, Hofarzt von Klein. Er ist der älteste Bruder der Mutter.«

»Der Medizinalrat?« Jean Paul wandte sich ab. »Warum sollte ich mit seiner Nichte reden, wo er mich versetzt hat? Nichts wird zu Ende gebracht in dieser Welt und manches zu früh. Jetzt habe ich unterschrieben. Egal.«

Jean Paul nahm den Pudel wieder hoch und wandte sich ab, zeigte ihr das linke Ohr. Ponto hechelte. Wie rot eine Hundezunge war. Der Hund war der Schlüssel zum Herzen des Dichters. Doch solange er ihn unter den Arm klemmte, blieb ihr keine Möglichkeit, sich ihm zu nähern. Warum nur war sie auf die Idee mit dem Buch verfallen?

»Tee mit echtem Cognac für den Dichter«, Josepha reichte ihm die Flasche dazu. »Um ehrlich zu sein, habe ich sie stibitzt. Sie ist fast voll.«

Heinrike lachte. Jean Paul schaute auf ihren Busen und verbeugte sich. »Haben Sie Dank für den köstlichen Nachmittag. Auf der nahen Silberburg hab ich die herrlichsten Schreibtische. Kommen Sie einmal vorbei. Ich lese für Sie aus dem neuen Manuskript. ›Der Komet‹ heißt es. Ich muss eilen. Cotta hat zum Abendessen geladen. Das ist gar selten, er ist ein echter Schwabe.«

Wie der Bergrat, den die Widmung freuen würde.

6

Jaspis, bluthroth, in grösseren und kleineren Nieren. Aus Schramberg. Selbst gefunden. Das Städtchen müsste Nanette von ihrer Fahrt nach Königsfeld kennen. Viel zu wenig wusste er von ihr. Sie hatte kaum Zeit für ihn, war ganz mit den Freundinnen und dem Leben beschäftigt. Da wollte er sie nicht mit dem kranken Großvater belasten. Dieser fragte immer wieder nach ihr. Eines Sonntags sagte er: »Johann, kauf Nanette ins Bürgerrecht zu Stuttgart ein. Das Kind braucht eine Sicherheit. Es ist konfirmiert. Eile und bring mir die Urkunde. Ich will solange ausharren und Gevatter Tod vertreiben. Ich möchte gewiss sein, drüben auf der anderen Seite, dass das Kind in der Residenz eine Heimat hat. Zu gerne hätte ich es noch einmal gesehen, aber wenn Elisabeth dagegen ist, will ich sie nicht aufbringen. Du wirst es sonst zu büßen haben.«

So sprach der Vater, und gleich am nächsten Tag ging er zum Pfarramt. Helfer Dapp öffnete die Tür, obwohl es früh am Morgen war, und bat ihn herein.

»Verzeihen Sie die Störung. Es geht um unsere Tochter, Sie wissen schon, Christiane, Nanette genannt. Mein Vater ist sehr krank. Sie haben sicher davon gehört, es geht wohl dem Ende zu, daher muss ich Sie heute, an Ihrem freien Montag, belästigen. Er möchte das Kind vor seinem Ableben mit dem Bürgerrecht der Stadt Stuttgart beschenken. Wenn ich wohl um eine Abschrift aus dem Kirchenbuch bitten dürfte. Dann könnte ich gleich aufs Rathaus eilen.«

»Für den Herrn Bergrat gehe ich gerne ins Gewölbe. Wie lautet das Geburtsdatum?«

»Elfter August 1804, ein Samstag. Getauft eine Woche später, am achtzehnten. So hat meine Frau es gesagt, ich war ja leider abwesend und habe Nanette erst kennengelernt, als sie schon acht war.«

Dapp nickte, ein jeder kannte inzwischen die Geschichte. Er legte sich den Regenumhang um und ging zur Stiftskirche hinüber. Seit ein paar Tagen schüttete es ohne Unterlass. Die Stadt war mal wieder zur Kloake geworden.

Dapps Frau brachte ihm einen Pfefferminztee. »Aus frischen Blättern, die erste Ernte erbringt immer die höchste Güte«, sagte sie und setzte sich zu ihm.

Sie plauderten bald zwei Stunden, wie er an den Schlägen der Stiftskirche mitzählte. Über den zu gelinden Winter. Kaum habe es Frost gegeben. Den heftigen Sturm im Januar mit Blitz und Donner. Die Reben hätten sich erholt, blühten schon Ende Mai und reiften lange vor der Zeit. Der Heumonat war heiß gewesen. Und jetzt der Regen. »Sobald es trocken ist, gehen wir in unseren Weinberg«, sagte sie. »Dieser Komet im Juli, er wollte die Trauben essen.«

Endlich kam Dapp zurück und reichte ihm ein versiegeltes Dokument.

Das Rathaus betrat der Bergrat durch die Seitentür wie zu Kindertagen. Feuerlein, der den kranken Vater vertrat, öffnete ihm persönlich die große Holztür, mit der er sich als

Bub abgemüht hatte, und legte ihm freundlich die Hand auf die Schulter.

»Treten Sie ein. Gibt es Neuigkeiten von Ihrem Vater?«

»Er liegt in den letzten Zügen, aber ihn treibt noch ein großer Wunsch um.«

Der Bergrat schilderte ihm sein Anliegen und reichte ihm das Dokument. Feuerlein brach das Siegel. »Dapp hat die Abschrift per Unterschrift bezeugt. Gerne nehme ich dieses Kind daher ins Bürgerrecht auf.«

Siebenundzwanzig Gulden und fünfzehn Kreuzer bezahlte der Bergrat und gab sie bereitwillig für die Tochter. Es war Montag und der zweite Tag im August.

Er eilte nach Hause in sein Arbeitskabinett. Vorsichtig öffnete er das Siegel mit einem kleinen Messer. Später konnte er es mit ein wenig Wachs wieder verschließen. Niemand würde etwas merken. Er wollte die Worte für sich auskosten, wo ihm schon das Kind so lange vorenthalten worden war. Christiane von Hehl. Er strich über das Papier. Eine vollwertige Bürgerin. Langsam faltete er das Dokument auseinander. Das galoppierende Pferd im Wappen der Stadt. Die Tochter konnte stolz sein. Er las und schüttelte den Kopf. Vor den Augen verschwammen ihm die Buchstaben. Da stand ein Name, doch es war nicht der seine. Er hatte dafür bezahlt, das war ordentlich vermerkt. Der Name des Kindes und der seine stimmten nicht überein. Was hatte Feuerlein da hingeschrieben? Er umklammerte den Bergkristall und rieb das schlanke sechsseitige Prisma zwischen den Handflächen.

Nanette war nicht seine Tochter, wie Elisabeth behauptet hatte. Sie war nicht Mutter geworden und hatte kein Kind in Pflege gegeben. Er könnte sie nach der Wahrheit fragen, aber was wusste er schon, welche Geschichte sie ihm dieses Mal auftischte. Und ob der Schwager ehrlicher war? Sie hatten ihn hinters Licht geführt mit den Spielkarten. Seine Tochter war und blieb Nanette, trotz allem.

Am nächsten Tag suchte er Dapp auf und bat um Einsicht ins Taufbuch, diese könne man ihm als Vater nicht verwehren.

»Einem Vater nicht«, sagte der Helfer, »einem Ziehvater schon. Ich habe Anweisungen. Die Abschrift war an und für sich nicht erlaubt. Die letzte habe ich vor zwölf Jahren angefertigt. Wo immer sie geblieben ist. Solange die von gestern aber nur bei Feuerlein in der Amtsstube liegt, kann sich keiner erregen. Sie haben ihm das Dokument doch gegeben? Ihre Frau war bereits vor geraumer Zeit bei mir und wollte selbst im Kirchenbuch blättern.«

Der Bergrat eilte ins Rathaus. Feuerlein war nicht da. Ein Beamter ging ins Archiv und kam mit leeren Händen zurück. »Ich habe den Vorgang gefunden. Allerdings gibt es einen Vermerk, dass die Akte unter Verschluss bleiben muss.«

Bis ein offizielles Dokument ausgestellt und gesiegelt sei, dauere es, das wisse er ja. So redete er sich bei seinem Vater heraus und hoffte, dass es nicht mehr zu lange ging mit ihm. Wie konnte er nur. Das war nicht recht. Jaspis, fast in die Gebirgsmasse eingewachsen, ergänzte er seinen letzten Eintrag. Und recht war es ebenfalls nicht, Nanette so mitzuspielen.

7

Was heute wieder los ist in der Stadt! Louisle, du machst dir kein Bild. Kaum ist die Weinlese vorbei, gerät alles in Bewegung. Seine Königliche Majestät ist aus Warschau zurück. Stell dir vor, Wilhelm hat den Sarg seiner Mutter öffnen lassen. Sie ist an einer Fehlgeburt gestorben. Das reime sich einer zusammen. Doch du glaubst nicht, Louisle, wem ich in der Menge begegnet bin. Großcousin August! Ich hab gedacht, gleich passiert etwas Schreckliches, da hat der König plötzlich gelächelt. Er soll seiner Mutter verziehen haben. Was sagst du? Auch ich soll verzeihen und dem Großcousin nicht mehr gram sein? Maman hätte mich ohnehin nach Stuttgart geholt? Du hast recht und ich werde es versuchen, selbst wenn es schwerfällt. Es war nicht so, wie August gesagt hat. *Er* hat meinen Rock gehoben.

Das glaubst du mir doch, Louisle? Die Schwester antwortete nicht. Die Stimme war in ihrem Kopf. Sie blieb allein mit sich.

Wenn sie mit Amalie unterwegs sein durfte oder die Freundinnen traf, schlich sie mit einem Kloß im Hals zurück in die Charlottenstraße. Warum konnte sie nicht sagen, nach Hause? Alle gingen heim, wie die Freundinnen es nannten. War das Haus der Hehls ihr nicht eine Heimat geworden?

Im Garten fühlte sie sich heimisch, aber diesen Herbst konnte sie es nicht einmal Heimerl recht machen. Warum Jean Paul ihr gegenüber plötzlich desinteressiert gewesen war, es lag an ihr. Zu ernst war sie und war es nicht. Alles am falschen Platz. Sie lauschte. Das Haus schwieg. Die Eltern, sie sagte es vor sich hin, die Eltern, sie weilten beim

Großvater. Maman war abends très fatigué, der Bergrat wich nicht von ihrer Seite. Wie lange es dauerte mit dem Sterben.

Derweil kam das Frühjahr. Wilhelm heiratete seine Cousine Pauline, die erst neunzehn war. Sie selbst wurde nach dem Sommer schon sechzehn. Einen Großvater hatte sie und doch nie einen gehabt. Auch den anderen nicht.

Wieder lief ihr August bei den Feierlichkeiten über den Weg. Onkel Ferdinand sorgte für Anstand, sodass er ihr nicht zu nahe kam. »Nanele« nannte der falsche Großcousin sie, seine Stimme war nicht echt, sie schmeichelte, wie unter dem Pflaumenbaum. Verzeihen? Wie sollte sie ihm jemals nachsehen, was er ihr angetan hatte. Wenn Maman von der Begegnung erfuhr, nicht auszudenken. Niemand fragte mehr, wie sie ihre Stunden verbrachte. Es war nicht alle Tage Hochzeit und ihr wurde die Zeit manches Mal recht lang. Die Freundinnen waren nicht immer da. Nach Kirchberg wollte sie nicht reisen und falsche Erwartungen bei Louisle wecken.

Warum nahmen die Eltern sie nicht mit zum Großvater? Dem Vater des Vaters? Der von Maman war plötzlich verschieden, da hatte sie es sich erklären können. Warum wollten die Eltern sie jetzt nicht dabeihaben? Sie könnte sich nützlich machen. Pauline hatte ihre Eltern gepflegt, als diese krank waren, bis sie gesundeten. Sie hatte ebenfalls Eltern. Es war leichter geworden, das zu denken. Und doch.

Durch die heißen Sommertage lief sie um ihr Leben. Der Nesenbach hinter dem Neuen Schloss stank vor sich hin. Die Freundinnen waren in der Sommerfrische. Am Bodensee oder im Schwarzwald. Sie selbst war niemals in diesen Genuss gekommen. Maman verreiste nicht gerne, und der Bergrat war stets dienstlich unterwegs.

Wenn sie wenigstens Herzsieben bei sich gehabt hätte. Sie hatte nicht mehr an die Spielkarten denken wollen, allein, es ging nicht. Onkel Ludwig hielt sich fern seit dem letzten Besuch. Und der Bergrat war schon eine ganze Weile jeglicher Nähe abgeneigt. Kaum einmal ließ er ihr ein liebes Wort zukommen. Was das Sterben mit den Lebenden machte.

Oft flüchtete sie sich zum Schuhmacher. Er arbeitete und lebte im kleinsten Haus Stuttgarts, das sich nicht wegduckte wie sie. Drei schmale Fenster breit und vier niedrige Stockwerke hoch. Sein Platz war in der Häuserzeile am Nesenbachkanal. Wenn sie die Tür öffnete und die Glocke erklang, tanzten die Irrwische aus Kirchberg in ihrem Bauch. Tief sog sie diese Mischung ein aus Leder, Schuhwichse und Öl, und ihre Schwermut verflog. Beim Schuhmacher war es wie bei Bruder Weiz in der Buchbinderwerkstatt. Ein stilles Einverständnis lag in der Luft. Langsam atmete sie leichter. Im Vogelkäfig am Fenster zwitscherten die Kohlmeisen »Sieh-da-sieh-da«. Sie saß auf dem dreibeinigen Schemel bei der Wasserwanne und sah ihnen zu. Die Zeit hüpfte wie die Vögel hin und her zwischen den Zangen zum Beißen und Zwicken, Falten und Ziehen. In einem Kästchen lagen Schweinsborsten. Nähnadeln. Eine Ahle diente zum Vorstechen der Löcher. Der Schuhmacher reichte ihr die Stiefelchen von Maman, die an diesem Tag hatten herhalten müssen und an denen wieder die drei goldenen Knöpfe glänzten. »Gib auf dich acht und such nicht das Gestern oder Morgen, bleib im Heute, wenn du das Glück finden willst. Es versteckt sich hinter dem Licht.«

Sie nickte, ohne zu wissen, wie sie das anstellen sollte, und gab ihm drei Kreuzer. In der Charlottenstraße stellte sie die Schuhe auf eine Treppenstufe. Wie neu. Der Absatz mit geraden scharfen Kanten, das Leder schmatzte vor Fett. Am schönsten jedoch waren diese Knöpfe, die alles versprachen. Maman hatte für nichts mehr einen Blick. Dabei war der Großvater nur ihr Schwieger.

Im Frühherbst gab Maman ihr nach dem Kaffee ein paar Gulden. »Du musst aus dem Haus, damit du nicht immer so traurig schaust«, sagte sie, »es reicht, wenn ich mir den ganzen Tag die Tränen abwische. Ich hab es in die Wege geleitet, dass Schwester Raillard heute Nachmittag mit euch Mädchen einen Ausflug zur Silberburg macht. Dieses Jahr habe ich keine Chocoladentorte zu deinem Geburtstag gebacken. Verzeih. Du bist jetzt sechzehn, feiere mit den Freundinnen. Hockt euch na, genießt die Sonne, lasst es euch wohl sein, schlotzt a Viertele. Oder zwei. Nehmt a Vesper. Seid nicht zu bescheiden. Lass dich nicht lumpen. Hier zwei Dukaten. So hast du eine Reserve. Du kannst großzügig sein. Wie wir Hehls es sind.«

War das Maman, die so zu ihr sprach? Sie hatte bislang nie Schwäbisch mit ihr geredet. Christiane hätte Herzsieben nicht nehmen und Onkel Ludwig geben dürfen.

»Nanette! Ein Ausflug ist genau das Richtige für dich. Die anderen warten am Brunnen auf dem Charlottenplatz. Die Chaise wird gleich da sein«, riss Schwester Raillard sie kurz darauf aus ihren Gedanken. Sie sollte sich nicht immer selbst die Vorwürfe machen, bevor sie den anderen über die Lippen kamen. Schwester Raillard legte ihr den Arm um die Schulter und schob sie aus der Tür. Warum nahm Maman ausgerechnet ihre Dienste in Anspruch? Beide mochten sich nicht. Hatte Maman sich vollkommen gewandelt? Oder Schwester Raillard sie verraten? Als sie ein paar Schritte gegangen waren, schüttelte Nanette sich. Schwester Raillard ließ sie los und lachte. »Ganz wie immer. Meine Nanette.«

»Ich bin nicht sicher, ob ich noch Ihnen gehöre!« Sie hüpfte auf einem Bein, musste etwas tun, was unschicklich war. »Erst kommen Sie gar nicht oder ich erfahre nichts davon. Und nun sind Sie da, weil Madame Hehl es befiehlt. Nicht, weil Sie an mir ein Interesse haben.«

»Es wird Zeit, dass du wieder Fragen stellst. Ich habe mir Sorgen gemacht und mich zurückgezogen, da ich dich nicht in Zweifel stürzen wollte.«

»Nun fangen Sie auch damit an. Nie kann ich es recht machen! Kommen Sie!« Sie nahm Schwester Raillards Hand. »Heute feiern wir. Wir hatten beide Geburtstag. Ihr seid eingeladen!«, rief sie den Freundinnen zu.

»Was ist passiert?«, fragte Pauline. »Du bist wie ausgewechselt. Von einer Sekunde auf die andere. Wo ist die Schwermut, die dich gedrückt hat? Du führst dich auf wie deine Mutter. Diesen plötzlichen Umschwung im Gemüt. Den hast du von ihr.«

»Aber Pauline! Wovon sprichst du? Ich bin nicht wie Maman. Komm, Heinrike! Busen an Busen um den Brunnen, tanzen wir dreimal, dreimal tanzen wir um den Brunnen. Busen an Busen.«

Schwester Raillard schob sie in eine Chaise. Der Mietkutscher brachte sie zum Fuß des Reinsburghügels.

»Lasst uns frönen der neuen Lust.« Constanze sprang mit einem Satz aus dem Wagen. »In der Natur, ganz zu unserem Plaisir. Wie heißt das Zauberwort?«

»Spazierengehen!«, rief Pauline und lief voraus. Von ferne erklang ein Totenglöcklein. Sie lauschten seinen Schlägen, standen still in der Sonne, im prallen Leben. Nur Pauline blieb etwas abseits und schaute nachdenklich. Sie lachte erst, als Nanette wie ein Frosch vor ihr auf und ab hüpfte, dazu quakte und einen großen Luftsprung machte. Heinrike fing sie auf.

In der Gartenwirtschaft brachte ihnen der Wirt vom Ochsenfleisch, eine Schüssel Wurstsalat und ein selbst gemachtes Sülzle. Dazu einen Korb mit Peitschenstecken und einen Teller Schwarzwälder Rauchfleisch. »Net zu vergessa den Bibbleskäs ond unsre Rettich. Lasset's euch schmecka! Bei so ma Wetter. Brot kommt gleich.«

Seine Frau stellte einen Krug Most auf den Tisch. »Des isch genau richtig für die Weibsleut, bei dera Hitz. Ond des auf Ende vom September.« Für Schwester Raillard brachte sie ein Weizen.

Sie langten ordentlich zu. Die Schatten schoben sich schon von den westlichen Hügeln zum Schloss.

»Isch halt nemma Sommer«, sagte Pauline. »Abr sag omal, Nanette, warum bischt heut net auf de Beerdigung von dei Großvater gewesa?«

Sie verschluckte sich und warf den Peitschenstecken fort, von dem sie gerade abgebissen hatte. »Er ist krank, nicht tot. Das geht schon eine ganze Weile, der ist nicht aus dem Leben zu kriegen.«

»Nanette, ich soll dir etwas sagen.« Schwester Raillard rückte zu ihr auf die Bank. »Deine Mutter wollte dich nicht traurig sehen und dir die Beerdigung ersparen. Es ehrt sie sehr, wenn auch der Abschied wichtig ist. Sie hat es entschieden, wird wissen, was richtig für dich ist. Mach nicht so ein Gesicht, bring deinem Großvater die nächsten Tage ein paar Blumen. Er ist glücklich. Der Heiland hat ihn zu sich genommen. Das wünschen wir uns alle.«

Sie brachte kein Wort heraus und starrte in die Luft. Atmete sie noch? Sie hätte es nicht sagen können. Was hatte sie getan, dass sie nicht einmal auf die Beerdigung gehen durfte? So schlimm war es beim anderen Großvater nicht gewesen.

Hinter Gablenberg kletterte ein Viertelmond den Himmel hinauf, und sie kehrten zurück von der Silberburg. Lange lag Nanette wach, der Mond schaukelte vor ihrem Fenster. Die Dinge waren immer anders, als sie in Erscheinung traten.

Am nächsten Morgen schmeckte der Brei fad, trotz Honig und Pflaumen. Sie war allein. Amalie zählte nicht. Alles war folgerichtig und nichts stimmte. Im Garten pflückte sie einen Arm voll gelber Rosen. Sie ging über die Charlottenstraße zur Leonhardsvorstadt. Diese war ihr verboten. Es kümmerte sie nicht mehr. War die Weberstraße stets so eng und schmal gewesen? An den Häusern auf der alten Stadtmauer vorbei. Bei der ersten Querstraße kniff sie die Nasenlöcher zusammen. Kanalstraße. Dort hatte der Schuhmacher seine Werkstatt. Rosenstraße, sie streichelte über die Blüten, die an ihrer Schulter lehnten. Judengasse. In diesen kleinen Häusern wohnten die Leute und waren fröhlich. Aus der Wagnerstraße roch es nach Backsteinkäse und dem ersten Sauerkraut. An der Ecke zur Brunnenstraße waberten Zimt und Zucker in der Luft. Pfarrstraße. Dort ging Louisle mit ihrem Vater ein und aus. Und manchmal im Helferhaus, bei Dapp, an der Stiftskirche. Ja, es war Louisles Vater, nicht der ihrige. Nanette beschleunigte ihren Schritt und ließ Lazarettstraße sowie Jacobstraße hinter sich, wo Schinders Kleiderkasten war, das sagten die Leute zum alten Scharfrichterturm. Er war halb abgetragen. Dort wird ein neues Haus gebaut, erzählten sie beim Seifen Lenz.

Nanele, reiß dich los, was hast du mit dem Scharfrichter zu tun! Deine Mutter wollte dir damals Angst einjagen, als sie dich nach Stuttgart geholt hat. Damit du ihr folgst. Das war nicht recht.

Louisle. Alle Eltern machen ihren Kindern Angst. Pauline zittert vor dem dunklen Schlosskeller. Constanze hört kleine Katzen schreien, die ans Hoftor geworfen werden. Und ich habe Angst vor dem Käs.

In Kirchberg mussten wir nie Angst haben, Nanele. Das ist kein Spiel wie auf dem Dachboden, wenn wir einander erschreckt haben. Unseren Eltern hat Angst niemals zur Erziehung gedient. Hör auf damit, Angst zu haben. Nur auf die Art kannst du sie bannen.

Wie recht es da in ihr sprach und doch waren es ihre eigenen Worte, die sie hörte und in denen sie keine Beruhigung mehr fand.

Sie überquerte den Neuen Holzmarkt. Die Rufe junger Burschen folgten ihr. Ihr Herz klopfte. Sie huschte in einen schmalen Weg. Er zog sich durch die Gärten zwischen dem unteren und oberen Heusteig entlang. Hinter einem Obstbaum versteckte sie sich. Niemand folgte ihr, einzig die Birnen verlockten sie. Wie in Königsfeld lief ihr das Wasser im Mund zusammen, aber sie wollte nicht als Kind der Hehls des Mundraubs bezichtigt werden und rannte weiter. Nach einer Weile musste sie langsamer tun, der Hang war steil.

Zwischen alten Bäumen lag ein frisch aufgeworfener Erdhügel. Hier war sie richtig, ganz sicher war sie sich da. Von der Leonhardskirche schlug es zwei.

»Ich leg den Rosenstrauß hier ab, werter Großvater, das wird Ihnen recht sein. So können Sie sich ein wenig an dem Duft erquicken. Seien Sie gewiss, ich hätte Ihnen kein zweites Mal Schande gemacht wie damals vor dem Rathaus. Verzeihen Sie mir, ich war ein dummes Kind, kam vom Land. Was wusste ich schon vom Leben in der Stadt. Maman hat mich trefflich erzogen und der Herr Vater mir vieles beigebracht. Er ist Ihr Sohn, und ich sehe Sie in ihm. Bald schaue ich wieder bei Ihnen vorbei. Herr Bürgermeister. Sie haben uns eine vortreffliche Stadt geschenkt.«

Sie betete ein Vaterunser, schloss die Augen und blieb einen Moment stehen. Langsam öffnete sie die Lider, feucht waren sie geworden.

Was war das? Etwas Pelziges. Eine Daumenlänge lang. Sie beugte sich herunter. Ein Maulwurf. Ganz unversehrt sein braunes Fell, doch regte er sich nicht. Lag auf dem Rücken, streckte die Füße von sich. War da nicht eine kleine Wunde am Bauch? Sie ging in die Hocke. Wollte ihn streicheln, wusste, sie durfte ihn nicht anfassen. Ein Staunen lag in seinem Gesicht. Ja, er hatte ein winziges Gesicht. Die Schnauze leicht geöffnet, zeigte er die Zähne. Mit einem Stock rollte sie ihn zur Seite. Er kam auf dem Bauch zu liegen. Sie bedeckte ihn mit Blättern. Ganz in Gedanken drehte sie sich um und schrie im gleichen Augenblick auf. Eine Schlange! Sie züngelte. Ein Muster auf ihrem Rücken. Eine Kreuzotter? Langsam und ganz vorsichtig ging sie ein paar Schritte zurück. Da raschelte es, die Schlange verschwand im Laub. »Du hascht ja a schene Gesellschaft hier, Großvater! I komm nemme!«

Wie wild rannte sie durch die Gärten, stolperte ein ums andere Mal, fiel aber nicht. Bloß das nicht. Nach einem rasanten Abstieg fand sie sich auf der Hauptstätter Straße wieder, wie breit sie war, fast ein Platz. Und kein Ende, beinahe hätte man meinen können, die Residenz wolle bis Tübingen wachsen.

Auf dem Weg durch die Vorstadt ein Gerüst neben dem anderen. Ja, sie wollte eine ganz neue Stadt! Sie sollten bauen, so viel an Geld da war.

Die Gerberstraße. Hier roch es weit schlimmer als in der Kanalstraße, nicht nur modrig, sondern scharf, dass es ihr in der Nase brannte. Sophienstraße und Christophstraße.

Sie bog links ab und an der Tübinger Straße rechts. Kurz darauf lag das Katharinenstift vor ihr, morgen war sie wieder ein Laubfrosch, quak, quak. Sicher hatte Maman sie für heute entschuldigt. Nanette hüpfte ein paarmal. Die Leute wandten sich nach ihr um. Was hatten sie auch hier zu suchen? Nicht umdrehen, womöglich wurde sie erkannt. Das Gewimmel in der Hirschstraße beschützte sie.

Als sie über den Marktplatz ging, trug sogar das Herrenhaus ein Gerüst. »Morgen wird es abgerissen«, sagte eine Frau. »Aber die Bücher«, stammelte Nanette und rannte zu Onkel Ludwig in die Königstraße. Nur er konnte helfen. Die Bibliothek durfte man nicht abreißen! So neu musste Stuttgart nicht werden. Mit dem König reden sollte der Onkel. Es war das erste Mal, dass sie bei den Kleins an der Klingel zog. Niemand öffnete.

Sie eilte hinunter zum Schlossplatz, wählte den verbotenen Weg über die Planie und erreichte atemlos den Charlottenplatz. Der Bergrat. Er hatte sich ebenfalls Bücher geholt aus der Bibliothek im Herrenhaus. Sie hatte diese manches Mal zurücktragen dürfen. Doch das Haus war leer, selbst Amalie fehlte in der Küche.

Zu Pauline! Zum König mussten sie. Es war keiner da. Sie spazierte um den Epaulettensee, bis es von der Stiftskirche sechsmal volltönend schlug. Zurück in die Charlottenstraße. Nach Hause, sagte sie vor sich hin, ich gehe jetzt heim.

Der Bergrat werkelte im Garten bei den Rosen. Sie gesellte sich zu ihm. »Herr Vater, ich danke Ihnen, dass Sie mich vom Begräbnis entbunden haben.«

»Nanette, was soll ich sagen. Du warst dem Großvater wichtig, er hat sich das alles anders vorgestellt.« Er entfernte sich einige Schritte, als sei nicht sein Vater gestorben, sondern auch der Vater in ihm. Ein Kuss aufs Haar hätte ihr gutgetan. Was sollte sie mit ihm reden?

»Herr Vater, ich wollte Sie schon lange bitten. Eine Eingabe wäre gut. Es geht um den Geschichtsunterricht. Er ist gar mager und trocken. Der Lehrer könnte mehr Anschauung vertragen. Sie waren es, der mir von den Karlsbader Beschlüssen erzählt hat. Die Schule weiß nichts, die Zeitung hat ihre eigene Meinung. Der ›Schwäbische Merkur‹ schreibt vom Selbstverwaltungsrecht für Stuttgart. Was bedeutet das? Die Schule schweigt sich aus.«

»Aber Nanette. Du hast über Königsfeld geschimpft. Nun haderst du mit dem Katharinenstift. Was stellst du dir vor? Du hast dem Hochzeitszug von Wilhelm beiwohnen dürfen. Mehr Freiheiten als all deine Freundinnen hast du und bist unzufrieden.« Er strich ihr übers Haar, zog aber die Hand zurück, bevor sie ihren Kopf hineinschmiegen konnte. »Du musst dir ein Ziel im Leben setzen. Auch für eine Frau ist manches möglich, wie die neuere Zeit uns zeigt. Lies die Zeitung, wenn dir die Schule nicht reicht. Wilhelmine Reichard, die Aeronautin, hat sich bewiesen. In München ist sie beim Oktoberfest mit einem Ballon aufgestiegen und durch die Luft gefahren. Sogar deine Mutter hat sich dafür begeistert.«

8

»Fünfzig Jahre!« Elisabeth Hehl klatschte eine Kelle Linsen auf Christianes Teller. »Ein halbes Jahrhundert hat er die Geschicke der Stadt gelenkt. Vater Hehl. Und wer ist heute Oberbürgermeister? Feuerlein. Nach zwölf Monaten im Amt, vertretungsweise.«

Zwei Saiten landeten auf Christianes Teller und drohten abzustürzen. Sollten sie. Alles brach zusammen.

»Amalie! Wo bleiben die Spätzle? Sie müssen verrührt werden mit den Linsen. Eine neue Sitte nach der anderen. Und du, Christiane, was denkst du dir dabei, die Kartoffelrädchen derart dick zu schneiden? Habe ich dir denn nichts beigebracht in deinem Leben? Schade, dass du zu alt bist für die Paulinenpflege.«

»Ihre Pflege, Maman, ist exzellent, wie hätte ich sonst ein guter Mensch werden können. Das hat Schwester Raillard erst gestern gesagt. Und Ihr Kartoffelsalat ist der beste.«

»Ich weiß sehr wohl, wann du mir schöntust. Egal. Für den Moment. Es ist Feuerlein, der den Titel ›Oberbürgermeister‹ trägt. Aus der Zeitung musste ich es erfahren. Ich, Elisabeth von Hehl, eine geborene von Klein. Der König weiß gar nicht, was er an unserem Vater gehabt hat. Fünfzig Jahre hat er sich aufgeopfert. Alles hat er beiseitegeschoben, selbst sein Enkelkind.«

Sie nahm Christiane in den Arm, verbarg den Kopf an ihrer Schulter und schluchzte.

»Elisabeth, setz dich und iss.«

Johann stand an der Stirnseite des Tisches und stemmte die Hände in die Hüften. »Der Vater ist gestorben. Gott hat ihn endlich erlöst. Ich habe mich getäuscht, dachte schon letztes

Jahr, es ginge zu Ende. Den König wird es wenig interessieren. Er hat nicht mal eine Grußadresse verlesen lassen bei der Beerdigung. Andere werden entlassen. Das ist dem Vater erspart geblieben. Ich bin pensioniert worden. Da haben wir Glück gehabt. Wir können es nicht ändern. Hör auf mit deinem Theater und richte dich nach der Wahrheit. Setz dich und iss, hab ich gesagt.«

»Setz lieber du dich, sonst fällst du gleich um. Ich habe etwas zu berichten.« Betont langsam nahm sie eine große Gabel Linsen und häufelte mit dem Messer Spätzle darauf. »Ich war heute Morgen beim König! Eine Sonderaudienz.« Sie langte nach einer Saitenwurst und biss hinein.

Christiane sah von einem zum anderen. Johann legte das Besteck weg. Das war recht. Sie lehnte sich zurück, kaute und sprach zugleich. »Ich sehe den Grabstein vor mir. Mit der Gravur.« Sie nahm die Gabel, hob sie empor und sagte wie im Theater: »Johannes Hehl, Oberbürgermeister. Was meint ihr? Den Titel, posthum verliehen. Das ist nicht zu viel verlangt. Eine Sache des guten Willens. Doch Majestät hat es abgelehnt, darüber zu reden.«

»Elisabeth! Schweig! Du zerschlägst das Porzellan schneller, als ich es kaufen könnte.« Johann schob seinen Stuhl zurück, dass es quietschte, und stand wieder auf.

»Du setzt dich nicht durch! Trägst keinen Trauerflor. Der Name Hehl ist nicht länger wichtig in der Stadt, und nichts unternimmst du dagegen. Nicht mal ein kurzer Bericht in der Zeitung. Wie steht das Kind in der Schule da?«

»Maman, heute Morgen war alles wie gewohnt, und über die Zeitung sprechen wir gar nicht. Leider.«

»Schweig! Wie oft habe ich gesagt, du darfst dich nur äußern, wenn du angeredet wirst. In Königsfeld hast du deine ganze Erziehung vergessen.«

»Lass Nanette in Ruhe. Auf den Titel kann der Vater verzichten, verzichten werde ich nicht auf die Tochter. Sag mir lieber, wie ich dem König unter die Augen treten soll? Gerade war unser Verhältnis dabei, sich zu bessern. Wilhelm hat eine schöne Mineraliensammlung. Ich sollte sie in meine Obhut nehmen. Das kann ich ad acta legen. Musst du dir immer etwas erfinden, um dich selbst zu erhöhen? Die anderen kümmern dich nicht. Wenn du eines Tages über Leichen gehst, würde mich das nicht wundern.«

»Johann, bezähme dich. Es wäre ein Skandal, falls deine Frau dich verlässt, weil du zu nichts taugst, es nie getan hast. Ruhestand mit dreiundvierzig, wer hat je davon gehört. Und wie soll das Kind da in der Stuttgarter Gesellschaft bestehen können. Besser, ich geb es wieder weg, in Pflege.«

»Maman, wenn ich bemerken darf, wie der Herr Vater gesagt hat, Sie müssen mich schon bei sich behalten, wie ich eben bin. Nicht immer kann ich warten mit dem Reden, bis ich aufgefordert werde.«

Sie sprang auf, wusste Kopfnüssen zu entkommen. Johann machte ihr Zeichen. Unerhört. Längst hatte sie es bemerkt, wie er sich mit dem Kind gegen sie verbündete.

»Es hat ausgezeichnet gemundet!« Christiane schlüpfte ihr durch die Finger wie ein Frosch. Laubfrösche, nannte das gemeine Volk die Mädchen vom Katharinenstift. Wer sich das ausgedacht hatte, grüne Kleider mussten sie tragen, hellgrüne! Und das Hehlsche Blau? Keine Rede mehr davon.

Sie ging durchs Haus und inspizierte alle Zimmer. Seit Kurzem strickte Christiane fleißig, was zu loben war. Seitenteile für eine neue Ridicule, wie sie sagte. In Lila! Als Boden nähte sie einen Streifen Filz ein. Das gab guten Halt und ein Lob. Was war das? Das Kind fütterte die Tasche mit doppeltem dünnem Baumwollstoff. Natürlich merkte sie, was da im Spiel war. Die geheimen Fächer in der Schürze waren ihr damals nicht verborgen geblieben. Frau Rumetsch hatte dem Kind geholfen. Ausgerechnet. In den Taschen ließen sich alle Dinge verbergen, die eine Mutter nicht sehen sollte. Als ob sie sechs statt sechzehn wäre. Hatte Ludwig ihr die Spielkarten versprochen?

Wenige Wochen nach dem Tod seines Vaters begab sich Johann wieder mal auf Reisen. Ließ sie alleine, mit dem Kind. Er sei bald zurück, wie er sagte. Zum Abschied strich er Christiane übers Haar.

Monate schlichen ins Ländle, bis sie eine Nachricht erhielt. Ihr Gatte glänzte weiter durch Abwesenheit. Er hatte sie und das Kind verlassen. Alle Tage jagte die Stadt diese Ungeheuerlichkeit durch die Straßen wie einen Hund. Und sie, Elisabeth von Hehl, eine geborene von Klein, traute sich kaum aus dem Haus. Ganz im Gegensatz zum Kind, das munterer denn je war, obwohl es von ihrem Kummer ahnte. Christiane war bei ihr geblieben, obwohl Ludwig erneut versucht hatte, sie zu einem Leben in Kirchberg zu überreden. Doch Christiane hatte geantwortet: »Wie könnte ich Maman alleine lassen, wo uns jetzt der Herr Vater so fehlt!«

Vor dem Frühjahr lud der König zum Maskenball. Er wünschte eine philosophische Verkleidung der Herren. Die Stuttgarter Gesellschaft rätselte. Das lenkte ab von der Familie Hehl und ihrem Dilemma. Johann war nicht zurück. Wer sollte Christiane begleiten? Keine Frage, dass das Kind dabei sein musste, wenn es auch ein wenig jung war. Ihr blieb nichts anderes übrig, sie musste Ludwig bitten.

»Seien Sie bedankt, liebste Mutter!« Die Tochter drückte ihr einen Kuss auf die Wange. Eine neue Mode. Machte sich aber gut, vor allem, wenn Schneidermeister Welsch zuschaute.

Mit Amalie übte Christiane die Schritte der Contredanses und erklärte: »Pas de bourrée, pas jeté – pas de …«

»Genug!«, lachte diese. »Ich bleib beim Walzer. Den hast du mir schmackhaft gemacht.«

Christiane herzte auch Amalie. Was sollte sie als Mutter nur tun? Die Tochter drehte sich mit der Köchin im Kreise und summte eine Melodie von Diabelli. Das Ballkleid war eine Kreation des Schneidermeisters.

»Was meinen Sie, Maman? Das Kleid zusammen mit der schwarzen Moretta? Der Kontrast zum cremefarbenen Satin ist zu hart, der Stoff braucht Farbe. Halt! Sagen Sie nichts.«

Aus Samt nähte sie eine fliederfarbene Larve. Das machte sich ganz gut. Sie schnitt Rispen zurecht, die sie umstichelte und auf dem Kleid befestigte.

Sie half Christiane, sich anzukleiden. Sehr hübsch, das Kind, das war ihr bislang nicht aufgefallen. Sie strahlte fast etwas Majestätisches aus. Wie sich ihre Statur verändert hatte, seit sie im Ballkleid steckte! Es war dem Hochzeitskleid von Königin Pauline nachempfunden. Aus Halbseide, nicht dass die Leute dachten, die Hehls seien vollkommen übergeschnappt. Christiane legte die fliederfarbene Larve an. Ganz königlich, wie es sein sollte, und sie war fast ein wenig stolz auf die Tochter.

Am Ballabend warteten sie auf Ludwig. Christiane tänzelte durchs Haus. Sie konnte einfach nicht still sitzen. Es klopfte an der Vordertür. Das sah dem Bruder nicht ähnlich.

»Von Klein ist verhindert, soll ich ausrichten«, sagte ein Bote. Er reichte Christiane eine gesiegelte Nachricht. »Für die junge Dame, persönlich.«

Mit herunterhängenden Schultern stand Christiane im Öhrn. Sie gab ihr den Brief. Fast zu brav war sie. Da steckte etwas dahinter.

Elisabeth Hehl gab dem Boten ein Trinkgeld und brach umgehend das Siegel. »Lies vor. Du scheinst zu wissen, was darinnen steht. – Was? Du sollst alleine auf den Maskenball gehen? Unmöglich. Zeig her. Ich will es selbst lesen. *Nach dem Ball wartet Kirchberg. Pfarrer Steinheil ist einverstanden. Die Buben und Mädchen aus der Kleinkinderschule freuen sich schon.* Warum weiß ich davon nichts? Du hast mich hintergangen. Dich nicht mit mir besprochen. Mit deiner Mutter. Und heute soll sich die Stadt das Maul zerreißen, weil du alleine zum Maskenball erscheinst. Das kommt gar nicht infrage. Wenn ich meinen Bruder einmal um etwas bitte. Eine Geste der Versöhnung sollte es sein.«

»Verzeihen Sie, Maman. Bis gestern war es ungewiss, ob Tafinger zustimmt, dass ich nur zur Prüfung ins Katharinenstift komme. Nach dem Ball wollte ich Ihnen alles berichten. Ich wünsche es mir so sehr, Lehrerin zu sein, wie Augusta, meine Cousine. Ich sehe ein, dass ich lernen muss, mit Kindern umzugehen. Der Herr Vater hat vor seiner Abreise gesagt, ich bräuchte ein Ziel im Leben, damit ich nicht immer unzufrieden bin. Er wäre stolz. Bitte lassen Sie mich alleine zum Maskenball gehen!«

»Das ist vollkommen ausgeschlossen! Du bleibst hier. Du vollendest erst im August dein siebzehntes Jahr.«

»Aber Maman. Echauffieren Sie sich nicht, ich kann durchaus alleine gehen. Für Aufsicht ist gesorgt. Die Gouvernante von Constanze hat auf uns alle ein Auge.«

»Christiane, du brauchst eine männliche Begleitung. Schweig! Ich habe eine Idee. Du darfst niemandem etwas verraten, auch nicht den Freundinnen. Es gibt eine venezianische Maske und eine Verkleidung, die dein Vater vor Jahren getragen hat. Daran wird man sich nicht erinnern. Die Sachen müssten Heimerl passen, er ist kein ungehobelter Geselle. Ja, wir nehmen den Gärtner, er soll dich inkognito begleiten. Mein Kind, du wirst mich doch nicht verlassen? Was willst du in Kirchberg? Ich tue alles für dich.« Sie rief nach Heimerl.

Dieser kam mit Schneeglöckchen und reichte sie ihr. Immer brachte er Blumen, wenn er ins Haus befohlen wurde.

»Das machen Sie schon ganz gut. Sie begleiten das Kind auf den Maskenball.« Sie zog ihn mit sich fort. »Die Sachen des Bergrats werden Ihnen passen. Sie sind von gleicher Statur. Ihre Mutter ist adelig geboren, habe ich gehört.«

Die Maske passte, an die Tunika würde Heimerl sich im Laufe des Abends gewöhnen. Zu Christiane sagte sie: »Der Gärtner wird dich kurz vor der Demaskierung verlassen und am Seiteneingang warten. Hier sind ein paar Kreuzer für einen Laternenleuchter.« En passant strich sie ihr über die Schulter und gab ihr einen Dukaten. Als Sicherheit. »Denk an Schillers Gedicht ›Der Tanz‹. ›Seh' ich flüchtige Schatten, befreit von der Schwere des Leibes?‹ König Friedrich soll ein großer Tänzer gewesen sein. Jetzt tanzt er im Himmel, ist ein flüchtiger Schatten, befreit von seinem Leib.« Sie drückte ihr einen Kuss aufs Haar. »Warte! Du darfst dieses Perlencollier heute Abend tragen. Es ist von meiner Mutter. Gott hab sie selig. Vor einem Jahr ist sie von uns gegangen. Beug den Nacken. Als jüngste Tochter habe ich ihren Schmuck geerbt. Dreh dich zur Seite. Sehr schön. Das

Ohrgehänge. Wie gemacht für dich. Niemand soll sagen, Frau Bergrat von Hehl lasse ihre Tochter nicht standesgemäß zum Ball gehen. Die Residenz gehört zu dir und du gehörst nach Stuttgart. Nimm die Spange und steck sie dir ins Haar. Vergiss deine Larve nicht.«

Und Herzsieben, hätte sie beinahe hinzugefügt. Als ob sie nicht gehört hätte, dass Ludwig diese Christiane versprochen hatte, wenn sie nach Kirchberg ginge. Morgen wollte er ihr also die Erziehung mit Gewalt entreißen. Er war im Recht, was nicht hieß, dass er dazu ein Recht hatte. Genauso wenig wie auf die Spielkarten. Christiane zu überreden, dürfte leicht gewesen sein. Besonders, wenn es um Herzsieben und Ecksteinsieben ging. Nun war sie als Mutter am Zug. Zum allerletzten Mal sollte sich das Kind vergnügen, denn auf die Art ließ sie mit sich nicht umspringen. Sie war eine geborene von Klein und eine verheiratete von Hehl. Christiane würde das zu spüren bekommen.

9

Schau, Louisle! Wie zierlich ich die Füße setze und die Planie entlangschreite. Aristoteles führt mich am Arm. Sein Bart kräuselt sich und der breite Schädel fegt jeden Stier hinweg. Du kennst die Zeichnung, die unser Vater besitzt.

Vom sittlichen Leben und der Tugend schreibt Aristoteles. Ich will dem getreu folgen, wenn ich morgen zu euch nach Kirchberg komme. Es ist endlich so weit, erst vorhin habe ich die Nachricht von Onkel Ludwig erhalten. Maman ist nicht einverstanden, aber ich weiß, dass es richtig ist.

Du glaubst es nicht, wer sich hinter der Maske von Aristoteles verbirgt. Schweig still darum, liebstes Louisle. Dir darf ich es wohl anvertrauen. Mein Begleiter ist der Gärtner. Sonst stand niemand zur Verfügung.

Stell dir vor, was Onkel Ludwig mir versprochen hat. Herzsieben! Wenn ich mit ihm in die Kutsche nach Kirchberg steige. Und Ecksteinsieben bekomme ich bei euch. Sie wartet beim Vater auf mich. Ich darf in Zukunft mit den Spielkarten verfahren, wie es mir beliebt. Sie mir zu eigen machen. Wir erfinden uns etwas. Bis morgen, mein geliebtes Louisle. Dann sind wir wieder Zwillinge.

Sie scheuchte die Schwester aus ihrem Kopf. Ab morgen hatten sie alle Zeit der Welt, um sich zu erzählen, was immer sie begehrten.

Heimerl wandte sich ihr zu. »Wenn Sie erlauben, Mademoiselle, werde ich Sie duzen. Am heutigen Abend gelte ich als Ihr Vater.«

»Was sollte ich dagegen einwenden.«

»Still, da sind deine Freundinnen. Nur Pauline fehlt. Krank soll sie sein, habe ich gehört. Wie schade!«

Constanze, Heinrike und Josepha trugen schlichte griechische Gewänder. Nanette schaute an sich herunter. Sie würde auffallen mit ihrem Kleid, aber das wollte sie heute Abend.

Constanze deutete mit dem Kopf zur Gouvernante hinüber. »›Das sittliche Betragen der Mädchen geht mir über alles‹, hat sie gesagt. ›Dafür opfere ich gerne meine freie Zeit.‹ Dabei will sie bloß zum Maskenball und schauen, ob sie noch einen findet. Sie wird uns keine Last sein. Zu einem anderen Kleid hat sie sich nicht überreden lassen. Der Brokat sei kostbar, hat sie gesagt.«

»Nanette! Die fliederfarbene Augenlarve zu deinen dunklen Haaren ist recht apart.« Heinrike fuhr mit dem Finger über den Samt. »Wenn dieser Aufzug auch nicht ganz den Vorschriften entspricht, du weißt dich in Szene zu setzen. Das Umschlagtuch aus Königsfeld kommt gut zur Geltung.«

Aristoteles zeigte die Einladungskarte vor. »Treten Sie ein«, sagte der Diener und verbeugte sich tief. Es war geglückt! Sie nahm den Arm des Gärtners. Er geleitete sie in den Säulengang, der Zuschauer und Tanzende voneinander trennen würde.

Sie legte den Kopf in den Nacken und sah hinauf zum Tonnengewölbe. Das Orchester spielte einen Tusch. Die Artisten sprangen hervor. Flickflack, Rondat, Flickflack. Quer über die Tanzfläche. Alle klatschten. Überschlag, Radwende. Ein Reigen. Dreifacher Tusch. Einfache und gedrehte Salti. Vor und zurück. Zur Seite. Ihr schwindelte und sie hielt sich an Josepha fest.

Eine Violine setzte ein und das Orchester begann, die zweite Suite von Bach zu spielen. Die obersten Hofdamen gruppierten sich auf der Tanzfläche. Sie trugen alle die gleichen hellen Kleider, schlicht gehalten und auf der linken Schulter ein Sträußchen Flieder aus Stoff. Nanette schlug die Hand vor den Mund. Wenn sie das gewusst hätte!

Die Damen tanzten ein Rondeau. Die Sarabande folgte und gipfelte im Bourrée. Mit den Herren zogen sie zur Polonaise ein. Nanette reckte den Hals. Aristoteles hielt sie zurück. Die Flöte hob zum Solo an. Wie sicher die Hofdamen ihre Füße setzten. Die Paare schwebten zu den Klängen Diabellis an ihnen vorbei. Ein walzerischer Deutscher erklang. Hadyn. Kaum konnte Nanette ihre Füße ruhig halten. Weitere Paare schoben sich auf die Tanzfläche.

»Du musst die Rangfolge beachten«, flüsterte Aristoteles. »Frau Bergrat hat es mir eingeschärft.« Die Freundinnen drehten sich längst mit ihren Vätern in der Runde. Als erster hatte Justizrat von König mit Constanze die Tanzfläche betreten. Ihm folgte Freiherr von Hardegg mit Josepha. Heinrike war die Tochter des Obermedizinalrats von Schott und musste zwei Runden warten. Sie winkte Nanette verstohlen zu. Endlich reihte sich auch der Gärtner mit ihr ein. Er war ein braver Tänzer. Sie plauderte leise mit ihm.

Zur Damenwahl schaute sie sich um. Da! Ein Caesar. Den wollte sie haben. Den Lateiner. Aristoteles ließ sie stehen.

Quer durch den Saal eilte sie. Sie kümmerte sich nicht um die Blicke der Adeligen und sah nicht, wie die Hofdamen die gezupften Brauen hochzogen. Die Damenwelt befand sich in Aufruhr. Einige langten vor ihr bei ihm an. Er hatte sie längst bemerkt und schien einzig auf sie zu warten. Eine korpulente Dame drängte sie zur Seite. Sie entkam ihr mit ein paar Schritten und tänzelte weiter durch das Meer der hellen Kleider, bis sie vor ihm stand und ihn auf Lateinisch anredete.

Die Damenwelt zischelte. Caesar verneigte sich galant und sagte nichts. Er legte die rechte Hand auf ihren Rücken und nahm mit der linken ihre Finger. Ganz vorsichtig. So warm in ihrer Taille und ganz sanft, wie er sie hielt. Schon setzte die Musik ein, sie gab seinen Schritten nach, er drehte sich mit ihr über die Tanzfläche, und der Saal folgte ihnen. Sie an der Spitze, sie war die Vortänzerin, in cremefarbenem Satin mit samtenen Fliederrispen und der lilafarbenen Augenlarve. Ihre Schritte fügten sich in Caesars, eins ums andere Mal.

Ein Paar waren sie, aber ein wenig zu eng hielt er sie. Sie versuchte, Abstand zu gewinnen, sanft gab er ihr nach und zog sie wieder an sich. Er schien zu lachen hinter seiner Maske. Die anderen Damen reckten die Köpfe. Manch eine hatte den nächstbesten Herrn nehmen müssen.

Caesar drehte und wirbelte sie herum, bis ihr ganz schwindelig war. Er sprach nichts, atmete in ihr Ohr und sog hörbar ihren Duft ein. Verbarg sich Seine Königliche Majestät hinter der Maske? Waren die Hofdamen deshalb derart aufgeregt gewesen? Ihr Herz klopfte. Die letzten Töne perlten dahin, Caesar verneigte sich.

Mit einer leichten Handbewegung bat er sie um den nächsten Tanz. Eine Stunde drehten sie sich im Walzertakt, alle Zeit hätte sie so verbringen mögen. Sooft eine Dame der königlichen Gesellschaft ihn für sich beanspruchte, kehrte er stets zu ihr zurück.

Als sie einmal von Aristoteles geführt wurde, flüsterte dieser ihr zu: »Gib ihn frei. Er ist nichts für dich.«

Sie schüttelte den Kopf. Fliegen wollte sie und nicht über den Boden schleifen. Ihm fehlte die Leichtigkeit.

Beim folgenden Tanz holte Constanze sich Aristoteles. Wenn sie wüsste! Schon drehte Nanette sich wieder in Caesars Armen. Sie versuchte, mit ihm auf Lateinisch ein wenig Konversation zu betreiben. Er schwieg. Ein leichter Zimtgeruch hing in der Luft, und war da nicht Apfel mit Vanille? Warum versetzte er sie nach Kirchberg zur Mutter an den großen Küchentisch? Sie wischte die Erinnerung fort. Caesar zog sie zum Säulengang für die Zuschauer, verneigte sich und verschwand, ehe die Musik verklungen war.

Sie kam neben der Gouvernante zu stehen, die sich räusperte. »Ungebührlich, wie du die Aufmerksamkeit aller erregst! Schäm dich. Du bist kein Umgang für Constanze.«

Immer die gleichen Sprüche. Heute Abend aber galten sie nicht. Vergeblich hielt sie nach Caesar Ausschau.

Heinrike bedankte sich bei einer silbernen Maske für den Tanz. Alexander der Große. Aristoteles lieferte Constanze ab. Die Gouvernante wanzte sich an ihn heran. »Welch Künstler Sie sind. Einfach superb! Es würde mich freuen, wenn Sie mir in der Schlussrunde die Ehre gewähren.«

Mühsam unterdrückte Nanette ein Lachen und wandte sich Josepha zu, die einen Dicken erwischt hatte. »Dieser Bart! Und wie alt er ist! Das kann auch nur mir passieren! Er tanzt aber nicht schlecht.«

»Er trägt ein Kissen unter dem Wams. Diogenes in der Tonne. Lass dich nicht täuschen.« Constanze stupfte Josepha mit dem Ellbogen und kicherte.

Jetzt kamen die französischen Kontratänze. Wo war Caesar? Ohne Partner blieb sie außen vor. Umsonst hatte sie die Schritte geübt. Sie reckte den Hals. Wie die Paare durcheinanderwirbelten. Und doch war alles geordnet, fügte sich ineinander. Da war Aristoteles mit einer Hofdame! Das hätte sie ihm nicht zugetraut. Und dort Alexander der Große. Sie machte Heinrike ein Zeichen.

»Warum hat er nicht mich erwählt?«, rief diese.

»Weil dein Vater es so bestimmt hat«, antwortete Justizrat von König, der auf einmal neben ihnen stand. »Die Kontratänze sind gar zu wild, da sieht keiner, wer mit wem, ihr wisst schon. Ihr dürft die zweite Walzerrunde beginnen. Das habe ich mit den Herren Schott und Hardegg ausgemacht. Um elf begebt ihr euch zum Eingangsportal.« Er nickte der Gouvernante zu. »Sie erwarten ihre Schützlinge dort.«

»Sehr wohl, aber was ist mit der Demaskierung, wenn ich fragen darf?«

»Dafür haben die Mädchen ein ganzes Leben lang Zeit. Manchmal ist es besser, nicht zu wissen, wer sich hinter einer Maske verbirgt.« Er wandte sich an Nanette. »Über dich kann ich nicht verfügen. Dein Vater wird sich kümmern. Ich nehme an, dass der Bergrat Aristoteles spielt. Einige Jahre ist es her, ich habe ihn gleich erkannt.«

Von Schott und von Hardegg traten zu ihnen. »Der König hat Stuttgart soeben gen Italien verlassen«, berichteten sie.

»Er trifft sich wieder mit dieser Blanche La Fleche«, raunte Constanze ihr zu.

»Königin Pauline soll schwanger sein«, flüsterte Heinrike.

Pauline! Sie war krank. En detail würde Nanette ihr alles erzählen, es ausmalen. Hatte sie doch mit dem König getanzt? Pauline würde es wissen. Nanette konnte Caesar nirgends entdecken. Da endlich, die ersten Walzertakte! Sie machte alleine ein paar Schritte in Richtung Tanzfläche. Alle starrten sie an. Schon war Caesar bei ihr und nahm sie in den Arm, drückte sie ein wenig zu fest. Er war nicht Seine Königliche Majestät.

»Du passt gut zu ihm!«, flüsterte Heinrike ihr zwischen zwei Tänzen zu.

Josepha wollte ihr Caesar ein paarmal abklatschen. Sie warf ihr neidische Blicke zu, weil er sich verweigerte.

Um elf gingen die Freundinnen. Wo war Aristoteles? Sie war ganz auf sich gestellt, eine halbe Stunde blieb ihr noch. Wenn Caesar sich beim nächsten Tanz eine andere Dame suchte, stand sie alleine da. Er wirbelte sie links herum, nicht ganz einfach, sie musste auf ihre Schritte achtgeben.

Mitten im Takt brach plötzlich die Musik ab, ein Tusch erschallte. Demaskierung. Halb vor Mitternacht. Caesar hielt sie fest, sodass sie nicht entweichen konnte. Langsam streifte er ihr die Larve ab und zeigte sein unbewegliches Lächeln, als ob er wüsste, wen er vor sich hatte.

Sie wurde rot. Augen musterten sie aus der Maske. Noch immer sprach er nicht, strich ihr nur eine Haarsträhne aus der Stirn. Wie sanft die Finger waren, davon würde sie sich wohl gerne ein wenig streicheln lassen.

Sie griff nach seiner Maske, aber er fasste sich selbst in den Nacken und zog sie mit einem Ruck vom Gesicht.

»August!« Sie presste die Hand vor den Mund. Alle Augen schauten auf sie. »Da hat der Herr Großcousin mich ganz schön genarrt!« Sie lachte laut und warf den Kopf in den Nacken. »Weißt du noch, damals unter dem Pflaumenbaum? Unser erster Tanz? Da war ich acht.«

Die Musik setzte wieder ein. August fasste sie hart an. Sie musste ihm auch die letzte Runde geben. Das war Sitte. Obwohl sie es nicht wollte, war sie dem Himmel nahe und schalt sich dafür. Er schwenkte sie über die Tanzfläche. Ihre Gedanken drehten sich. August wusste alles von ihr und drückte jetzt sein Knie zwischen ihre Beine. Sie schluckte. Nein, das wollte sie nicht, nicht mit ihm. Und doch.

»Du bist eine geborene Tänzerin«, flüsterte er und schob sein Gesicht nah an das ihre, »wenn du dich führen lässt. Sträub dich nicht; tanz weiter mit Caesar, nichts wird dir geschehen.«

Sie drehte den Kopf in die andere Richtung und atmete flach. Zimt und Apfel mit Vanille. Warum war sie nicht gleich darauf gekommen? Die Melodie wurde leiser und sie entschuldigte sich. In den geheimen Gemächern war sie sicher vor ihm. Sie schlüpfte aus der seitlichen Tür ins Freie und trat geradewegs in einen Pferdeapfel. Im Dunkeln griff eine Hand nach ihr. Ihr Herzschlag setzte aus.

»Du bist spät dran. Wir werden nicht rechtzeitig heimkommen«, sagte Aristoteles. Er reichte ihr ein Tuch. Sie säuberte ihren Schuh. Kaum war sie fertig, zog er sie mit sich und beschleunigte den Schritt, wenn jemand sie ansprechen wollte. Gegen die Regel trug er weiter seine Maske, die ihm nach der Demaskierung jeder abnehmen durfte. Vor dem Hehlschen Haus atmete er spürbar aus. Von der Stiftskirche schlug es halb nach Mitternacht.

Im Bett lag sie still und schloss die Augen. Ihre Füße und ihr Leib schwebten, drehten sich, Runde um Runde. Vorbei an den Hofdamen, die ihr kuhäugig hinterherglotzten. Wie der Großcousin ihr die Haare aus der Stirn gestrichen hatte. Sie rollte sich auf den Bauch, presste das Gesicht ins Kissen, ihr war so heiß. Wie er sie geführt hatte. Wie sie ihm hatte nachgeben können. August, flüsterte sie.

Du hascht dich bloß verliebt. Jetzt ischt dr's passiert. Hör auf Aristoteles. Es goaht vorbei. Er ist nichts für dich! Lass die Finger von ihm. Er hat dr scho amal Unglück gebracht.

Louisle? Sei still! Der Großcousin hat mich in die königliche Residenz geholt.

August, leg deine Hand auf meinen Rücken, dreh mich, küss mich, nein, nicht so! Was machst du? Dein Knie, das ist nicht statthaft!

Sie wachte auf, schweißgebadet, drehte sich auf den Rücken und starrte an die Decke. Sie musste August aus sich herauskriegen. Aristoteles hatte recht. Wie machte man das, nicht mehr verliebt zu sein? Sie wollte ihn fragen, gleich in der Früh. Durfte sie das? Unruhig schlief sie ein.

Am nächsten Morgen Schlag sieben trat Maman in ihr Zimmer. Gehorsam sprang sie sogleich aus dem Bett. Wenn sie nur die Ruten nicht dabeihatte.

»Verzeih. Ich habe vergessen, dir zu sagen, dass Amalie heute erst mittags kommt. In der Speisekammer steht eine Chocoladentorte. Die Köchin hat sie gestern, an ihrem freien Abend, als du nicht da warst, extra für dich gebacken. Das hat sie sich nicht nehmen lassen. Ich hätte es zwar gekonnt, du hast mir das Rezept ja aufgeschrieben. Diese Torte jedoch gehört ihr. Ich wollte sie ihr dieses Mal nicht nehmen. Mein Bruder kommt heute Nachmittag auf einen Kaffee und bringt dich später nach Kirchberg. Gut gemacht, gestern Abend, hab ich gehört. Ich muss eilen, einige dringende Besorgungen warten auf mich.«

Maman drückte ihr einen Kuss aufs Haar. Was war los? Etwas war anders heute. Sie hätte nicht sagen können, was in der Luft hing. Die Mutter konnte nichts wissen, ihr nicht ins Herz gucken. Dort tanzte August und strich ihr eine Haarsträhne aus der Stirn.

Als die Haustür ins Schloss fiel, kleidete sie sich an wie immer. Nein, sie wollte nicht an ihn denken, und doch war er in jeder Bewegung, die sie vollführte. Unentwegt redete ihr Kopf mit ihm. Er aber sprach nicht.

Um viertel acht saß sie alleine vor ihrem Haferbrei, in den sie einige getrocknete und in Most eingeweichte Pflaumen hineingeschnitten hatte. Sie legte den Löffel beiseite, hatte keinen Hunger, auch wenn sie tat, als sei alles wie immer. Verliebt sein machte satt und wie leicht sie sich dabei fühlte, sie tanzte in einem fort. Sie musste es Louisle zeigen. Wie es ging mit dem Schweben. Vielleicht traf sie August in Kirchberg wieder. Nein! Das war ganz und gar ausgeschlossen. Im Pfarrgarten stand der Pflaumenbaum, unter dem es begonnen hatte. Sie konnte nicht mehr dorthin zurückkehren. Was sollte sie tun? Am Nachmittag wollte Onkel Ludwig sie holen. Schon gestern hatte sie alles gepackt, was sie brauchte für die nächste Zeit. Ihre Sommersachen würde sie später mitnehmen. Dergestalt war es ausgedacht und hatte keinen Bestand mehr. Was sollte sie Onkel Ludwig sagen? Sie konnte nicht zurück. Es war unmöglich geworden. Und was war mit dem Bergrat? Wusste er überhaupt etwas davon, dass sie künftig bei Steinheils leben und ihn verlassen wollte?

Wenn sie bloß August nicht begegnete, dabei wäre es in Kirchberg unverfänglich. Noch einmal so gestreichelt zu werden, wie schön! Sollte sie ins Pfarrhaus übersiedeln?

Putz das Silberzeug, hatte Maman zum Abschied gesagt, das vertreibt die Flausen, und die hat man immer nach einer Redoutennacht. Sie hatte geschmunzelt und ihr über den Kopf gestrichen. Was war los mit ihr? Jederzeit konnte die Mutter vollkommen anders sein.

Der Boden schwankte unter Nanettes Füßen, wie beim Ball gestern Abend. So leichtfüßig wie August war keiner.

Er ischt gar nicht dein Großcousin, will nur über dich bstimma. Er stürzscht dich ins Verderben. Haferbrei wärmt dr d' Herz und stärkt's Gemüt. Des brauchscht. Iss jetzt, des goat vorbei.

Niemals geht es vorbei. Louisle! Ich will immerzu mit der Zunge an diesen Pflaumen herumspielen. Ich mag das Habermus nicht. Es ist für Kinder. Wie dich. Maman isst morgens Brot.

Wirf den Brei weg. Es sieht niemand. Nimm dr doch von dera Chocoladentorte, die isch so süß und net so gefährlich wie die Pflaumen. Geh in d' Speisekammr, des wird dr ablenka, siehscht, es schmeckt dr.

Louisle, was sagst du da? Das bist nicht du! August, ist es deine Stimme? Sei still. Geh weg. Lass mich. Der Walzer ist zu Ende und mehr gibt es nicht. Ich bin ein anständiges Mädchen. Wenn es mir auch gefallen hat. Das ist erlaubt, hab ich gehört.

Wie es dr mundet. Nun hascht alles vergessa. Nimm die silberne Gabel. Iss ruhig no a Stück. Lang zu, Mädle, du brauchscht des jetzt.

Die Chocoladentorte schmeckte exquisit. Wie hatte sie das vergessen können. Nie würde sie Maman gelingen wie Amalie. Nanette leckte sich die Finger ab. Das Model war leer. Das konnte nicht sein.

Hunger hoscht ghabt, deshalb war dir schwindelig. Gestern Abend hoscht nur getanzt. Warum bischt nicht mal in den Speisesaal gangen. Ich hätt wohl mit dir zu plaudern gewusst.

Sie hielt Messer und Gabeln gegen das Sonnenlicht. Flecken. Überall tanzten dunkle Punkte. Wie in ihrem Kopf. Die würde sie wegputzen, bis alles rein war. Sie sollte die Dinge gelassen hinnehmen wie Walt, doch da war diese Stimme in ihr. Sie zupfte und zerrte an ihr herum. Louisle sprach nicht so zu ihr. Es war August, wie sie sich ihn erdachte.

Etwas Kreide zerreiben und mit Salz und Soda mischen, Wasser dazugeben, bis es einen zähen Brei gab. Maman würde schimpfen, weil sie zu viel von den kostbaren weißen Körnern verbrauchte. Mit dem Wolltuch, was sie dafür benutzen sollte, ein wenig vom Gemisch nehmen und reiben.

Nein, August, ich will dich nicht treffen. Nach dem Maskenball sehen sich Walt und Wina nie wieder. Ich hätte es wissen müssen. Gerne gebe ich die Spielkarten her. Nicht in Versuchung geraten. Messer und Gabeln fürs Hauptgericht. Nein, ich möchte nicht Kuchen essen mit dir. Ich putze dich weg. Die Löffel, die großen und kleinen, ganz blank wienern. Ich will keine Chocolade trinken gehen. August, sei still. Mein Herz? Wie könnte ich ihm nicht folgen.

Fertig! Sie wischte über ihre Stirn, dort stand ihr der Schweiß, dabei war es gar nicht warm in der Küche. Hatte sie alles? Das Servierbesteck! Daran hatte sie nicht gedacht.

Sie ging ins Esszimmer. Nein, August, komm nicht auf die Idee, mich aufzusuchen. Du weißt, dass Maman dich nicht leiden kann. Es ist vollkommen ausgeschlossen mit uns.

Das Servierbesteck aus der unteren Lade. Suppenlöffel in drei Größen. Die Mutter benutzte bloß die kleinen. Diese waren blau angelaufen. Sahen aus wie ihre Zunge von den Brombeeren. Sie rieb und rieb und es glänzte nicht.

Ach, August, ganz zufällig könnte ich dich treffen, da hast du recht. Ein paar Worte zu wechseln, das würde mir gefallen.

Die Tortenheber. Vollkommen schwarz. Wie die Kuchenzange. Brauchen wir heute nicht mehr.

Es schlug elf von der Stiftskirche. Warum war ihr schlecht? Die vielen Drehungen. August, ich konnte es einfach nicht lassen. Endlich tanzen. Sie breitete das geputzte Silber auf einem Tuch aus. Wie es glänzte. Welch wunderbarer Abend! Danke, August. Du warst der beste Kavalier. Alle haben mich beneidet. Und du wolltest keine andere. Das größte Kompliment.

Sie würgte. Ein Schwall ergoss sich über das Silber. Sie wischte sich mit der Schürze den Mund, schluckte den Brechreiz runter, wollte sich abwenden, aber zu spät. Das Servierbesteck schwamm im Erbrochenen. Ihr war übel, doch sie musste das aufräumen, hielt die Luft an, griff nach dem Besteck, würgte wieder. Schnell warf sie das Silber in den Schüttstein, angelte sich den Eimer, der unter dem Tisch stand, und goss Wasser darüber. Im gleichen Moment füllte sich der Kübel mit ihrem Erbrochenen, sie würgte und japste nach Luft. Sie musste zu Steinheils, nur die Mutter konnte ihr helfen, in Kirchberg war alles besser, vom Bergrat würde sie sich später verabschieden.

10

Stalaktiten und Stalagmiten. Wie sie miteinander tanzten im Schein des Sonnenlichts. Er schob sie zurück in die Tasche. Zwei Tänzer aus den Höhlen der Zeit. Wie gerne wäre er dabei gewesen gestern Abend und hätte die Tochter herumgeschwenkt. Ein Maskenball. Was Elisabeth da in den Sinn gekommen war. Aus der Ravensburger Diligence war er vorhin gestiegen und die Leute hatten ihn angeschaut wie einen Geist. Schneidermeister Welsch hatte ihm berichtet. Süffisant. Der Bergrat ging zu Cafetier Silber. An Stuttgart musste er sich bei jeder Rückkehr erst gewöhnen. Später schickte er einen Boten nach dem Gärtner. Gemeinsam luden sie die Kisten mit den Petrefakten von der Alb auf. Er habe gestern Abend unter seiner Maske gesteckt. Das berichtete Heimerl. Ungewohnt redselig war er und lobte Nanette. Der Bergrat lächelte in sich hinein. Etwas Besonderes, wenn der Schneidermeister es nicht wusste. Zu helfen wusste sich seine Frau. Das musste er ihr lassen. Trauen konnte er ihr trotzdem nicht. Was immer die Wandlung in ihr bewirkt hatte, er war gezwungen, ein Auge auf sie zu haben. Wie hatte er in den vergangenen Monaten mit sich gehadert. Er hätte Nanettes Vater sein können, und war Elisabeth nicht schwanger gewesen? Er wollte den Schwager danach fragen. Ganz in Gedanken war er als Erstes in den Garten zum Blumenkalender gegangen und hatte dort über die gelben Blüten der Winterlinge gestrichen, die sich schon herausgewagt hatten.

»Nanette! Zu Hilfe! Kind, was ist dir?«

Er hielt inne. Das war Amalie, die gerade geschrien hatte. Er eilte ins Haus.

»Herr Bergrat! Ich hab Sie gar nicht gehört. Sie kommen zur rechten Zeit! Nanette, sie erbricht sich ohne Unterlass. Tun Sie etwas, ich bitte Sie!«

»Mir ist nicht gut, Herr Vater. Die Strafe für gestern Abend. Verzeihen Sie. Mir ist ganz elend.« Sie würgte, es kam nichts mehr heraus. Wunderbar getanzt und nun das.

»Spül deinen Mund aus, du bist ja schweißnass.« Er legte Nanette die Hand in den Nacken und flößte ihr vom Most ein. »Nicht schlucken. Sonst kommt's dir wieder hoch. Was immer es auch ist. Spuck's in den Eimer. Mir scheint, du hast etwas Falsches gegessen, gestern Abend. Was gab es denn beim Maskenball?« Er redete, war nie weggewesen, und wunderte sich über sich selbst. Die Tochter kotzte, erbrach sich die Seele aus dem Leib und schüttelte unentwegt den Kopf.

»Ihre Frau hat gestern Chocoladentorte gebacken, für heute Nachmittag. Ihr Schwager kommt.« Amalie wies auf die leere Kuchenform. »Eine Naschkatze war Nanette schon immer. Nicht einmal einen Teller hat sie genommen.«

»Du hast doch nicht? Die ganze Torte?« Davon konnte man wohl sterbenskrank werden. Er schüttelte den Kopf.

»Nanette, ab mit dir ins Bett. Es kommt nichts mehr. Ich brüh dir Kamillentee auf.« Amalie stützte sie und schob sie die Treppe hinauf. »Langsam. Das wird schon wieder.«

Zwischen den Kuchenkrümeln in der Ecke entdeckte er zwei tote Ratten. Er packte sie mit einem alten Lappen an den Schwänzen und hob sie hoch. Am ausgestreckten Arm hielt er sie von sich. Die Biester hatten die Krümel gefressen, warum waren sie jetzt tot? Die Köchin kam zurück und schrie auf.

»Amalie, werfen Sie das Model in den Kuttereimer. Bürsten Sie sich die Hände mit Seife und heißem Wasser. Aber gründlich. Ich habe da einen Verdacht.«

Er trug die Ratten zur Brombeerhecke in den hinteren Garten. Dort legte er sie auf das Reisigfeuer.

Er verordnete Brechmittel und Abführtee für Nanette. Gleichzeitig. Amalie lief rauf und runter und erhitzte sich. Sie hatte doch nicht auch genascht, wie es ihre Art war? Er lobte Nanette, die sich vor Schmerzen krümmte.

»Warum quälen Sie das Kind?«

»Damit es nicht endet wie die beiden Ratten in der Küche! Wenn ein Sterbenswort von dem hier nach draußen dringt, entlasse ich Sie. Fristlos. Nanette hat sich an Ihrer Torte den Magen verdorben. Die fettige Chocolade. Ich war als Arzt immer gegen dieses Rezept. Und dann zweiundzwanzig Eier. Sie waren nicht mehr gut. Das sagen Sie allen.«

»Verzeihen Sie, Ihre Gattin hat gebacken. Wie ich schon gesagt habe. Sie wollte es sich nicht nehmen lassen. Zum Abschied von Nanette, sie siedelt heute nach Kirchberg über, hat Ihre Frau selbst Hand angelegt. Ich hatte wie jeden Sonntag frei und bin auf ausdrücklichen Wunsch von Frau Bergrat eben erst zurückgekommen. Ein wenig früher ist es, als sie angeordnet hatte.«

»*Sie* haben die Torte gebacken, ich hoffe, wir verstehen uns. Drei Monate gibt es ein Extrasalär. Schicken Sie einen Boten nach von Klein, rasch!«

»Ich hab solche Angst«, würgte Nanette, »Vater, helfen Sie mir! Maman hat auch gesagt, dass die Torte von Amalie ist.« Er strich ihr übers Haar. Klebrig war es und roch sauer.

Als der Schwager kurze Zeit später ins Zimmer trat, öffnete er zuerst das Fenster. Die Köchin räumte eilig weg, was sich an Erbrochenem und wässrigem Kot in zwei Eimern angesammelt hatte. Sie schaute keinen an.

»Amalie, kochen Sie Wasserreis für das Kind«, sagte

Ludwig. »Nur Wasserreis hilft. Und machen Sie sich keine Sorgen. Sie konnten nicht ahnen, dass Sie statt des Sodapulvers zum Backen vermutlich Rattengift erwischt haben.«

»Herr Stadtmedicus, verzeihen Sie. Ich habe es dem Bergrat schon gesagt. Es war seine Frau, die die Torte für das Kind gebacken hat. Eigenhändig. Ich war bei meinem Bruder. Er kann das bezeugen.«

Der Bergrat räusperte sich. »*Sie* haben die Torte gebacken und unachtsam am Fenster in der Sonne stehen lassen. Die Eier, die fettige Chocolade. Ihr Bruder, wie geht es ihm denn mit seinem Weinberg? Kann ich etwas für ihn tun?«

Amalie schüttelte den Kopf. »Er hat sein Auskommen, wie ich. Mehr brauchen wir nicht.« Tränen liefen ihr über die Wangen, als sie das Zimmer verließ. Es tat ihm in der Seele weh, auf die Art mit der guten Köchin umspringen zu müssen.

Der Schwager sagte nichts zu ihrem Disput, löste Stärkemehl im Tee auf und flößte ihn Nanette ein, die sich umgehend wieder erbrach. »Sehr gut! Das machst du superb! Wir müssen diese ganze Torte herausbringen aus dir. Und noch mehr.« Er wandte sich an ihn. »Strenge Diät. Abwechselnd Reisschleim und Hafergrütze, beides in Wasser gekocht, mit gutem Stärkemehl, du verstehst, sobald Nanette genügend Speichel hat. Das Pulver muss aufgesogen werden. Du weißt, wovon ich spreche. Wenn es mir auch leidtut um Amalie. Die Symptome sind eindeutig. Hat das Kind über Kopfschmerzen geklagt?«

Er nickte und schlug die Hände vors Gesicht.

»Was ist mit deinem Giftbuch? Sorg dafür, dass es lückenlos ist. Gleich die Mengen an.« Der Schwager fasste ihn an der Schulter. »Es ist meine Schuld. Ich wollte sie partout nach Kirchberg bringen und dem Einfluss Lisbeths entziehen. Das war die Rache. Es hätte mich treffen müssen. Da sie das Kind in Zukunft nicht weiter erziehen darf, soll es auch niemand anderes. Ich hätte jedoch nie gedacht, dass meine Schwester so gar keine Liebe im Leib hat. Morgen schaue ich wieder vorbei. Was ich dir schon lange sagen wollte: Sie ist nicht deine Tochter.«

»Ich dachte es mir. Warte. Ich bin gleich zurück.« Er ging hinunter in sein Arbeitszimmer und holte die Bürgerrechtsurkunde aus der gut verschlossenen Schublade.

»Ludwig, ich weiß alles. Lies. Mein Vater wollte für Nanette sorgen und hat mich um die Urkunde geschickt. Letztlich hat es ihm das Herz gebrochen, dass ich sie nicht beigebracht habe. Wie hätte ich sie ihm geben können? Fast ein Jahr hat er darum gebeten und gebettelt und mit Elisabeth gekämpft, damit er Nanette sehen darf. Er hat letztlich verloren. Nicht nur das Leben. Sie hat mich nicht alleine zu ihm gehen lassen. Als ob sie es gewusst hat, was ich vorhabe. Nanette mag nicht mein Kind sein, die Tochter aber ist sie mir in den fast zehn Jahren geworden. Ich habe gehadert, doch meine Liebe für sie habe ich auf allen Reisen nicht loswerden können, ganz im Gegenteil, mit jeder Knochenbrecchie und jedem Schneckenhaus ist sie mehr in mir aufgestiegen. Ich war versteinert, wann immer ich losgefahren bin, wollte es besonders beim letzten Mal nicht glauben und denke, wenn ich Nanette jetzt verliere … Ludwig, du musst das lesen. Seit anderthalb Jahren weiß ich alles und habe nicht darüber reden können. Das Siegel ist längst gebrochen, es kommt nicht mehr darauf an.«

»Nicht ganz, lieber Johann. Ich habe Nanette damals auf die Welt gebracht und weiß, was geschrieben steht. Still. Nein, ich nenn keine Namen. Die Mutter ist eine arme adelige Witwe, du verstehst, die niemals ihre Mutterschaft zugeben kann, will sie ihrer Pension nicht verlustig gehen. Nein, auch dir darf ich nicht sagen, wer es ist. Ganz bestimmt war es nicht Lisbeth, selbst wenn die Stadt ihr die Geschichte geglaubt hat. Sehr geschickt, wie sie es angestellt hat. Ihr habe ich helfen müssen, dein Kind auf nicht natürlichem Wege vor der Zeit loszuwerden. Sie wollte keines. Das Leben sei dann nur noch die Hälfte wert. Sagen das nicht alle Weibspersonen in einer gewissen Phase der Schwangerschaft? Lisbeth wäre nicht daran gestorben. Was jungen Frauen in den Sinn kommt. Ich hätte mich nicht darauf einlassen sollen. Aber auf einmal wollte sie Nanette erziehen und sich schmücken mit einem Kind.«

»Damit wäre also die Mutterschaft geklärt. Doch wer gilt als Vater? Ich bin es ja leider nicht.«

Der Schwager schüttelte den Kopf. »Gehen wir hinunter. Nanette schläft, ihr Magen ist sehr empfindlich, das wird ihr das Leben retten. Hoffen wir es. Lass sie in einer Stunde zur Ader, um die Bluteindickung zu bekämpfen. Sie muss trinken, flöß ihr so viel ein, wie sie hinunterbringt. Und falls alles wieder herauskommt, umso besser. Hier, gib ihr Herzsieben, wenn sie bei sich ist. Die Spielkarte soll sie erquicken und ihr Mut machen. Ich wollte sie ihr zur Fahrt nach Kirchberg schenken. Sobald es möglich ist, reisen wir ab. Warum ich mich von Herzsieben nicht trennen konnte, inzwischen weiß ich es. Ecksteinsieben bewahrt Steinheil erneut auf, obwohl er sie nicht wollte.«

»Ludwig, mach ein Ende mit den Spielkarten. Gib sie Gräfin Jenison.«

»Du hast recht. Wenn Christiane wieder sicher im Leben steht, besuchen wir zusammen Paulines Mutter. Und du kommst mit.«

Nach zwei Wochen war Nanette zu seiner Verwunderung wieder auf den Beinen. Das konnte nicht von Dauer sein. Sie aß wenig, weigerte sich, aus dem Haus zu gehen, und redete kaum. Er befreite sie von der Schule, sie schwieg dazu. Die Schwermut hatte sie schon bei der Krankheit des Großvaters geplagt. Vielleicht hatte sie um alles gewusst. Im Augenblick war sie vollkommen apathisch und selbst nicht mit Jean Pauls Geschichten aufzuheitern. Nach Kirchberg wollte sie nicht reisen. Nicht mal auf Besuch. Herzsieben nahm sie an sich und legte sie achtlos in die Bibel auf ihrem Schreibtisch. Alles schob sie weg, jedes Wort war ihr zu laut. Sie saß da und starrte aus dem Fenster, wo der Pflaumenbaum kümmerte wie sie. Auf die Charlottenstraße wollte sie nicht hinausschauen, zu umtriebig, wie sie sagte und dann schwieg und nicht einmal mehr danke herausbrachte, wenn Elisabeth ihr den Teller bis zum Rand füllte. Stets wartete sie wie auch er, bis die Mutter zu speisen begann. Erst nach ein paar Bissen nahm sie die Gabel. Er fragte sie nicht, und sie sagte es nicht. Beide wussten sie, dass das Essen möglicherweise nicht gut war, so konnte man es nennen, war sich nicht sicher, wenn auch Elisabeth nicht allzu häufig in der Küche weilte.

Für den Nachtisch aber war Amalie zuständig. Nanette aß davon stets mit großem Appetit, und er war voller Hoffnung auf eine vollständige Genesung. Einmal allerdings servierte die Köchin Chocoladencreme in Schälchen. Nanette erbrach sich mitten auf den Esstisch. Sie hütete erneut das Bett, hatte Durchfall und war in kalten Schweiß gebadet. Er fürchtete, sie würde innerlich zerfallen, wie die Hüttenkatzen. Könnte er nur in sie hineinschauen. In Körper und Seele.

Amalie weigerte sich, einen Gulden extra von ihm anzunehmen. Sie gab ihm ein braunes Tütchen mit einem weißen Pulver. »Aus der Küchenlade«, sagte sie. »Es lag bei den Sachen zum Backen, ganz hinten.« Sie sah ihn dabei an, dass es ihm das Herz zerriss. Was hätte er machen sollen? Seine Frau melden?

»Soda zum Backen«, las er, *für die Ratten*, dachte er. Das Pulver war feinkörnig und geruchlos. Es wies keine Klümpchen auf, wie es bei Soda leicht vorkam. Er füllte es um in ein Tütchen mit einem Totenkopf und schloss es mit dem Giftbuch im Arbeitszimmer ein. »Soda zum Backen« trug er in den hinteren Garten, wo Heimerl Unkraut verbrannte.

Das Giftbuch bereinigte er. Wie hatte er derart nachlässig sein können. Er hatte seinen Anteil an dem Unglück. Niemals verließ ein Gift ohne den Totenkopf die Apotheke.

Jede Stunde beäugte er Elisabeth. Manches Mal holte er selbst Peitschenstecken und Brot aus der Speisekammer, wenn sie über Kopfschmerzen klagte und nichts vom Essen zu sich nehmen wollte, das sie selbst zubereitet hatte.

Sie beschäftigte Nanette mit Sticken. Auf den ersten Blick harmlos. Und doch konnte eine vergiftete Nadel darunter sein wie im Märchen.

Sobald es wärmer wurde, befahl er Nanette, ihn in den Garten zu begleiten. »Du brauchst frische Luft, Bewegung. Nächste Woche gehen wir in den Anlagen spazieren. Das Luftbaden wird dir guttun.«

In sich zusammengesackt, saß sie auf der Bank an der Himbeerhecke. Er brachte ihr eine Rose. Sie nickte und legte sie auf den Schoß. Etwas später riss sie die Blütenblätter eins nach dem anderen heraus. Sie stach sich die Dornen in die Finger. Er setzte sich neben sie, und sie schwiegen eine

Weile zusammen. Auch er hielt eine Rose in der Hand und zupfte die Blütenblätter aus. Amalie hatte recht gehabt mit dem Liebeskummer. Ausgerechnet August. Kein Wunder, dass Nanette die ganze Torte in sich hineingestopft hatte. Sie zerknüllte die zerrupfte Rosenblüte in der Hand, stand auf und warf sie auf den Kompost. Wortlos verschwand sie im Haus und ließ sich von Amalie das Vesper aufs Zimmer bringen. Er konnte nicht in Nanettes Kopf gucken, aber sie in seinen.

Ein Hagelwetter zerschlug im Juni sämtliche Blumen und die Gemüsebeete. Es gab Nachtfrost. Nanette schien froh, nicht hinaus zu müssen. Es war nicht ihre Art.

Aus seinem Manuskript zu den Blitzableitern gab er ihr einige Bogen zum Korrekturlesen. Sie erinnerte sich nicht mehr an die Nüsse, die Walt knacken sollte, bevor er die Erbschaft erlangen konnte. Er machte sie darauf aufmerksam. Sie schob die Arbeit von sich, die sie bislang ganz ordentlich erledigt hatte.

»Zu spät! Es gilt! Den Korrektor hast du bestanden.«

»Sie sind zu milde, es heißt, zwölf Bogen gut durchsehen, es waren keine drei, und schauen Sie, hier habe ich gleich zwei Fehler übersehen.«

So viel hatte sie lange nicht gesprochen. Es gab Hoffnung.

Bis in die zweite Augusthälfte mussten sie auf besseres Wetter warten. Er ließ Nanette Himbeeren pflücken. Sie naschte nicht, wie er es von ihr kannte, sondern zerkratzte sich mit den Ranken die Arme. Manchmal litt sie unter Schwindel und durfte nicht alleine bleiben, wie Ludwig ihm geraten hatte. Im September blühte der Apfelbaum im Garten zum zweiten Mal. Er legte die Hand auf Nanettes Schulter. »Jetzt weiß ich, dass du genesen bist.« Sie nickte folgsam und schwieg. Mitte November stand der Baum zum dritten Mal in voller Blüte. Sie stellte einige Zweige in eine Vase. Diese würden keine Frucht mehr austreiben. Im Dezember war es so mild, dass Astern und Zinnien Knospen entwickelten, die noch vor Weihnachten aufgingen. Wie die Natur sich verschwendete und sie alle am Leben hielt, selbst Versteinertes trat irgendwann erneut zutage. Es schnürte ihm das Herz ab. Er betete, was nicht seine Art war, und bat Gott darum, Nanette gesunden zu lassen.

11

SEI STILL, LOUISLE, ICH MUSS VIEL SCHLAFEN. Wie ich zugleich hellwach bin, neben dir stehe und mir jede Faser meines Leibes schmerzt. Ich will bei dir sein, aber August dreht und dreht mich. Louisle, hilf mir doch! Ich laufe, komme nicht von der Stelle. Das Gelächter der Hofdamen dröhnt mir im Kopf, der über mir schwebt. Sauer ist es im Mund, ich hab solchen Durst, Louisle. Lass mich trinken, nein, keine Milch, ich muss würgen, meine Zunge ist ganz trocken. Louisle, zu Hilfe!

Jemand flößte ihr etwas Warmes ein und hielt ihren Kopf.

»Kind, was hast du gemacht?« Die Stimme von Maman. Weit entfernt. »Ich hätte dir den Maskenball nicht erlauben sollen. Wie konnte ich nur. Du bist viel zu jung. Ein zartes Gemüt. Ganz ruhig. Trink langsam. Johann, lass mich! Du verbietest mir das Krankenzimmer? Darf ich denn

Christiane keinen Kamillentee bringen und ihr gut zureden? Meine kleine Naschkatze muss gesunden.«

Was hatten die Eltern jetzt für einen Händel? Seit wann mochte Maman Katzen? Etwas schrie. Die Irrwische tanzten und zerrten sie mit sich fort, schlugen mit Stöcken auf ihren Kopf ein, den sie mit beiden Händen umklammerte. Sie riss ihn sich vom Hals und verbarg ihn im Schoß. Ein Gägsgen beutelte sie und wollte nicht weichen, sie krümmte sich zusammen. Überall floss es aus ihr heraus. Sie hielt dem Kopf die Nase zu. Ihr Leib schüttelte sich, sie fror und glühte zugleich. Die Irrwische verschwanden, sie setzte den Kopf wieder auf, das Herz purzelte ihr aus dem Leib. Die Augen weit aufgerissen, sah sie nichts, heiß strömte es aus ihr heraus, das tat gut, der Kopf würde gleich platzen wie eine übervolle Schweinsblase. Gierig trank sie. Es war nicht Maman, die bei ihr war, sondern der Bergrat, der Herr Vater, er hielt ihr den Kopf. Ihre Beine zuckten wild.

»Ein Löffel, der stärkt. Noch einer. Du hast einen Rückfall. Durst ist gut. Etwas Reisschleim? Komm, mein Kind, brav, du behältst es bei dir. Wird schon wieder. Hab keine Angst. Geduld. Schlaf.«

Wie lange sie geschlafen hatte, vermochte sie nicht zu sagen. Sie hatte ihren Leib verloren und steckte in ihm fest. Der Bergrat trug ihr auf, einen Rosenstrauß zusammenzustellen und sich dem Duft hinzugeben. Sie begann mit Blassrosa, nahm Orange dazu, nein, das passte nicht. Sie roch nichts. Die Rose war abgeschnitten, wie sie. Scharlachrot fehlte, es half nicht, kein feiner Nektar wollte in ihre Nase, sie war tot. Purpur schüttelte sie, sie schnüffelte am Namen, farblos. Das Pariser Rot schmeckte nach Chocolade und drehte an ihrem Magen. Wie sie alles anstrengte. Sie schwenkte den

Strauß. Es regnete Blütenblätter, die sie zusammenkehrte und auf den Kompost warf.

Die monatliche Reinigung setzte wieder ein, und sie krümmte sich vor Schmerzen, die von einer anderen Art waren, als sie es kannte. Blutrot wie die Liebe, die krank machte und zugleich die Schmetterlinge flattern ließ.

Doch sie übergab sich nicht mehr und ging brav des Nachmittags um den Epaulettensee, wie der Bergrat es wünschte. Sie sollte einen Hasen eine Stunde lang beobachten, hatte er ihr aufgegeben. Auf diese Weise könne sie ein weiteres Erbamt abschließen, ein sanfter Jäger sein. Sie wisse doch, Walts Aufgaben in »Flegeljahre«. Müde hatte sie genickt und setzte sich nun auf eine Ruhebank. Kein Hase war zu sehen. Wollte sie in ihrem Leben noch etwas erfüllen? Das alte Kinderspiel, wie hätte sie es weiterführen können, nach allem, was passiert war?

Pauline und die Freundinnen würden fragen, was mit Caesar sei. Und sie hatte nichts, was sie antworten konnte. Also blieb sie ihnen fern. War krank. Seit einem Jahr. Wollte niemanden sehen. Hoffte nun, die anderen nicht zu treffen. Wie sollte ihr Leben weitergehen? Sie war verdorben, durch und durch, und es hörte nicht auf. Trotzdem konnte sie den Maskenball nicht vergessen und tanzte heimlich durch ihr Zimmer, wenn Maman mit Amalie auf dem Markt war und der Bergrat nicht im Haus weilte. Heimerl wich ihr aus, war nicht mehr Aristoteles. Unmöglich, ihn nach der Liebe zu fragen. Durch den Theaterbogen ging sie zum Schlossplatz, der ohne Kriegsministerium und Außenministerium recht nackt wirkte. Eine Aussicht hätte nicht nur das Neue Schloss gebraucht.

Unschlüssig ging sie um den Epaulettensee zurück nach Hause und strich um Amalie herum. Sie war auch nicht die alte und sah sie ängstlich an. Nanette verstand niemanden und kein Einziger sie.

Nimm es nicht so tragisch. Es kann passieren, dass man zu viel nascht.

Leere Worte. Louisle sagte nichts und redete doch. Alles war Nanette erlaubt, sie wollte nichts davon. Sie hatte von August genascht und geträumt, er wolle sie heiraten. Eine schlechte Partie wäre er nicht, aber sie konnte ihm genauso wenig trauen wie Maman. Er war der Erste gewesen, der sie verraten hatte, um seine eigene Haut zu retten. Nein, er war kein Umgang für sie, Aristoteles hatte es gleich gesehen. Und doch, sie hätte es nicht gedacht, es war sehr schwer, nicht verliebt zu sein. Wider Willen. Sie hatte es sich anders vorgestellt. Selbst mit Louisle hatte sie nie darüber gesprochen, was vor fast zehn Jahren unter dem Pflaumenbaum passiert war. Sie war nicht dabei gewesen. Friedrich war ihr fremd geworden. Sie hätte sich an Maria wenden können, die hatte sie damals verpetzt. Und heute? Sie würde es wieder tun.

Einen Tag vor Pfingsten rief Maman: »Du hast Besuch! Komm herunter!« Schon kam sie die Treppe hinauf. »Zieh das Sonntagskleid an. Dein Onkel Ferdinand macht seine Aufwartung. Er sitzt bereits am Kaffeetisch.«

Onkel Ferdinand? Den hatte sie fast vergessen gehabt. Er gehörte zu einer anderen Zeit. Warum nannte Maman ihn so? Nanette zog sich nicht um, legte jedoch das Tuch von Louisle um die Schultern, seit dem Ballabend hatte sie es nicht angerührt. Ihr wurde warm, gleich darauf fror sie. Louisle, murmelte sie.

»Da ist ja die verschollene junge Dame!«, rief Onkel Ferdinand mit dröhnender Stimme.

War er immer derart laut gewesen? Sie begrüßte ihn artig, er sah fremd aus, oder war er älter geworden? Er gehörte nicht mehr zu ihr.

»Ich soll dir dieses Päckchen bringen. Weil du nichts hast von dir hören lassen, hat Louisle mich gebeten, bei dir vorbeizuschauen.« Er reichte ihr ein kleines Paket, das mit lauter Herzchen bemalt war.

Die Schwester wusste nichts vom Leben. Es war rührend, wie sie um sie warb. Warum war sie so kindlich geblieben?

»Ich danke Ihnen, liebster Onkel Ferdinand. Mir war nicht wohl im letzten Jahr. Sie haben sicher davon gehört. Es tut mir leid. Richten Sie bitte Familie Steinheil, vor allem der Schwester, Grüße aus. Im Sommer melde ich mich.«

»Dir geht es besser, das sehe ich. Lass die Förmlichkeiten. Louisle ist untröstlich und in großer Sorge. Sie hatte sich gefreut, dass du auf eine Zeit mit ihr leben willst. Ich kann dich gerne mitnehmen nach Kirchberg.«

»Ich fürchte, die Geschwister anzustecken mit meiner Schwermut. Lassen Sie es gut sein. Die Eltern sind um mich besorgt. Ich habe vorerst alles, was ich brauche.«

»Dann leb wohl, ich muss eilen. Gar zu viele Aufgaben hat ein Finanzminister.« Er umarmte sie recht herzlich und flüsterte: »Du weißt aus Königsfeld, wie du mich im Notfall erreichen kannst?«

Sie nickte beklommen. Auch er war anders als früher. Und nicht. Sie war nicht länger das Kind, das aus Kirchberg nach Stuttgart gekommen war.

Abends las sie endlich all die Briefe von Louisle, die Maman im letzten Jahr für sie gesammelt hatte. Die Nachrichten waren nicht geöffnet worden. Was sollte sie davon halten?

Die Schwester berichtete von den älteren Brüdern, von Friedrich, der jetzt Pfarrer war, und erzählte von den Streichen der ganz Kleinen. Von Webers neuem Schwein schrieb sie, das in seinem winzigen Stall unter der Treppe vor sich hin quiekte. Sie musste lachen. Es war dasselbe Schwein wie vor zehn Jahren, selbst wenn es jedes Jahr ein anderes war. Schwein blieb Schwein.

Kein Wort schrieb Louisle auf Latein. Sie dankte ihr im Stillen, die Schwester konnte nichts von ihrer Aversion wissen. Seit Nanette nicht mehr in die Schule ging, unterrichtete der Bergrat sie und pflanzte ihr manch fremden Ausdruck in den Kopf. Wie Aversion, das gefiel ihr besonders. Sie hatte gegen alles eine Aversion, hauptsächlich gegen sich selbst. Pausenlos schalt sie sich. Dachte nicht nur den ganzen Tag an diesen Caesar, sondern ebenfalls an die Spielkarten.

Herzsieben nahm sie oft zur Hand, ohne viel mit ihr anfangen zu können. Der alte Kinderzauber wirkte nicht mehr. Von Ecksteinsieben schrieb Louisle nichts. Es blieb ein Gefühl, die Schwester habe ihr etwas vorenthalten. Vielleicht war es so im Leben, dass Menschen und Dinge ihre Bedeutung verloren und mit der Zeit aus dem Blickfeld verschwanden. Sie würde ihren Preis dafür zahlen.

Lange drehte sie das Päckchen in den Händen hin und her, bis sie umständlich die Schleife löste und das Papier entfernte. Eine blaue Schachtel, darin befand sich eine grüne, aus der eine gelbe und zum Schluss eine kleine rote zum Vorschein kam.

Darinnen lag auf Samt ein schlichter goldener Ring. Sie steckte ihn an den Mittelfinger der linken Hand. *Möge der kleine Ring auf uns als Schwestern achtgeben, ich trage einen ebensolchen. Beide habe ich selbst angefertigt.* Sie hatte auf Latein geschrieben.

Nanette legte den Ring in die Schachtel zurück. Sie war es nicht würdig, ihn zu tragen, und griff zu Feder und Tinte, saß lange vor dem leeren Blatt. *Liebstes Louisle!* stand dort. Das stimmte nicht, sie hatte keine Liebste, und einen Liebsten hatte sie nicht gewinnen können. Es wäre schade ums Papier gewesen, also ließ sie die Anrede stehen und fuhr fort: *Hab herzlichen Dank für die Post und dein Geschenk, das so kurzweilig verpackt war. Du hast sicher von Onkel Ferdinand gehört, dass ich krank war. Verzeih mir, ich bin schuld, dass wir nicht beieinander sein können. Mit meiner Gier habe ich alles verdorben. Erst neulich hat mir Maman deine Briefe überreicht. Ich möchte dich um etwas bitten und weiß, wir haben vereinbart, nicht mehr davon zu sprechen, und doch musste ich immer an die Spielkarten denken, als ich daniederlag. Onkel Ludwig hat mir erzählt, dass er Ecksteinsieben abermals zu euch gebracht hat. Heb sie für mich auf. Ich komme gar bald. Ist sie bei mir, gesunde ich. Warum, vermag ich dir nicht zu sagen. Herzsieben ist alleine, das vielleicht. Ich träume davon, wieder ganz ich selbst zu werden, sobald ich beide Spielkarten mein Eigen nennen kann. Und ich hoffe natürlich auch, es geht euch allen gut. Es grüßt dich,* sie stockte im Schreiben, *deine Christiane*. Was hatte sie da geschrieben? Es war vorbei. Sie hatte mit Kirchberg abgeschlossen. Ihre Kindheit hatte sie dort verbracht, in Pflege. Mehr nicht.

Im Sommer war sie einigermaßen bei Kräften, aber es blieb ein Riss in ihr. Die schöne Welt ließ sich in den königlichen Anlagen zu Fuß und im Wagen sehen. Sie hatte schnell genug davon und suchte einsamere Partien auf. Von dichtem Gebüsch umschlossen, nahm sie auf einem Moosbänkchen Platz. Was war passiert im letzten Jahr?

Sie hatte sich vergiftet, am Übermaß. Und etwas war mit ihren Gefühlen geschehen. Sie hatte keine Empfindungen mehr. Schmeckte nicht die Zeit bei Steinheils und die Stunden mit Louisle. Sogar die Freundinnen, mit denen sie sich zwar wieder regelmäßig traf, rochen schal und leer. Nicht eine hatte gefragt, wie es ihr ergangen war. Auch Pauline nicht. Kein Wort von Caesar. Dabei waren sie ein Quintett und hatten sich ewige Treue geschworen.

Sie kam nicht weiter und drehte sich im Kreis. Hasen sah sie keine und schalt sich. Sie war nicht Walt, war es nie gewesen, und Louisle war nicht ihre Zwillingsschwester. Das war zu Ende. Da halfen ihre Runden um den Epaulettensee kein bisschen. Bevor sie heimging, zog sie oft ihr Opernglas heraus und schaute den Reitweg entlang, suchte nach etwas, von dem sie nichts wusste. Aus niedrigen Gehölzen flogen Singvögel auf. Oft blieb sie stehen und lauschte. Die Vögel kamen ihr ganz nahe und flatterten um sie herum. Wenn sie die Augen schloss, war da nichts als ihr Flügelschlag. Sie steckte sich die Federn an den Putz. Ergötz dich an der neuen Orangerie, hatte der Bergrat gesagt. Einmal fand sie eine trockene Orangenschale, die sie um den Dutt wand. Manchmal überquerte sie die Planie und lief vorbei am Alten Schloss zum »König von England«. Sicher würde Onkel Ludwig sie zu einer Séance holen, wenn sie zur rechten Zeit dort war. Möglicherweise konnte sie sich auf diese Weise selbst wiederfinden? Sie hoffte darauf, ihm in den Anlagen zu begegnen, und promenierte auf dem breiten Weg zum See. Die Nymphen waren nackt und nur von einem Rosengehänge umkränzt. Die Stadt redete darüber. Den Fahrenden, den Reitern und den Lustwandlern gehörten getrennte Wege, von Kastanien und Platanen beschattet, geschmückt mit Rabattblumen und Ziersträuchern. Pfade schlängelten sich durch hochstämmige Gebüsche und zogen vorbei an malerischen Baumgruppen. Manchmal schluchzte eine Nachtigall, und Nanette liefen die Tränen herunter. Still ließ sie es geschehen und sammelte Entendaunen, bis die Wangen getrocknet waren. Dass sie nicht recht unter die gewöhnlichen Stuttgarter Trinkgäste und Anlagenspaziergänger passte, wusste sie. Trotzdem dachte sie sich jeden Tag etwas Neues aus, wand sich geflochtene Blumenkränze ins Haar oder umwickelte einen Arm mit Binsengras. Dazu legte sie stets ihr modisches Fransentuch in Regenbogenfarben an, niemals aber trug sie Schuhe in der gleichen Farbe wie am Vortag. Louisles Schultertuch verbannte sie in den Schrank, zusammen mit dem Ballkleid. Beides würde sie nie mehr tragen. So wenig wie den Ring.

Gemessenen Schrittes wandelte sie durch die Promenade. Nicht zu schnell laufen, hatte ihr Onkel Ludwig aufgetragen, und mindestens eine Stunde. Bei jedem Wetter trat sie Schlag zwei durch das Schlossportal. Bedächtig spazierte sie dreimal um den See. Fünfmal ging sie den Weg für die Fußgänger auf und nieder, vorbei an all den glänzenden Equipagen, Direktoren und Leutnants, die rechts und links auf eigenen Wegen an ihr vorbeizogen.

Onkel Ludwig begegnete ihr nur im Park. Die Leute drehten sich nach ihm um, wenn er seinen Mecklenburger zügelte und mit ihr redete. Für diesen Tag, einzig für diesen einen, stieg sie in aller Achtung und wurde gegrüßt. Manches Mal setzte er sich zu ihr auf die Bank und ließ den Apfelschimmel verbotenerweise ein wenig vom Gras rupfen. Sie schmiegte sich eng an ihn, wie sie es seit der Séance zu tun pflegte.

So saßen sie an einem dieser Tage still beisammen, als Onkel Ludwig plötzlich sagte: »Du hast es wirklich gut getroffen.« Er streckte die Beine aus. »Nicht wie das junge

Mädchen, von dem ich komme. Erst sechzehn zählte es, die Lunge hat es sich über Wochen aus dem Leib gehustet, bevor es heute Morgen sterben durfte.«

»Wie Friederica, Ihre Schwester?«

»Kind, wovon redest du!«

»Sie ist meine Taufpatin. Sie haben erlaubt, dass ich immer fragen darf!« Tränen stiegen in ihr auf.

»Friederica ist ganz klein gestorben. Lag tot in ihrer Wiege. Schwindsucht? Nein, sie war nicht krank. Es passiert, dass Kinder plötzlich sterben.«

»Warum sagt Maman dann, sie sei meine Taufpatin? Und weshalb dichtet sie dem Bergrat einen Bruder an, den er nie gehabt hat? Das hat sie in einem Brief nach Königsfeld geschrieben. Der Prediger hat ihn mir vorgelesen und mitgegeben. Leider habe ich ihn nicht aufgehoben. Alles kommt heraus, wenn man nicht die Wahrheit sagt, das habe ich gelernt.«

»Ach, Kind, sie hat sich geschämt, weil sie es versäumt hat, dich taufen zu lassen. Du bist erst mit Louisle getauft worden. Deine Patin will leider nichts mehr von dir wissen. Onkel Ferdinand ist ein echter Pate. Nicht ausgedacht. Ihm bleibst du verbunden. Vergib der Mutter, du weißt schon, das Nervenfieber. Bete, dass du nie darunter leidest. Ich muss eilen.« Mit den letzten Worten sprang er auf. Der Mecklenburger schnaubte, da er ihm die Sporen gab.

Dreimal ging sie an diesem Tag durch die Anlagen, bis sie nassgeschwitzt zu Hause ankam. Wie sollte sie es sich verzeihen? Sie hatte Onkel Ferdinand weggeschickt und mit ihm gehadert wie mit allem. Zumindest ein Taufpate war ihr geblieben. Er war nicht wohlgelitten von Maman. Sie hatten etwas gemeinsam, was die Mutter niemals würde teilen können.

Auch in diesem September blühten Veilchen und Obstbäume zum zweiten Mal, Erdbeeren und Himbeeren reiften. Maman ermunterte sie, recht kräftig zu naschen, die Einkochzeit sei längst vorbei. Also aß sie, anfangs widerwillig, doch plötzlich ertappte sie sich dabei, wie sie sich den Saft der Himbeeren von den Lippen leckte. Es schmeckte nach etwas, von dem sie nicht hätte sagen können, was es war. Von der Hecke schaute ihr ein Hase zu. Sie ließ sich nicht stören, was machte es schon, wer wen beobachtete. Zweimal schlug es von der Stiftskirche die volle Stunde. Das Erbamt war erfüllt. Sie schüttelte den Kopf. Es war Zeit.

Also wanderte sie mit ihren Freundinnen zum Ende des Monats durch die Platanenallee über den Kahlenstein. Vorbei am neuen königlichen Landhaus, das sich im Bau befand. Sie gingen die Stuttgarter Staffel gen Cannstatt zu, um das heilbringende Wasser vom dortigen Sauerbrunnen zu genießen. Wie die anderen lachte und scherzte sie, wurde äußerlich wieder die alte Nanette. Beständig lief sie hinter sich her und konnte sich nicht erreichen. Ihr Inneres blieb zerrissen, und sie wusste nicht, wer sie war. Das Fischerstechen auf dem Neckar schmerzte, sie fiel ins Wasser und ertrank, obwohl sie im Trockenen stand. Wenn nur niemand nichts merkte von ihrem Zustand und die Freundinnen nicht zu fragen begannen nach dem Redoutenball, sollte es ihr recht sein.

Zur Zeit der Weinlese klopfte es mehrmals heftig an der Haustür. Sie ging bedächtig die Treppe hinunter und öffnete. Ein Blitz spaltete den Himmel, gleich darauf krachte es.

»Nehmen Sie«, sagte der Postbote und drückte ihr einen Umschlag in die Hand. »Wir verrechnen das Entgelt die Tage.« Er tippte sich an die Mütze und sprang über die

Straße wie der Blitz höchstselbst. Erneut krachte es, eine Windböe fegte ins Haus. Schnell schloss sie die Tür. Ein Brief von Louisle. Sie fühlte es, wie sie einander fremd wurden und sich entglitten.

Liebste Schwester! Heuer ist es so warm wie damals, als Tante Hehl mit dir nach Stuttgart gefahren ist. Immerzu muss ich an dich denken. Lange habe hin und her überlegt, bin aber zu dem Schluss gekommen, dass du von allem unterrichtet sein musst, damit du dir selbst ein Bild machen kannst. Trau Tante Hehl nicht. Ich weiß, es steht mir nicht zu, über sie zu richten, und ich habe dir ja stets zugeredet, kein Misstrauen aufkommen zu lassen. Du solltest wissen: Im letzten Jahr war sie bei uns in Kirchberg. Es war der Tag nach diesem Redoutenball. Großcousin August hat mir berichtet, wie köstlich er sich mit dir amüsiert hat. Warum hast du es verschwiegen? Du wirst doch nicht? Du weißt schon. Weiter, das ist jetzt nicht wichtig. Ich nehme an, Tante Hehl hat dir nichts von ihrem Besuch erzählt, und ich hoffe, deine schlimme Krankheit steht in keinerlei Zusammenhang. Ich habe es dir im letzten Brief nicht geschrieben, weil ich Angst hatte, dass ihr meine Nachricht in die Hände fallen könnte. Onkel Ferdinand hat mir zugetragen, dass sie recht freundlich zu dir ist. Dein Brief ist angekommen. Hab Dank und verzeih, dass ich mich wieder in dein Leben einmische, obwohl ich den Eindruck habe, du bist mir verloren gegangen. Nennst dich Christiane und wirst immer meine Nanette, unser Nanele, bleiben. Also: Tante Hehl kam damals recht früh des Morgens. Sie hat mit dem Vater gesprochen, in seinem Arbeitszimmer. Die Mutter hat uns alle nach draußen gescheucht. Drei Stunden später hat Tante Hehl mit einem zufriedenen Lächeln das Haus verlassen. Ich stand hinter der Ecke des Rathauses und hab's genau gesehen. Seitdem läuft unser Vater ruhelos die Treppen auf und ab, und wir sind alle völlig ratlos. Neulich habe ich gehört, wie er vor sich hin gemurmelt hat: »Was habe ich getan. Gott möge mir verzeihen. Das arme Nanele.« Ganze Tage sitzt er da und starrt vor sich hin. Wir mussten einen Helfer einstellen und müssen ihn auch entlohnen, damit die Gemeinde versorgt ist und der Vater nicht des Amtes enthoben wird, weil er seinen Pflichten nicht mehr nachkommt. Ich habe Ecksteinsieben zwischen altem Spielzeug verborgen. Sie lag in der Sakristei offen herum. Daran war Tante Hehl also wohl nicht interessiert. Komm uns bitte ganz bald besuchen und hol dir Ecksteinsieben, ich will sie nicht bei mir haben. Wichtiger: Nur du kannst den Vater zur Vernunft bringen, scheint uns, wir wissen uns keinen Rat mehr. Ich herze dich, liebstes Nanele, dein Louisle.

Nanettes Augen füllten sich mit Tränen. Sie las den Brief ein weiteres Mal. Warum war sie derart verbohrt gewesen und hatte sich in Kirchberg nicht gemeldet? Maman durfte nichts erfahren von Ecksteinsieben. Kam es darauf noch an? In einer Stunde ging eine Postkutsche. Und heute fuhr der Luithardt Bauer auf den Markt nach Marbach. Er würde sie auf dem Rückweg mitnehmen. Sie faltete den Brief zusammen und trug ihn in die Küche, wo sie ihn ins Herdfeuer warf.

»Schau an, eine kleine Liebeständelei!«, sagte Amalie. »Es geht dir besser. Wie schön.«

»Was redest du da? Ich habe überhaupt keine Tändelei gehabt, sondern beim Redoutenball lediglich getanzt. Es ist mir ernst mit der Liebe, darauf will ich wohl warten und mich nicht verschenken. Es soll sein wie in den Romanen.«

»Auf dem Maskenball hast du dich amüsiert, habe ich gehört. Und der junge August von Weckherlin wäre keine schlechte Partie gewesen, allerdings hat er nicht um dich geworben. Da kann man schon krank werden.«

»Erwähne bitte den Namen in diesem Hause nicht, wenn Maman ihn hört, wird sie wild.«

»Hast du den jungen Offizier auf der anderen Seite der Straße nicht bemerkt? Er schaut immer zu uns herüber.«

»Jeden Tag marschieren in der Stadt die Soldaten. Du kannst sie alle Stunde bewundern.«

»Dieser Leutnant marschiert für dich. Er macht dir die Fensterparade, wie es heißt. Still, Frau Bergrat.«

Nanette witschte hinauf in ihr Zimmer und stellte sich hinter die Gardine zur Straße. Einen Soldaten konnte sie jedoch nicht entdecken. Fast war sie enttäuscht. Sie sollte einige Tage warten, bis sie Maman fragte, ob sie nach Kirchberg reisen dürfe, damit sie nicht verärgert war. Leider war der Bergrat nicht im Hause.

»Pass gut auf dich auf«, hatte er zum Abschied gesagt, »nicht alles, was schmeckt, ist auch gut.«

Sie stand hinter der Gardine und sah nun, wie vis-à-vis ein junger Offizier aus dem Haus trat und ein paarmal auf und ab marschierte. Seine Uniform saß wie angegossen, er drehte und wendete sich hin und her, reckte die Brust, während er einen zackigen Schritt einübte. Äußerst schmuck war er anzusehen. Ob die Parade für sie war? Sie konnte das nicht glauben. Der Leutnant verschwand im Haus. Kurz darauf bewegte sich die Gardine im Fenster gegenüber und er winkte ihr zu. Mühsam beruhigte sie ihren Atem. Von zierlicher Gestalt war er, sein Gesicht fast kindlich. August war stark, hatte Muskeln und schwebte doch beim Tanzen.

In der nächsten Zeit übte der Offizier weiter fleißig seine zackigen Schritte. Ein paarmal kam er ihr nachmittags, wenn sie vom Spaziergang zurückkehrte, am Charlottenplatz entgegen. Stets lächelte er ihr zu, sprach sie aber nicht an. Eines Tages jedoch, sie hatte die Gardine zur Straße hin inzwischen ein wenig zur Seite gezogen, drehte er sich plötzlich zu ihrem Fenster und warf ihr eine Kusshand hoch. Schnell schloss sie den Vorhang. Wie romantisch!

Maman war beim Abendessen freundlich, wie immer in der letzten Zeit. Nachdem sie zusammen den Tisch abgeräumt hatten und Amalie in der Küche werkelte, rief sie nach ihr. Es klang wie früher. Bestimmt hielt sie die Ruten schon in der Hand.

Louisle, du hast recht, man kann ihr nicht trauen. Es beginnt von vorne. Sie darf mich nicht mehr schlagen. Ich bin zu alt. Und doch zittere ich. Ich komme zu euch, so schnell es geht. Alles wird gut. Ecksteinsieben nehme ich an mich. Der Vater wird bald gesunden. Verzeih, dass du nichts von mir gehört hast. Das Leben in der Residenz ist gar anders als in Kirchberg. Madame Hehl ist allgegenwärtig.

12

»Auch du gehörst zur Familie von Klein und bist eine geborene von Hehl. Du weißt, warum du hier bist?«

»Maman, verzeihen Sie. Ich habe Amalie zu wenig in der Küche geholfen und den Garten sträflich vernachlässigt. Wo der Herr Vater fort ist und Heimerl meine Hilfe brauchen kann. Das Spazierengehen nimmt mir gar zu viele Stunden. Ich werde mich bessern.«

»Das wirst du müssen, aber nicht deswegen. Schau aus dem Fenster!« Sie packte Christiane am Arm und zog die Gardine zur Seite. »Der Soldat macht dir die Fensterparade! Eine gefährliche Liebschaft, gerade bringst du das Unglück vollends über uns. Du hast mit ihm gesprochen!«

»Aber nein, Maman, kein Wort. Ich schwöre!«

»Seit Wochen paradiert er fleißig auf und ab. Mach mir nicht weis, dass du nicht mit ihm geredet hast. Lügnerin!«

Sie holte aus und ohrfeigte Christiane, die sich die Wange hielt. Sogleich legte sie einen Streich nach, die andere Seite bot sich ihr dar. Die einzige Sprache, die das Kind verstand.

»Maman, halten Sie ein. Ich schwöre, dass ich nicht ein Sterbenswörtchen mit ihm gewechselt habe. Ich werde ihn niemals nicht anschauen. Bitte schlagen Sie mich nicht mehr. Ganz nach Ihren Wünschen will ich leben.«

»Dann ist es ja gut. Am Freitag darfst du das Abonnement des Bergrats im Theater in Anspruch nehmen. Das hat er mir geschrieben. Wir sind beide froh, dass du wieder unter die Leute gehen magst. In der ersten Galerie bist du sicher vor solchen Subjekten. Denk immer daran, wie ich zittere, wenn du mit jemand anderem sprichst außer mit mir.« Sie zeigte zum Fenster. »Benutz deinen Verstand, bevor du etwas in Gang setzt, was du bereust. Nun geh. Die Bildung ruft. Ab mit dir ins Theater.«

»Maman, seien Sie bedankt. Das habe ich nicht verdient.«

»Das denke ich auch, aber auf diese Weise kannst du zeigen, dass du die Wahrheit gesprochen hast. Du bist jetzt achtzehn und ein hübsches Kind. Hüte deine Blicke.«

Darauf kam es an. Die Augen nicht herumschweifen zu lassen. Das Spazierengehen war schädlich. Davon wurde man haltlos. Ludwig war Arzt und sah nur den Leib. Wie es um die Ehre bestellt war, das überließ er ihr. Es war natürlich sie gewesen, die den Leutnant zu der Fensterparade animiert hatte, gegen ein kleines Salär, das verstand sich.

Dass er Gefallen an dem Kind fand und sich im Theater in die erste Galerie setzte, wie hätte sie das ahnen sollen. Sie würde dafür sorgen, dass er aus der Stadt verschwand. Doch das war nicht so einfach.

Christiane drehte den Kopf nicht in Richtung des Subjekts. Das berichtete der Schneidermeister. Mit sichtlichem Vergnügen hingegen ruhten die Blicke des Leutnants auf dem Kind. Und als alle das Theater verließen, trat er zu ihr und redete sie an. Im Schutz der anderen Besucher eilte Christiane hinaus. Ihr Glück. Welsch berichtete eifrig.

Dieser Mensch durchkreuzte ihre Pläne. Ein Karl Friedrich von der Lanken, den Namen hatte sie sich gemerkt, die Eltern gebürtig aus Mecklenburg, kam darin nicht vor.

Lessings Minna von Barnhelm. Der erste Theaterbesuch. »Wenn man seinem Herzen auch anders befiehlt, tut es trotzdem, was ihm gefällt.« Das durfte sich das Kind nicht zu eigen machen. Sie wollte es prüfen, dafür war der Leutnant recht. Zahlen würde sie ihm nichts mehr.

Und hatte sie es sich nicht gedacht. Christianes Schwur hielt nicht lange. Bald begann sie, doch hier und da ein Wort oder zwei mit von der Lanken zu wechseln und wagte sogar ein Lachen. Stets legte Christiane zum Theater ihr bestes Kleid an. Sie lobte die Tochter, dass sie auf sich achtete und niemals den Aufputz vernachlässigte. »Bleib sittsam«, sagte sie zum wiederholten Male zu ihr und gab ihr einen Kuss aufs Haar. »Du gehst wegen der Bildung, vergiss das nicht.«

Jeden Freitag schwor sie heilige Eide, dass sie nichts Unrechtes im Sinn habe. Brave Worte fand sie und führte längst etwas anderes im Schilde.

Wie mit ihren Freundinnen. Christiane hatte sie verführt. Die neueste Pariser Mode. Halbnackt! Das konnte auch nur ihr einfallen. Justizrat von König hatte Elisabeth Hehl in der Charlottenstraße aufgesucht. Er war ganz aufgebracht. Christiane und Constanze waren in aller Munde. Wie damals nach dem Maskenball. Mühsam hatte sie Constanzes Vater beruhigt. Ein Kinderspiel. Langeweile. Stickarbeiten. Strenge Aufsicht durch die Gouvernante. Auf diese Weise könne er Abhilfe schaffen. Sie hatte Christiane einen Satz heiße Ohren verabreicht.

Die Theaterbesuche waren nun ein letzter Versuch. Einzig Bildung helfe. Die Worte ihres Bruders. Als ob das Kind dadurch zur Vernunft kam. Sie war nicht schuld.

Wenn Christiane mit wohlbedachten Schritten und viel zu früh das Haus verließ, folgte ihr unauffällig ein Bote. Sie war ganz mit sich beschäftigt und bemerkte es nicht. Scheinbar zufällig traf sie am Brunnen auf dem Charlottenplatz auf den Leutnant. So sah es aus. Sie war gezielt im Schutz eines Fuhrwerks auf die andere Seite gelaufen, wo er wartete, und konnte ihren Blicken nicht entkommen. Elisabeth Hehl sah alles. Am Arm des Leutnants ging Christiane durch die Holzstraße und die Hauptstätter Straße bis zum Lindle am Tübinger Tor. Sogar ein Stück gen Heslach spazierten sie miteinander. Die Boten, die ihr berichteten, waren allesamt außer Atem wie ihr Geldbeutel. Was das Kind sie wieder kostete!

Die beiden sprächen über das Wetter, das recht kühl für den nahen Frühling sei, und stellten sich die Frage, ob die

Erdstöße am Ende vom November daran einen Anteil hätten. Papperlapapp. Die Brunnen seien im letzten Jahr bei der Hitze versiegt, man habe Wasser bis von Cannstatt holen müssen. Welch Gewäsch. Heimerl habe sich im Sommer jeden Tag zweimal mit dem Wagen auf den Weg gemacht. Das Kind hatte Konversation gelernt und machte sie zum Gespött. Sie schnaubte bei den Worten des Boten.

Schillers »Kabale und Liebe« stand auf dem Programm an diesem Abend. Christiane ahnte nicht, wie tief man fallen konnte, wenn man ein Spielball von Kabalen wurde. Was sollte sie bloß mit dem Kind machen? Man musste sich die leidenschaftliche Liebe versagen, um jeden Preis, sie wurde stets durch niederträchtige Intrigen zerstört. Wie bei ihr damals, als der Offizier um sie geworben hatte. Die Schwestern hatten es nicht ertragen, dass die Jüngste eine Liebe hatte. Es lohnte sich in keinem Fall, das hatte sie selbst schmerzhaft lernen müssen, sich für eine Überzeugung zu opfern. Fast wuchs ihr die Tochter ans Herz. Und doch. Sie würde nur ein Theaterstück sehen, war nicht Luise Millerin und den sechzehn Jahren entwachsen. Das Verzichten musste sie lernen.

Wie ein Paar spazierten Christiane und der Leutnant durch die Tübinger Straße. Sie nutzten das Gedränge auf der Königstraße und hielten sich an den Händen. Impertinent, wie das Kind sie belogen hatte. Das würde sie ihr büßen. Morgen rückte von der Lanken zu einer Übung aus, dafür hatte sie gesorgt.

Ein fast voller Mond mit einem hellen Hof ging über dem Hohen Bopser auf, als Christiane endlich zurückkehrte. Sie stellte sich schlafend und ließ die alte Magd die Tür öffnen. Diese hatte alles vorbereitet für den nächsten Tag und wagte nicht, sich zu widersetzen. Bei Amalie war sie da nie sicher.

Der Leutnant habe versucht, das Kind zu küssen, der letzte Bote berichtete es ihr mit funkelnden Augen. Sie gab ihm einen Dukaten extra. Das musste reichen. Damit die Stadt sich nicht die Lippen leckte.

Jetzt war Schluss. Nach dem Besuch in Kirchberg hatte ihr Plan Gestalt angenommen. Das Kind sollte leben, das war die Strafe. Es hatte sich nicht vermeiden lassen. Sie wollte sich nicht ins Unrecht stürzen, aber *sie* würde darüber bestimmen, es nicht ihrem Bruder überlassen, wie es mit Christiane weiterging, und nicht davon ablassen bis ans Ende ihrer Tage.

Sie sah auf die Straße. Handküsse, einen ganzen Strauß. Wie ihr das Herz schmerzte. Ihr galten sie nicht. Der Leutnant warf sie zu Christianes Fenster hinauf. Das Kind hatte es nicht anders gewollt und alles selbst zu verantworten. Die Fettflecken an der Scheibe, längst hatte Elisabeth Hehl diese bemerkt. Jeden Abend drückte Christiane sich die Nase platt. Mit dem Taschentuch wegpolieren, die Schande, darauf kam sie nicht. Sie suhlte sich darin. Wie damals beim Maskenball, wo sie Caesar, hinter dem sich August versteckt hatte, nachgelaufen war. Peinlich. Hätte sie nur die Zutaten für die Chocoladentorte besser gemischt. Amalie wäre das nicht passiert. Das musste sie ihr zugutehalten. Wie hätte sie ahnen können, dass Christiane sich übergab und alles nichts nützte. Die Angst war nicht groß genug gewesen. Ein froher Schrecken beim Anblick des Entsetzlichen, besser als jede Erziehung. Mehr sollte es nicht sein. Sie, Elisabeth von Hehl, eine geborene von Klein, hatte sich nicht das Geringste zuschulden kommen lassen. Amalie hatte die Torte gebacken.

Die Hufe der Pferde klapperten auf dem Pflaster. Keine Ruhe gab es in diesem Haus. Die Fuhrwerke quälten sich zum Bopser hinauf und von dort weiter nach Sillenbuch. Das Kind wusste nicht, wie mühsam das Leben war. Aber sie, Elisabeth von Hehl, eine geborene von Klein, würde dafür sorgen, dass man nicht mit dem Finger auf die Mutter zeigte, wenn die Tochter neben der Spur lief.

13

I HAN GEFALLEN GEFUNDEN AN IHM, Louisle, mer isch es net. Wenn i a Soldatenbraut werd, muss i ohne jegliche Stand leba. I will wohl nur August vergessen, ach, Louisle, du hast es gut. So a scheener Theaterabend, wir kenne des nomal macha. Mehr isch es ja net. Ein Offizier isch net standesgmäß, und i lieb den von der Lanken net, han koi Gfühl für ihn im Herza. Es isch halt a Schwäche von mir, mich zu schnell geschmeichelt zu fühlen.

So redete es in ihrem Kopf. Wie damals nach dem Maskenball. Wenn sie nicht zur Ruhe kommen konnte, musste Louisle herhalten. Oder war es eine andere Stimme?

Schnell kleidete sie sich aus und wusch sich gründlich, rieb Hände und Gesicht, bis die Haut ganz rosig war. Ausnahmsweise benutzte sie das Bodschamberl, wollte Maman nicht wecken.

Als sie sich niederlegte, war ihr Kopf klarer. Eine Frau musste nicht gleich heiraten, sagte Therese Huber. Nichts war gewesen mit dem Leutnant, außer ein bisschen Vergnügen. Sie drehte sich auf den Bauch. Was ihr der Verstand half, vermochte sie nicht zu sagen. »Emilia Galotti« wartete auf dem Spielplan. Ein Versprechen, von dem sie nicht wusste, ob sie es einlösen wollte. Intrigen waren nicht ihre Sache.

»Fräulein Hehl! Um Gottes willen, aufstehen! Springen Sie in Ihre Kleider. Sonst jagt Frau Bergrat Sie in der Nachtwäsche aus dem Haus.« Die alte Magd stand in der Zimmertür und zitterte am ganzen Leib.

Nanette sprang aus dem Bett. »Was ist dir? Warum weinst du? Wo ist Amalie?«

»Frau Bergrat hat ihr frei gegeben. Eilen Sie, ziehen Sie zwei Kleider übereinander. Rüsten Sie sich für eine längere Reise. Stecken Sie ein, was Ihnen lieb ist, das darf ich nicht sagen, beeilen Sie sich. Frau Bergrat hat heute noch weniger Geduld als sonst.« Die alte Magd stolperte die Treppe hinunter und ließ sie allein.

Nanette nahm nur das Übergangskleid, obwohl es vor Ostern erneut kalt werden konnte. Zwei Kleider übereinander, was die alte Magd heute hatte. Es war kein Krieg. Das Schultertuch von Louisle holte sie unten aus dem Schrank und streifte sich auch ihren Ring über den Finger.

Verzeih mir, Louisle, flüsterte sie leise, i han net recht an dir gtan. Die Stimme war falsch. Sie drehte die Königsfelder Schute zwischen den Händen hin und her und ging langsam die Treppe hinunter.

Wie still das Haus war. »Maman! Ich bin schon fertig, wie befohlen! Wohin fahren wir?« Sie hüpfte die letzte Stufe hinunter. Die Mutter war nicht zu sehen.

»Offiziershure! Planiemensch!« Maman schoss im Öhrn aus der Nische hervor und packte sie hart am Arm. »Geh mir aus den Augen, wenn dir dein Leben lieb ist!«

Maman stieß sie hinaus. Die Tür fiel hinter ihr ins Schloss. Sie stampfte mit dem Fuß auf und warf Schute und Schultertuch zu Boden. Die alte Magd schlich um die Hausecke. »Fräulein Hehl, folgen Sie mir! Ich bitte Sie. Ein Skandal wird uns alle ins Unglück stürzen.« Sie zog Nanette hinter sich her zur Straße, wo eine Chaise wartete.

Der Verschlag öffnete sich. »Erschrecken Sie nicht, wertes Fräulein«, sagte eine Stimme. »Ich bin Knaus, Student der Medizin. Frau Bergrat hat mich gebeten, gegen ein Salär versteht sich, Sie zu geleiten. Steigen Sie ein. Wir haben keine Zeit zu verlieren.«

Kaum saß sie, zogen die Pferde an, und der Wagen rumpelte über das Pflaster. »Was geht hier vor? Was habe ich getan? Wohin fahren wir?«

»Das wissen Sie wohl selbst am besten. Meine Aufgabe ist es, Sie nach Ludwigsburg zur Pfarrerswitwe Widmann zu geleiten. Eine entfernte Cousine Ihrer Frau Mutter.«

Nanette schlug die Hände vors Gesicht. Ihre elenden Kindereien, sie konnte es einfach nicht lassen. Das hatte sie nun davon, dabei war nichts Unstatthaftes zwischen dem Offizier und ihr geschehen. Schade, dass er sie nicht geküsst hatte, damit würde ihre Expedierung aus Stuttgart wenigstens einen Sinn ergeben. Sie leckte sich die Lippen. Vielleicht sollte sie es mit Knaus probieren? Was hatte sie zu verlieren. Draußen wurde es langsam hell, in ihr blieb es finster.

Erst sagte Maman, sie solle sich bilden im Theater, dann war es nicht recht, sich über das Stück auszutauschen, ihre Kenntnisse zu erproben. Gut, sie hätte nicht mit von der Lanken spazieren gehen dürfen, allein, es war nichts passiert. Sie war nicht verliebt, dieses Mal nicht. Maman musste sich also keine Sorgen machen. Bis zum Abend würde sie sich beruhigen und die Tochter nach Hause holen. Gerne konnte sie der Cousine alle Tage zur Hand gehen, bis Ludwigsburg war es schnell gereist, eine Aufgabe sollte ein Mädchen haben.

Die Witwe Widmann war eine kleine, rundliche Frau, die sie freundlich an den Esstisch bat.

»Frühstück in Ludwigsburg, Mittagessen in Marbach und Vesper in Kirchberg!« Nanette klatschte in die Hände. Es fühlte sich falsch an.

»Mein Mann, wissen Sie, Gott hab ihn selig«, sagte Witwe Widmann, »er hat jahrelang für alles gesorgt. Sich sogar selbst in der Küche zu schaffen gemacht. Ganz plötzlich ist er gestorben. Vor der Zeit. Ich bin schon lange nicht gut zu Fuß, und die Hände wollen sich nicht mehr regen.« Sie zeigte ihr die knotigen Finger. »Ich brauche Hilfe im Haushalt. Meine Cousine ist so freundlich. Du seist geschickt in der Küche, hat sie gesagt. Eine zweite Brezel muss nicht sein. Du würdest zu viel essen. Das Frühstück ist hiermit beendet.«

Die Witwe zeigte ihr den Kuttereimer und das geheime Gemach. »Reinigen Sie alles sorgfältig. Eine Magd kann ich mir nicht leisten. Die Einkäufe bringt eine Nachbarin ins Haus. Sie müssen also nicht vor die Tür gehen. Leider wohne ich seit dem Tod meines Mannes, nachdem ich das Pfarrhaus verlassen musste, recht beengt.« Die Pfarrerswitwe führte sie über einen dunklen Flur und wies auf eine Tür. »Kleiden Sie sich um.«

In der Kammer stand ein Bett, sonst nichts, ein kleines Fenster ließ ein wenig Licht hinein. Auf der Schlafstatt lag ihr Koffer. Darin fand sie ein Arbeitskleid und zwei Schürzen, frisch gewaschen und sorgfältig gebügelt. Die alte Magd musste ihn gepackt haben. Maman hatte wohl schon länger vorgehabt, sie der Cousine zur Gesellschafterin zu geben. Ihre Nachtwäsche! Sie drückte die Nase hinein und schluchzte auf. Sie sollte hier schlafen. Aber sicher musste sie nur eine Weile in Ludwigsburg bleiben, als Strafe. Langsam streifte sie sich die Wollstrümpfe über, das schlechteste Paar hatte sie mitbekommen, und ging zurück in die Küche, wo die Witwe ihren Stock mit kurzen Schlägen auf den Boden stieß.

»Es ist Samstag, da müssen Sie ordentlich kehren. Die ganze Wohnung, den Keller. Einmal ums Haus, und die Einfahrt nicht vergessen. Nicht fortlaufen im Arbeitskleid. Die Küche feucht auswischen. Nicht zu nass.«

Sie tat, wie ihr geheißen, und setzte zwischendurch braune Linsen auf. Spätzle gab es vom Vortag, die konnte sie darin aufwärmen. Wie betäubt arbeitete sie sich durch den Tag und traute sich erst am späten Nachmittag zu fragen: »Wann geht die nächste Postkutsche gen Stuttgart? Ich sollte vor der Nacht zu Hause sein.«

»Meine Cousine möchte Sie nicht mehr sehen und ist froh, dass ich Verwendung für Sie habe.«

»Bitte geben Sie mir Briefpapier, ein Bogen reicht, sowie Feder und Tinte.«

»Ihre Mutter hat das Briefeschreiben untersagt. Gehen Sie auf Ihr Zimmer. Der Tag ist zu Ende.«

Da lag sie, in einem fremden Bett und in einer stickigen Kammer. Sie verschränkte die Hände hinter dem Kopf. Auf welche Weise konnte sie Louisle eine Nachricht zukommen lassen? Wie sie sich schämte, sie in der Not wieder in Anspruch zu nehmen. Was hatte Maman nach der Redoutennacht vom Kirchberger Vater erhalten? Ecksteinsieben konnte es nicht sein, diese hatte Louisle in Verwahrung.

Nanette hatte ihre Lage selbst herbeigeführt, daran schuld war nur sie. Wie damals, als Maman nicht anders vermochte, sie nach Königsfeld zu bringen, für das Seelenheil. Justizrat von König hatte recht, recht hatten sie alle immerzu, Verderben brachte sie unter die Menschen. Störrisch wie ein Esel war sie, den konnte man prügeln, damit er sich bewegte. Die Schläge hatten ihr gutgetan. Inzwischen konnte Maman diese Art der Erziehung nicht mehr anwenden, daher musste sie fort von Stuttgart. Wenn sie sich wohl verhielt, holte die Mutter sie bestimmt bald zurück. Alles würde in die gewohnte Ordnung kommen.

Kanonendonner! Krieg! Maman hatte sie in Sicherheit gebracht. Sie musste ihr dankbar sein. Zwei Kleider hatte sie übereinanderziehen sollen. Wie klug von der Mutter. Warum hörte sie nicht darauf, was man ihr sagte?

»Hoch lebe der Kronprinz! Es lebe der König! Dank sei der Königin!« Rufe von der Straße. Sie sprang aus dem Bett.

Die Witwe stürzte in ihre Kammer. »Ein Kronprinz! Vivat! Jetzt geht es aufwärts. Sie sind spät dran, ich frühstücke um halb sieben! Haben Sie das vergessen? Meine Cousine hat recht. Sie neigen zur Faulheit.« Sie pochte mit ihrem Stock auf die Holzdielen.

Nanette zog ihr Arbeitskleid über, das einem Kittel glich, und legte eine Schürze an. Die Haare flocht sie zu einem französischen Zopf, den sie hochsteckte. Wie in Königsfeld. Einen Spiegel gab es auch hier nicht, um ihr Aussehen musste sie sich also nicht sorgen.

Während sie in der Küche werkelte, fuhr eine Chaise vor. Maman war kein schlechter Mensch. Sie ließ sie holen. Der Krieg war zu Ende, bevor er begonnen hatte. Der Koffer würde ihr nachgeschickt, wie er vorausgeeilt war. Wie zufällig stand die Witwe am Fenster. Ein inszeniertes Spiel. Besser als jedes Theaterstück war nur das Leben selbst.

Knaus stürzte in die Küche. »Ziehen Sie sich um. Wir fahren gen Stuttgart. Ich warte im Wagen. Frau Bergrat ist ungeduldig.«

So schnell hatte sie im Leben nie die Kleider gewechselt. Kurz darauf saß sie dem Studenten gegenüber, fragte nichts, obwohl es in ihrem Innersten schrie. Maman sollte nicht behaupten können, sie habe mit einem fremden Menschen gesprochen. Verhielt sie sich sittlich? Machte sie Knaus Avancen? Für Geld würde er alles sagen. Sie senkte den Blick, faltete die Hände und betete leise vor sich hin, bat Gott um Hilfe, um Verzeihung, weil sie immer seine Gnade in Anspruch nahm. Währenddessen ratterte die Chaise über die Chaussee gen Stuttgart.

Maman stand in der Haustür und winkte mit einem Papier. Mit gesenktem Kopf setzte Nanette den Fuß über die Schwelle. Die Mutter ging voraus ins Esszimmer, ohne sich umzudrehen oder ein Wort zu sagen. Wo war Amalie? In der Küche war alles still. Kein Frühstück stand für sie bereit. Das Haus schien den Atem anzuhalten. Sie griff sich an den Hals.

»Nimm diese Urkunde und verwahre sie gut«, brach Maman ihr Schweigen. »Eine Abschrift aus dem Taufbuch. In Königsfeld haben sie danach verlangt. Es ist mir erst vor Kurzem gelungen, sie an mich zu bringen, keine Mühen habe ich dafür gescheut. Pfarrer Steinheil hat die Urkunde zurückgehalten, was nicht recht war. Ich tue für dich, was ich kann. Bruder Plitt habe ich beschwichtigen können mit meinem Brief. Eine kleine Erfindung, die Taufpaten, wie hätte ich sonst dagestanden. Sei dankbar. Du solltest das

Schreiben nicht zu lesen bekommen. Welch Unruhe ist daraus entstanden.« Maman reichte ihr ein Papier, drehte sich zum Fenster und verschränkte die Arme vor der Brust.

Nanette lehnte sich an den Kamin und faltete den Bogen auseinander. Das Siegel war gebrochen. Sorgfältig strich sie das Papier glatt und las, was geschrieben stand:

Anno Eintausendachthundertundvier den 11ten August ist ein außer der Ehe erzeugtes Kind geboren, und den 18. August in obhiesiger Stiftskirche getauft worden.

Es heißt: Heinerjette Christiane. Der Vater ist unbekannt, die Mutter ist Heinerjette Christiana Mayerin, Tänzers Tochter aus Frankfurth.

Tauf-Zeugen waren: Christian Friedrich Schwan, Goldarbeiter; Sofia Widmännin, Stallknechts Tochter; Rosina Zinserin, Schneiders Witwe von Öhringen; Dorothea Schwanin, Metzgers Tochter.

Auszug aus dem Taufbrief der Stiftskirche getreulich extrahiert und mit nachfolgender Unterschrift bestätigt. Stuttgart am 8. Juni 1807. M. Dapp, Stiftsdiakonus.

Als sie aufschaute, sagte Maman: »Bist du endlich fertig? Sonst bist du schneller. Falls du es nicht verstanden haben solltest: Du bist ein hinter den Hecken gefundenes Kind. Dein Brot musst du dir von nun an durch Dienen selbst erwerben.« Maman stemmte die Hände in die Hüften. »Fortan hast du mich wieder mit Tante anzureden. Ich bin nicht deine Mutter, wie du der Abschrift aus dem Taufbuch entnehmen kannst. Aber ich bin dein Vormund. Das wurde vor langer Zeit von höchster Stelle bestimmt. Ich hab die Gewalt über dich.« Maman öffnete den Sekretär. »Weil Gott uns einen Kronprinzen geschenkt hat, bin ich großzügig und überlasse dir Herzsieben, du hast sie in der Bibel vergessen. Natürlich habe ich bemerkt, welch Spiel du mit meinem armen Bruder getrieben hast. Das habe ich davon, dass ich dir mehr Liebe bewiesen habe, als deine Artigkeit und deine Aufführung erfordert hätten.«

»Herzsieben gehört ohnehin mir. Onkel Ludwig hat sie mir vor langer Zeit geschenkt. Sie haben diese unrechtmäßig an sich gebracht.« Sie streckte die Hand aus.

»Ist das alles, was du vorbringen kannst? Hochmut ist der allergefährlichste Feind der Tugend.« Maman legte die Spielkarte zurück in den Schreibschrank. »›Liebeshändel‹ sage ich nur. Dein Hang zur Sinnlichkeit wird dich ins Verderben stürzen. Ganz Stuttgart spricht von deinem Verhältnis. Der Bergrat, kaum war er zu Hause, hat die Stadt sogleich wieder verlassen. So hat er sich geschämt.«

»Aber Maman, was reden Sie!« Nanette hob den Kopf und warf das Dokument auf den Esstisch. »Es gibt kein Verhältnis. Von der Lanken wird es Ihnen bestätigen. Fragen Sie ihn. Er wohnt gegenüber. Mein Zuhause ist hier, Charlottenstraße Nummer neun. Ich lasse mich nicht verjagen wie der Herr Vater. Wohin haben Sie ihn dieses Mal geschickt? Ich will sofort mit ihm sprechen. Ich bleibe hier. Sie haben gesagt, Sie sind meine Mutter. Ich bin die Tochter der Hehls. So weiß es Stuttgart. Sie machen sich lächerlich, wenn Sie mich davonjagen! Wo ist Onkel Ludwig? Haben Sie ihm das Haus erneut verboten? Auch Onkel Ferdinand wird es interessieren, was hier vor sich geht. Er und nur er ist mein Taufpate.«

»Du erfrechst dich, mir zu widersprechen? Was habe ich nicht alles erfinden müssen, um dich als Tochter glaubhaft zu machen. Ein Nervenfieber. Lachhaft. Niemals hatte ich es an den Nerven. Das schaffst auch du nicht, selbst wenn du die Stirn besitzt, Forderungen zu stellen. Weil es zu deinem

Besten war, habe ich dich gestraft. Du warst schon verloren für die Menschheit, als mein Bruder dich zu dieser Amme Rumetsch hier in Stuttgart gegeben hat. Sofort kehrst du nach Ludwigsburg zurück! Ich werde entscheiden, was mit dir weiter geschieht. Deine künftige Erziehung wurde in meine Hände gelegt. Der Offizier ist versetzt. Ich habe es veranlasst. Und nenn mich nicht mehr *Maman*. Zur ›Mutter‹ hat es dir nie gereicht. Nein, das Dokument bleibt hier, du hast es hingeworfen. Steig in die Chaise und erreg kein Aufsehen. Ich müsste sonst die Polizeidiener holen und dich gewaltsam aus dem Haus schaffen lassen. Zu gehorchen hast du. So lautet das Gesetz. Knaus wartet. Hinaus!«

Die Mutter packte sie grob am Arm, schubste sie den Öhrn entlang und öffnete die Haustür.

»Maman! Machen Sie sich nicht unglücklich!«

Ein Stoß in den Rücken. Sie stolperte die Stufen hinunter und fand sich im Vorgarten auf den Knien wieder, zwischen Schneeglöckchen und Narzissen. Wo war der Gärtner? »Heimerl! Aristoteles!« Warum half ihr niemand? »Amalie!«, schluchzte sie. »Herr Vater!« Wo war der Bergrat? Wusste er von den Vorgängen in seinem Haus? Er würde es nicht billigen. Sollte sie schreien? Die Polizeidiener aufmerksam machen? Onkel Ludwig? Wo bist du? Onkel Ferdinand! Helfen Sie mir doch! Die Stadt schwieg, rein gar nichts war zu hören. Da zeterte eine Amsel. Mit hoch erhobenem Kopf verließ Nanette das Hehlsche Grundstück und stieg zu Knaus in die Chaise.

Sogleich setzte sich die Kutsche in Bewegung. Durfte eine Mutter ihr Kind aus dem Haus jagen? Die Räder rollten hart über das Pflaster. Ihre Folgsamkeit all die Jahre hatte nichts genützt. Immer wollte sie von sich sagen, ich bin rein, aber man verwehrte es ihr. Was hatte Maman mit ihr vor?

Von der Stiftskirche schlug es Mittag. Ihr Magen knurrte. Sie würde nie wieder etwas essen. Wer war Heinerjette Christiana Mayerin? Ihre Mutter? Sie hatte alles verwirkt. Nicht mal auf ihren Herkunftsnachweis konnte sie achten. Wie sollte sie sich jemals selbst am Leben erhalten? Stumm betete sie den Psalm *»In Gottes Namen«*. Der Kirchberger Vater wollte ihr nach dem Vorfall unter dem Pflaumenbaum einen Beistand geben. *»Doch sieh, mein Helfer ist Gott; meines Lebens Halt ist der Herr. Meine Feinde treffe das Unheil; in deiner Treue vertilg sie, o Herr.«* Sie wiederholte die Worte, musste sich vergewissern.

Bei Witwe Widmann in der Kammer zu schlafen für den Rest ihres Lebens, war unmöglich. Sie wollte gerne dienen und Maman beweisen, dass sie kein schlechter Mensch war. Eine Zukunft gab es bei der Witwe nicht. Sie begehrte, Lehrerin zu werden, durfte nicht aus ihrer eigenen Mitte stürzen, der Leutnant war nicht recht für sie. Ein Kaufmann wäre schön, mit Stoffen kannte sie sich aus und vermochte sich einzubringen mit ihrem wohlgeratenen Geschmack. Sie war ein hübsches Kind, sittsam und artig, das konnte sie sein, und unbändig, wie die Männer es liebten. Knaus war ganz angetan, wie er sie musterte.

Sie zupfte an ihrem Schultertuch. Ihr gegenüber saß ein Heiratskandidat. So war es. Er gefiel ihr. Sie legte den Kopf zur Seite und schaute ihn keck an. Maman wollte sie prüfen. Längst hatte sie alles eingefädelt. Sicher wusste der Bergrat gar nicht, was vorgefallen war. Amalie musste um ihre Stelle fürchten. Wie gut, dass sie nicht da gewesen war. Aristoteles. Sie lächelte. Heimerl hatte Frau und Kinder.

Nein, nichts war so, wie sie es sich erdachte. Die Chaise trug sie davon, sie würde nie zurückkehren in ihr Zimmer. Der Pflaumenbaum, er winkte zu ihr herein, verstreute die Blüten und protzte im Spätsommer mit seinen Früchten.

Der Baum war kränklich gewesen bei ihrem Einzug in die Charlottenstraße, sie hatte ihn und sich gesund gepflegt. Nichts von einem Vater wusste sie, hatte aber vier Taufzeugen. Einfache Leute. Damit hatte sie in keinster Weise etwas zu schaffen. Mit Metzgern und Stallknechten.

Onkel Ferdinand! Sie gehören nicht zu mir. Ich wurde in Stuttgart getauft. Oder in Metzingen zum zweiten Mal? Weil man nicht sicher war? Ich bin Tänzers Tochter, das wird Ihnen gefallen.

Sie sah aus dem Fenster. Der Kelterplatz in Zuffenhausen. Sie hatte Stuttgart verloren. *Juni 1807* stand geschrieben. In jenem Sommer waren sie nach Kirchberg gezogen. Friedrich hatte ihr davon erzählt. Er war der Einzige, der anders mit ihr sprach und ihre Angst sah, bevor sie diese benennen konnte. Als müsse er ihr etwas erklären, was er selbst nicht verstand. Sie hielt sich an dem Dokument fest, das sie nicht mehr besaß. Vor ihren Augen schwebte Herzsieben. Sieben Herzen, die kopfstanden wie sie.

Das Ludwigsburger Schloss. Die Königinwitwe, sie hatte nicht Mutter sein dürfen und war doch Großmutter geworden. Maman war die Mutterschaft ebenfalls nicht vergönnt, und auch sie holte sich ein Kind ins Haus. Was hatte es damit auf sich? Hätte sie ihr nur die Freiheit gegeben. Sie wüsste, wie sie zurechtkäme im Leben.

Die Chaise hielt, und sie stieg aus. Knaus war um den Wagen geeilt, nahm sie beim Arm und führte sie ins Haus, damit sie nicht entlaufen konnte wie ein Hund. Gefangen war sie in Mamans Willen, die weiter über sie bestimmte, selbst wenn sie nicht die Mutter war.

Die Widmännin rief: »Nun mach Sie sich gleich ans Mittagessen. Vorerst war Sie genug unterwegs.«

Weil die Nachbarin krank war, schickte die Witwe sie in der kommenden Woche auf den Markt. Sie könne ihren guten Willen beweisen. Sollte die Widmännin reden. Nanette stieg geradewegs in die Kutsche nach Stuttgart. Das Billett zahlte sie vom Marktgeld. In der Charlottenstraße drückte sie sich durch die Einfahrt an der Hauswand entlang. Mamans Schuhe standen nicht beim Hintereingang. Ein kleines Glück. Sie schlich in die Küche.

Amalie schlug die Hände vor den Mund und schluchzte: »Nanette! Frau Bergrat hat mich nach der Fensterparade gefragt, und weil ich dachte, ich muss eine schöne Geschichte erzählen, habe ich meine Worte recht ordentlich ausgeschmückt. Wie hätte ich ahnen können, dass ich dich damit ins Verderben stürze. Verzeih mir bitte!«

»Gräm dich nicht, liebe Amalie. Es wäre allemal passiert, dass sie mich fortjagt. Sie hat auf eine Gelegenheit gewartet. So wie sie mich auf jeden Fall von Kirchberg in die Residenz geholt hätte. Allein Königsfeld war wohl nicht vorgesehen. Wo ist der Bergrat?«

»Er ist nach Petersburg gereist, wo er Mitglied in einer mineralogischen Gesellschaft ist, wie er gesagt hat. Es ist wie damals, beim Redoutenball. Warum war er außer Haus? Die Chocoladentorte. Ich war's nicht. Ich hatte frei wie immer sonntags. Sie muss dir etwas reingetan haben. Du weißt schon. Ich sprech's nicht aus. Zum Glück ist der Bergrat seinerzeit rechtzeitig zurückgekommen. Jetzt ist alles zu spät.«

»Amalie, was du redest. Ich war damals zu gierig und habe mir den Magen verdorben. Gierig bin ich nach wie vor. Kann es nicht ablegen. Verzeih du mir, dass ich dir die Rezepte aus deinem Kopf gestohlen habe. Du weißt es schon lange. Ich habe damals, als Jean Paul in der Stadt war und du mich zum Fuldaschen Garten geschickt hast, nicht ermessen können, was die Rezepte für dich und mich einmal bedeuten sollten. Davon abgesehen mag ich es, die Dinge aufzuschreiben. Kann auch das nicht lassen. Wie die Widerworte. Sag dem Bergrat, dass ich nach Kirchberg gehe. Dort heißt man mich willkommen.« Sie umarmte die Köchin. »Ich spring und hol ein paar Sachen. Flöte wie eine Amsel, wenn Maman vom Markt nach Hause kommt.«

Sie eilte die Treppe hinauf, atmete tief ein und drückte die Klinke herunter. Ihr Zimmer. Sie schloss die Augen. Ihr Zuhause. Die Heimat. Sie öffnete die Tür und erstarrte. Vor dem Fenster hatte das Kanapee seinen Platz gefunden, eine Näharbeit lag darauf, die nicht die ihre war. Der Kleiderschrank war offen. Ein großer Strauß Trockenblumen zur Zierde darin. Ihr Schreibschrank war schräg in den Alkoven gerückt, auf dem Aufsatz stand eine Azalee, die bald blühen würde. Das Bett war verschwunden. Der Pflaumenbaum streckte seine Zweige kahl in den Himmel. Die Krankheit hatte ihn eingeholt. Sie hatte hier gewohnt, Prunus domestica, wie ihr der Bergrat beigebracht hatte, war ihr Zeuge. Er war tot, und ihre Bücher, sie waren weg. Der Findling »Hannah«, von dem Therese Huber geschrieben hatte, sie wollte wissen, wie es mit ihm weiterging. Auch sie war ein Findelkind. Da, das Gesangbuch aus Königsfeld! Das war ihr geblieben. Mehr noch brauchte sie Geld und hob das lose Dielenbrett an. Leer, sogar ihr geheimstes Versteck. Ihre Barschaft, Geld vom Bergrat, das er ihr zugesteckt hatte, über die Jahre angespart, war verschwunden. Wie der Teufel sprang sie die Stufen hinunter, eilte aus dem Haus und drückte das Gesangbuch an sich.

Mit wehendem Rock rannte sie durch die Planie und bog ab auf den Alten Schlossplatz. Vorbei an der Stiftskirche zum Marktplatz. Ade sagen. Am Eingang zur Kirchstraße geriet sie an Schneidermeister Welsch, der sie festhielt.

»Du kommst mit mir, sonst rufe ich die Polizeidiener. Ich will selbst sehen, wie verdorben du bist. Ob es stimmt, was man sich erzählt.« Er drückte ihr die Arme auf den Rücken. Sie holte mit dem Fuß aus. »Mein Bein! Du narretes Balg. Weidaag, verdammts!« Er ließ sie los, und sie rammte ihm das Gesangbuch in den Bauch. Er knickte zusammen und pflatschte zu Boden. Eine warme Hand zog sie in den Öhrn des Welsch'schen Hauses. In der Luft hing der Geruch von süßer Milch.

14

»I wü's behoitn, es g'hert mir, nur mir g'hert es«, wisperte es in ihrem Kopf, und schnell schob sie Nanette die Treppe hinauf. Unvorstellbar, dass diese junge Frau jetzt älter war als sie damals. Gottliebin schloss die Wohnungstür auf. »Pauline hat mir geschrieben, in welch Lage du dich gebracht hast. Ich habe mich von Wien sogleich auf den Weg nach Stuttgart gemacht, da warst du schon in Ludwigsburg.«

»Errettet haben Sie mich vor dem Schneidermeister. Bin ich jetzt zum Freiwild geworden? Was nimmt er sich heraus?«

»Nanele, er ist ein Mann, so sind sie. Jedenfalls die meisten. Mir ist er von Anfang an nachgestiegen. Seit ich Witwe bin, ist es vollends unerträglich, auch deshalb bin ich nach Wien geflüchtet. Eine andere Wohnung in Stuttgart zu suchen, daran habe ich gedacht, nachdem Erich gestorben war, doch es gibt kaum etwas Günstiges zu mieten, selbst nicht mit Empfehlung. Sogar Charlotte hat mir nichts besorgen können.« Sie strich die weiße Haarsträhne, die sich nach wie vor fremd anfühlte, hinters Ohr, und schob Nanette in die Küche. »In Wien kann ich bei meiner Schwester wohnen, aber nicht auf Dauer. Setz dich auf den Hocker. Ich möchte dich ganz nah bei mir haben. Ohne Gefahr für Erich darf ich nun alles sagen, was passiert ist, niemand kann ihn mehr entlassen. Lass dir erzählen, während ich Milch wärme. Du nimmst sicher einen Kakao. Im kommenden August sind es neunzehn Jahre, dass mir die Wehmutter einen Kräutersud verordnet hat, aus Himbeerblättern und Hirtentäschel. ›Himmelmutterbrot‹, hat sie gesagt. Weil ich ängstlich war und die Schmerzen gefürchtet habe. Zu schnell ist es für das Kind gegangen, das vermag ich heute zu sagen. Und viel zu früh ist es gekommen. Vier Wochen vor der Zeit, hat von Klein gesagt. Sehr genau wusste er Bescheid. Zu genau. Es war wohl kein Zufall, dass er dich zur gleichen Stunde zu mir gebracht hat. Alles war vorher ausgedacht. Erklären kann ich es mir nicht. Mein Kind hat gelebt, ich habe gehört, wie es gewimmert hat. Die Wehmutter hat es versorgt und auf ein Kissen gebettet. Plötzlich hat sie nach dem Pfarrer gerufen. Der ist nicht gekommen, sondern der Stadtmedicus hat auf einmal im Zimmer gestanden und ein Bündel auf der Kommode abgelegt. Mein Kind sei krank gewesen, hat er gesagt. Aber es ist ja am Leben. Nanele, du lebst, warst immer mein Kind und wärst es geblieben. Drei Monate später ist Frau Bergrat Hehl bei uns eingedrungen. Am Martinstag hat sie in der Wohnstube gestanden. Du hast geschrien, als ob du gewusst hättest, was dir angetan wird.« Gottliebin hielt sich den Kopf mit beiden Händen, sprang jedoch plötzlich auf und riss das Kächele vom Herd. Die

Milch schäumte hoch und beruhigte sich wieder. Sie rührte Zucker und Kakaopulver hinein und schenkte Nanette ein. »Frau Bergrat Hehl hat dich aus der Wiege gerissen und dir Herzsieben unter das Leibchen geschoben. Ich musste dich mit einer Lohnkutsche auf die Degerlocher Höhe bringen und dort einer anderen Amme geben. Sie würde dich bei deiner Mutter abliefern, das stand in einem Brief, den der Stadtmedicus verfasst haben sollte. Heute weiß ich es besser. Nichts hat von Klein geahnt, er hätte es zu verhindern gewusst. Zum Beweis der Übergabe hat mir die andere Amme Ecksteinsieben gegeben. Ihre Hand war kalt und fischig. Machtlos war ich als Frau des Hofconditors. Wenn ich von Adel gewesen wäre … Am nächsten Tag bin ich Paulines Nährmutter geworden. Ihr seid also Milchschwestern. Trink, der Kakao wird dich wärmen.«

»Onkel Ludwig hat mir in Königsfeld vom Kartentausch erzählt. Ich wusste nicht, dass ich die ersten drei Monate bei Ihnen war und von Ihrer Milch getrunken habe, dass Sie als meine Mutter galten. Ich dachte, Sie hätten mich aus Stuttgart weggebracht, im Auftrag seiner Schwester, hat er gesagt, und ich sei gleich zu den Steinheils gekommen. Eine zweite Amme also. Arme Gottliebin! Und Ihr beklagenswertes Kind, auch ein Mädchen?«

Gottliebin nickte und räumte den Kakaobecher in den Schüttstein. »Immer war es ein Mädchen. Ich will sie nicht mehr zählen. Alle sind sie gleich nach der Entbindung gestorben oder wurden tot geboren. Zwischen Erich und mir herrsche eine Unverträglichkeit des Blutes, hat von Klein jedes Mal gemurmelt. Du aber hast gelebt. Warst ganz winzig, nie hätte ich gedacht, dass ein Mensch so wenig ist, wenn er auf die Welt kommt. Gerade zwei Hände voll und einen Unterarm lang, hat Erich damals gesagt. Gott hab ihn selig. Immerzu hast du gezappelt, allein beim Trinken, bist du ruhig geworden. Ich wollte dich nicht loslassen, hab dich an mich gedrückt, damit die Schuld mich nicht zerreißt. Wenn ich nicht derart ängstlich gewesen wäre, hätte mein Kind vielleicht gelebt. Das erste.« Sie schüttelte den Kopf. »Es war nicht recht von der Wehmutter, und ich weiß nicht, warum sie mir den Kräutersud verabreicht hat. Sie hätte um die Wirkung wissen müssen. Und was hat sie mit dem Kissen gemacht? Mein Gott! Hat sie …? Ich habe es nie gewagt, das zu denken. Mein Kind durfte ich nicht im Arm halten, nur gezeigt hat es mir der Stadtmedicus. Ein Gesicht. Käsigweiß. Ich habe über das faltige kleine Kinn gestrichen, kalt war es. Etwas hat von der Kommode gejammert, Milch gefordert. Ich hätte nicht sagen können, woher ich das wusste. Mit dem Zeigefinger bin ich diese winzige Nase entlanggestrichen, die geschwiegen hat. Ich wollte das Kind ans Herz drücken, einmal wenigstens. Von Klein hat es an sich genommen und den Leib in ein Tuch gehüllt. Damit die Kässchmiere erhalten bleibt, für die Untersuchung in Tübingen, hat er gesagt. Ein Schrei wie von einer Katze ist durch die Kammer gezogen. Das warst du.« Gottliebin presste die Hand auf den Mund. Wollte nicht mehr atmen. Ein Schluchzen entwich ihr zwischen den Fingern. »Gib mir mei Kind z'ruck!«

Auf dem Schlossplatz trommelten die Soldaten den Mittag herbei. Schon setzten die Glocken der Stiftskirche zum großen Geläut ein. Die Küche erzitterte, sie hielt Nanele die Ohren zu, wie damals. Langsam schwang das Pendel in ihrem Bauch aus. »Von Klein hat mir das Bündel von der Kommode in die Arme gelegt«, fuhr sie fort. »Eine halbe Stunde sei es alt, hat er gesagt, zur selben Stunde auf die Welt gekommen wie meines. Eine geheime Geburt im

Gasthof ›König von England‹. Die Mutter sei gleich weitergereist, habe das Kind stehen gelassen wie einen Reisekoffer. In der nämlichen Nacht haben sich die Tränen des Laurentius über der Stadt ergossen. Die Sternschnuppen sind gefallen und haben die Wünsche mitgebracht. Ich habe ihnen lange zugeschaut. Das Licht der Welt hast du also im besten Gasthof Stuttgarts erblickt. Aus den Trinkstuben im Erdgeschoss klingt des Abends das Gelächter der Zecher, aber im ersten Stock geht es vornehm zu. Table d'hôte, 42 Kreuzer für ein Mittagessen, damals der Tageslohn eines Maurergesellen. Unter Stuckverzierungen pokuliert man nicht nur gut, sondern isst jeden Tag geröstete Spätzle mit Sauerbraten und zum Nachtisch Träubleskuchen. Hinter einem der Fenster im zweiten Stock oder in einem versteckten Winkel unter dem Dach hast du den ersten Schrei getan. So habe ich es mir vorgestellt. Mit deinen blauen, weit aufgerissenen Augen hast du mich angeschaut. Ich bin Mutter geworden, hab ich gedacht. Diese Dame hat dich nur geboren. Gott hat dich mir geschenkt. Du hast hungrig an mir gesaugt, die erste Milch gierig getrunken, und ich hab angefangen zu vergessen, was sich zugetragen hatte. Es beiseitegeschoben. Gemeinsam haben wir geatmet, und eine große Wärme hat sich ausgebreitet. Ich habe deine fast schwarzen Haare gestreichelt, die langsam getrocknet sind. Arme und Beine habe ich betastet und an dir gerochen, süß hast du nach meiner Milch geduftet, bist gleich zu meinem Nanele geworden. Wenn du Hunger hattest, hast du geschrien wie eine kleine Katze. Erich habe ich nichts sagen können, er war ein zärtlicher Vater. Erst später habe ich ihm alles gebeichtet.« Gottliebin schluchzte auf.

»Werte Mutter, wenn ich Sie so nennen darf, beruhigen Sie sich. Es ist lange her. Ich schließe Ihr Kind in meine Gebete ein und Ihren Mann auch. Gott hat beide zu sich genommen und uns zusammengeführt. Ich danke Ihnen von Herzen. Ihre Liebe hat mich stark gemacht, all die Jahre. Ich weiß jetzt, woher ich die Kraft hatte, immer weiterzuleben. Und endlich verstehe ich, warum Sie mir auf dem Markt von dem verlorenen Kind erzählt und mich später Nanele gerufen haben. In doppeltem Sinne haben Sie mich verloren, und nun soll ich wieder fort.«

»Glaub mir, es ist besser, wenn du der Residenz den Rücken kehrst. So kannst du frei sein. Frau Bergrat ist unberechenbar und pflegt ein böses Wesen. Von Klein will es nicht wahrhaben. Der Schneidermeister wird ihr berichten, dass du bei mir bist. Darf ich dich an mich drücken?«

»Wie können Sie das fragen. Ich wusste immer, dass uns etwas verbindet. Es ist Ihr Geruch, den ich in mir habe, Sie duften wunderbar süß nach Milch.«

Das Nanele schlang ganz fest die Arme um sie. Sie summte »Schlafe, Prinzesschen, schlaf ein.« Nanette gluckste wohlig, sie erinnerte sich wohl wirklich. Wie ein Körper mehr wusste, als der Verstand erfassen konnte.

Im Öhrn brach ein Tumult aus. Etwas krampfte sich in Gottliebin zusammen. »Schnell, die Treppe zum Hof. Keine Widerrede. Nimm das. Es gehört dir. Ich habe es für dich bekommen.« Sie schob ihr einen der Geldbeutel in die Rocktasche. »Sag nichts. Frau Bergrat wird dich und mich aus dem Leben bringen, wenn sie erfährt, dass ich dir alles verraten habe.«

15

Komm mit mir, Louisle, über den langen Hof. Wir werfen dem Schwein Kartoffelschalen zu, wie früher in Kirchberg bei Webers. Warte, hier der Durchgang in die Stiftstraße. Wir tun, als ob wir beim »Zahn & Nopper« gewesen sind. Nicht auffallen, obwohl es darauf beileibe nicht weiter ankommt. Ich halte die Rocktasche fest. Was ist in dem Beutel? Es fühlt sich wie Münzen an. Vorbei am Rappschen Garten, links marsch, Louisle, die Königstraße hinauf, mäßige deinen Schritt. In welch übles Spiel bin ich hineingeraten? Wer hat sich das ausgedacht? Maman, nein, Madame Hehl, muss es wieder in meinen Kopf. Warte! Sie hat mich stehen gelassen wie einen Reisekoffer. Die Frau, die mich geboren hat. Eine Mutter, die mir nie eine war. Wie viele Mütter kommen da noch zusammen? Ach, Louisle.

Vor dem Haus Nummer zweiundfünfzig in der oberen Königstraße blieb sie stehen und zog an der Klingel. Es gab nur einen, dem die ganze Wahrheit bekannt war. Im ersten Stock öffnete sich ein Fenster.

»Nanette! Ich dachte mir schon, dass du es sein wirst!«, rief Onkel Ludwig. »Warte. Ich öffne dir sogleich.«

Schritte im Öhrn. Sie atmete tief ein und verschränkte die Arme. Es galt, sich nicht abweisen zu lassen.

»Sehr ungestüm, die junge Dame, wie mir zu Ohren gekommen ist.« Der Onkel trat im Mantel aus der Tür und schloss diese hinter sich.

»Haben Sie denn nicht gehört, was passiert ist? Wie sollte

ich da ruhig bleiben! Lassen Sie mich bitte eintreten. Meine Fragen sind nichts für die Ohren der Königstraße.«

»Du bist jetzt in Ludwigsburg untergebracht und tust ein gutes Werk. Hilfst der Pfarrerswitwe Widmann. Stellst dich nicht ungeschickt an, habe ich vernommen. Die Umstände deiner Herkunft willst du wissen und bist deswegen zu mir gekommen, habe ich recht? Du musst die Nachmittagspost nehmen nach Ludwigsburg. So ist es verfügt. Auf dem Weg zum Postplatz berichte ich dir alles. Sei vernünftig.«

Er bot ihr den Arm. Sie hakte sich bei ihm ein, obwohl sie ihn nicht hatte berühren wollen. Sein Fluidum war stark, und sie wollte sich nicht seinem Einfluss unterwerfen, sondern alles erfahren, nicht eine Lügengeschichte würde sie mehr ertragen.

»Es ist noch Zeit bis zur Abfahrt der Kutsche. Wir machen einen kleinen Umweg, ich möchte dir etwas zeigen.« Er wandte sich mit ihr nach links, die Königstraße hinauf.

»Wahr ist«, begann Onkel Ludwig, »dass ich dich am elften August 1804 auf die Welt geholt habe. Deine Mutter ist eine mir unbekannte adelige Dame, die im Gasthof ›Römischer Kaiser‹ Station gemacht hat, um dich loszuwerden. Ihr Gesicht hatte sie hinter einem Schleier verborgen, nicht einen Schrei, kein Stöhnen habe ich vernommen. Es war eine leichte und schnelle Geburt. Du warst ein bisschen klein, bist aber gerne auf die Welt gekommen. Das merkt man den Kindern sogleich an. Eine Aura hattest du um dich, warst ganz wach. Schon damals war in dir diese Kraft, die dich nicht verlassen hat. Erhalt sie dir, gib auf dich acht. Sie stärkt dich und andere. Lass dich zu nichts hinreißen. Ich weiß, das sind harte Worte, du wolltest die Wahrheit wissen. Kurfürst Friedrich, der spätere König, hat auf eine Gelegenheit gewartet. Zufall, dass er dich erkoren hat.

Ein Mädchen, doch das war ihm nicht unrecht. An einem Knaben hatte er seine Erziehung bereits erprobt.«

Sie krallte die Fingernägel in den Arm des Onkels, den sie nach wie vor so nannte, obwohl sie nicht mit ihm verwandt war und es niemals sein würde. In der Luft hing der scharfe Geruch von Pferdeäpfeln. Ein kalter, feuchter Rauch aus den Feuerstätten senkte sich schwer auf das Pflaster. Sie hustete.

»Auf Befehl des Kurfürsten habe ich damals in den ersten Tagen des Augusts alles arrangiert. Frau Rumetsch sollte bald niederkommen. Ein Kräuterabsud würde ihre Schmerzen lindern, hatte man ihr versprochen. Diese Kräuter leiten auch den Vorgang der Geburt ein, wenn sie zu stark sind. Ich wurde wegen einer geheimen Niederkunft, wie sie früher öfter vorgekommen ist, zum ›Römischen Kaiser‹ gerufen. Darauf hatte der Kurfürst gewartet. Sogleich habe ich einen Boten zur Wehmutter geschickt. Sie war bereits unterrichtet. Frau Rumetsch habe ich später erzählt, dass du im ›König von England‹ zur Welt gekommen seist. Ich war gehalten, die Spuren zu verwischen.«

»Was hat der Herrscher mit der Geburt eines Findelkindes zu tun? Ein hinter den Hecken gefundenes Kind, hat mich Ihre Schwester genannt.«

»Du warst dem Kurfürsten recht für sein großes Experiment zur Erziehung. Er hat die Methoden an dir erprobt. Mal streng, dann kindgerecht. Im Wechsel. Hin und her. Wie soll ein Kind dabei nicht narret werden? Ich habe mit Herzsieben dagegengehalten. Du hast einen Halt gebraucht. Zu viel gefragt hast du. Das ist ihm zu Ohren gekommen. Gehorsam und Fleiß, Ordnung und Sauberkeit schienen ihm gefährdet. Er hat deinen Schatten verkauft. Da warst du acht.«

»Und deshalb hat mich Ihre Schwester zu sich nach Stuttgart geholt. Und selbst schuld daran bin ich, was sonst. Mich fröstelt, ohne Schatten. Der erlauchte Kurfürst und König Friedrich von Napoleons Gnaden hätte sich die Fabel vom kranken Bäumchen mit seinen welken Blättern zu Herzen gehen lassen sollen. Ein Mäusenest unter den Wurzeln hat er mir beschert. Meinen Schatten, den kann er behalten.«

»Er wäre erzürnt über deinen fehlenden Respekt.« Onkel Ludwig knuffte sie in die Seite.

»Und würde wohl die Rute gebrauchen wie Ihre Schwester. Ich weiß jetzt, von wem sie das hat.«

»Still. Die Stadt hört alles. Schneidermeister Welsch, du kennst ihn. Deine Erziehung war erfolgreich. Aus meiner Sicht. Pestalozzi sei Dank. Was einmal eingepflanzt war, ließ sich nicht mehr ausreißen. Doch du bist über das Ziel hinausgeschossen. Ich hätte dem Schwager nicht gestatten sollen, dir Unterricht in Latein zu geben.«

»Nun ist diese arme alte Sprache wieder mal schuld an allem. Latein konnte ich schon aus Kirchberg. Nein, liebster Onkel Ludwig, wenn ich Sie noch so nennen darf, das Lateinische ist unschuldig. Wie ich im Übrigen auch. Nicht ich habe mir das alles ausgedacht. Gottliebins Kind hat sterben müssen, damit ich eine Amme hatte. Das ist das Grausamste, was der Kurfürst mir hat antun können. Oder soll ich König sagen? Keine Eltern zu haben, trifft viele Kinder, auch ich wäre wohl zurechtgekommen. Man hätte Gottliebins Kind mit Ziegenmilch aufziehen können.«

»Dem Willen des Kurfürsten war Folge zu leisten.«

»Wie dem Kartentausch?«

»Er fand es amüsant, Spielkarten zu tauschen gegen ein Kind. Meine Schwester hat seine Erwartungen erfüllt.« Onkel Ludwig fasste sie am Arm. »Die Zwillingsgeschichte aber habe ich mir ausgedacht. Du lagst darnieder auf Leben und Tod. Ich wollte dich retten.«

»Die Amme in Metzingen, stimmt es, dass sie mich gefatscht hat? Ich fühle die Banden, in die sie meinen Leib gewickelt hat, und die Nadeln, sie piksen jeden Tag.«

»Du weißt Dinge, die du nicht wissen kannst. Dein Leibgedächtnis hilft dir, in die Haut deines Gegenübers zu schlüpfen. Du hast es selbst gemerkt bei der Séance. Der Magnetismus könnte dir beim Erinnern helfen, wärst du mir Medium und Patient zugleich. Ein Geruch, ein Geräusch, eine Geste … du würdest alles wissen, was du nicht weißt. Ich lasse dich ungern ziehen.«

»Ich habe mir Mühe gegeben, ein gutes Kind, eine brave Tochter zu sein. Warum kann Stuttgart mich nicht mehr ertragen?«

»Das Experiment ist zu Ende, weil endlich ein Kronprinz geboren wurde. Du bist aus dem Erziehungsbann entlassen. Zwar ist König Friedrich längst gestorben, aber meine Schwester wollte nicht von dir lassen. Also haben wir eine Abmachung getroffen. Du wirst dir denken, dass diese mit den Spielkarten zu tun hat. Ich habe gewonnen. Meine Schwester hat es nicht ertragen. Der Bergrat wird Herzsieben und Ecksteinsieben an Gräfin Jenison geben. Ihr gehören sie. Und nur ihr.«

»Obwohl ich vor allem Herzsieben vermisse, bin ich froh, dass es nun ein Ende hat mit den Spielkarten.«

»Sei anständig, wie du es gelernt hast, nach der einen und anderen Art.«

»Onkel Ludwig, das höre ich schon mein ganzes Leben, auch wenn ich mich nicht an alles erinnern kann mit dem Kopf. Ich fühle es im Bauch, da wächst die Wahrheit. All die Schläge und spitzen Worte haben mich nicht töten können, aber die Chocoladentorte hätte es fast zuwege gebracht.

Amalie hat mir erzählt, dass sie damals zum Redoutenball den Kuchen nicht gebacken hat, sondern Ihre Schwester.«

»Du steigerst dich in etwas hinein. Ich will es dir nachsehen. Die Köchin hat die Torte gebacken. Dabei bleibt es. Nicht immer hast du die Liebe bekommen, die du dir gewünscht hast. Jetzt gehst du erst mal zurück nach Ludwigsburg zur Pfarrerswitwe.«

Onkel Ludwig zahlte das Billett an der Poststation und gab ihr Geld. Das würde ihr nicht helfen. Sie wusste nicht, wohin sie sich wenden konnte. Die Kutsche fuhr ab, er schaute ernst und winkte ihr nicht nach.

»Sauerkraut gibt's heute, das müssen Sie nur aufwärmen, und dazu Schupfnudeln, machen Sie schon«, sagte die Witwe. »Sie sind eine halbe Stunde über der Zeit. Alles andere geht mich nichts an. Nach dem Essen stauben Sie die Bücher im großen Eichenschrank ab, gründlich und vorsichtig. Sie haben meinem Mann gehört.«

Ohne noch ein Gefühl im Herzen zu haben, machte sie sich nach dem Abwasch in der Wohnstube ans Werk. Die Witwe nahm ihren Mittagsschlaf. Sauerkraut. Das blieb. Sie lauschte. Alles still. Den Beutel und das Geld von Onkel Ludwig hatte sie bei ihrer schmutzigen Leibwäsche verborgen. Sie zog das Band auf. Die Münzen rutschten auf die Bettdecke und klimperten hell. Gold, dazwischen die gewöhnlichen Silbergulden von Onkel Ludwig. Mit angehaltenem Atem zählte sie. Fünfzig Goldgulden. Das Silber fiel nicht ins Gewicht. Sie hatte kein Gefühl dazu und legte alles zurück. Den Beutel verbarg sie wieder. Woher hatte Gottliebin die Münzen? Und wofür? Kostgeld, schoss es ihr durch den Kopf. Das Geld gehörte ihr. Sie würde es in einen Gürtel einnähen und diesen unter dem Kleid tragen.

Mit einem feuchten Tuch wischte sie die Glastüren ab, hinter denen die Bücher standen. Sie rieb und hauchte, ließ die Hand über die Scheiben kreisen, hätte gerne das Glas mit der Faust zerbrochen, sich verletzt, um wenigstens einen Schmerz zu haben. Sie hatte versucht, die Mutter zu lieben, Maman zu ihr gesagt, aber etwas war von Anfang an falsch gewesen. Um nicht laut zu schreien, warf sie den Lappen quer durchs Zimmer und zerdepperte eine leere Blumenvase. Was musste die auch da stehen. Alles blieb ruhig. Die Witwe schlief, und sie kehrte die Porzellanscherben auf. Schade drum, um sie selbst war es nie schade gewesen, wenn die Mutter sie mit den Ruten bearbeitet hatte. Sollte die Widmännin ihr die Vase vom Lohn abziehen, darauf kam es nicht mehr an.

Sie wandte sich dem Bücherschrank zu. Die Glastüren funkelten, und sie drehte den Schlüssel.

Die Bibel, Goldschnitt. Verschiedene Ausgaben. Altes und Neues Testament. Mit dem Staubwedel fuhr sie darüber und legte sie vorsichtig auf den Tisch. Bücher waren ein Schatz. Es gab eine zweite Reihe und dahinter verbarg sich eine dritte. Frische Spuren im Staub. Sie zog ein schmales Bändchen zwischen zwei Atlanten heraus. Therese Huber. Das konnte nicht sein. »Hannah, der Herrnhuterin Deborah Findling«. Mit einem Ruck klappte sie den Buchdeckel auf. ›Dieses Buch gehört Nanette Hehl‹. Eine Angewohnheit aus Königsfeld, alles mit ihrem Namen zu versehen. Therese Huber verbarg sie in den geheimen Fächern der alten Schürzentasche. Die alte Magd hatte sie ihr eingepackt. Sie dankte ihr im Stillen. Ihr war, als würde sie all die Worte von Therese Huber, die sie seit der Zeit in Tafingers Bibliothek gelesen hatte, erst jetzt verstehen.

Am Dienstag der darauffolgenden Woche kam ein Brief von Madame Hehl, die nicht ihre Mutter, aber ihr Vormund war, was Nanette schlimmer dünkte. Die Pfarrerswitwe las ihn ihr vor: *Mein Bruder hat mir alles berichtet. Ich bin erzürnt und finde keine Worte. Du hast dein Leben zu nehmen, wie es bestimmt wurde. Um dich dennoch auf einen rechten Weg zu bringen, unter welch großen Mühen kann ich gar nicht sagen, habe ich für dich bei der Baronesse vom Stein zu Rechtenstein einen Platz als Kammerzofe erwirkt. Was du mich wieder kostest! Sie erwartet dich auf Schloss Brandenburg an der Iller, nicht weit von Ulm. Du nimmst am Freitag die Nachtpost. Ein Billett ist reserviert.*

»Stuttgart ist meine Heimat. Ich gehe nicht fort von hier.«

»Sie werden erst neunzehn. Noch mehr als sechs Jahre stehen Sie unter Kuratel meiner lieben Cousine und bleiben es Ihr Leben lang, wenn Sie nicht heiraten. Und das können Sie nur, falls meine werte Cousine dem zustimmt. Sie müssen den Dienst annehmen. Es scheint mir keine schlechte Stelle zu sein bei der Baronesse.«

»Ich lasse auf diese Weise nicht über mich bestimmen. Man wird mir helfen. Ich kann die Pfarrersleute in Kirchberg bitten. Auch Onkel Ludwig und Onkel Ferdinand sind mir gewogen, ebenso wie der Bergrat. Ich such mir selbst einen Dienst.«

»Das wird nicht gehen. Niemand wird Sie nehmen, wenn Sie nicht nachweisen, dass Ihr Vormund einverstanden ist.«

»Aber lesen Sie weiter!« Nanette schluchzte auf. »Da steht: *Du darfst Stuttgart nur bei Nacht betreten, weil dein Ruf ganz zerrüttet ist.* Und: *Du hast das Verhältnis mit von der Lanken brieflich fortgesetzt.* Sie können es bezeugen, dass ich nicht einen Brief geschrieben habe. Ich will mich nicht verstecken und Stuttgart bei Nacht verlassen. Warum sperrt mich Ihre Cousine hier ein und behauptet, ich hätte das Verhältnis, was keines war, fortgesetzt, wo doch sie dafür gesorgt hat, dass von der Lanken versetzt worden ist?«

»Es steht zwar nicht in diesem Brief, aber ich weiß, dass Ihr Onkel Ludwig, wie Sie sagen, sich Ihrer annehmen und Sie begleiten wird. Er hat in Würzburg zu tun und nimmt den Umweg über Ulm in Kauf. Meine Cousine hat mir geschrieben: *Wenn das Kind dieses Mal nicht folgsam ist, muss ich die Hand ganz von ihm abziehen.* Sie können dann nur als Planiemädchen gelten. Ein jämmerliches Dasein. Im Übrigen ist es der Fahrplan, der die Schuld trägt, dass Sie nachts abreisen. Freitags fährt die Ravensburger Diligence über Ulm um zehn Uhr abends. Der Fahrplan will Ihnen nichts Böses.«

»Sie haben recht, wie alle in dieser Sache immerzu im Recht sind, außer mir. Warum sollte man mich auch dazu anhören. Ich bin ein Mündel. Es wird in der Tat das Beste sein, wenn ich die Residenz verlasse, hier kann ich nichts werden.« Nanette stand auf und wollte mit erhobenem Kopf aus der Küche gehen.

»Fräulein Hehl, warten Sie. Ich schicke Ihnen ein Zeugnis mit der Post nach. Darin bezeuge ich, dass ich mit Ihrem Betragen zufrieden war. Sie haben Talent und Kenntnisse gezeigt. Ich kann guten Gewissens sagen, dass Sie darüber hinaus fleißig, zuvorkommend und artig gewesen sind. Es mag von Nutzen sein. Ihr erstes Dienstzeugnis. Mehr vermag ich nicht, für Sie zu tun.«

»Verzeihen Sie die harten Worte. Sie haben nicht Ihnen gegolten. Bitte geben Sie mir noch das Salär für die Arbeit hier, es wird nicht viel sein, ich weiß.«

»Ich habe meiner Cousine einen Gefallen getan und dich

aufgenommen. Das verfehlte Kind. Dabei lassen wir es. Ein gutes Zeugnis ist mehr wert als ein paar Kreuzer.«

Die Pfarrerswitwe begleitete sie auf die Poststation nach Stuttgart. Das Wasser aus den Pfützen spritzte hoch bis zum Kutschenfenster. »Dieser Regen«, sagten die Leute, »die große Illumination der Stadt fällt aus. Haben Sie gehört? Die Glocken heute früh, gar prachtvoll war ihr Geläut. Alle Kirchen der Residenz im Einklang. Und erst das Donnern der Kanonen. Salut für den Kronprinzen. Zu seiner Taufe. Morgen Abend funkelt die Stadt.«

Morgen war sie fort. Heute stieg sie in die Postkutsche, zwei Stunden vor Mitternacht. Es wäre noch Zeit gewesen, um Pauline aufzusuchen, sich von den Freundinnen zu verabschieden, doch die Witwe wachte streng über sie. Die Cousine war schlimmer als die Mutter, die keine mehr sein wollte.

Unruhig schaute sie sich um, bevor sie ins Innere der Ravensburger Diligence kletterte. Niemand, den sie kannte. Die Witwe behielt sie im Auge. Sie konnte nicht aussteigen. Onkel Ludwig war nicht unter den Fahrgästen, sie blieb alleine, die Widmännin hatte sie nur beruhigen wollen. Die Goldmünzen und die Silberdukaten trug sie bei sich, alles andere ließ sie zurück. Ob sie sich selbst dabeihatte, wer wusste das schon.

Es gelang ihr, einen Platz in der Ecke am Fenster zu ergattern. Sie atmete in sich hinein, wie es ihr Schwester Raillard geraten hatte. Neben ihr hielten zwei Frauen mit blütenweißen Schürzen ihre Körbe auf dem Schoß. Die beiden Männer gegenüber in weißen Handschuhen und mit Zylinder schienen nicht zu ihnen zu gehören. Ein junger Bursche mit einer Kappe auf dem Kopf schaute sie an. Wie der Student.

Knaus würde sie niemals heiraten. Sie war ein Mädchen ohne Namen und schloss die Augen, hatte von allem genug.

Der Wagen ratterte durch die engen Gassen der Inneren Stadt und nahm Fahrt auf. Die Hauptstätter Straße. Sie hörte es am Klappern der Hufe auf dem Pflaster. Ein schwieriges Kind war sie gewesen und hatte in Königsfeld mühsam gelernt, sich einzufügen. Nichts hatte es genützt. Die Freundinnen hatte sie gewonnen und schneller verloren, als sie bis zehn zählen konnte. Die Pariser Mode. Alle gierten danach, doch keiner trug je ein solches Kleid, in dem sie auf der Königstraße auf und ab spaziert waren. Kurz hielten sie am Herrenberger Tor. Vorbei die Zeiten der Kontrollen, nur bei ihr selbst nicht. Sie tastete in ihrer Ridicule.

Ein Empfehlungsschreiben trug sie bei sich. »Frag dich durch in Ulm, man wird dir schon weiterhelfen«, hatte die Witwe gesagt und die Hände gefaltet. »Vertraue auf Gott.«

Konnte sie das noch? Der Kutscher nahm Vorspann und ging die Weinstaig an. Sie schaute zurück. Von Cannstatt bewegten sich Lichter zum Neuen Schloss hin, das musste der Fackelzug der Bürger sein. Zu Pferde würden sie einziehen. Trotz Regen. Ihre Freundinnen waren jetzt am Schlossplatz, standen zusammen, wie damals bei der Hochzeit von Königin Pauline. Sie fehlte, hatte sich verfehlt. Alles war vorbei.

Eine Stunde vor Mitternacht hielt der Wagen am Gasthof »Ritter« auf der Degerlocher Höhe. Der Kutscher schirrte die Vorspannpferde aus. Der junge Bursche stieg aus, ein vornehmer Herr kletterte ins Wageninnere und setzte sich ihr gegenüber. Sein Gesicht hatte er halb verborgen hinter einem weißen Schal. Ein Schluckauf plagte ihn, dass es einen erbarmen konnte. »Stuttgart liegt uns … zu Füßen«, sagte er und deutete in den Kessel hinunter.

»Onkel Ludwig! Ich dachte …, was ist Ihnen?«

»Nur eine Magenverstimmung, keine Sorge.«

Seine Beine zuckten, er hielt sich den Bauch. Die beiden Männer zogen ihre Zylinder tief in die Stirn. Wenn sie nichts sahen, hörten sie nichts. Die Frauen verkrochen sich in ihren Umschlagtüchern. Die Kutsche ruckte an. Es gab kein Zurück.

»Verzeih mir, Nanette«, sagte Onkel Ludwig leise. Kaum konnte sie ihn verstehen. »Ich bin sehr schwach heute und dachte schon, ich könne dich nicht begleiten. In deiner Nähe aber ist es gleich besser.« Er lehnte sich zurück. Der Schal rutschte herunter.

Nanette schrie auf. Sein Gesicht! Es leuchtete weiß wie das Tuch. Schweiß stand ihm auf der Stirn, die Augen quollen ihm aus dem Kopf. »Onkel Ludwig, geben Sie dem Kutscher ein Zeichen. Steigen Sie aus! Legen Sie sich zu Bett! Das würden Sie mir verordnen. Ich komme zurecht.«

»Alles ist gut, wenn nur du da bist. Gib mir die Hand. Wie dein Fluidum sich ausbreitet und mir wohltut.«

Wenig später hörte sie seine gleichmäßigen Atemzüge. Ein Licht huschte am Himmel entlang. *Der Vollmond jagt hinter den Wolken. Bald kommt der Wind herunter.* Eine warme Stimme breitete sich in ihr aus. Gottliebin! Keine Falten und nach wie vor schlank. Man hätte sie für zwanzig halten können, wäre da nicht diese weiße Haarsträhne. Wie war das gewesen, ein Kind zu gebären und gleich wieder zu verlieren, ein anderes dafür zu bekommen? Pferdewechsel in Waldenbuch. Sie stiegen nicht aus, es ging sogleich weiter. Nanette strich über den Geldgürtel unter ihrem Kleid, den sie hatte vor der Witwe verbergen können. Kostgeld.

Im Zustand grenzenloser Verzweiflung hatte Gottliebin das fremde Kind gestillt, das ihr in den Schoß gelegt worden war.

Nanette wollte sich ein Vorbild daran nehmen und nicht mit ihrem Schicksal hadern. Gottliebin hatte recht, es war besser, wenn sie fortkam, so konnte sie frei sein. Frei von dieser unseligen Geschichte, in die Madame Hehl auch nur hineingeraten war. Sie wollte ihr alles verzeihen. Und doch. Was war mit Onkel Ludwig? Sie kannte ihn nicht wieder. Er schloss die Augen bis zum nächsten Pferdewechsel in Neckarthailfingen. Dort vertraten sie sich die Füße. Er stöhnte immer wieder auf. Sie stützte ihn. Sein Gesicht aber hatte Farbe bekommen.

»Meine Schwester«, sagte er, »sie hat dir eine Abschrift gegeben, aus dem Taufbuch. Komm ins Licht. Ich möchte lesen, was geschrieben steht.«

»Ihre Schwester wollte nicht hören, was ich zu sagen habe. Sie hat die Abschrift wieder an sich genommen.«

»Du bist ohne Papiere unterwegs?« Onkel Ludwig schüttelte den Kopf und schwankte. Sie musste ihn festhalten. »Ich finde keine Worte mehr. Hier, das soll ich dir vom Bergrat geben. Das Bürgerrecht von Stuttgart. Er hat es für dich gekauft, nachdem du aus Königsfeld zurück warst. Verwahre es sorgfältig. Später wird es dir nutzen. Jetzt musst du fort aus dem Ländle. Schloss Brandenburg liegt in Württemberg. Geh nach Bayern. Unauffällig. In München bist du sicher.«

»Was reden Sie da? Der Bergrat hat gewusst, dass ich nicht seine Tochter bin? Warum hat er es mir nicht gesagt?«

»Nicht so laut. Hilf mir in den Winkel. Es plagt mich. Geh du auch. Bis Metzingen ist es ein gutes Stück.«

Er deutete zur Poststation hinüber. Die Pferde waren

schon angeschirrt, die anderen stiegen ein. Sie gab dem Kutscher ein Zeichen, er möge auf sie warten.

Als sie weiterfuhren, bettete Onkel Ludwig seinen Kopf zur Ruhe. Er schien nicht mehr so matt. Nur manchmal krümmte er sich zusammen.

Sie blieb wach und lauschte. Das Mondlicht narrte sie und verzerrte die Landschaft. In Metzingen schoss die Erms dahin mit der Winterschmelze und drängte sich wild zwischen den Häusern hindurch. Ihr war weh ums Herz. Sie hätte nicht sagen können, warum. Das Ermstal fuhren sie hinauf, das Rauschen des Flusses begleitete sie in einen leichten Schlaf. Kurz vor der Uracher Steige erwachte sie. Im Tal hing ein feiner Nieselregen. Sie nahmen Vorspann.

»Wickel dich gut ein.« Onkel Ludwig zog seinen seidenen weißen Schal über Mund und Nase. »Hüte dich vor einem Husten. Du bist anfällig.«

Die Pferde arbeiteten sich auf die Albhochfläche hinauf. In Böhringen schneite es, einzelne Flocken. Bei Zainingen zog der Wagen eine frische Spur durchs Weiß.

»Das bleibt nicht liegen«, murmelte Onkel Ludwig. »Schlaf ein wenig, mach dir keine Sorgen. Atme tief ein. Die Luft hier oben tut gut. Hat eine stärkende Wirkung. Mir geht es besser.«

Die Schneewolken zogen weiter. Am Himmel stand ein Tagmond, der den Morgen von der Nacht abschnitt, sie trennte und nicht trennen konnte von sich und den anderen. Nanette schluchzte auf. Feldstetten. Wo war sie hingekommen? Und was war los mit Onkel Ludwig?

»Sei so gut und stütz mich ein wenig.«

Sie half ihm aus der Kutsche. Er orderte für sie einen Pfefferminztee und für sich einen Kräuterschnaps. Die Wirtsfrau brachte ihr Milch und packte ihnen Brote ein.

»Besser e Brot im Sack, als e Feder ufm Huat«, sagte sie.

»Junges Fräulein, trinken Sie die Milch aus. Sie wissen ja: Unter ällem ist Betrug, bloß unter dr Milch ist Wasser.«

Wie wahr. Betrogen worden war sie um ihr Leben, und doch hätte Madame Hehl, Maman, verbesserte sie sich, nein, Madame Hehl, die hätte nichts anders machen können. Sie war an allem unschuldig. Stark war sie gewesen in der Erziehung dieses Mädchens, das sich von nun an Heinerjette Christiane Mayer nennen sollte. Ihr Name, ein neues Spiel. Sie strich sich selbst übers Haar, wie Schwester Raillard es zu tun pflegte, und wandte sich dem Kutschenfenster zu. Längst waren sie weitergefahren, es ging stetig bergab. Sie sah die Albhochfläche mit den kleinen flachen Tälern und verlor sich darin. Onkel Ludwig schlief friedlich, einzig seine Beine zuckten.

In der großen Poststation in Blaubeuren machten sie sich frisch. Eiskalt war das Wasser und vertrieb die Angst. Onkel Ludwig rasierte sich. Hohlwangig war er. Da half auch der Magenbitter nichts. Bei der Weiterfahrt massierte er unentwegt seinen Bauch. Nie war er kränklich gewesen. Er wachte auf und lächelte. Strich sich über die Stirn, als wolle er etwas verscheuchen. »Weißt du noch, wie ich dich in den ›König von England‹ geholt habe, zu dieser Séance?« Wegen der tief stehenden Sonne beugte er sich dicht zu ihr herüber. »Das magnetische Fluidum. Du und ich, wir spüren das Gleiche. Ich bin dein Oheim im Geiste. Meine Schwester hat immer ihre Eigenheiten gehabt, aber dass sie so von Grund auf böse ist, hätte ich nicht gedacht.« Er atmete schwer und konnte nicht weitersprechen. Lehnte sich zurück.

Abends um sechs langten sie in Ulm an. Sie wollte Onkel Ludwig nach Stuttgart zurückschicken. Er weigerte sich.

»Ich begleite dich, es ist alles, was ich noch für dich tun kann. Wir machen jetzt einen Abstecher ins Bayrische, kehren dann brav nach Württemberg zurück und fahren aufs

Schloss Brandenburg an der Iller. Du musst den Schein wahren, das gibt dir einen Vorsprung. Du verstehst.«

Nanette antwortete nicht. Was hätte sie auch sagen sollen. Es war zu spät. Die Heimat hatte sie verloren. In der Kutsche gen Süden hockte neben ihr ein Bäuerle, das wie seine Kuh roch. Sie atmete flach. Onkel Ludwig würgte, sog die Luft durch die Nase ein und fing sich wieder. Gegenüber klammerte sich eine Frau an ihr Huhn und fragte plötzlich: »Wollen Sie?«

Onkel Ludwig hielt sich die Hand vor den Mund. Nanette schüttelte den Kopf. Die zwei jungen Burschen am Fenster lachten. »Wir nehmen's, aber nur gebraten!«

In Dietenheim stoppte der Kutscher. Er hustete unentwegt. »Die Baronesse vom Stein zu Rechtenstein schickt einen Wagen, der Sie aufs Schloss Brandenburg bringt, warten Sie hier«, brachte er mühsam heraus. Onkel Ludwig schob sie zur Seite und gab ihm ein Trinkgeld. Er fuhr weiter, und sie atmeten beide auf.

»Da vorne ist das Fuggerhaus. Komm!«, sagte Onkel Ludwig und zündete die Kerze in der Laterne an. Er war ganz der alte. *»Der Mensch schiebt oft die Schuld lieber auf sich als auf andere, weil es ihm leichter ist, sich zu vergeben als anderen.* Du bist unschuldig.«

»Hat das nicht Jean Paul gesagt? Alle Welt sucht sich bei ihm heraus, wie es gefällt. Das haben Sie selbst einmal gesagt. Macht das einen Dichter aus? Was hat er schon zu erzählen? Sicher viel, nur führt er nichts zu Ende. Ich habe ›Flegeljahre‹ nun vollends gelesen und hätte gerne gewusst, ob Walt die Aufgaben erfüllt hat und sein Erbe antreten kann. Kein Wort davon. Es ist wie bei mir. Alles bleibt in der Schwebe. Im Leben mag das so sein, denn es führt sich immer fort, bei einem Buch ist irgendwann die letzte Seite erreicht. Da lob ich mir

Therese Huber, die dem Schicksal von Hannah, dem Herrnhuter Findling, sogar einen eigenen Roman widmet. So fühle ich mich, als ob etwas beginnen würde, nicht zu Ende geht. *Wer die Gefahr nicht scheut, kommt darin um. Meinetwegen*, sagt Baronin von Moor am Anfang der Geschichte. Und dem schließe ich mich an. Die Angst vor der Freiheit ist schlimmer als die eigene Erfahrung, die ich ja doch machen muss.«

»Mein Kind, lass uns setzen. Dort am Brunnen, auf den Stein. Wie du weißt, habe ich zum Geburtstag immer eine Chocoladentorte von meiner Schwester bekommen. In den letzten Jahren hat sie sogar eigenhändig gebacken.« Onkel Ludwig atmete schwer und legte sich die Hand aufs Herz.

Ein Stich fuhr ihr durch die Brust. In seinem Bauch rumorte es, dass es einen erbarmen konnte.

»Nach dem Maskenball wolltest du nie wieder Chocoladentorte essen. Und ich habe von diesem Zeitpunkt an nur ein kleines Stück genommen. Es kommt auf die Menge an. Über die Jahre habe ich mich gewöhnt, wie an das Rezept vom Rattengift, das ich immer zum Geburtstag für meine Schwester ausstellen muss. Betulius, der Apotheker, hat gesagt, da schenke ich mir selbst etwas, wenn ich es ihm vorbeigebracht habe, nachträglich, denn meine Schwester hat das Arsenik schon vorher geholt. Ich habe gewusst, was sie tut, und mich von ihr füttern lassen wie die Ratten. Der Bergrat hat ihr das Rezept verweigert. Auch er wusste, was sie tut. Ich war schwach und bin stark geworden mit der Zeit. Sorgsam dosiert habe ich die Torte, nicht mehr als ein halbes Stück verspeist. Dieses Jahr aber habe ich die ganze Torte verzehrt, wie du damals, da ich mich so geschämt habe. Sie war kleiner, deshalb habe ich mich hinreißen lassen und auch, weil sie davon gegessen hat. Zum ersten Mal seit dem Maskenball. Ich wollte es nicht glauben. Sie ist meine

Schwester. Oh mein Gott! Was ist mit ihr? Hat sie etwa …? Ich will es nicht aussprechen, es wäre gut für dich, wenn sie auch … Ich habe es nicht verdient weiterzuleben. Ihren Händen habe ich dich überlassen und dich nicht beschützt. Doch in meiner Tasche ist etwas für dich, du brauchst einen Namen. Du solltest wissen, obwohl ich Arzt bin und mich der Wissenschaft zur Verfügung stellen wollte, habe ich im Testament niedergelegt, dass mein Leichnam nicht geöffnet wird. Ich kann die Familienehre nicht verraten, man würde das Arsenik in mir finden. Vermutlich aber käme Amalie unters Schwert. *Sie* ist die Köchin. Damals wie heute hat sie die Torte nicht gebacken. Du hast recht gehabt. Verzeih.«

»Onkel Ludwig, was reden Sie da? Wer soll die Hand über mich halten, wenn nicht Sie? Chocoladentorte, sagen Sie? Und Sie haben willentlich und wissentlich davon gegessen? Sie müssen sich erbrechen. Sofort. Gehen Sie in die Büsche. Da hinten. Alles muss raus. Das haben Sie damals bei mir gesagt. Ich habe es gehört und nicht verstanden. Die arme Amalie. Wenn ihr nur nichts zustößt. Warum haben Sie es vor sich geleugnet? Sie müssen sich übergeben! Stecken Sie den Finger in den Hals.«

»Verzeih, was ich dir bis zuletzt für Geschichten erzählt habe. Samstags warst du in Stuttgart. Am Montag habe ich die Torte gegessen. Es ist zu spät. Ich habe es hinter mich gebracht und weiß, was mein Zustand zu bedeuten hat. Nach unserem Gespräch am Samstag hat mich mein Spiegelbild nicht mehr angeschaut. Da wusste ich, was zu tun ist. Meine Schwester wird die Hand nie von dir abziehen. Oder vielleicht doch und das für immer? Ich wage es nicht zu hoffen, dass du frei bist. Du musst sicher gehen, Württemberg heimlich verlassen und aus Brandenburg fliehen. Alors, ma chère. Voilà. Vous êtes libre!«

Dramatis personae

Mit * gekennzeichnet sind Personen, deren Namen historisch verbürgt sind, ihre Leben sind aber zum Teil fiktionalisiert.

Christiane*, genannt Nanette oder Nanele

Elisabeth Hehl*, geborene von Klein, jüngste Schwester Ludwigs von Klein
ihr Mann Johann Hehl*, Bergrat und Arzt, Sohn des Stuttgarter Bürgermeisters Johannes Hehl*

Ludwig von Klein*, Stadtmedicus, Hofarzt; ältester Sohn des Hofarztes Conrad von Klein; ältester Bruder Elisabeth Hehls

Charlotte Gräfin Jenison-Walworth*, geborene Freiin von Cornet, Kartenmalerin
ihr Mann Graf Franz von Heidelberg*, Oberkammerherr am Stuttgarter Hof
ihre Tochter Pauline

Ferdinand von Weckherlin*, Finanzminister, Bruder Johanna Steinheils

August von Weckherlin*, späterer Direktor der Akademie Hohenheim

Stuttgart

Gottliebin Rumetsch, Tochter des Wiener Hofconditors und erste Amme
ihr Mann Erich Rumetsch, Hofconditor aus Preußen

Karl Heinrich Welsch, Schneidermeister und Spitzel

Amalie, Köchin der Familie Hehl

Stiftsdiakonus Dapp*, Helfer (Hilfsgeistlicher)

Professor Tafinger*, Lehrer

Ambros Heimerl, Gärtner

Karl Friedrich von der Lanken*, Schützenoffizier

Pfarrerswitwe Widmann*, Cousine Elisabeth Hehls

Metzingen / Kirchberg an der Murr

Regina Breusch*, zweite Amme

Heinrich Steinheil*, Pfarrer
seine Frau Johanna Steinheil*, geb. Weckherlin
ihre Kinder: Friedrich*, Jonathan, Rosine, Maria, Wilhelm (ist gestorben), Louisle*, Magdalena, Katharina, Wilhelm Karl, Gottlieb

Herrnhuter Brüdergemeine in Königsfeld

Schwester Margarete Raillard*, Erzieherin
ihr Mann Bruder Johann Conrad Weiz*, Buchbinder

Schwester Maria Magdalena Schatz*, Lehrerin
ihr Mann Bruder Johann Jacob Jacky*, Arzt

Schwester Salome Battier*, Lehrerin

Schwester Alice Sutherland*, Lehrerin

Bruder Johannes Renatus Plitt*, Pfarrer

Bruder Johann Heinrich Göpp*, Ortsvorsteher

Mädchen aus Stuttgart:
Comtesse von Kahlden
Josepha von Hardegg
Heinrike von Schott
Constanze von König

Historische Persönlichkeiten

Friedrich von Württemberg, Herzog, Kurfürst und König / seine zweite Frau Charlotte

Wilhelm I. von Württemberg, König / seine zweite Frau Katharina / seine dritte Frau Pauline, ihr Sohn Kronprinz Karl

Therese Huber, Schriftstellerin

Jean Paul, Schriftsteller

Dichtung und Wahrheit

Durch Zufall bin ich bei Recherchen im Hauptstaatsarchiv Stuttgart auf das Schicksal des Mädchens Christiane gestoßen. Eckpunkte sind überliefert, aber viele Fragen blieben offen, was mich gereizt hat, die Lebensgeschichte neu zu erfinden.

Wahr ist, dass Elisabeth Hehl Christiane die ersten acht Lebensjahre von der Pfarrersfamilie Steinheil in Metzingen und Kirchberg hat erziehen lassen, sie das Kind dann aber plötzlich zu sich nach Stuttgart geholt und als Tochter ausgegeben hat. Die Schläge mit den Ruten sind ebenfalls bezeugt. Realität ist auch, dass Elisabeth Hehl Christiane nach Königsfeld in die Herrnhuter Mädchenanstalt gebracht, später aus Stuttgart fortgejagt und ihre Mutterschaft widerrufen hat.

Unklar ist, was Elisabeth Hehl getrieben haben könnte, so mit einem Kind zu verfahren, vor allem aber, wie es Christiane damit gegangen ist.

Erfunden ist, dass Elisabeth Hehl versucht hat, Christiane mit einer vergifteten Chocoladentorte aus dem Leben zu bringen, sowie ihre jüngere Schwester und ihren ältesten Bruder Ludwig umgebracht hat.

Soweit wie möglich habe ich mich an geschichtliche Fakten gehalten, wobei die Handlung es manchmal erfordert hat, davon abzuweichen. So war zum Beispiel die Kartenmalerin Charlotte Jenison-Walworth von Graf Franz geschieden, oder besser: er von ihr. Im Roman bleiben die beiden verheiratet und haben eine Tochter (in der Realität hatten sie einen Sohn). Im Roman darf Bürgermeister Johannes Hehl länger leben, wohingegen Ludwig von Klein aus dramaturgischen Gründen früher sterben muss.

Es war ein Puzzlespiel, die Historie auch außerhalb der Lehrmeinungen ein wenig zu erforschen. Fakten und Fiktion trafen dabei an einigen Stellen auf eine Weise zusammen, die mich selbst verblüfft hat. So heiratet zum Beispiel Kronprinz Wilhelm seine russische Cousine Katharina Pawlowna im Jahr ohne Sommer, König Friedrich I. stirbt und kurz darauf wird Christiane von Stuttgart nach Königsfeld expediert. Später wird Kronprinz Karl geboren und zeitgleich erfährt Christiane, dass sie ein hinter den Hecken gefundenes Kind ist. Wo hatte der Zufall die Hand im Spiel? Könnte nicht auch alles miteinander zusammenhängen?

Die Grenze zwischen Dichtung und Wahrheit ist und bleibt fließend. »In der Antike waren Erkenntnis- und Vorstellungswelt ununterscheidbar. Homers Ilias [galt] den Griechen als wissenschaftliche Geschichte [...] ebenso wie den Römern die Werke des Tacitus, der munter Legenden und Fakten durcheinandermischte.« (Hartmut Lange, Irrtum und Erkenntnis)

Die Spielkarten Herzsieben und Ecksteinsieben sowie der Kartentausch sind zwar historisch verbürgt, aber ob Chronisten nicht die Ereignisse in eigenem Sinne interpretiert haben, ist die Frage. Nicht nachweisen lässt sich, dass es sich um jene Spielkarten gehandelt hat, die Charlotte von Jenison-Walworth gezeichnet hat und die zu einem der Cotta'schen Kartenalmanache gehört haben. Doch ihre Spielkarten würden zur Geschichte passen.

Als ich zum Thema »Fatschen« recherchiert habe, dachte ich an ein historisches Phänomen, musste jedoch feststellen, dass es leider hoch aktuell ist. Ralph Frenken hat neuerdings die Auswirkung des strammen Wickelns untersucht, heute unter dem englischsprachigen Ausdruck »Pucken« bekannt. Das Spannungsfeld zwischen alter und neuer Erziehung scheint nicht nur im 19. Jahrhundert symptomatisch für die Umbruchsituation in einer Gesellschaft gewesen zu sein. In den letzten beiden Jahrhunderten hat sich die Frage nach der Herkunft, sowohl psychologisch als auch gesellschaftlich betrachtet, nicht grundlegend gewandelt, sodass Christianes Lage vergleichbar ist mit der aktuellen Situation, in der immer mehr Menschen nach ihren Wurzeln suchen.

Der Kurfürst und spätere König, Friedrich I. von Württemberg, war ein großer Verehrer Rousseaus und Pestalozzis. »[Friedrich] war … geradezu erziehungsbesessen und wollte eigene praktische Erfahrungen sammeln. Schon 1775 in Potsdam hatte er einen zwölfjährigen Jungen zu sich genommen, um ihm … eine sorgsame Erziehung zuteil werden zu lassen. Zwei Jahre danach … kündigte er … das Erscheinen eines Lehrbuchs über die Erziehung an.« (vgl. Paul Sauer, Der schwäbische Zar)

Fiktion hingegen ist, dass Friedrich mit dem neugeborenen Mädchen Christiane 1804 ein Experiment startet: Sind die Anlagen entscheidend oder ist es die Erziehung? Er verfügt, dass Christiane abwechselnd nach Pestalozzi oder Sulzer erzogen wird.

Wahr ist, dass Friedrich die Methode Pestalozzis so sehr überzeugte (1808 informiert er sich in der Schweiz über Pestalozzis Elementarlehre), dass er sogar die Lehrerausbildung im Land danach ausrichten ließ, aber 1812 plötzlich wieder davon Abstand nahm. Die Gründe dafür bleiben der Fantasie überlassen und haben mir Raum für den Romanstoff gegeben (vgl. Paul Sauer, Napoleons Adler über Württemberg, Baden und Hohenzollern).

Dichtung ist, dass Friedrich Gehorsam, Fleiß, Ordnung und Sauberkeit durch Rousseaus Gedankengut und Pestalozzis Elementarbildung gefährdet schienen, sodass er für die Erziehung Christianes verfügte, von ihrem achten Lebensjahr an dauerhaft die autoritäre Methode anzuwenden. Er folgt damit Johann Georg Sulzer, der die Meinung vertritt: »Diese ersten Jahre haben unter anderem auch den Vorteil, dass man da Gewalt und Zwang brauchen kann. Die Kinder vergessen mit den Jahren alles, was ihnen in der ersten Kindheit begegnet ist. Kann man da den Kindern den Willen nehmen, so erinnern sie sich hiernach niemals mehr, dass sie einen Willen gehabt haben.« Und sie erinnern sich doch. Schon lange ist das Phänomen des Leibgedächtnisses bekannt. Christiane hat dort abgespeichert, was sie in frühester Kindheit erleiden musste.

Die verschiedenen Kutschfahrten, wie zum Beispiel die von Königsfeld nach Stuttgart, sind inspiriert von Geschichten aus dem Sammelband von Helmut Popp »In der Kutsche durch Europa, Von der Lust und Last des Reisens im 18. und 19. Jahrhundert«. Die Menschen waren schon vor der Einführung der Eisenbahn sehr viel mobiler als wir es uns heute vorstellen können. Für Stuttgart gab es einen detaillierten Fahrplan für die ankommenden und abgehenden Postkurse.

Die Wetterphänomene, die sich durch den Roman ziehen, sind mitnichten erfunden, sondern historisch belegt und nachzulesen bei Karl Pfaff. Die Beschreibung der Stadt Stuttgart ist angelehnt an alte Quellen, die ich bei Paul Sauer in der Geschichte der Stadt Stuttgart gefunden habe, darunter so wunderbare Begriffe wie »Kehrwieder« [Sackgassen] oder »Weingebirge«.

Zu guter Letzt noch Amalies Rezepte: Einige sind erfunden, andere lassen sich wiederfinden im Schwäbischen Kochbuch von Luise Sonnewald. Alle aber lassen sich nachkochen. Ich wünsche »Guten Appetit«!

Amalies Rezepte (Auswahl)

Für **Königsmus** eine Kasserolle fingerbreit mit Rosenwasser füllen. Darein die an vielen Stellen fein angestochenen ganzen Äpfel setzen. Sorgfältig gewaschen, Stil und Blütenansatz entfernt, dieserart entfalten sie ihr volles Aroma. Bei gelinder Hitze zehn Stunden Wasser ziehen lassen, bis sie zu Mus zerfallen. Nicht verkochen darf der Sud, und der Deckel nicht einen Spaltbreit gelupft werden. Zum Schluss rasch einige Tropfen Zitrone unterrühren und die Apfelmasse auf das Sorgfältigste durch ein Tuch passieren.

Für **Königsbirne** zum Vesper eine eiserne Pfanne mit reichlich Speck ausreiben und die hauchdünnen Fruchtschnitze von beiden Seiten scharf anbraten. Mit Pfeffer und Anis kräftig würzen und heraus nehmen. Die Pfanne gut ausreiben und reichlich Butter zum Schmelzen bringen. Die gebratenen Birnenschnitze hinzu geben, vorsichtig darin wenden und zehn gut verläpperte Eier darüber gießen. Die Pfanne in Windeseile vom Herd nehmen und beständig rütteln, bis sie gänzlich erkaltet ist. Das Omelett stockt und löst sich von selbst. Es darf keinesfalls mit einem spitzen Gegenstand geprüft werden. Vor dem Servieren mit fein gestoßenen Koriandersamen bestreuen.

Chocoladentorte: 3/4 Pfund fein gesiebter Zucker, 3/4 Pfund fein geriebene Mandeln und 22 Eiergelb werden leicht gerührt, dann 1/2 Pfund geriebene Chocolade, die abgeriebene Schale von 1 Citrone, 1 Lot feinen Zimmt, 12 gestoßene Gewürznelken, 1/8 Pfund Stärkemehl, und zuletzt der Schnee von 22 Eierweiß darein gerührt, in einen mit Butter bestrichenen und mit Mutschelmehl bestreuten Model gefüllt und bei gelinder Ofenhitze schön gebacken. (ein Pfund = 467,59 g / ein Lot = 14,61 g / eine Unze = zwei Lot) aus: Luise Sonnewald, Die vollkommene Köchin oder ein neues schwäbisches Kochbuch, Erstausgabe Stuttgart 1832

Auswahlbibliographie

Ernst Freiherr von Bibra, Die narkotischen Genußmittel und der Mensch, Nürnberg, 1855

Die Cotta'schen Spielkartenalmanache 1805–1811, Deutsches Spielkartenmuseum Bielefeld, 1968/1969

Armin Elhardt, Jean Pauls Besuch in Stuttgart, Spuren 53, Marbach 2001

Ralf Frenken, Gefesselte Kinder, Geschichte und Psychologie des Wickelns, Badenweiler 2011; Das gefesselte Kind – Die Praxis des strammen Wickelns erlebt eine Renaissance« (in: Psychologie Heute, Dezember 2011)

Ute Frevert und Heinz-Gerhard Haupt (Hg.), Der Mensch des 19. Jahrhunderts, Frankfurt a.M./New York 1999

Johann Hehl, Die geognostischen Verhältnisse Württembergs, Stuttgart 1850

Maria Hornung, Sigmar Grüner, Wörterbuch der Wiener Mundart, ÖBV Pädagogischer Verlag, Wien 1998/2002

Ludwig Ferdinand Huber, Karten-Almanach [Zeichn. Gräfin Charlotte von Jenison-Walworth. Begleittext: Erwin Kohlmann], Nachdruck 1971 der Ausgabe Tübingen 1804

Therese Huber, Die Familie Seldorf, Tübingen 1795/1796; Luise, Leipzig 1796; Das Urtheil der Welt, Frankfurt und Leipzig 1805; Hannah, der Herrnhuterin Deborah Findling, Leipzig 1821; (verschiedene Nachdrucke)

Peter Kaeding, Johann Friedrich Cotta, Die Hand über der ganzen Welt, Stuttgart 2009

Hartmut Lange, Irrtum als Erkenntnis, Meine Realitätserfahrung als Schriftsteller, Zürich 2002

Friedrich Lemmer, Metzingen in alten Ansichten, Metzingen 1984

Lloyd deMause, Hört ihr die Kindlein weinen, eine psychogenetische Geschichte der Kindheit, Frankfurt a.M. 1977; Über die Geschichte der Kindheit, Frankfurt a.M. 1979

Johann Daniel Georg von Memminger u. a., Württembergische Oberamtsbeschreibungen

Eva B. Ottillinger (Hg.), Intime Zeugen, Vom Waschtisch zum Badezimmer, Hofmobiliendepot – Möbel Museum Wien, 2011

Jean Paul, Flegeljahre, Stuttgart 1994; Der ewige Frühling, Frankfurt a. M. 1980; Leben des vergnügten Schulmeisterleins Maria Wutz in Auenthal, Frankfurt a. M. 1995

Karl Pfaff, Geschichte der Stadt Stuttgart, Zweiter Teil, Stuttgart 1846, darin: Viertes Hauptstück, Jahrgänge und Witterung, merkwürdige Naturereignisse, Feuersbrünste, Seuchen und andere Unglücksfälle

Helmut Popp (Hg.), In der Kutsche durch Europa, Von der Lust und Last des Reisens im 18. und 19. Jahrhundert, Nördlingen 1989

Wolfgang Rockenschuh, Königsfeld, Beiträge zur Geschichte, Königsfeld im Schwarzwald 1999

Paul Sauer, Geschichte der Stadt Stuttgart, Band 3, Vom Beginn des 18. Jahrhunderts bis zum Abschluß des Verfassungsvertrags für das Königreich Württemberg 1819, Stuttgart 1995; Der schwäbische Zar, Friedrich – Württembergs erster König, Stuttgart 1986; Napoleons Adler über Württemberg, Baden und Hohenzollern, Stuttgart 1986

Wolfgang Schmidbauer, Jürgen vom Scheidt: Handbuch der Rauschdrogen, Frankfurt a. M. 1991

Luise Sonnewald, Die vollkommene Köchin oder ein neues schwäbisches Kochbuch, Erstausgabe Stuttgart 1832

Helmut Sorg, Streiflichter aus der Geschichte von Kirchberg an der Murr, Remshalden-Buoch, 1993

Johann Georg Sulzer: Versuch von der Erziehung und Unterweisung der Kinder, Zürich 1748

Hans Peter Treichler, Die magnetische Zeit, Alltag und Lebensgefühl im frühen 19. Jahrhundert, Zürich 1988

O. Uttendörfer, Zinsendorf und die Jugend, Die Erziehungsgrundsätze Zinsendorfs und der Brüdergemeine, Berlin 1923

Verzeichnis über die bei dem Königlich-Württembergischen Haupt-Post-Amt Stuttgart abgehende und ankommende Eilwägen, Diligencen und Packwagen, 1826, Landesarchiv Baden-Württemberg, Hauptstaatsarchiv Stuttgart

Ingeborg Weber-Kellermann, Frauenleben im 19. Jahrhundert, München 1983

Peter Zimmerling (Hrsg.), Alles zu Liebe tun in der Freiheit, Zitate von Graf Nikolaus Ludwig von Zinsendorf, Basel 2000

Weitere Titel finden Sie auf den folgenden Seiten und im Internet:

WWW.GMEINER-VERLAG.DE